Denmark Police's Mystery

懸案密碼

Denmark Police's Mystery

懸案密碼

B
E
S 嚴
T 選

奇幻基地出版

懸案密碼：2
雉雞殺手

FASANDRÆ BERNE

猶希・阿德勒・歐爾森 著
管中琪 譯

Jussi
Adler-Olsen

BEST嚴選

緣起

在繁花似錦的奇幻文學花園裡，你或許還在門外徘徊，不知該如何抉擇進入的途徑；也或許你已經置身其中，卻因種類繁多，或曾經讀過不合口味的作品，而卻步、遲疑。

BEST嚴選，正如其名，我們期許能透過奇幻基地對奇幻文學的瞭解，以及對讀者的理解，站在出版者與讀者的雙重角度，為您精選好作家與好作品。

他們是名家，您不可不讀：幻想文學裡的巨擘，領域裡的耀眼新星。
它們最暢銷，您怎可錯過：銷售量驚人的大作，排行榜上的常勝軍。
這些是經典，您務必一讀：百聞不如一見的作品，極具代表的佳作。
奇幻嚴選，嚴選奇幻。請相信我們的眼光，跟隨我們的腳步，文學的盛宴、幻想世界的冒險，就要展開。

序幕

又是一聲槍響喀啪射過樹梢。

圍獵者的喊叫聲清晰可聞，令他血脈賁張，肺部因吸入大量潮濕的空氣而刺痛不已。跑，快跑，繼續跑，小心不要跌倒，否則別想爬起來。媽的，爲什麼我的手不能動？快點……他媽的……不能讓他們聽到我的聲音。他們聽到了嗎？時候到了嗎？我就這麼完蛋了？

奔跑時，枝幹在他臉上留下了血痕，血和汗混融滴落。

槍聲再度爆響，這次子彈緊貼耳邊呼嘯掠過，整個身體汗如雨下。

再一、兩分鐘他們就會現身了。該死，背後那雙手爲什麼就是不聽話？那究竟是什麼狗屎膠帶？

倏忽，前方林梢間的鳥群振翅飛起，茂盛的冷杉林顯得更加濃密，或許再一百公尺就能脫困，但周遭一切越發清楚，聲音以及圍獵者的嗜血欲望也越來越逼近。

他們會怎麼做？再補一槍？再射一箭？然後我就這麼完了，從此從世上消失？

不，想得美，怎麼能讓他們輕易得逞？更別說那些豬玀冷酷無情，不用奢望他們會大發慈悲。他們手中有獵槍、有染血的刀，而且還擅使十字弓。

我能躲到哪兒去？這附近沒有藏身之處嗎？還是回頭？能成功嗎？

雉雞殺手
Fasandraberne

男子目光來回逡巡著林地，但是臉上的膠帶幾乎遮住雙眼，必須用盡全力才看得見。他腳下一個踉蹌不穩，跌跌撞撞。

我會遭受他們的暴力相待、殘酷痛毆，那些豬玀必須那樣做才會覺得刺激，所以不會特別對我手下留情，也唯有如此，他們才有機會脫身。

他的心臟狂亂猛跳，感覺到劇烈的疼痛。

第一章

她沿著哥本哈根市中心的斯楚格大街走著，覺得自己宛如在刀刃上跳舞的舞者，危機四伏。她急促走過行人徒步區一扇亮晃晃的櫥窗，將臉半掩在墨綠色的頭巾後面，同時保持警覺掃描四周狀況，不僅注意周遭的人，也小心不讓人認出來，以便與自己內在那些魔鬼和睦共處。此外的一切她留給行色匆忙的路人——那些眼神空洞、冷漠，避開她繞路走的路人，當然還有那些計畫對她不利的豬玀。

琦蜜（Kimmie）抬起頭仰望街燈，冷冽的燈光照亮了維斯特布洛街。她吸吸鼻子心想：所剩時間不多了，接下來的夜晚將變得嚴寒，必須趕快準備過冬的地方。

行人號誌燈旁站著一群要去蒂沃利樂園的凍僵遊客，她混在那群人旁邊眺望著中央火車站。沒多久，她便察覺到身旁那個穿著粗呢外套的女人，對方覷眼打量她，隨後皺起鼻子往旁邊移了一步。雖然只有幾公分，但夠明顯了。

喂。嘿，琦蜜！她氣急攻心，警告信號不斷在腦袋裡搏跳。

這下換她的目光在那女人身上游移，從頭瞄到那雙穿著閃耀光澤的超薄絲襪搭配高跟鞋的腳。琦蜜嘴角泛起一抹奸笑心想，要是踹她一下，脆弱的骨頭應該會應聲折斷。這妓女若癱倒在潮濕的人行道上，即使是穿著克利斯汀－拉克魯瓦的名牌服飾也會搞得一身髒。希望她能從此學到教訓。

琦蜜往上一看，直直盯著女人的臉：眼線醒目，鼻子撲了粉，一頭捲髮經過精心吹剪，眼神固執又乖張。喔，沒錯，她認得這類型的女人，她也曾是其中一員，標準內在空洞的上流階層傲慢蠢蛋。那時候身邊的朋友不外乎這種貨色，就連她的繼母也不例外。

琦蜜痛恨死那些人了！

做點什麼吧！腦中有個聲音低語道。別吞下這口氣！讓她瞧瞧妳的厲害！來，動手吧！

琦蜜看向對街那群深膚色的青少年，若不是他們四處張望的視線，她早就一把將那女人推向四十七號公車。她眼前清楚浮現公車留下的美麗血跡、被輾碎的軀體，接著震驚的浪潮在人群中往外擴散蔓延。光想像那畫面就令人欣慰啊！

但是琦蜜終究並未出手。人群中總會有雙警醒的雙眼觀察到事發經過，加上她自己體內也有股反對聲浪，那是來自遙遠過去的駭人回音。

她把手舉高，鼻子湊近腋下嗅了嗅。不能怪那女人，她身上的確臭氣薰天。

綠燈亮起，她穿越馬路，身後拖著輪子歪掉的行李箱嘎嘎作響。這是它最後的路程，差不多該把它丟了。

是脫胎換骨的時候了。

火車站販賣亭的架上懸掛著標題斗大的報紙頭版。對趕路者或盲人來說，故意放置在車站大廳中央的報架不啻是個討人厭的障礙。琦蜜在裡面走動時不斷看見那個報紙標題，她簡直噁心得快吐了。

「下流胚子！」她眼睛直視前方，經過報架時喃喃自語，接著轉頭緊盯著標題旁那張照片。光是看到他的臉便令她的身子不由得顫抖。

照片下寫著：「狄雷夫．普朗（Detlev Pram）以一百二十億克朗買下波蘭數家私人醫院。」琦蜜用力吐了口口水，停下來站在原地等待身體的反應退去。她恨死狄雷夫．普朗了！就像她痛恨托斯騰（Torsten）和鄔利克（Ulrik）一樣。不過等著瞧！她會好好收拾他們三個人。

她邁開步子向前走，忽然大笑一聲，有個路人卻也回以微笑。又是個輕易就相信他人的蠢蛋，自以爲知道別人腦子裡發生什麼事。

她陡然止步。

不遠處老鼠蒂娜正站在老地方，半弓著身搖搖晃晃張開骯髒的雙手。眞是腦筋壞了，竟然以爲在熙來攘往的旅客中會有人肯賞她十克朗！在那兒站了好幾個小時的代價，嗑幾劑藥就沒了。可憐的傢伙。

琦蜜躡手躡腳從她身後走向通往雷文洛斯街的階梯，但是蒂娜早就發現她了。

「哈囉，琦蜜！喲，該死的，琦蜜！」後頭傳來她的叫聲，但琦蜜依然無動於衷，因爲老鼠蒂娜的大腦在大庭廣眾下無法正常運作，沒辦法和她好好互動，只有當她們坐在露天座椅那兒時，她的大腦才稍微管用。

但話說回來，她是現在琦蜜唯一能忍受的人。

雉雞殺手
Fasandraberne

這一天街上莫名刮起刺骨寒風，路人匆忙趕著回家。伊斯德街對面的火車站前停著五輛引擎隆隆的黑色賓士計程車等待載客，但琦蜜只要知道若有需要一定會有輛車載她就行了。

她拖著行李過街走到斜前方位於地下室的泰國商店，把行李放在窗戶旁。行李擱在這兒只被偷過一次，這種鬼天氣連小偷也留在家中，絕對不用擔心把行李弄丟，更何況裡頭沒有值錢的東西，所以無所謂。

她在火車站前的空地等了十分鐘，對象終於出現。一位身穿貂皮大衣的高貴女士走下計程車，帶著一個塑膠輪看來很堅固的行李箱。對方非常纖細，琦蜜估計頂多穿三十八號尺碼，以前她必須穿四十號的衣服，不過那是多年前的事了，在街上討生活的人不會變胖。

那位女士在車站大廳的售票機上查詢車班，琦蜜乘機拿起行李箱，毫不猶豫走向門口，在最短時間內到達雷文洛斯街的計程車招呼站。

熟能生巧。

她將行李箱放入排在最前面的計程車的後車廂，要求司機載她稍微繞一圈。接著從大衣口袋拿出一捆扎實的百元鈔。「只要照我說的去做，就可以另外再拿兩百。」她補充說，故意忽視司機猜疑的眼神與歙張的鼻翼。

大約一小時後她將穿著新得手的二手衣服，身上散發陌生女子的香味，轉回來拿自己的舊行李。

那時，司機鼻翼賁張的原因絕對與此時大相逕庭。

第二章

狄雷夫．普朗外表帥氣，他自己也很清楚這一點。飛機商務艙中永遠不愁找不到女伴，只要談到那輛藍寶堅尼和他以多快速度飆到倫斯登的別墅，她們從不會抗議要他住嘴。這次他看上有一頭濃密秀髮的女子，她戴著搶眼的黑框眼鏡，看起來難以親近，但反而激起他的興趣。

他向她搭話，可惜運氣不好，對方反應冷淡。遞給她一本封面上有座核電廠背光而立的《經濟學人》，但她只是抬手拒絕；特地幫她點了酒，她碰也沒碰。等飛機降落在波森的卡斯特魯普機場，寶貴的七十分鐘就這麼虛耗掉。

這樣的事會讓狄雷夫變得好鬥有攻擊性。

他逕直快步走過航站裡的玻璃走廊，就在到達電動走道前看到了獵物，但一位不良於行的年邁老人也同時走往電動走道。

狄雷夫．普朗加快腳步，老人正要一腳踏上電動走道時他也到了，分秒不差。狄雷夫眼前清楚浮現自己悄悄把腳伸出去，而瘦骨嶙峋的老人拚命想穩住自己，卻砰一聲撞在樹脂玻璃上，眼鏡滑向旁邊的畫面。

狄雷夫的腿一陣抽動痙攣。他就是這種性格，他的朋友也是，這沒什麼好值得嘉獎，但也不需特別覺得丟人，他們打從出娘胎便天生如此。老頭子會有此遭遇，某種程度是飛機上那個蠢婆娘的錯，她應該要和他回家，一個小時後兩人就能在他床上翻雲覆雨了。

這一切他媽的全都該怪她。

狄雷夫坐在車上，史特朗莫勒旅館出現在後照鏡中，而眼前是波光粼粼的汪洋，這時手機響起。「喂？」他看了一眼螢幕，是鄔利克。

「有個熟人幾天前看見她了。」他說。「在中央火車站前貝斯托夫街的行人穿越道上。」

狄雷夫關掉音樂。「什麼時候的事？」

「上個星期一，九月十日，晚上九點左右。」

「你做了什麼？」

「托斯騰和我到那兒去找了一下，但沒發現她的人影。」

「托斯騰也去了？」

「是啊，但你知道的，他派不上什麼用場。」

「你安排誰接手這項任務？」

「阿貝克。」

「很好。她看起來如何？」

「我聽說衣著相當不錯，人比以前瘦，但渾身臭氣沖天。」

「她發臭？」

「對，全身汗臭和尿味。」

狄雷夫點點頭。那是關於琦蜜最糟的狀況了。不光是因爲她有辦法經年累月在街頭上生活，更糟糕的是沒人知道她是誰。她長年行蹤成謎，如今卻突然又森然出現，而對他們這群人來說，琦蜜是最大的生命威脅，能置他們於險境。

「這次勢必要抓到她，鄔利克，你聽清楚了嗎？」

「去你的，你以爲我爲什麼打這通電話？」

第三章

站在警察總局的地下室，卡爾．莫爾克才真正意識到夏天與假期確實結束了。懸案組的辦公室一片漆黑，他打開燈，目光落在桌上那些堆積如山的案件卷宗上。他真想砰一聲關上門掉頭就走，即使阿薩德將凌亂的文件整理過，並放上一大把茂密得能將半條街封住的劍蘭也於事無補。

「歡迎回來，頭兒！」他背後響起聲音。

卡爾轉過身，迎上阿薩德警醒明亮的棕色雙眼。他的助理頂著一頭深色短髮，整個人活力十足，似乎迫不及待要上場一搏。真是遺憾。

「喲！」阿薩德一看到主管無力疲乏的眼神，不禁呀然一聲。「沒人會相信你才剛度完假回來，卡爾。」

卡爾搖搖頭。「我有嗎？」

三樓再度大搬風，該死的警察改革，搞得他必須透過GPS找到凶殺組組長馬庫斯．雅各布森的辦公室。卡爾不過離開三個星期，凶殺組辦公室卻至少有五張新面孔目不轉睛盯著他，彷彿看到從月球來的生物。

見鬼了，那些人是誰啊？

「卡爾，我有個好消息要告訴你。」馬庫斯說。卡爾的眼睛掃過辦公室的新牆面，鑲上了淺綠色的玻璃不禁讓人聯想到手術室和最近讀到的戴頓（注）筆下的危機處理會議室。照片中眾多屍體用毫無生氣的雙眼從四面八方瞪著他，地圖、圖表與行動計畫五顏六色掛在上面，一切是如此令人沮喪抑鬱。

「你說有好消息，但聽起來一點也不好。」卡爾在他主管對面的椅子坐下。

「你很快會有來自挪威的訪客，卡爾，之前我曾經提過這件事。」

卡爾拖著沉重的眼皮疲累不堪的瞅了馬庫斯一眼。

「奧斯陸最高警察機關代表團。你還記得吧？嗯，總之會有五、六個人過來，他們希望能參觀懸案組，時間就在下個星期五上午十點。你想起來了嗎？」馬庫斯咧嘴一笑。「對方要我轉告你，他們可是非常期待。」說畢朝卡爾眨了眨眼。

他媽的，這下可好了！

「由於這個緣故，我加派了組員給你，她叫作蘿思（Rose）。」

卡爾霍地從椅子上跳起。

卡爾走出組長辦公室後站在門口，努力讓被新命令驚訝得挑高的眉毛回復常態。不是有句話

注 連恩・戴頓（Leonard Cyril Deighton）生於一九二九年倫敦，是一位英國軍事歷史學家，烹飪作家和小說家，以間諜小說《倫敦間諜戰》最爲人所知。

說禍不單行嗎？果然千眞萬確！上班不到五分鐘，他已經有個等著他指導的祕書，還得給那群大猩猩當導遊。以前他能躲掉後者那份討厭的工作算他走運，如今看來不行了。

「要和我到地下室去的新人在哪兒？」他詢問一如往常坐在祕書處櫃台後面的索倫森。但她的眼睛眨都不眨，目光一刻也沒有離開鍵盤。這女人！

他輕敲櫃台，試試看總是會有機會。

忽然有人拍拍他的肩膀。

「你要找的人在這兒。」他身後傳來聲音，「容我介紹一下，這位是卡爾．莫爾克。」

他轉過身，瞥見兩張驚人相似的臉，腦海中瞬間閃過一個念頭：發明黑色的人並沒有白活。一頭超短的烏黑頭髮，層次多而凌亂，加上黑色煙燻眼妝與顏色暗沉的服裝。喔，眞他媽的！

「麗絲，見鬼了。妳發生什麼事了？」

凶殺組效率最好的祕書撥弄她那頭曾是淡金色的頭髮，眼裡閃耀一絲微笑。「嗯，很酷吧？」

卡爾緩緩點頭，然後眼光移向身旁另一位女子。她足蹬恨天高跟鞋，臉上帶著一抹迷人微笑注視著他。卡爾又把頭轉回來看麗絲，兩個人相似的程度很容易讓人搞混，他想不通究竟是誰影響了誰。

「這位是蘿思。她幾個星期前就到我們這兒了，整個祕書處因爲她的美麗外貌與誘人魅力而蓬蓽生輝。現在我把她交給你，你可要好好照顧她喔，卡爾。」

卡爾帶著怒火衝進馬庫斯辦公室，但不到二十分鐘他便徹底明白這項人事命令已成定局。不過馬庫斯多寬限了他一個星期，之後他仍然得把蘿思·克努森帶到地下室去。她之後的辦公室就在卡爾隔壁，那兒原本存放著封鎖犯罪現場用的裝備，但馬庫斯告訴卡爾現在已經整理乾淨，辦公設備也搬了進去。蘿思從今以後就是懸案組的新成員，事情就這麼拍板定案。

「蘿思在警察學校名列前茅，成績優異，卻敗在考駕照這關。你也知道，不管能力多出色，若是沒考過路考一切免談。話說回來，她的體力也不適合現場調查工作，但是她無論如何都想成爲警察，所以後來又進修祕書課程，並且在市警局待了一年。前陣子她來代索倫森的班，如今索倫森已銷假回來上班。」馬庫斯一邊說，一邊翻轉手中空空如也的菸盒。

其實卡爾不太在乎這位兇殺組組長硬逼他納入蘿思背後所做的種種考量。

「如果方便讓我知道的話，爲什麼你不讓那個新人回去原單位？」

「是啊，爲什麼呢？因爲內部發生了一些醜事，但那些事與我們無關。」

「好吧。」醜事聽起來似乎具有危險性。

「總之你現在有了一位祕書，卡爾，況且她認眞又勤勞。」

基本上馬庫斯對每個人的評價都是如此。

「我覺得她很討人喜歡。」地下室的日光燈下，阿薩德努力想讓卡爾開心點。

「我只能跟你說她在以前的單位幹了些醜事，而那一點也不討人喜歡。」

「醜事？聽起來眞糟，卡爾。」

雉雞殺手
Fasandraberne

「算了，阿薩德。」

助手點點頭，喝了一大口斟給自己，帶有濃濃薄荷味的飲料。「喂，卡爾，你度假前要我調查的那件案子……我無法繼續追查下去。我翻遍了這裡和其他可能的地方，但是所有的相關文件全在樓上大搬風時遺失了。」

卡爾抬起頭。遺失了？眞是見鬼了……算了，在今天結束前好歹會有一件好事發生吧。

「沒錯，全部不見了。所以我另外在樓下這堆檔案中稍微翻閱了一下，找到了這個。很有意思的案子。」

阿薩德遞給他一本淺綠色卷宗後，便像根鹽柱似的安靜杵在卡爾面前，滿臉期待望著他。

「你打算在我研讀案情的時候站在這兒嗎？」

「謝謝，是的。」阿薩德邊說邊把杯子放在卡爾桌上。

卡爾鼓起腮幫子打開卷宗，緩緩吐出一口氣。

這是樁陳年舊案，案發時間相當久遠，精確來說發生在一九八七年夏天。那一年，他和一個酒肉朋友跑去哥本哈根參加聖靈降臨節嘉年華會，有位紅髮女孩教他跳森巴舞，兩人整晚舞個不停，最後在公園樹叢下的毯子上爲那夜畫下句點。當年他已經二十二歲了，但那次經驗卻令他感到少女般的羞怯。

一九八七年，美好的夏日，他終於從維亞被調往哥本哈根的安東尼街警局。

謀殺案應該是發生在嘉年華會後八到十個星期左右，約莫是在紅髮女孩決定將她的森巴軀體覆在另一個朱特人（注）身上。嗯，實際上也正是卡爾在哥本哈根狹窄巷道展開夜間巡邏的時間，但詭異的是他竟然完全想不起這樁案件，畢竟案情眞的非常特殊。

距離深湖不遠處的洛維格夏季別墅中，一對年齡分別是十八歲與十七歲的兄妹被人虐待致死，面目全非。女孩尤其被糟蹋得慘不忍睹，在她被人殘暴毆打的過程中曾經力圖反抗，所以身上留下了特殊傷口。

卡爾閱讀調查紀錄。女孩沒有受到性侵，也沒東西失竊。

他詳細研究驗屍報告，之後翻閱了剪報，發現相關報導不多，但是標題卻非常醒目搶眼。就連報導風格向來嚴謹的《貝林時報》都以「毆打致死」爲標題，詳細描述了發現屍體的經過。

兩人陳屍在有壁爐的客廳裡，女孩身穿比基尼，男孩一絲不掛，一手緊緊抱著半空的白蘭地酒瓶，後腦被某種鈍器打中，一擊致命。作案工具後來被鑑定出是榔頭，在弗林帝湖與深湖間的杜鵑花叢中尋獲。

犯案動機不明，不過很快就發現有一群寄宿學校的學生涉嫌重大，他們那時正好到其中一位學生的父母位於弗林帝湖畔的夏季別墅度假。這群學生在當地的倫德音樂酒吧惹過不少麻煩，有些本地的小伙子被扁得很慘。

「你知道嫌疑犯是誰了嗎？」卡爾眉頭緊蹙，利眼一抬瞪向自己的助理，不過阿薩德可不是被嚇大的。

「是啊，當然知道。報導也清楚指出他們的父親賺進了大把鈔票。不過，在黃金八〇年代很

注 Juetlander，古時候居在北歐日德蘭半島上的居民。

多人都賺了不少，你們是這麼稱呼那個年代的吧？」

卡爾點點頭，他此時也正好在報告中讀到這個部分。

嗯，沒錯，那些人的父親全是當時丹麥有頭有臉的人物，而且至今仍有很大的影響力。

他又看了上述學生的姓名兩遍，眞是難以置信！不僅父親們富可敵國，聞名世界，就連那些孩子也同樣多金有名，至少其中一些如此。他們含著銀湯匙出生，很快便將銀湯匙換成了金湯匙，包括高級連鎖私人醫院的創辦者狄雷夫．普朗、享譽國際的時尚設計師托斯騰．弗洛林，以及鄔利克．杜波爾，哥本哈根的股票分析師與交易員，他們全都高踞丹麥成功人士最頂端，另外還包括已過世的船業大亨克利斯汀．吳爾夫。只有名單最後提到的兩位青少年目前不屬於金字塔頂端的人士：琦絲坦—瑪麗．拉森雖然曾經也是有錢人家的千金，但如今她的下落卻無人知曉。至於坦承殺害兄妹而坐牢服刑的畢納．托格森是唯一家境較差的一位。

卡爾看完案情報告後，隨手扔到桌上。

「我完全無法理解這東西爲什麼會突然在我們這兒出現。」阿薩德說，一般這時候他臉上會堆滿笑容，如今卻不然。

卡爾搖搖頭。「我也不清楚。已經有人認罪而且被判無期徒刑蹲苦牢去了，何況還是他本人出面投案的。拜託，這案子還有什麼不清楚的地方？結案啦。」他一掌打在卷宗上，「完畢。」

「嗯。」阿薩德咬住下唇。「可是他在案發後九年才自首投案。」

「那又如何？重點是他自己主動投案了。他犯下謀殺案時才十八歲，或許這幾年讓他認清一且心裡有鬼，終究無法高枕無憂吧？」

「枕頭？」

卡爾嘆了口氣。「這是句俗語，意思是若是良心不安，即使經過了好幾年，情況也不會好轉，阿薩德。只會完全相反，越來越糟。」

看得出來阿薩德的腦袋瓜子正在高速運轉。「西蘭島的尼科賓與霍貝克兩地警方共同偵辦此案，機動小組同時也在調查，但我從卷宗上看不出來是誰將資料送過來的。你看得出來嗎？」

卡爾瞥了卷宗封面一眼。「不，上面沒有註明。確實不尋常。」若不是那兩個警察機構的人將資料送過來給他，又會是誰？爲何要重啓一件已經判刑定讞的案件？

「會不會和這個有關？」阿薩德詢問。

他在卷宗裡頭翻找，最後拿出一份財政部的附件遞給卡爾，最上頭寫著「年度決算」，對象是畢納．托格森，住所登記是艾柏斯倫鎭，弗利斯勒國家監獄。也就是那個因殺害兄妹而入獄服刑的男人。

「你看！」

阿薩德指著股票銷售欄目中的龐大金額。「你有什麼看法？」

「我認爲他原本就出身優渥，如今時間充裕，當然可以大玩金錢遊戲，並且大有斬獲。你想說什麼？」

「那麼我得提醒你，卡爾，這個畢納並非有錢人家的孩子。那群寄宿學校的學生中，他是唯一靠獎學金念書的人。你可以看這裡，他跟那幫人截然不同。你仔細看。」他把文件翻到前面。

雉雞殺手
Fasandraberne

卡爾用手支撐著頭。
這就是放假。
總有結束的時候。

第四章

時間：一九八六年秋天

這六個高二學生性情迥異，卻有個共同點：下課鐘一響，全部會聚集到林子裡的小路吸食大麻，即使傾盆大雨也不例外。吸食工具由畢納幫他們放在中空的樹幹裡，有香菸、火柴、錫箔紙和從奈斯特韋茲市買來的純品大麻。錢對這些人來說並不是問題。

吸大麻的幾個人緊緊縮在一起，迅速哈了幾口，但沒有吸入太多，免得神智恍惚、眼神迷濛而被人發現。他們哈草目的不是為了得到亢奮快感，而是想展現自我，將權威狠狠踩在腳下。而在距離寄宿學校這麼近的地方抽大麻，是他們所能採取的手段中最激烈的一種。菸草燃燒後煙霧繚繞，幾個人一邊嘲笑老師，腦海中一邊描繪著若真有機會下手該如何對付他們。

秋天就在渾噩的日子中溜過，直到克利斯汀和托斯騰差點被人撞見他們在哈草。那天就算吞下十顆大蒜也掩蓋不了口中濃郁的大麻味道，他們後來決定以後用吞的，至少別人聞不出來。但沒想到事情才真正開始。

被人贓俱獲那時候，他們正站在河旁的灌木叢幹蠢事，吸得飄然欲仙，即使樹葉上的白霜融化後化成水珠滴到他們頭上也渾然不知。這時，忽然有個低年級的學生從灌木叢後冒出來，直愣愣瞪著他們。那是個髮色淺、有抱負卻討人厭的小模範生，來林子裡捕捉生物課要用的甲蟲。

但他卻意外撞見克利斯汀把東西放回中空的樹幹裡，托斯騰、鄔利克、畢納與琦蜜則在一旁咯咯笑個不停，狄雷夫的雙手在琦蜜的襯衫下磨蹭。眞是太美妙了！

「我要告訴校長你們幹的事！」低年級生朝他們大叫，因此沒有及時發現那些學長的笑聲陡然中斷，沉寂一片。這個低年級生算是頭腦靈活、能隨機應變的類型，可惜太愛挑釁，放棄了從樹叢中脫身的機會。他仗勢這群哈草的學長站得很分散，加上認爲自己對他們具有很大的威脅性，所以放膽吆喝。

畢納若被趕出學校，損失最爲嚴重。所以當他們撲上去抓那個白痴，然後托斯騰把他向前一推時，畢納是第一個動手的。

「我爸隨時可以讓你爸的公司關門大吉，你聽清楚了嗎？給我滾開，否則有你好看，你這個蠢貨！放開我！」低年級生對著畢納吼叫。

有那麼一會兒，他們猶豫了一下。這小子讓很多同學吃過苦頭，他父親、祖父還有大姐全就讀過這所寄宿學校，家族定期捐款協助校務營運，其中有筆錢就是畢納賴以學習的費用。

這時克利斯汀站了出來，他沒有這類經濟問題。「只要你住嘴不講，就能得到兩萬克朗。」一臉認眞的說。

「兩萬克朗！」那男孩嗤之以鼻。「我只要打個電話給我父親，就能拿到雙倍的錢。」說完便朝克利斯汀臉上吐了口口水。

「你這個可鄙的孬種，若敢吐露半個字，我讓你不得好死。」男孩被沉悶的一擊打得撞上樹墩，幾根肋骨應聲斷裂。

他倒在地上，痛得大口喘氣，但眼神仍高傲自負。於是狄雷夫走上前來。

「我們要勒死你易如反掌。要不被丟到河裡，要不帶著兩萬克朗離開，你把嘴閉緊，回去告訴別人是自己跌倒的，讓他們相信你說的話。你覺得怎麼樣，爛胚？」

但躺在地上的小子一言不發。

狄雷夫這次緊緊貼近他身邊，好奇盯著他看。這下流胚子倔強的態度令他感到興奮，他猛然作勢揍過去，可是那小子仍然無動於衷，狄雷夫隨之一巴掌打上他的頭，讓小子嚇了一跳，之後又補上一拳。揍人的感覺超棒，狄雷夫不禁露出了微笑。

後來據狄雷夫說，那一拳是他生命中第一次感受到亢奮。

「我也要。」鄔利克縱聲大笑，擠到被嚇壞的小子面前。鄔利克在這群人中塊頭最大，他揮出的那拳在男孩的顴骨留下醜陋的痕跡。

琦蜜試圖勸阻，但倏忽從灌木叢中飛起的鳥群又惹得大家笑不可遏，沒有人理睬她的話，後來她也覺得揍人似乎很好玩。

他們親自把男孩扛回學校，還叫了救護車將他送醫。剛開始他們還有點掛慮，不過男孩似乎隻字未提，後來根本也沒有回來學校，聽說他父親將他帶到香港，不過消息應該不是真的。

幾天後，他們抓到一隻狗，帶到林子裡活活打死。

從那時候開始便沒有回頭路了。

第五章

三面大窗上方的牆面繪有卡拉卡斯市（注）風景畫，當初建造這座別墅所費不貲的金額全都來自咖啡貿易。

狄雷夫一眼就看出這棟建築物的潛質。四下坐落的圓柱、半透明綠色玻璃、延伸至厄勒海峽的寬敞草坪、挖好的水池、未來派雕塑等，建構成倫斯登海岸邊這座新穎私人醫院最恰當的風景，增一分、減一分都會失色。這間醫院主攻口腔外科與整形外科，並不是很特別，但對狄雷夫·普朗以及爲他工作的眾多印度和東歐醫生而言卻能帶來可觀的獲利。

他和哥哥與兩個妹妹繼承了父親在八〇年代炒作股票和惡意收購所累積的龐大家產，其中狄雷夫善用遺產，經營有方，將版圖擴展至十六家醫院，還有四家正在開發中。他企圖占有全北歐至少百分之十五的隆乳與拉皮手術的收益，並且擁有實現夢想的最佳條件，德國黑森林以北的富家小姐幾乎都想躺在狄雷夫鋼製的手術台上，修整大自然在她們身上任性妄爲的結果。

一言以蔽之，狄雷夫萬事亨通，無往不利。

基本上只有一件事情讓他煩心，那就是琦蜜。她是個沉重的十字架，十多年來，她的存在不時纏擾著他，如今他受夠了。

萬寶龍鋼筆斜躺在桌上，狄雷夫將它擺正，再次看了他的百年靈手錶。

還有時間。阿貝克還要二十分鐘才會到，郞利克則是二十五分後，至於托斯騰會不會出現大概只有老天知道。

狄雷夫站起身，穿越鑲嵌著烏檀木的走廊，經過病房與手術室，親切有禮的向四周的人點頭致意，他是大家一致公認最優秀的人。他推開彈簧門，走進位於底層的醫院廚房，這兒景致絕佳，可將湛藍晴空與厄勒海峽盡收眼底。

他和廚師握握手，大力稱讚對方，聽得廚師很不好意思，接著又拍拍助手肩膀，然後消失在洗衣區。

他經過深入計算，知道貝倫森衣物服務公司清洗床單被套的價格較為便宜，而且服務更加快速，但是完成洗滌並非是狄雷夫設置醫院洗衣區的眞正目的，他不在乎那幾個克朗和歐爾，重要的不僅是隨時有乾淨的床單被套可以替換，他還僱用了六個菲律賓女孩供他差遣。

他注意到那些年輕的深膚色女孩在他的注視下顯得驚慌失措，這點始終令他樂此不疲，他隨手抓了眼前的女孩，把她拉入一旁的洗衣房。她一臉害怕，但也十分了解整個程序，在那幾個女孩裡，她的臀部最窄、胸部最小，但經歷過馬尼拉各大妓院，經驗最為豐富。與她從前的經驗相比，他現在要對她做的事情反而有如牛毛。

她脫下狄雷夫的褲子，毫不猶豫將生殖器含在嘴裡吸吮。而當女孩幫他口交，雙手磨蹭他的腹部時，狄雷夫不斷痛毆她的肩膀和手臂。

注 Caracas，位於委內瑞拉北部，因二十世紀初發現石油而發展迅速。

光只是和她做並不會讓他射精，但隨著毆打她的節奏，他的腎上腺素急遽飆高，沒多久就達到高潮。

他抽開身，一把抓住女孩的頭髮把她拉起來，舌頭逕自在她嘴裡長驅直入，一邊用手脫下她的三角褲，不斷在陰部戳弄，最後他心滿意足終於推開她。女孩跌至地上，兩人都癱軟無力。

狄雷夫整理好衣服，在她嘴裡塞了一千克朗，然後笑容可掬離開洗衣區。接下來這星期他在卡拉卡斯醫院可有事情幹了，那些女孩早該明白這裡的主子是誰。

當天上午和私家偵探見面時，那個看起來可憐兮兮又邋遢的傢伙，和狄雷夫光潔亮麗的辦公室形成強烈對比。身材瘦長的偵探顯然一整個晚上都在哥本哈根街上追查。但他們不會因此多付他錢。

「目前狀況如何，阿貝克？」坐在狄雷夫一旁的鄔利克咕噥問道，雙腳直直放在會議桌上。「琦絲坦－瑪麗．拉森失蹤案有最新進展嗎？」他每次和阿貝克談話總是這樣開場，狄雷夫心忖，目光落向玻璃外逐漸轉成暗灰色的大海。

媽的，他多希望這件事快點落幕，與琦蜜有關的記憶不再啃噬著他不放；多希望將琦蜜抓到手，讓她永遠消失，阿貝克應該要想辦法的啊。

私家偵探壓抑住打哈欠的衝動，頸脖發脹。「中央火車站裡一間鞋店的人好幾次看見琦蜜，她拖著有輪子的行李箱在附近晃蕩，最後一次身上穿了件方格裙，這打扮與在蒂沃利樂園看見她的那個女人描述吻合。不過，琦蜜出現在火車站的時間不一定，據我所知，根本是沒有規律可言。我問遍那兒的人，站務人員、警察、遊民與小販，有些人清楚知道她這個人，但不知道她平時待在哪裡，也不知道她的身分。」

「你必須派出一組人日夜監視火車站，直到找到她為止。」鄔利克起身。他身材高大，但是一講到琦蜜，整個人卻彷彿縮小許多，或許因為他們當中眞正愛上她的人只有他。鄔利克會不會因為自己是唯一未得到她的人而耿耿於懷呢？狄雷夫心裡又蹦出這個已經自問不下幾百次的問題，不由得暗自訕笑。

「二十四小時監視？那可要花你們一大筆錢。」阿貝克正要從他可笑的肩背袋裡拿出計算機，但沒有得逞。

「放下！」狄雷夫叫道，腦中閃過要拿東西砸他頭的想法，然而只是又靠回椅背。「別談錢的事，好像自己多有概念，懂嗎？要花多少錢，阿貝克？二十萬、三十萬克朗？還是諸如此類的數目？你以為我們坐在這裡談論你那可笑的鐘點費時，鄔利克和我已經賺進多少錢了？」語畢，他還是忍不住拿起鋼筆瞄準阿貝克的眼睛擲過去，但未打中。

阿貝克瘦長的身影已消失在闔上的門後，鄔利克撿起萬寶龍鋼筆放進自己的口袋。

「誰撿到，就是誰的。」他笑著說。

狄雷夫未予置評，他不會讓鄔利克有機會做第二次同樣的事。

「有托斯騰的消息嗎？」他問道。

一聽到這個問題，鄔利克臉上倏忽了無生氣。「嗯，他今早回他艾究史普特的莊園。」

「那個男人完全不在乎這兒發生的事嗎？」

鄔利克聳聳那與從前相比更寬厚、更肥胖的肩膀。家裡請了擅長料理鵝肝的廚師，就會造成這種結果。「托斯騰目前心思並不在此，狄雷夫。」

「好吧，那麼我們就得自己解決，不是嗎？」狄雷夫咬牙切齒。托斯騰總有一天會垮，這點他們必須有心理準備，到時候他可能和琦蜜一樣深具危險。

狄雷夫並未忽略鄔利克探詢著他的疑惑眼神。

「狄雷夫，你不會對托斯騰下手吧？」

「當然不會，老兄。那可是托斯騰。」

有那麼一會兒，兩個人低著頭如猛獸般對峙，探究對方的目光。狄雷夫很清楚鄔利克在股票這種老套活動上的能耐，他的父親設立了股票交易研究中心，卻是鄔利克將之發揚光大，賦予重要的影響力。鄔利克一旦執著於某件事，最後總能遂其所願，他也是在萬不得已時不擇手段的那種人。

「好吧，鄔利克。」狄雷夫打破沉默。「先讓阿貝克搞定他的工作，之後我們再來看看。」

鄔利克的表情出現了變化。「獵雉雞的事情都準備好了嗎？」聲音聽起來像孩子般熱切。

「是的，班特．克倫已經組好隊，星期四清晨六點在瀨納克酒店集合。我們必須再度邀請當地仕紳，不過話說回來，這真的是最後一次了。」

鄔利克哈哈大笑。「我猜你們對這次打獵有所安排了吧。」

狄雷夫點點頭。「沒錯，將有意外驚喜。」

鄔利克下巴肌肉抽動，那個驚喜顯然讓他激動亢奮。容易激動又沒有耐心，這才是鄔利克的眞實面貌。

「怎麼樣，鄔利克？要不要一起到樓下看看洗衣區裡的菲律賓人都在幹些什麼？」

鄔利克抬起頭，瞇起眼睛。有時候這反應表示沒問題，有時又代表拒絕，讓人無法預測他的心意，鄔利克是個很矛盾的人。

第六章

「麗絲，妳知道這份卷宗是怎麼到我桌上的嗎？」

麗絲飛快瞥了卡爾手上的檔案夾一眼，又回去撥弄那頭蓬亂的新髮型，下垂的嘴角應該是表示「不知道」的意思。

卡爾把檔案夾遞給索倫森。「妳呢？妳知道些什麼嗎？」

她花了五秒瀏覽檔案第一頁。「很遺憾，我不知道。」同時眼睛流露出勝利的光芒，只要卡爾有麻煩，索倫森一定會出現這種眼神。這是她的光輝時刻。

問遍了整個凶殺組的結果，不僅副組長羅森．柏恩，馬庫斯或者其他指揮人員個個摸不著頭緒。看來卷宗是自己跑到卡爾的桌上。

「卡爾，我聯絡了霍貝克警察局。」某間辦公室傳來阿薩德的聲音，卡爾正埋首在他的鞋盒中。「就他們所知，卷宗應該都收在所屬的檔案室裡。不過只要一有時間，他們就會去察看一下。」

卡爾把四十五號的愛步鞋（ecco）放在桌上。「西蘭島的尼科賓警局怎麼說？」

「等等，我正要打電話。」阿薩德邊輸入號碼邊吹口哨，是他家鄉的一首憂傷曲調，但是旋律聽起來卻不像是吹的，而是吸出來的。不太妙。

卡爾舉目望向白板，上頭整整齊齊釘著四份報紙的頭版頁面。漂亮偵破林格案後，大家一致同意這個由卡爾．莫爾克領導，爲了重新調查令人矚目的懸案而新設立的調查單位相當成功。

他看著自己疲乏的手，那雙手幾乎拿不住一份來路不明、厚達三公分的卷宗。「成功」一詞給卡爾帶來的只是更加蕭索無味的感受。

他嘆了口氣，翻開卷宗重新瀏覽案情疑點。兩個年輕人被殘忍謀殺，手法凶狠，嫌疑犯指向幾個有錢人家的孩子。九年後，當中一個名爲畢納．托格森的人出面投案坦承犯罪，此人的家境與其他嫌疑犯相較之下遜色太多，如今畢納頂多再服刑三年就能出獄。值得注意的是，坐牢期間他透過股票買賣撈了一大筆。這種事被允許嗎？坐監時還能進行交易？

他仔細研讀審訊報告的副本，但關於畢納的訴訟過程只是匆匆翻過。卡爾認爲他之前與被害者並不相識，雖然判決中主張凶手多次見過那對兄妹，卻沒有證據支持這個說法。嗯，更別說這份檔案中很可能透露出恰恰相反的訊息。

他又瞪著卷宗封面，上頭寫著「霍貝克警察局」。爲什麼不是尼科賓呢？警方的機動小組爲什麼沒有和他們合作偵查？也許是尼科賓警察局的人牽涉太深？會是這個原因嗎？或者純粹只是他們無法勝任調查工作？

「喂，阿薩德。」卡爾的叫聲穿越中間走道。「打個電話到尼科賓，問問那邊有沒有人認識死者。」

阿薩德的小房間沒有傳來回答，只聽見喃喃低語聲。

卡爾站起來，穿越走道。「阿薩德，問問那邊有沒有人……」

阿薩德舉起手制止，他正在講電話。「是、是、是。」他對著話筒說，然後又連續說了十次，聲調完全沒有變化。

卡爾重重吐了口氣，目光掃過助理的辦公室。阿薩德書架上的相框又增加了，一張兩位年長婦女的照片跟其他家庭照爭奪著擺放空間。其中一位婦女嘴唇上方有深色細毛，另一位頭髮濃密蓬鬆，七橫八豎亂長，猛看就像頂安全帽似的。

阿薩德掛上電話，卡爾指著照片。

「她們是我住在哈瑪的阿姨，頭髮亂七八糟的那個已經過世了。」

卡爾點點頭。以那婦女的模樣來說，若是沒死反倒讓他意外。「尼科賓的人怎麼說？」

「他們也沒有寄檔案過來，卡爾，而且說得斬釘截鐵，因爲他們從來沒收到檔案。」

「喔？但是卷宗上記載當初是由尼科賓警察局、霍貝克警察局與機動小組共同偵查啊。」

「不是這樣的，尼科賓警察局只負責驗屍，調查工作交由其他單位進行。」

「什麼？這事有點蹊蹺。尼科賓警察局裡有人和死者有私交嗎？」

「認識又不認識。」

「什麼叫認識又不認識？」

「哎，兩個死者是某位刑警的孩子。」阿薩德指著他的筆記。「那位刑警名叫海寧・約耿森。」

卡爾看著眼前被凌虐致死的女孩照片，體會到自己的孩子被人謀殺是所有警察的夢魘。

「那想必非常可怕。但就不難理解為何這件案子會再度出現，後頭絕對隱藏著個人利害關係。不過，你剛才說了認識又不認識？理由何在？」

阿薩德靠回椅背。「我會這麼說是因為如今西蘭島尼科賓警局裡，已經沒人與那兩個孩子有血緣關係了。發現屍體後，孩子的父親就開車回警局，和執勤同事打過招呼後走進武器室，將他的手槍抵在這兒扣下扳機。」助理兩隻肥短的手指頭指著自己的太陽穴。

警察改革產生了許多奇特現象，例如：轄區名稱與以前不同，人員的頭銜也有所更動，檔案搬到了別的地方。總而言之，大部分同事不停做著白工，很多人利用這個機會離開或是乾脆提早退休。

以前警員退休不是什麼愉快的事情。職場生涯結束後，剩餘的生存年限平均不會超過兩位數。而際遇比警察還慘的是記者，不過通常還得加上流過咽喉的大量酒精，死亡總得要有個理由。

卡爾認識一些退休後並未活過一年的刑警，但謝天謝地，丹麥警察的悲慘日子已經成為過去，如今的退休員警甚至會想再多多體驗生活，慶祝孫子高中畢業，不過卻因此造就一些另謀職務、不再積極參與調查工作的案例。例如克拉艾斯．湯瑪森這位西蘭島尼科賓警察局的退休員警，現在正頂個便便大腹站在他面前。他認為這套藍色制服穿三十五年已經夠久了。「退休後跟老婆的感情變得更好了。」卡爾雖然知道他的意思，仍被這句話稍微戳痛。法律上來說，卡爾．莫爾克是有妻子的人，只是她很久前就離開他，卡爾若是堅持要她回到身邊，那留山羊鬍的年輕情人一定會跳出來抗議。

唉，反正只是隨口說說。

窗外一片恬靜的田野景致，環繞著史坦洛瑟地區與湯瑪森精心照料的草坪，阿薩德顯然被此深深吸引。「你居住的地方眞漂亮。」他說。

「湯瑪森，我們十分感謝你願意與我們碰面。」卡爾接著說：「如今還認識海寧．約耿森的人已經所剩不多了。」

湯瑪森臉上的笑容消失。「他是最優秀的同事，也是最好的朋友。當年我們是隔壁鄰居，直到那起案件我和我太太才因此搬家。慘案讓約耿森太太抑鬱成疾，精神恍惚，我們也不想再繼續住在那兒，那些回憶實在是太可怕、太駭人了。」

「我想海寧．約耿森當時並未預料到他的夏日別墅裡發生了什麼事？」

湯瑪森搖搖頭。「是那兒一位鄰居打電話報警。他過去約耿森家想打聲招呼，卻發現兩個孩子被人謀殺，之後立刻通報派出所，剛好是我接的電話。約耿森那天休假打算去接兒子和女兒，當他抵達別墅時，看見前面停著許多巡邏警車。那是暑假的最後一天，孩子們隔天就要上高三了。」

「他到達時你人在那兒嗎？」

「嗯，與鑑識人員和調查組長在一起。」他又搖了搖頭。「唉，那位組長也不在了，死於交通意外。」

阿薩德從袋子裡拿出筆記本記錄重點。不過轉眼間，這個助手已經可以獨立作業了。咳，這下可好。

「你在別墅有什麼發現嗎？請大概說明一下。」

「窗戶與門全都敞開，屋子裡有許多不同的腳印。我們沒找到鞋子，不過後來發現掉落在現場的沙子是來自其中一個嫌犯父母家的陽台。兩個被害人陳屍在有壁爐的客廳地板上。」他在茶几旁坐下，比了個手勢，要他們兩個也跟著落坐。

「那個女孩……我眞希望能忘掉那慘狀，你們應該可以理解，畢竟我認識她。」湯瑪森頭髮斑鬢的妻子幫大家倒咖啡，對阿薩德的客氣婉謝視而不見。

「我從未看過被痛毆得如此悽慘的身體。」湯瑪森繼續說道：「她是那麼瘦小、那麼柔弱。我一直無法理解她怎麼能撐那麼久。」

「你的意思是？」

「根據屍體解剖報告，她被毆打時仍舊活著，也許又撐了一個鐘頭。眞正的死因是肝臟出血，血液流積到腹腔，最後失血過多至死。」

「那麼凶手可是冒了很大的風險。」

「並非如此。她雖然活了下來，但大腦嚴重受損，根本無法說明事發經過。」湯瑪森把臉撇過凝視窗外田野。卡爾了解那種感受，那種希望能置身事外，單純看著世界流動的感覺。

「凶手知道這件事嗎？」

「知道。顱骨破碎即使不死也會去掉半條命，傷口就在額頭中央，很不尋常。我的意思是那太明顯了。」

「那男孩呢？」

「他就躺在旁邊，臉上的表情驚愕又平和。唉，那麼好的一個年輕人！我常在家裡和局裡遇見他，他將來也想當警察，就像他父親一樣。」他直視卡爾的臉。卡爾很少看見一位資歷老練的警察眼中出現如此悲戚的神色。

「他們的父親都看見了嗎？」

「很遺憾，是的。」他搖搖頭。「他想馬上帶走孩子的屍體，絕望無神的在現場踩來踩去，破壞了許多線索，我們不得不強行將他帶離別墅。我至今仍深深後悔自己那麼做。」

「然後你們就將案子轉給霍貝克的人嗎？」

「沒有，是被人抽走的。」他向妻子點個頭，桌上已擺滿了豐盛的點心。「要不要吃點餅乾？」那語氣聽起來彷彿在暗示他們應該婉謝然後立刻離開。

「是你設法讓我們拿到檔案嗎？」

「不是，不是。」他吞了口咖啡，盯著阿薩德的筆記本。「不過我很開心能夠重新調查這件案子。每次在電視上看見狄雷夫．普朗、托斯騰．弗洛林和那個股票交易員幾個豬玀時，我就怒火中燒。」

「看來你似乎很清楚誰應該爲此案負責。」

「這點無庸置疑。」

「那麼被判刑的畢納．托格森又該怎麼說？」

退休員警的腳在桌下的鑲木地板上畫圈，但臉色平靜。「相信我，那六個不知天高地厚的有錢人家小孩是一起犯案的。狄雷夫・普朗、托斯騰・弗洛林、股票交易員和那個女孩全都牽涉其中，畢納・托格森那個沒用的膽小鬼毫無疑問也在場，不過卻是所有人一起動手。第六個人是克利斯汀・吳爾夫，他應該不是死於心臟病發那麼簡單。我的看法是，一定是其他人幹掉了他，因爲他忽然心生恐懼。那是謀殺，一定是。」

「據我所知，克利斯汀・吳爾夫是在打獵時喪生，難道並非如此嗎？資料上寫他開槍打到自己的大腿，失血過多。意外發生時，附近並沒有其他打獵的人。」

「我壓根兒也不相信。不可能，那是謀殺。」

「你的理論根據是什麼？」阿薩德傾身向前從桌上拿了塊餅乾，同時目不轉睛盯著湯瑪森。湯瑪森聳聳肩，代表那是出自警察的直覺。這個助手知道什麼了嗎？他心裡揣度著。

「那你是否掌握了其他線索，能讓我們深入調查洛維格謀殺案？也許是我們在其他地方找不到的？」阿薩德又說道。

湯瑪森把放餅乾的碗朝阿薩德推近。「我想沒有。」

「那麼誰會有？」阿薩德問，把碗又推了回去。「誰能幫這個忙？如果我們無從得知的話，卷宗大概又將被塞回大倉庫裡。」

這結論來得突然又專橫。

「如果是我，會去找海寧的太太，瑪塔・約耿森。你們去找她看看，在謀殺案和先生自殺後，她老是去找調查人員，不妨試試瑪塔這條路。」

第七章

鐵路調車場上方煙霧繚繞，而如蛛網盤結的電纜區後方，郵政中心的黃色郵務車正不停駛進駛出，電車上擠滿要去上班的人呼嘯而去，震得琦蜜的小窩搖搖晃晃。

這應該是一個尋常日子的序幕，但是琦蜜內心的魔鬼卻如夢魘般蠢動，不斷朝她叫囂威嚇，糾纏不休。有那麼一會兒，她跪地祈禱磨人的吵鬧聲能平靜下來，然而那更高的權力者今天又放假了，最後她拿起放在臨時木板床邊的威士忌，灌了一大口。等到半瓶威士忌灼痛她的內臟後，她決定今天不帶箱子出門。背負著仇恨、厭惡與憤怒已經夠沉重了。

托斯騰·弗洛林將會是下個目標，自從克利斯汀·吳爾夫死後，他便名列清單最前面，這個念頭在她腦海中盤旋不去。她在一份周刊上看見托斯騰那張狐臉，照片上的他驕傲端坐在重新修繕過的獲獎玻璃建築前，那是他位於舊自由港區印加凱上的精品店，但同時也是琦蜜打算讓他面對現實的地方。

她腰痠背痛的滑下簡陋的木板床，嗅了嗅腋窩。汗臭味還不會太刺鼻，樓上DGI-BY健身中心的浴室可以再多等一會兒。

她搓揉膝蓋，然後把手探進木板床下拉出一個小箱子，打開蓋子。

「睡得好嗎，我的小寶貝？」她一邊說，一邊伸出手指摸摸嬌小的頭。好柔細的頭髮，睫毛又濃又長，她每天都這麼想。她慈愛的對著那小東西微笑，然後把蓋子闔上，再將箱子推回原位，這是一天當中最美好的時刻。

出門前，她從一堆破銅爛鐵中抽出最保暖的靴子，天花板油氈上的霉斑是個警告，今年秋天的氣候將會反覆無常。著裝完畢後，她小心翼翼打開房門盯著面前的鐵路調車場，她與日夜不停隆隆駛過的電車距離不到一公尺半。

但沒人看見她。

她溜出屋子，鎖上門，把大衣扣好。先繞著鐵灰色的變電所走了二十步，站務人員很少往這邊看，然後沿著柏油路走向通往英格斯雷街的柵門。她用鑰匙把門打開。

擁有這道柵門的鑰匙曾經是她最大的夢想。一開始若要回到她的鐵路小屋，必須從迪柏斯橋電車站順著柵欄走碎石路，而且必須在晚上的時間走才行，否則會被人發現。這讓她每天只能睡三、四個小時就得離開黃磚搭蓋的小屋，琦蜜知道，如果有人發現她在那兒肯定會馬上把她趕走，夜晚因此成了她的同伴。直到那天早上，她第一次發現通向英格斯雷街的柵門前有道告示牌，上頭寫著：「固力保、呂基斯托普柵欄與門公司」。

她打電話到柵欄公司，自稱是丹麥國家鐵路局資材部的莉莉．卡爾司藤森，與柵欄公司安排的鎖匠約好在柵欄前的人行道上見面。她穿上熨燙好的深藍褲裝，搖身一變成了管理階層的高階主管，從鎖匠那兒親自拿到了兩把備用鑰匙和一張帳單，並且當場把費用付清。從此以後就可以隨心所欲、自由進出了。

只要她謹慎留心，魔鬼也不來吵她的話，就會事事順利。

在開往歐斯特普的公車上，她感受到別人盯著她瞧的眼神，她很清楚自己正在喃喃自語。停下來，琦蜜！她默默祈禱，但該死的嘴巴不願乖乖就範。有幾次她聽過自己說的話，彷彿出自陌生人口中，那天也是如此。她對著一位小女孩微笑，小女孩擠了個鬼臉便移開目光。

感覺眞糟。

她刻意提早幾站下車，覺得背後彷彿射來千百道目光。這是妳最後一次搭公車了，她告誡自己。公車上很容易人擠人，電車就好一點。

「好多了。」她下車大聲喊道，然後偷瞥了後頭的康根大道一眼，路上幾乎不見人跡與車輛，她腦中的聲音也嘎然而止。

到達印加凱那棟建築時正好是午休時間，根據一塊搪瓷牌子上所標示，這個停車場屬於托斯騰·弗洛林的產業，此時停車場裡空無一車。她打開包包往裡頭探看，這個包包得手自皇宮戲院裡一個渾然忘我盯著化妝鏡的女孩，健保卡上寫著那個蠢貨的名字叫莉莎－瑪雅·彼德森。

琦蜜把手榴彈推到一旁，然後點起包包中一支上好香菸。菸盒上印著：吸菸會導致心臟疾病。她縱聲大笑，深深吸了一口。從寄宿學校逃出來後，她便染上菸癮，不過她的心臟幫浦運作正常，毫無瑕疵。她才不會死於心臟疾病，絕對不可能。

幾個小時後她就把菸全部抽完，踏熄的菸蒂四處散在人行道上，有個年輕女孩穿越玻璃門輕快走來，琦蜜一把抓住她的衣袖。

「妳知道托斯騰·弗洛林何時會來嗎？」

年輕女子默不作聲，皺著眉頭瞪著她。

「妳知不知道啊？」琦蜜大力搖晃她的手臂。

「放開我！」女孩叫道，雙手抓住琦蜜手臂，打算將她的手扭開。

琦蜜瞇起眼睛。她痛恨別人把她扯開，痛恨對方不回答，痛恨女孩的眼神，因此她擺動另外空著的那隻手，從臀部使力扭腰一揮，一拳擊中女孩的顴骨。

女孩全身癱軟跌倒在地。琦蜜一方面感覺良好，另一方面卻又不然。她心裡明白不應該這樣對待他人，於是俯身看著驚恐萬分的女孩。「再問一次：妳知道托斯騰·弗洛林何時會來嗎？」

女孩結結巴巴說了三次不知道後，琦蜜才轉身離開。她很清楚自己現在必須躲起來一陣子，不可以讓人看見。

雅克柏賭場位於思克貝街上，在賭場破損的水泥牆角邊，她直直撞入老鼠蒂娜的懷抱。蒂娜拿著塑膠袋站在商店門口「當季皮草」的牌子底下，臉上的妝已經花了。一開始她口交的幾個客人還看得到緊實有精神的眼皮和撲了粉的臉頰，但最後幾個客人，她只能伺候他們糊掉的口紅和袖子上沒有弄乾淨的精液痕跡。蒂娜的客人不用保險套，她已經好幾年沒提出這樣的要求，久而久之她根本沒辦法這麼要求客人。

「嗨，琦蜜小寶貝，哈囉！看見妳眞讓人開心。」她咕噥道，對著琦蜜抖動她骨瘦如柴的雙腳。「我有事找妳，親愛的。」她晃了晃剛剛點燃的香菸說：「中央火車站裡有人在打探妳的消息，妳知道這件事嗎？」

她抓起琦蜜，拉著她過街走到伊薩咖啡廳的露天座椅。

雉雞殺手
Fasandraberne

「妳最近都上哪兒去了？我眞是媽的想死妳了。」蒂娜邊從塑膠袋裡拿出兩瓶啤酒。

「誰在打探我？」她推回蒂娜遞過來的酒瓶，從小家裡就教導她啤酒是社會低下階層人士的飲料。

「哎，就幾個男人。」蒂娜把要給琦蜜的酒瓶放到座椅下。琦蜜知道她很高興能坐在這兒，手裡拿著啤酒，口袋裡有點錢，以及被香菸薰黃的手指，這就是蒂娜大致的生活樣貌。

「說得詳細點，蒂娜。」

「哎啊，琦蜜，妳知道的，我的記憶力就像個濾網。酒啊、毒品的，妳懂吧？這兒的運作狀況不太好。」她拿手點點自己的頭。「不過我什麼都沒說，只說我根本不知道妳是誰。」然後忽然笑了起來。「他們給我看了妳的照片，琦蜜。」搖了搖頭又說：「媽的，妳以前還眞時髦啊，琦蜜小寶貝。」然後深深吸進一口菸，又道：「想當年我也是個美人，拜託，以前有人說過，那個人的名字是……」她望向天空，名字也隨之飄逝在風中。

琦蜜點了點頭。「找我的人不只一個嗎？」

蒂娜點點頭，又灌了一口酒。「有兩個，但不是一起出現。一個是半夜來的，在火車站人變多以前，大概四點左右，對吧，琦蜜？」

琦蜜聳聳肩，基本上那不重要，反正她現在知道有兩個人在找她。

「多少錢？」兩人上方傳來聲音，一個人站在琦蜜面前。但是她沒有回應，這裡是蒂娜的地盤。「妳幫人吹簫要多少錢？」

蒂娜用手肘頂了頂她。「是在問妳，琦蜜。」蒂娜無精打采的說，她今天已經賺夠需要的錢了。

琦蜜抬頭看見一位尋常男人的臉龐，雙手插在大衣口袋，眼前的景象眞令人感到可悲。

「滾開！」她惡狠狠瞪了他一眼。「在我給你好看之前趕緊給我滾。」

男子直起身往後退，露出猥褻的笑容，彷彿那句威脅讓他興奮不已。

「五百克朗。只要妳先把嘴巴洗乾淨，就給妳五百。我不喜歡妳的口水留在我的老二上。」

然後從皮夾拿出錢晃了晃。

琦蜜腦中各種聲音逐漸增強。動手吧！有個聲音說。他是自討苦吃。最後這些聲音取得共識，於是她抽出座椅下的酒瓶做好準備，那傢伙從頭到尾一直鎖定琦蜜的目光。

她頭一縮拿起酒瓶便往他的臉潑去，男子嚇得往後一退，五官上深深烙印著驚惶的神色。他怒氣沖沖看著自己髒掉的大衣，又抬頭瞪著她。琦蜜知道對方現在很危險，攻擊事件在思克貝街上是家常便飯，在十字路口分發免費報紙的那個泰米爾人也不會插手干預。

於是她半立起身，將酒瓶砸在對方頭上，碎片朝對街歪掉的郵箱飛去，男人的一隻耳朵立即湧出鮮血，血液呈三角狀流向大衣領子。男子駭然瞪視指著破裂的瓶頸，他此刻腦中一定飛快思考著該如何對他妻兒與同事解釋，接著轉身跑向火車站，因爲經過思考後，他知道自己現在得趕快去看醫生、買件新大衣，把事情搞定。

「我之前就看過這個白痴一次了。」蒂娜在琦蜜旁邊咕噥，惋惜看著潑在地上的啤酒。「要命啊，琦蜜。我又得到阿迪超市（注）一趟了，眞是可惜了這些美味的啤酒，那白痴幹嘛偏到我們

注 Aldi，連鎖廉價超市。

這兒攪和，搞得烏煙瘴氣的。」

琦蜜沒有一直盯著那男人。她丟下酒瓶，手伸進褲子裡掏出隨身的錢袋，從裡面拿出來的剪報仍然很新。她不定時會更新剪報，盡可能掌握其他人的情報。她攤開剪報，拿到蒂娜面前。

「找我的人是他嗎？」她指著報紙上的照片，底下寫著「鄔利克．杜波爾．顏森，UDJ股票分析機構總裁，拒絕與保守黨專家團合作。」

鄔利克這段時間變成了高大的男子，當然這不僅僅指軀體上的變化。

蒂娜透過香菸的白色煙霧注視著剪報，然後搖搖頭。「找妳的人沒那麼胖。」

「或者是這個人？」另一張照片來自琦蜜從東法利馬街的垃圾桶找到的女性雜誌。肌膚光潔、一頭長髮的托斯騰．弗洛林看起來很像同志，但他不是，這點她可以拍胸脯保證。

「我看過這個人，在電視上還是哪裡。他是時尚圈的人，對吧？」

「是這個人嗎，蒂娜？」

蒂娜咯咯發笑，彷彿這是場遊戲。也不是托斯騰。

蒂娜比比手勢表示不是照片上的狄雷夫．普朗後，琦蜜再度將所有照片收回隨身錢袋塞進褲子裡。「那些男人說了我什麼嗎？」

「他們只是問起妳，小寶貝。」

「如果我們找一天到火車站去找他們，妳能認得出來嗎？」

她聳了聳肩。「他們不是每天都來。」

琦蜜咬咬下唇。她現在必須更加小心，其他人越來越接近了。

「妳要是再看見他們，一定要告訴我。留心記住他們的長相，好嗎？寫下來，之後才回想得起來。」她把手放在蒂娜的膝蓋，感覺在磨損牛仔褲底下的膝蓋像刀背般削瘦。「有任何消息就藏在那兒的黃色招牌下面。」她指向寫著「租車中心·價格低廉」的牌子。

蒂娜邊咳嗽邊點頭。

「只要找到對我有用的消息，一次就付妳一千克朗。妳覺得如何，蒂娜？這樣妳就能幫老鼠買個新籠子，妳總是把牠放在房間上頭，對吧？」

她在巴斯特煉油廠前的停車場站了五分鐘，確定蒂娜看不到她後才過街走向柵門。沒人知道她住在哪兒，這情況不能因任何人而改變。

但此刻頭又痛了起來，皮膚底下也傳來刺痛感，琦蜜又沮喪又氣憤，內心的魔鬼痛恨這樣。

不過等到手裡拿著威士忌瓶坐在狹窄的木板床上，環顧被昏暗光線照亮的小空間時，她終於安靜下來。這是她的世界，待在這裡總令她感到安心，需要的一切應有盡有：木板床下的箱子裝著她心愛的寶物，孩童嬉戲的海報貼在門上，小女孩的照片、貼在牆上隔離外界用的報紙、堆成一團的衣物、放在地上的鍋子、兩個使用電池的迷你燈、架上還有一些鞋子，這些東西足夠她生活了。如果還需要新東西，她也有錢買。

威士忌的威力漸漸發酵，她笑了出來，湊上牆面檢查隱藏在三塊磚後的小洞。琦蜜每次回到小屋都會做這個動作。先察看擺放信用卡與最新提款明細表的小洞，然後才是放現金的地方。

琦蜜每天都會列出清單，看看自己還剩下多少錢。十一年來在街上討生活的成果，讓她如今手邊還有一百三十四萬四千克朗。只要繼續維持目前的生活方式，她的錢永遠花不完，光是扒來的錢就足以應付她每日所需了。衣服是偷來的，吃得也沒特別多，不過她喝酒，但是拜有健康意識的政府所賜，酒類價格總是特別低廉。在這個美好的國家，現在只需要以前一半的金額就可以讓自己喝掛。想到這裡她又大笑出聲，接著從袋子裡拿出手榴彈放入第三個洞中，再小心翼翼把磚塊仔細放回原處，讓人看不出有縫隙。

此時恐懼忽然無聲息的襲來，平常不會這樣，通常她腦中的影像會事先警告她：準備把人痛毆一場舉起的手，偶爾出現的血跡以及被凌虐的肉體，然後是一閃而過的久遠回憶在恣意狂笑，還有被打破的低喃承諾等，但這次那些聲音竟然無法提前示警。

她渾身顫抖，感覺到下腹部緊縮痙攣，每次出現這種狀況，總會令她淚流滿面，噁心欲吐。以前她會藉由酒精澆熄這場風暴，但結果往往更糟。現在面對這種狀況，她只能等待慈悲的黑暗降臨，只不過那有時候需要好幾個小時。

腦袋漸漸冷靜下來後，她有股衝動想起身走到下面的迪柏斯橋電車站，踏上到三號月台的電梯，在另一端等待一輛電車咆哮急駛而來，那時她將張開雙臂，緊緊靠著月台邊大喊：「你們這些豬玀別想從我手上逃掉！」

之後的事，她將交由腦中的聲音去做決定。

第八章

卡爾一進辦公室就看見擱在桌子中央的塑膠套。

見鬼了，那又是什麼？他心裡感到納悶不解，然後叫了阿薩德。

他出現在門口，卡爾指著塑膠套。「你知道那是怎麼來的嗎？」阿薩德只是搖搖頭。「我們不要碰那東西，懂嗎？上面應該留有指紋。」

兩人盯著透明塑膠套，可以看見最上面那頁寫著「寄宿學校學生攻擊事件」幾個字，應該是從雷射印表機列印出來的。

這是份暴力攻擊事件的清單，上面註明了發生時間、地點與受害者的名字，攻擊事件顯然從很久以前就開始了。尼柏格一處海灘上的年輕女子受到攻擊，塔本諾耶遊樂場一對雙胞胎兄弟大白天被人痛毆，還有朗格蘭一對夫婦等，共有二十件。

「阿薩德，我們得想辦法找出是誰將東西放在這兒。打電話給鑑識人員，如果這個人來自警察總局，很快就能找出指紋的主人。」

「這裡沒有我的指紋資料。」阿薩德似乎非常失望。

卡爾搖搖頭。爲什麼沒有？難道與那些聘用阿薩德的閒言閒語有關？

「找出被害兄妹母親的地址。案發後，她搬了好幾次家，上次戶口申報是在蒂斯韋德地區，但現在應該搬離那兒了。腦筋靈活點好嗎，阿薩德？打電話給她的鄰居，號碼在那邊，也許他們知道一些訊息。」他指著一堆剛從袋子裡掏出來的紙條。

然後卡爾拿了一本筆記簿，記下待辦事項。他心中有種感覺，新的攻擊事件似乎將再度發生。

「卡爾，我是認眞的，別再把你的時間浪費在早已判刑定讞的案子上了。」凶殺組組長搖搖頭，一邊在桌上亂七八糟的紙堆中翻找。短短八天內便發生了四件重大刑案，雪上加霜的是組裡有三個人申請休假，兩個人掛病號，其中一個病人甚至長時間無法上班。卡爾很清楚馬庫斯腦袋裡在盤算什麼：可以把誰從手邊的案子上調走。謝天謝天，幸好那不是他的問題。

「你專心接待挪威的訪客就好。那些人因爲聽聞過梅瑞特．林格一案，想要了解你如何組織任務、決定調查的優先順序，我相信他們有很多埋藏已久的陳年舊案。去把你的辦公室整理乾淨，然後給那些人上一堂丹麥警察井然有序的辦案課，這樣之後他們受邀和司法部長見面時，就有話題可以聊了。」

卡爾欲振乏力的點點頭。他的訪客事後還要跟那位傲慢的司法部長喝咖啡聊天，八卦他的懸案組？眞是越來越不像話！

「我必須知道是誰把那些案子放在我桌上，馬庫斯。這樣我才能決定之後該怎麼做。」

「是啊、是啊，決定權在你。不過你若要重新調查洛維格案，拜託請繞過凶殺組，目前我們沒有人力可以支援，就算只是暫時幫忙也沒有辦法。」

「別著急。」卡爾說。

馬庫斯傾身按下對講機。「麗絲，妳可否過來一下？我找不到我的行事曆。」

卡爾望向地板，看來組長的行事曆從桌緣滑下來，現正躺在地上。他用腳尖輕輕一踢，行事曆便滑進書桌的抽屜下方，心裡期待他和挪威人的會議也能因此消失。

麗絲快步走進辦公室，卡爾心情愉快的與她擦身而過，雖然他比較喜歡她改變造型前的模樣，不過那又如何？麗絲還是麗絲。當他經過祕書處櫃台時，蘿思．克努森坐在櫃台後對他微笑，她那深似馬里亞納海溝的酒窩彷彿在說：「我很高興能到地下室與你們一起工作。」

卡爾並未回應那笑容，反正他也沒有酒窩。

地下室裡的午後祈禱結束了，阿薩德早已穿好風衣站在那兒，皮製公事包夾在腋下。

「被害兄妹的母親住在羅斯基勒一位老朋友家。」並補充說，如果他們動作快，不到三十分鐘就能到那兒。「霍內克的脊椎中心那邊來了電話，卡爾，狀況似乎不太妙。」

卡爾眼前浮現哈迪的臉。那個兩公尺又七公分高的癱瘓者，將他的臉轉向厄勒海峽，旺季過後，仍見帆船揚帆滑過海面。

「怎麼回事？」一股不舒服的感覺湧上心頭，他已經一個多月沒去探望他的前同事了。

「他們說他經常哭泣，就算給他藥吃，還是停不下來。」

那是棟平凡的獨棟住宅，位於法桑路盡頭，黃銅門牌上寫著「顏司－阿諾德與伊薇特．拉森」，下面還有一小塊厚紙板用大寫字體寫上「瑪塔．約耿森」。

幫他們開門的婦女比一般退休年紀還大了好幾歲，人感覺非常嬌柔，是位雍容美麗的老婦人，卡爾不由自主對她綻放溫柔的微笑。

「沒錯，瑪塔住在我們這兒，自從我先生過世後，她就搬過來了。先和你們說一聲，她今天身體狀況不太好。」她在走廊上低聲說：「醫生認爲她隨時可能會走。」

還沒踏進屋內，他們就聽見瑪塔咳嗽的聲音。一進門後，只見她人坐在那兒，眼眶凹陷的望著來客，眼前的桌上擺了一些藥罐與藥盒。「你們是？」她問道，拿著小雪茄的手簌簌發抖。

阿薩德坐在一張鋪著破損羊毛毯的椅子上，椅墊上還有窗台植物掉落的乾枯落葉。他直接執起瑪塔的手，拉向自己。「我只想跟你說一件事，瑪塔。我彷彿看見了自己的母親，她也曾經歷過類似的事，這讓人很不好受。」

若換成是卡爾的母親，應該很快會把手抽走，但是瑪塔沒有這麼做。阿薩德從哪兒學會這種事？卡爾心裡納悶，試著在眼前的狀態中替自己找個恰當的立場。

「護士來之前，我們還有點時間喝杯茶。」名叫伊薇特的婦人露出微笑，想活絡一下氣氛。

當阿薩德說明他們來意時，瑪塔落下淚來。

直到瑪塔平復情緒，伊薇特爲大家端上茶與蛋糕。

「我先生以前是個警察。」瑪塔終於開口說。

「是的，約耿森夫人，這點我們已經知道了。」這是卡爾對她說的第一句話。

「我從他一位老同事那兒拿到了檔案複本。」

「喔？是克拉艾斯．湯瑪森嗎？」

「不是他。」她深吸了一口雪茄，抑制住想要咳嗽的衝動。「從另一個人手中拿到的，對方叫作亞納，不過他也已經不在了。他將與案情有關的所有資料收集在一個卷宗裡。」

「我們可以看看嗎，約耿森夫人？」

她的嘴唇顫抖，用蒼白得近乎透明的手抓抓頭。「沒有辦法，文件不在我這兒了。」她沉默了一會兒，瞇起眼睛，顯然頭又痛了起來。「我不知道最後一次借給誰，有很多人來看檔案。」

「是這份嗎？」卡爾把淺綠色卷宗遞給她。

她搖搖頭。「不是。那份卷宗更厚、更大，而且是灰色的，一隻手拿不起來。」

「還有其他的資料嗎？也許你這兒還有一些可以借給我們參考？」

她看著她的朋友。「可以說嗎，伊薇特？」

「我也不知道，瑪塔？妳認爲這樣好嗎？」

病懨懨的瑪塔凝望著窗台上生鏽的澆水罐與聖法蘭西斯小石像之間的雙人肖像畫。「妳看看他們怎麼了，伊薇特？」她的眼眶變得濕潤。「我心愛的孩子。難道我們不能爲他們做些什麼嗎？」

伊薇特把「八點後」巧克力盒放在桌上。「我們可以的。」她嘆口氣走到角落，那兒擺放了摺好的老舊聖誕包裝紙、可重複使用的盒子與包裝材料，所有東西堆在一起像是一座陵墓。那是經歷過物資缺乏時代的人會有的習性，有時候東西會莫名其妙越收越多。

「在這裡。」她從底下拿出塞得滿滿的彼特漢商店的箱子。

「瑪塔和我近十年來偶爾會將從報紙剪下來的新聞放進這兒。自從我先生過世後，我們兩個就只剩彼此了，不是嗎？」

阿薩德拿過箱子打開一看。

「裡頭是與未破案的攻擊事件有關的報導。」阿薩德說：「還有雉雞殺手的相關文章。」

「雉雞殺手？」卡爾滿頭霧水，跟著重複了一次。

「是的。否則該怎麼稱呼那些人？」伊薇特在盒子裡翻找一番，然後拿出一份雜誌剪報。

沒錯，稱這些人為雉雞殺手當之無愧，非常貼切。在一份八卦報紙上的大張照片上，所有人裝模作樣擺著姿勢：皇室成員、生活愜意的有錢無賴，還有鄔利克．杜波爾．顏森、狄雷夫．普朗、托斯騰．弗洛林等人。人人手中拿著霰彈獵槍，一隻腳伸往前象徵勝利，面前躺著一排被射殺的雉雞與鷓鴣。

「喔。」阿薩德發出意味深長的一聲。

他們察覺瑪塔情緒激動，卻對她接下來的行為始料未及。

「我絕對不會善罷干休！」她猛然大吼一聲。「他們一定要接受應有的懲罰！他們殺了我的孩子和先生，下地獄去死吧！」

她掙扎著起身，一個重心不穩往前撲，額頭重重撞在桌緣上，但她似乎沒有感覺。

「他們全都該死！」她臉頰貼在桌布上氣喘吁吁的說，接著雙手向前一伸把茶杯翻倒。

「冷靜點，瑪塔，親愛的。」伊薇特連忙把大口喘氣的瑪塔扶回靠枕上。

等瑪塔終於控制住呼吸後，又一副事不關己的冷淡模樣坐在一旁抽著她的小雪茄。伊薇特把卡爾和阿薩德帶到隔壁的餐廳去，為她朋友剛才的反應道歉。她說瑪塔頭裡的腫瘤越長越大，旁人無法預料她的行爲與反應。「她不是一直這樣的。」

好似卡爾他們要求她道歉。

「之前來過一個男人，他告訴瑪塔自己以前是莉絲貝的好朋友。」她微微抬高幾乎掉光的眉毛。

「莉絲貝是瑪塔的女兒，他兒子叫作梭崙。這你們已經知道了，是吧？」阿薩德和卡爾點點頭。「也許是莉絲貝的朋友借走了卷宗，我不確定。」她望向溫室。「但他保證只借一陣子就會歸還。」她悲傷看著兩人，讓人不禁想要將老嫗擁入懷中。「但他很可能來不及在她辭世前這麼做了。」

「你記得借走卷宗的那個人叫什麼名字嗎，伊薇特？」

「很遺憾。瑪塔借他的時候，我人不在場，而她的記憶力也衰退許多。」她拿手指敲敲太陽穴。

「你們知道的，腫瘤的關係。」

「他是不是警察？」卡爾緊追不捨。

「我想應該不是，但也有可能。我也不清楚。」

「爲什麼他沒有把這個也帶走呢？」阿薩德指著夾在自己腋下的彼特漢箱子問。

「啊，這個啊，那是瑪塔的主意。不是有個人出面投案承認自己犯下謀殺案嗎？從那之後，我開始幫她蒐集資料，這樣做對她的病情也有幫助。借走卷宗的男人覺得那些剪報不是很重要，它們也的確不重要。」

他們向她老婦人借了瑪塔家夏日別墅的鑰匙，接著又詳細詢問凶案發生後那些日子的狀況。但伊薇特揮了揮手沒回答，畢竟事情已經過了二十年了，更何況不是什麼快樂的回憶。

不久後社區護士來了，於是卡爾兩人道別離開。

哈迪的床頭桌上放了張兒子的照片。那是這個插著尿管、頭髮油膩的癱瘓男人曾經擁有另外一種生活的唯一證明，而非只有呼吸器、二十四小時播放的電視節目與擁有繁重工作量的看護所形成的日常生活。

「你終於來了……」哈迪說道，眼神盯著霍內克脊椎中心上方數千公尺外的一點虛空，那兒視野開闊，卻也能讓人跌落千丈，再也醒不過來。

卡爾急著想找藉口解釋自己多日未出現的原因，但最後放棄了，他只是拿起相框說：「我聽說馬茲去上大學了。」

「從哪兒聽來的？你跟我太太上床嗎？」哈迪的眼睛眨也不眨。

「不是，哈迪，他媽的，你幹嘛這樣說？我之所以知道是因爲……啊，我忘了，應該是聽警察總局裡的人說的。」

「你的小敘利亞人呢？他們又把他送回沙漠去了嗎？」

卡爾很了解哈迪，他只是在隨口閒扯。

「告訴我你在想什麼，哈迪，我人都在這兒了。」卡爾深吸了口氣。「以後我會更常來看你，老傢伙。我之前跑去休假，你知道的。」

「看見桌上那把剪刀了嗎？」

「看見了。」

「剪刀一直放在那兒，他們拿來剪紗布和膠帶，這樣才能把探針與針頭黏在我身上。那把剪刀看起來很尖銳，你不覺得嗎？」

卡爾瞪著剪刀。「沒錯，哈迪。」

「你難道不能把它刺入我的頸動脈嗎，卡爾？那樣我會有多開心啊！」他笑了一會兒，又乍然止住。「我的手臂在發抖，卡爾，應該就在肩膀肌肉下方。」

卡爾皺起眉頭。哈迪感受得到顫抖？可憐的傢伙，若是眞能感受到就好了。「要我幫你抓癢嗎，哈迪？」他把被子稍微掀到一旁，尋思是否要將襯衫拉下來或者隔著襯衫抓癢。

「該死的白痴，你聽不懂我說的話？你看不見那兒在抖動嗎？」

卡爾拉開襯衫。哈迪以前很注重儀表容貌，保養得宜，曬得一身小麥色的肌膚，如今皮膚卻像蛆那麼白。卡爾把手放在他手臂上，感覺不到一絲強健的肌肉，摸起來反而像鬆軟的牛肉，而且感覺不到任何顫抖。

「卡爾，雖然很微弱，不過我可以感覺你摸到某個點。拿剪刀四處扎扎看，動作別太快，如果扎到對的地方，我會告訴你。」

可憐的男人，脖子以下全身癱瘓，僅剩肩膀有一絲絲感覺，而且不過是絕望者不願放棄最後希望的錯覺。可是卡爾仍照他說的做，從手臂中央開始有系統地往上扎，然後是四周，在他快戳到腋窩時，哈迪猛地大口喘氣。

「就是那兒，卡爾，拿支筆把那個地方標起來。」

卡爾照做，畢竟朋友一場。

「再扎一次！你隨便戳，不要讓我知道，卡爾。我會在你扎到做記號的地方做出反應，我把眼睛閉上。」

當卡爾戳到標示十字記號的地方時，哈迪叫道：「那裡！」然後笑了起來，或許還稍微啜泣了一下。眞是太不可思議了，這件事讓人起雞皮疙瘩。

「別告訴護士。」

卡爾眉頭一皺。「爲什麼不說？那是好事啊，哈迪！或許這代表你的身體仍有一絲希望，他們就知道從何著手治療了。」

「我要自己想辦法復健，卡爾。我想找回自己的手臂，你懂嗎？」哈迪今天第一次正眼看他的老同事。「至於我的手臂要用來幹嘛就不關別人的事了，你了解吧？」

卡爾點點頭。只要能讓哈迪振奮心情，不管什麼事他都無所謂。看來他的老同事活著的唯一目標，是有一天能親自拿起剪刀往自己脖子刺下去。

但問題在於，手臂上那個有感覺的小點是否眞的存在？不過卡爾決定不要深究，順其自然，畢竟對哈迪的病況沒有幫助。

卡爾把襯衫拉好，被子高高蓋到哈迪下巴。「你還跟那個心理醫師談話嗎？」夢娜・易卜生誘人的曼妙胴體浮現卡爾眼前，多麼可口的景象。

「是的。」

「你們都談些什麼？」他希望哈迪的回覆中會出現他的名字。

「她不斷詢問亞瑪格島槍擊案的過程。我不清楚那樣做有什麼好處，不過她在這兒大部分時間都在談那件該死的釘槍案。」

「嗯，那女人就是這樣。」

「卡爾，你知道嗎？」

「什麼？」

「就算我不樂意，她仍勉強我去回想整個事發經過。操他媽的，我眞想知道那麼做有什麼用。不過，的確有個問題。」

「什麼樣的問題？」

他直視卡爾雙眼，就像他們審訊嫌疑犯時那樣，沒有責難，但也不是相反的態度，令人感覺不安。「你、我和安克爾是在那個男人被殺八到十天後才抵達花園小屋的現場，對嗎？」

「沒錯。」

「凶手有足夠的時間毀屍滅跡，時間眞是他媽的夠長了，但爲什麼他們沒有那麼做？爲什麼要等待？他們甚至可以放把火將那個爛地方燒得一乾二淨，移走屍體，讓現場埋沒在灰燼中。」

「是的，的確匪夷所思，我也覺得納悶。」

「而且他們爲什麼偏偏選在我們到場的時候回小屋？」

「沒錯，這一點也讓人驚訝。」

「驚訝？你知道嗎？卡爾，我並不驚訝，已經不會了。」他想要咳嗽清清喉嚨，但沒辦法清得很乾淨。

「如果安克爾還在，或許會有更多線索。」哈迪接著說。

「什麼意思？」卡爾已經好幾個星期沒有想起安克爾，他的最佳搭檔在他們眼前被人射殺也不過才八個月，卻已滑出他的意識外。卡爾不禁心想，如果這類事情發生在他身上，別人會記得他多久？

「有人潛伏在屋外虎視眈眈等著我們，除此之外沒有別的解釋。我們之中有人牽扯在內，那個人不是我，也許是你，卡爾？」

第九章

六輛越野車停靠在灘納克酒店前的鵝卵石路上，狄雷夫把頭伸出車窗外，指示其他人跟在後面。

一行人抵達森林時，太陽仍未昇起，圍獵者也隱身在獵人之家沒出來。車裡的人很清楚程序，他們扣好外套、拿著未上膛的霰彈槍，整裝完畢後在狄雷夫身邊集合，有些人還帶著狗。托斯騰永遠是最晚到的那個人。他下半身穿了一件小方格燈籠褲，上身搭配量身訂作的緊身獵裝夾克，就算穿去參加舞會也夠體面。

狄雷夫滿臉不以為然的看著在最後一刻從某輛越野車行李廂拉出來的獵犬，然後開始打量在場的人，看到某張臉時他忽然頓住。

他把班特．克倫拉到一旁，低聲問道：「克倫，誰讓那個女人來的？」班特．克倫除了是狄雷夫、托斯騰與鄔利克三人的律師，也是協調規畫狩獵的人。多年來他總是負責在他們後頭滅火，但也非常仰賴他們每個月匯入他戶頭的可觀進帳。

「是你太太，狄雷夫。」他壓低聲音說。「黎桑．約特說想陪她先生一起打獵。附帶一提，她的槍法比較準。」

槍法比較準？見鬼了，這點根本不重要。狄雷夫的狩獵活動沒有女人立足之地，這件事沒得商量，而原因不只一個。克倫難道不知道嗎？天啊，泰爾瑪在想什麼！

狄雷夫拍了拍約特的肩膀。「很抱歉，老兄，你夫人不能同行。」即使可能會引起不快，他仍請約特把車鑰匙交給他太太。「她可以駕車到灘納克酒店，我很樂意打電話交代一聲，請他們幫她開門。也請她帶走你們那隻不聽話的獵犬，約特，你應該知道這次的圍獵很特別。」

有些靠區區祖產過活的笨蛋，彷彿自己有資格發言似的出面想緩頰，他們根本不懂這種短毛狗的脾性。狄雷夫用鞋尖在林地戳了戳，又重複了一次：「不能有女士參加，黎桑，請妳離開。」

接著狄雷夫開始分發螢光色的綁帶，但故意略過黎桑．約特，也迴避她的眼神，只說了一句：「考慮一下把那隻野狗帶走。」這些蠢蛋在想什麼，竟敢違反他的狩獵規則，這次可非一般的打獵活動。

「若是我妻子無法參加，狄雷夫，那麼我也退出。」約特試圖施加壓力。這個穿著寒傖墨蘭夾克的矮小男人，難道還沒感受到和狄雷夫作對會嚐到什麼苦頭嗎？那次狄雷夫將花崗岩訂單轉給中國時，不是讓他差點破產？約特眞想再次自找苦吃嗎？沒問題，他會如願的。

「那是你的決定。」他轉過身不理睬那對夫妻，看向其他人。「你們都知道規矩。今天經歷的事情和別人無關，清楚嗎？」眾人點點頭，這是他要的唯一回應。「我們放出了兩百隻的雉雞和鷓鴣，有公的、有母的，絕對夠大家獵捕。」狄雷夫哈哈大笑後繼續說：「嗯，基本上這個季節母雞數量較多，但有誰在乎？」他注視著當地狩獵協會的人，這些人應該不會亂講話，他們要不是爲他工作，就是和他一起做事。「我們就不在禽類身上多費唇舌了，反正你們等會兒一定遇得上。比較有意思的是我今天準備的另外一項戰利品。我先不透露，待會就知道了。」

眾人滿懷期待的注意狄雷夫的動作。他轉向鄖利克接過一把小棍棒。「大部分的人都知道程序，八個人中會有兩個人抽到較短的棍棒。抽到的幸運兒不需要使用霰彈槍，改拿其他武器，狩獵的目標也不是飛禽類，他們將有機會帶走今日的戰利品。這樣清楚嗎？」

抽菸的人把香菸丟到地上踩熄，紛紛以自己的方式為這次狩獵做好心理準備。

狄雷夫露出微笑。這兒全是些有權有勢的人，他們的表現也恰如其分，不講情面、自私自利，簡直就是完美典型！

「一般來說，被抽中的兩位槍手可以平分戰利品，不過這次是否也如此，就留給狩獵到的人決定。大家都知道如果是鄖利克射中獵物的話會有什麼結果。」說完引起一陣哄堂大笑，但鄖利克面無表情。不管是股票投資組合、女人或者是放出的獵物野豬，鄖利克從不與人分享。

狄雷夫彎腰拿起武器。「你們看。」晨光中他手中的武器閃耀光芒。「我把索爾槍交給獵人之家測試。」他將其中一把索爾槍高舉過頭。「兩把真正的名品。光是手中能拿上一把，就足以讓人瘋狂。開心吧，你們！」

他輪流讓大家抽籤，故意對約特夫婦間的激烈爭吵視而不見。抽完籤後，他把武器交給兩位幸運兒。

其中一個是托斯騰。他看來很激動，但並非因為這次的狩獵，打完獵後他們得盡速談一談。

「托斯騰以前玩過一次，至於薩克森霍德，他將有場難忘的冒險。恭喜他們！」他向年輕的薩克森霍德點點頭，和其他人一樣舉起酒瓶祝賀。薩克森霍德的頭髮梳得服服貼貼，典型的寄宿學生模樣，而且恐怕一輩子都不會改變。「你們是唯一能射擊今日指定獵物的人，請正大光明公平追獵。請記住，務必射擊到獵物不再動彈爲止。同時也不要忘記，打到獵物的人將會獲得今日戰利品。」

他後退一步，從夾克暗袋拿出信封。「柏林一棟漂亮三房小屋的契約。房屋面對泰格爾跑道，不過別擔心，機場很快會拆遷，之後從窗前就能直接通到湖邊棧道。」一幫人立刻鼓掌叫好，狄雷夫莞爾一笑。媽的，他太太爲了索討這棟可惡的小屋在他耳邊嘮叨了半年，買了之後她去過一次沒有？當然沒有。她和她那討人厭的姘頭一次也沒去過，乾脆乘機處理掉這爛東西。

「我太太會回去，不過我要留下狗。」後面傳來聲音。狄雷夫轉過身，正好迎上約特那張頑抗的臉，他顯然是爲了不讓自己失去面子而試圖交涉。

狄雷夫轉頭飛快瞥了托斯騰一眼。沒人可以命令狄雷夫，既然他說不要帶狗，那麼如果出了什麼事，就是那個人自己的過錯。

「看來你堅持要帶狗，約特，那好吧。」狄雷夫說道，眼神仍然避開約特的妻子。他沒有興趣和這個老頭子爭執，那是他和泰爾瑪之間要解決的問題。

他們走出山丘上的矮樹叢，來到林中空地，腐植土的味道逐漸減弱。五十公尺外的小樹林浸淫在薄霧中，後頭濃密的灌木林一路沒入遠處蒼鬱茂盛的森林，眼前彷彿一片綠色汪洋，好一幅壯麗的景觀。

「你們稍微散開。」狄雷夫說，等到大家彼此相隔約七、八公尺後，他才滿意點點頭。

小樹林中，圍獵者爲了驚起獵物高飛所發出的聲響還不夠劇烈，偶爾才會見到一隻被放出的雉雞飛起，然後又落回林子裡。跟在狄雷夫左右的獵人們躡手躡腳、滿心期待往前進，完全沉溺於晨霧中所得到的刺激，光是扣下扳機這件事就能讓他們樂上好幾天。這群人雖收入百萬，但殺戮卻是唯一能感受到自己存在的必需品。

年輕的薩克森霍德走在狄雷夫旁邊，激動得臉色蒼白，那模樣就與他父親仍定期參加狩獵時一樣。他小心謹慎往前走，眼光緊緊盯住小樹林，不過也沒放過後頭的灌木叢和數百公尺遠的森林邊緣，他心裡相當清楚，精準漂亮的一槍將能爲自己獲得一棟愛巢，就此脫離父母的控制。

狄雷夫舉起手，眾人全部停下腳步，唯獨約特的獵犬狂吠不停，興奮得繞著圈圈打轉。果不其然，必須有人讓這隻肥胖的蠢狗安靜下來。

接著，第一批鳥從小樹林裡展翅飛起，槍聲開始此起彼落響起，死掉的鳥體一隻隻墜地，而約特再也約束不了他的狗，當隔壁一聲令下：「銜回獵物！」獵狗即伸長舌頭往前衝去，猛然間數百隻鳥揚翅拍飛，獵人們往前飛奔，迴盪在樹叢間的槍聲與回音震耳欲聾。

這是狄雷夫的最愛：連續不斷的射擊，毫不停歇的殺戮。空中無數的點翻飛飄動，宛如凝止在色彩的狂歡中，鳥的軀體緩緩墜落，男人們急切的塡充子彈。狄雷夫感受到身旁年輕的薩克森霍德的失落，因爲他不能和其他人一樣拿槍射擊。薩克森霍德目光如炬，眼神不斷在小樹林與森林邊緣游移，巡視被灌木叢掩蓋住的平坦區域，但對他的獵物會從哪個方向冒出來毫無頭緒。同伴的嗜血欲望越得到滿足，他手中的槍就握得越緊。

獵場上，約特的短毛狗撲向另一隻狗，那隻狗立刻丟下口中的獵物，嗚咽退卻跑開。在場的所有人都目擊到了這一幕，除了約特，他不斷上膛、射擊，再上膛、射擊。

當約特的狗第三次叼著獵物回來，又迅速咬向另一隻狗時，狄雷夫對已經注意到短毛狗的托斯騰使了個眼色。即使有強健的肌肉，但未被馴服也不受控制，那麼對一隻獵犬來說就是集所有低劣的特質於一身。

事情發展果然如狄雷夫所料，其他的狗看透約特獵犬的把戲，不再讓牠接近落在林中空地的獵物，於是牠只能跑回林子裡繼續尋找。

「現在要注意了。」狄雷夫對兩個槍手說：「仔細想想這可是攸關柏林一棟裝潢完備的房屋。」他哈笑一聲，同時拿著霰彈槍射擊一群剛從獵人之家那兒飛起的新鳥群。「最佳射手可獨享戰利品。」

這時，約特的獵犬又叼著一隻鳥跑出陰暗的樹叢，而托斯騰立刻射出一槍，獵犬還沒跑到空曠處便已應聲倒地，但似乎只有狄雷夫和托斯騰看見狗癱倒不起。槍聲響起時，薩克森霍德倒吸了口氣，緊接著是眾人對托斯騰的一陣譏笑，連約特也不例外。他們認為那是托斯騰錯認戰利品，誤射出的一發。

等到約特發現狗腦袋上的洞時，可就笑不出來了，但願他從此學到教訓：沒受過訓練的狗不准上獵場，還有這裡狄雷夫說了算。

小樹林後方林地一陣喧囂又起，在電光火石間，狄雷夫瞥見克倫搖搖頭，看來律師也目擊到托斯騰射殺了那隻狗。

「尚未確定前不要射擊，懂嗎？」狄雷夫低聲對身邊兩人說：「圍獵者已經將小樹林後面整個區域包圍住了，所以我猜那隻動物應該會從那兒現身。」他比向幾株高大的刺柏。「瞄準地面一公尺上方處，那位置剛好可以射中獵物中心，而且如果子彈射偏的話，會直接射入土裡。」

「那是什麼？」薩克森霍德朝幾株倏忽抖動的樹點點頭，壓低聲音說。然後那方向傳來枯枝折斷的聲音，一開始很輕，而後逐漸增強，驅趕獵物現身的圍獵者的吆喝聲也越來越激烈。

然後牠跳了出來。

薩克森霍德與托斯騰的槍聲同時響起，黑色的動物側影稍微歪了一下，但隨之又笨拙的往前一跳，等牠跑到空曠處，大家才看清楚那是什麼。薩克森霍德與托斯騰第二次瞄準發射，一旁眾人興奮鼓譟。

那隻鴕鳥站住不動，茫然四下張望，距離射手大約還有百來公尺。這時狄雷夫喊道：「停火！這次打牠的頭部。一人一發，薩克森霍德你先來。」

薩克森霍德舉起槍，屏住呼吸扣下扳機，其他人全部安靜無聲。這一槍正中目標，但稍微低了點，只擊碎鴕鳥脖子，牠的頭往後翻飛。不過眾人仍然激動咆哮，就連托斯騰也加入嘶吼，他要柏林一棟三房的房子幹嘛？

狄雷夫微微一笑。他原本預期鴕鳥受這一槍便會倒地不起，未料沒了頭的鴕鳥仍然跑了幾秒才被崎嶇不平的地面絆倒，躺在地上抽搐了一會兒後癱軟不動。眾人的歡叫聲震天價響。

「該死。」年輕的薩克森霍德呻吟一聲，其他同伴仍在射擊最後一批鳥。「是隻鴕鳥，我射死了一隻爛鴕鳥。眞是瘋狂！今晚在維克多家舉辦的慶功宴有得大鬧一場了。好吧，這應該能讓那些女人印象深刻！我已經相中一個好對象了。」

他們三人在灘納客酒店碰面，啜飲狄雷夫點的烈酒，看得出來托斯騰非常需要酒精。

「怎麼回事，托斯騰？你看起來像搗爛的蘋果泥。」鄔利克傾身靠向打獵大師說：「沒打到獵物而不高興？你以前已經打過該死的鴕鳥了啊。」

托斯騰翻弄手中的杯子說：「跟琦蜜有關，這事很嚴肅。」然後喝了一口。

鄔利克斟了酒，向他們舉杯。「阿貝克已經在處理這件事了。我們很快就會抓到她，托斯騰，放輕鬆。」

托斯騰從口袋拿出一包火柴，點燃放在桌上的蠟燭，他覺得沒有什麼比無火蠟燭還要陰沉悲涼的。「我希望你不要低估琦蜜，以爲她只是個受到驚嚇的弱女子，一身邋遢在街上遊蕩，輕而易舉就成爲你們愚蠢私家偵探的甕中鱉。因爲她並不是這種人，鄔利克。操他媽的，我們談的人是琦蜜耶！你們還不了解她嗎？那些人別想找到她。媽的，這就是問題所在，你們到底有沒有概念啊？」

狄雷夫放下酒杯，仰視上方屋梁。「發生什麼事了？」他痛恨托斯騰這副模樣。

「她在精品店前襲擊我一位模特兒，就在昨天。她在店外潛伏了好幾個小時，後來在人行道上發現十八個菸蒂，你們以爲她在等誰？」

「襲擊是什麼意思？」鄔利克一臉擔憂。

托斯騰搖搖頭。「唉，不是很嚴重，只是被揍了一拳，我也沒有報警。我放了那位模特兒一個星期假，送了她兩張到波蘭克拉考的周末機票。」

「你確定是她嗎？」

「是的。我給那模特兒看過琦蜜以前的照片。」

「毫無疑問？」

「沒有。」托斯騰似乎火氣上升。

「我們不能讓琦蜜落入警察手中。」鄔利克接著說。

「去死啦，當然不行！但她絕對不准再這麼近距離接近我們，那女的什麼事都幹得出來，這點我非常確定。」

「你們覺得她還有錢嗎？」鄔利克問。服務生剛好過來詢問他們要點什麼餐點，天色還早，服務生卻一臉睡意。

狄雷夫朝他點點頭說：「不用，謝謝，桌上已經都有了。」

他們默不作聲，等到服務生鞠躬離開後才又開始對話。

「天啊，鄔利克，你在想什麼？她從我們身上騙走了多少錢？將近兩百萬克朗。你以爲她在街上討生活需要花費多少？」托斯騰故意學他說話。「一毛也不用。保證她還有花不完的錢，想買什麼就買什麼，包括武器在內，大家都知道哥本哈根的供應量有多大。」

鄔利克龐大的身軀打了個寒噤。「或許我們應該加強阿貝克的人手。」

第十章

「你說什麼？你要和誰說話？刑事助理阿薩德？我沒聽錯吧？」卡爾錯愕的瞪著話筒。刑事助理阿薩德？好一個扶搖直上啊！

他把電話轉接過去，下一秒阿薩德的電話就響起。

「是。」他聽見阿薩德的聲音從他的小儲藏室傳來。

卡爾眉頭緊皺，搖了搖頭。刑事助理阿薩德，這個沙漠之子眞是膽大妄爲。

「霍貝克警察局打來的。他們一整個上午都在找洛維格謀殺案的資料。」阿薩德搔搔他的酒窩，花了整整兩天研究檔案的結果造就他現在鬍鬚未刮，一臉疲態。「你知道他們說什麼嗎？資料不見了，就這麼憑空消失。」

卡爾嘆口氣。「那麼應該是某個人特意讓檔案消失，對吧？或許是那個把謀殺案相關資料的灰色卷宗給瑪塔．約耿森的亞納？你有沒有問卷宗是不是灰色的？」

阿薩德搖搖頭。

「好吧，實際上也無所謂。瑪塔說拿走卷宗的男人已經死了，我們也無法再找他談話。」卡爾瞇起眼睛，改用另一種態度說話。「阿薩德，有些事我想要弄清楚：請你告訴我，你何時被任命爲刑事助理？我認爲你眞的該節制這種自稱是警察的行爲。根據法律條文，這種行爲是會被嚴厲懲罰的，第一百三十一條。另外，如果你想知道的話，這很可能讓你被判刑六個月。」

阿薩德震了一下。「刑事助理？」他屏住呼吸，雙手環胸，好似要保衛自己此刻遭人質疑的清白，自從總理透過媒體回應丹麥士兵間接參與阿富汗虐囚事件後，卡爾就沒見過類似的憤怒臉孔。

「我這輩子從未想過要做這種事。」阿薩德說：「完全相反！我說我是刑事助理的助手，是對方沒有聽清楚，卡爾。」他雙臂向前伸出。「難道那是我的錯嗎？」

刑事助理的助手！老天爺啊！這些狗屁倒灶的事眞的會讓人胃潰瘍。

「你若說自己是刑事警官的助理就沒錯了，或者警官助理會更好一點。總之，你若一定要使用頭銜，我也沒意見，重點是你要講清楚，懂了嗎？現在去備車吧，發動那輛了不起的老爺車，我們要前往洛維格。」

夏日別墅坐落在松林間，多年來似乎已被風沙逐漸吞沒侵蝕，從窗戶的狀況判斷，謀殺案發生後房子就沒人居住了，不僅支條腐朽脆裂，大片的玻璃表面也汙穢難辨，整個地方瀰漫著荒涼與絕望。

他們察看蜿蜒在夏日別墅區路上的車胎痕跡，時近九月末，這兒自然沒有什麼人煙。

阿薩德將手遮住眼睛上方，透過最大扇的窗戶試圖往屋內探看，但是什麼也看不清楚。

「來，阿薩德。」卡爾說：「鑰匙應該掛在另外一邊。」

他們走向房子後方的屋簷底下，正如同瑪塔的朋友伊薇特所描述，鑰匙就掛在那兒——廚房窗戶上方一根生鏽的鐵釘上，二十年來人人都看得到。但又有誰想要拿走這把鑰匙呢？應該沒有人有興趣踏入這棟陰暗無光的房子，就連那些每年度假旺季後都會闖入夏日別墅的小偷，也可以一眼看出來這兒沒什麼好拿的。

卡爾伸手去拿鑰匙，插入門鎖。老舊的鎖頭竟然一下就旋開了，門也毫不費力開啓，不禁讓人覺得奇怪。他把頭探進屋內，一股難聞的陳年氣味隨即撲鼻而來，那是種潮濕、發霉的荒廢味道，偶爾在老人的臥房裡也能聞到。

他尋找走廊的電燈開關，不過找到後發現此處已經斷電。

「這裡。」阿薩德將一支鹵素手電筒拿到卡爾眼前。

「收起來，阿薩德，我們不需要手電筒。」

但是光束仍在蛋黃色長凳和藍釉廚具上閃動，看來阿薩德已沉浸在這棟房子的過往時光。

窗戶上的玻璃有層厚厚的灰塵，使得透進來的陽光十分微弱，但屋內不至於完全黑漆一片。客廳宛如黑白電影中的夜晚場景，石製壁爐、寬闊的木質地板、四處交錯的瑞典拼布地毯，地上還放著一套棋盤問答遊戲組（注）。

「和報告裡描述得一模一樣。」阿薩德說，邊用腳踢踢遊戲盒。盒子原本應該是深藍色，現在已經全黑了，而遊戲板雖未全髒，但乾淨不到哪兒去，上頭兩個圓棋的髒汙程度也相去不遠。看來它們在被害人掙扎時翻倒在遊戲板上，淡紅色的圓棋裡有四個三角蛋糕，棕色圓棋裡什麼都沒有。卡爾輕敲棋子，淡紅色圓棋裡有四個三角蛋糕，代表答對了四個問題，應該是那個妹妹的，大白天裡她的頭腦顯然比喝了很多白蘭地的兄長清醒許多，驗屍報告也顯示男性體內有酒精殘留。

「所以那些圓棋從一九八七年就在這兒了。這種遊戲眞有那麼久了嗎，卡爾？我眞是一頭霧水。」

「也許遊戲在引進敘利亞前就已經出產好幾年了，阿薩德。不過，那兒買得到嗎？」

卡爾注意到阿薩德沉默下來，於是轉而研究擺著提問卡片的盒子，每個盒子前都有張卡片，上面應該寫著兄妹生前表達自我想法的最後一個問題，想起來還眞是令人感傷。

他的目光繼續在地板上逡巡。發現女孩陳屍的地方有塊深色漬痕，明顯是血跡。有些地方還留有鑑識人員採取指紋所圈起的圓形，雖然編號已經消失，但指紋專家使用的粉末仍依稀可見，案發多年，調查痕跡也因此變得模糊難辨。

「他們什麼也沒找到。」卡爾自言自語。

「什麼？」

「他們沒找到那對兄妹的指紋，也沒找到父親和母親的。」他又盯著遊戲。「這套遊戲竟然還在這兒，眞讓人匪夷所思。我以爲鑑識人員會把遊戲帶回去進一步檢驗。」

「是啊。」阿薩德點點頭，然後又敲敲頭。「你提到這點眞是太好了，卡爾，讓我想起在審訊畢納．托格森時，是有拿出遊戲組當作呈堂證供，調查人員的確把遊戲帶走了。」

注　測驗玩家對一般知識和大眾文化的益智遊戲。圓盤裡的色塊可以移動，類似切塊後的蛋糕形狀，也就是下面提到的三角蛋糕。

雉雞殺手
Fasandraberne

兩個人瞪著那套遊戲，它根本不應該出現在這兒。

卡爾眉頭深鎖，然後從口袋裡拿出手機，打電話回警察總局。

麗絲反應並不熱絡。「我們已被明確告知不再供你差遣了，卡爾。你究竟有沒有概念我們這兒有多少事要處理啊？你應該聽過警察改革這件事，卡爾？如果忘了，我很樂意幫你恢復記憶。更何況你還要從我們這兒帶走蘿思。」

如果蘿思對他們有所幫助，大可以把她留下來。

「嘿！等等！是我卡爾啊。冷靜一下，好嗎？」

「你現在有自己的小苦力了，你告訴她要做什麼吧。等等。」

他心煩意亂的看著手機，聽到電話中傳來一個不難錯認的聲音時又拿回耳邊。

「是，頭兒。我能爲你效勞什麼？」

他皺起眉頭。「誰？蘿思．克努森嗎？」

電話中響起沙啞的笑聲，讓人對未來有點擔憂。

卡爾請她找出證物中有沒有藍色的棋盤問答遊戲，以及其他與洛維格謀殺案有關的東西。不，他不知道該上哪兒去找。是的，有很多的可能性。她該從哪兒下手？這問題她得自己去想，重點是要快！

「誰啊？」阿薩德問。

「你的競爭者，阿薩德。你得小心，別讓她把你趕回角落重新戴上橡膠手套、拿起水桶。」

阿薩德沒認眞聽他說話，獨自蹲在遊戲板前注視著血濺的痕跡。

「卡爾，遊戲板上沒有血跡不是很奇怪嗎？畢竟他們是在這兒被殺害的。」他指著身旁地板上的血跡。

卡爾眼前浮現案發現場與屍體的照片。「沒錯。」他點點頭說：「你說得對。」女孩遭受多次痛毆，導致大量失血，但遊戲板上的血跡卻相當稀少。他們沒把卷宗帶來眞是大錯特錯，否則就可以拿當時的現場照片比對目前這兒的狀況。

「如果我沒記錯，遊戲板上應該有大量的血跡。」阿薩德指著遊戲板上中間的黃色區域說。

卡爾蹲到他身邊，用手指小心掀開遊戲板。的確，板子被移動過了，遊戲板底下的地板滲入了好幾公分的血痕。

「阿薩德，這不是原來那套遊戲。」

「是的，完全不是那套。」

卡爾謹愼的將遊戲板放回去，然後拿起上頭沾有疑似指紋採集粉的遊戲盒。經過二十年後，盒面仍然光滑平整，但那粉末也有可能是其他東西，例如太白粉，甚至是鉛粉之類的。

「誰會把遊戲帶來這兒？」阿薩德問：「你會玩這遊戲嗎，卡爾？」

卡爾沒有回答。

他檢視著四周幾乎頂到天花板的櫃子。這兒擺放了鎳製艾菲爾鐵塔、有錫蓋的巴伐利亞大酒杯，以及其他至少百來件的旅行紀念品，證明這個擁有旅行房車的家庭經常往來布里納隘口，穿梭在鬱暗的松林間。卡爾想起自己的父親，要是站在這兒的是他應該會沉溺在鄉愁回憶中。

「你在找什麼，卡爾？」

「我不知道。」他搖搖頭。「但是直覺告訴我應該張大眼睛仔細觀察。你可以打開那扇窗嗎，阿薩德？我們需要更多光線。」

卡爾站起身，再一次檢查了全部的地板，一邊摸索胸前口袋裡的菸盒，阿薩德則是到窗邊敲了敲窗框。除了那套遊戲組和屍體被搬運走之外，房裡的一切就和當時一模一樣。卡爾點了支菸，手機正好響起，是蘿思來電。

遊戲還存放在霍貝克的檔案室。她說。卷宗不見了，但是遊戲還在。

這案子並非毫無希望。

「再打一次電話。」卡爾深深吸了口菸。「問他們圓棋和三角乳酪的狀況。」

「三角乳酪？」

「對，就是答對題目後可以拿到的小東西，或者叫三角蛋糕。妳問他們每顆圓棋裡的三角蛋糕是什麼顏色，把它寫下來，每一個都要記錄。」

「三角蛋糕？」

「見鬼了，沒錯！就叫這名字。三角乳酪或三角蛋糕隨便妳愛怎麼叫，就是那種三角狀的小東西，妳難道沒玩過棋盤問答遊戲嗎？」

電話那頭又爆出那種散發不祥的笑聲。「棋盤問答遊戲？現在叫作『圖板遊戲』了，你這個老人家！」

他們兩人打死也絕不可能談戀愛。

他又點了支菸，安撫激烈跳動的脈搏。也許他可以向上頭提議把蘿思換成麗絲，麗絲不是想減緩一下工作步調嗎？誰在乎她的髮型是不是很龐克，至少待在阿薩德阿姨的照片旁邊不會顯得突兀。

就在此時響起一連串令人沮喪的聲音，先是木頭與玻璃斷裂破碎，緊接著是阿薩德的異國語言，而且保證和午後祈禱沒有關係，那是因為窗戶脆化、不堪開啓所造成的，但屋外的陽光也因此照亮別墅每個角落：蜘蛛在許久沒有人住的屋內猖獗，天花板上蛛網糾結，密密麻麻如花環垂掛，紀念品上積了厚厚一層灰塵，將所有色彩隱匿為單一的灰色。

卡爾和阿薩德根據從案情報告中所得到的訊息，開始還原案發經過。

下午時分，某人從敞開的廚房門入侵，拿榔頭打死了男孩，一擊斃命。後來在距離此處數百公尺的地方找到了榔頭。經過驗屍與屍體解剖證實了男孩當場死亡，完全沒機會知道發生了什麼事，他扭曲的手裡抓住的白蘭地酒瓶也證明了這點。

女孩嘗試逃跑，但是入侵者馬上攻向她，將她連續痛毆致死。地毯上暗沉的汙痕正是她受害之處，在此發現了她的腦漿、唾液、尿與血跡。

根據推斷，凶手事後脫下了男孩的泳褲雞姦他，後來泳褲未被尋獲。至於妹妹是否一開始就穿著比基尼與赤裸上身的哥哥一起玩棋盤問答遊戲，辦案人員並未深入追查，因為亂倫行為完全不被調查者考慮在內，兩人各有男女朋友，家庭生活也和諧幸福。

男孩的女友和女孩的男友在侵襲事件發生前一晚在夏日別墅裡過夜，不過隔天一早兩人便離開返回霍貝克的學校。他們都有不在場證明，而且聽到慘案時震驚萬分。

手機鈴聲又再度響起，卡爾看著螢幕上的號碼。為了讓自己保持冷靜，他事先點好了菸。

「是的，蘿思？」他說。

「他們覺得三角蛋糕和三角乳酪這種問題很奇怪。」

「然後呢？」

「但他們還是得去察看，不是嗎？」

「所以？」

「淡紅色的圓棋有四個三角乳酪，分別是黃色、淡紅色、綠色與藍色。」

卡爾看著眼前的遊戲組，和這邊的狀況一樣。

「遊戲中只使用了淡紅色和棕色圓棋，藍色、黃色、綠色和橘色的圓棋沒有用上，和其他三角乳酪一起放在盒子裡。這些圓棋裡是空的。」

「那棕色圓棋呢？」

「棕色圓棋裡有棕色和淡紅色的三角乳酪。這樣清楚了嗎？」

卡爾沒有回答，只是凝視著躺在遊戲板上的棕色圓棋，裡面空無一物，非常、非常啓人疑竇。

「謝謝，蘿思。」他說：「做得好。」

「如何，卡爾？她說了什麼？」阿薩德問。

「眞正的棕色圓棋裡應該有棕色和淡紅色的東西，阿薩德，但是這個卻是空的。」

兩個人瞪著空空如也的棕色圓棋。

「也許我們應該要找出那兩個不見的東西？」阿薩德說著蹲下來檢查牆邊的橡木櫃下方。

卡爾猛吸了口菸。把另一套棋盤問答遊戲拿來放在這兒的地板上，究竟有何用意？事情顯然不太對勁。廚房門鎖爲何這麼容易開啓？爲什麼有人要將這件案子的卷宗放在他桌上？幕後黑手是誰？

「他們甚至在夏日別墅慶祝聖誕節，那時候一定很冷。」阿薩德從櫃子下方拿出一個聖誕飾品——一顆編織製成的心。

卡爾點點頭。但無論如何不可能比現在感覺還冷，這間屋子充斥著過往與不幸的氣息。那起案件的關係人至今還有誰活著？除了一個受腦瘤所苦即將死去的老婦人之外，還有誰？

他望向通往父親、母親與孩子臥室的三道門，隨後一間間察看。床與小床頭櫃皆以松木製成，上面鋪著一些零碎的格子布，其中女孩房間的牆上掛著杜蘭杜蘭與轟合唱團的海報，男孩掛的是一身緊身皮衣的蘇西．奎特蘿。這三間臥室主人的美好未來，在客廳裡被人殘酷奪走，轉動生命的軸心就斷裂在卡爾所站之處。

期盼與現實之間始終存在著距離。

「卡爾，廚房的櫃子裡還有烈酒。」阿薩德在廚房裡大叫，看來小偷從沒進過這房子。

他們走出戶外觀察這棟房子的外觀，卡爾心頭忽然湧上罕見的不安。整起案件彷彿像水銀，有毒又抓不住，容易揮發卻具體有形，例如事隔多年突然出現的卷宗，那個自首投案的男子，以及那幫如今成了社會上流階層的學生。

他們能掌握到什麼？他尋思自問。有什麼理由要繼續追查下去？他轉向他的同伴說：「阿薩德，我想就這樣，不要再鑽研這件案子了。我們回去吧。」

他踏上草坪，從口袋拿出車鑰匙。這案子已經終結，事實就是如此，但是，阿薩德站在那兒動也不動的注視損毀的窗戶，彷彿找到前往聖地的隱密入口。

「我不知道，卡爾。」他說：「我們是如今唯一還能爲被害者做些事情的人，對吧？」這個來自中東的矮小男子，說話的語氣彷彿能夠向過往拋出救生索。

不過卡爾點了點頭。「但在這兒不會有進展，到附近街上探探好了。」說完又開始吞雲吐霧，吸入混雜著菸味的空氣讓他通體舒暢。

戶外微風徐徐，飄散著夏末的芳香。他們走了一會兒，最後來到另一棟有人居住的夏日別墅，看來並非所有退休老人都回去原本避寒的住所。

「是的，這裡的人不多，不過今天才星期五。」他們在屋後找到的一個男人說，他的腰帶繫到胸口下方，臉色紅潤。「二位明天再過來。星期六和星期天這裡總是人群雜沓，至少還會持續一個月。」

他一看到卡爾的警察證，話匣子就關不了，並且又臭又長，還連帶抱怨起威格地方的竊賊、酒醉的德國人與超速駕車等惡化的社會現狀。令卡爾不禁懷疑這男子長年生活在類似《魯賓遜漂流記》中的孤獨狀態，完全沒機會和人交流。

此刻阿薩德猛然抓住對方的手臂，問道：「是你殺了街底那兩個孩子嗎？」

年歲已高的男子聽到這句話呼吸驟然停頓，眨也不眨的眼睛如死人般失去光采，大張的嘴巴上唇色全然褪白，整個人踉蹌後退。卡爾一個箭步上去扶穩他。

「天啊，阿薩德，你在幹什麼！」卡爾連忙解開男人的皮帶和領口。

十分鐘後男人才逐漸恢復神色，他太太也急忙從廚房衝出來，所有人整段時間一句話也沒說。非常漫長的十分鐘。

「請您原諒我的同事。」卡爾對受到驚嚇的男人說：「他因為伊拉克與丹麥警方的交換計畫前來支援，還不太能掌握本國語言中的細微差異，有時候我們兩個的做事方式也會相互抵觸。」

阿薩德在旁默默不發一語，或許「相互抵觸」那幾個字讓他無言以對，不知如何回應。

老太太將先生用力抱在懷中，做了三次深呼吸後，男人終於開口說：「那案件我記得很清楚，太可怕了！你們若想找人談談，沒人比瓦爾德瑪．弗洛林適合。他就住弗林德索路，離此只有五十公尺，往右手邊走就不會錯過那棟房子。」

「你為什麼要提到伊拉克警方，卡爾？」阿薩德問，把一顆石頭往海邊方向踢。

卡爾沒有理會，兀自仰望瓦爾德瑪坐落在山丘上的豪宅。這棟別墅在八〇年代經常出現在周末的八卦報紙上。家財萬貫的屋主會到這兒找樂子，舉行傳說中放縱無度的宴會，只要有人意圖和他或他的宴會規模一較高下，就會成為他的眼中釘。

素以毫不妥協聞名的瓦爾德瑪．弗洛林時常遊走在法律邊緣，但從未被逮到違背法律的行為，頂多有人告發他性侵年輕女職員並索賠起訴罷了。瓦爾德瑪是個全才型的老闆，從不動產、武器販售，到抓緊時機快速投入鹿特丹石油市場等，擁有龐大的事業版圖。

但那些都已是陳年歷史。自從太太自殺後，美好與奢華的日子便成為瓦爾德瑪遙不可及的過去。日復一日，他在洛維格與衛北克的房子逐漸成為無人願意造訪的碉堡，每個人都知道因為他性喜年輕女色，把太太被逼上絕路。這種事無人能諒解，就算是當地人也一樣。

「爲什麼，卡爾？」阿薩德又問了一次，棕膚色的臉頰漲得通紅，不確定是因爲氣憤還是被卡特海峽的風吹紅的。

「阿薩德，以後不准再對別人提出這種問題，這會造成他們莫大的壓力。你怎能把顯然不是老先生做過的事硬加在他身上？你想知道什麼？」

「你做過類似的事。」

「我們就別再追究了，好嗎？」

「伊拉克警方是什麼意思？」

「別提了，阿薩德。只是憑空捏造。」卡爾回答。但是當他們被領進瓦爾瑪德的客廳時，他感覺到背後阿薩德的目光，那令他久久難忘。

瓦爾德瑪．弗洛林坐在一大片落地窗前，將窗外街景與赫瑟洛海灣盡收眼底，身後有四扇玻璃門大大敞開，通往以砂岩砌成的露台和建在花園中央的游泳池，無水的泳池讓人想起沙漠中乾涸的水窪，很難相信此處曾經衣香鬢影，送往迎來，就連皇室成員也是座上賓。

瓦爾德瑪沉浸在書本中，雙腳擺在腳凳上，壁爐的火燒得正旺，旁邊大理石桌上放著一杯飲料，若是忽略四散在地毯上被撕毀的書頁，著實是一幅和諧寧靜的景象。

卡爾輕咳了好幾聲，但這位金融鉅子的眼睛始終定在書頁上，等到他撕下一頁紙張落地後，才仰頭望向他的訪客。

「這樣才知道我讀到哪一頁了。」他說：「請教尊姓大名？」

阿薩德露出一臉困惑，當會話中出現他無法理解的客套用語時就會露出這表情。

卡爾亮出警徽，說明他們是哥本哈根警局的人，瓦爾德瑪臉上的笑容頓時凍結，當他進一步說明此行目的時，瓦爾德瑪即刻下逐客令要他們離開。

約莫七十五歲的瓦爾德瑪是一隻會把人吃乾抹淨的瘦削黃鼠狼，自負、優越，洞亮的雙眼下潛伏著易受刺激的性格，渴望大展身手，只要稍加誘騙就會從洞穴裡一躍而出。

「是的，我們未事先知會便擅自前來，弗洛林先生，你當然有權利要求我們離開，更別說我對你懷有崇高的敬意，理當如你所願。但如果你樂意的話，我們可以明天一早再過來。」

這番回應觸動了盔甲底下某些東西，卡爾給與他所有人都想要的東西——尊敬，人們可以拋棄體貼、諂媚或禮物，唯有尊敬萬萬不行。警校的老師教導過他：向別人表示敬意能令他們心花怒放。這句話還眞他媽的有道理。

「好一番溢美之詞，但我不會受騙上當。」瓦爾德瑪說道，顯然並非如此。

「我們可否坐下，弗洛林先生？只要五分鐘的時間。」

「有何貴幹？」

「你相信是畢納．托格森在一九八七年獨自殺死約耿森兄妹嗎？我必須告訴你，有人堅持此事另有蹊蹺，你的公子沒有嫌疑，但他某個朋友或許與這件事有關。」

瓦爾德瑪張開嘴巴，表情似乎想罵人，但他只是將手中的書丟到桌上。

「海倫！」他轉頭喊道：「再拿杯酒來。」也沒問卡爾要不要來根菸，便逕自點燃手中的埃及菸香吐起來。

「是誰？誰說的？」他的聲音透露出怪異的戒備感，好似在暗中窺伺著什麼。

「很抱歉，我們不便透露。不過畢納．托格森並非單獨犯案已是不爭的事實。」

「喔，那個沒有用的失敗者。」瓦爾德瑪譏笑道，卻沒有再多說。

一位約莫二十歲，穿著一身黑的年輕女子走進來，身前圍了件白色圍裙，熟練的幫他倒了威士忌加水，但看都沒看卡爾和阿薩德一眼。當她走過瓦爾德瑪身邊時，用手撫順他日益稀少的頭髮，看來昔日的商業鉅子如今已被這個年輕女孩馴服得服服貼貼。

「好，」瓦爾德瑪說，啜飲了一口酒，「我很樂意幫忙，只不過事情發生這麼久了，我想最好不要再攪動一池春水。」

「你認識令公子的朋友嗎，弗洛林先生？」卡爾輕描淡寫問起。

他寬容的笑了笑。「你還很年輕，如果搞不清楚狀況，我不介意告訴你當年我非常忙碌，分身乏術。所以說，不，我不認識他們，他們只是托斯騰在寄宿學校認識的朋友。」

「你當初聽到那群人涉嫌犯案時，是否感到驚訝？我的意思是，這些男孩畢竟聰明伶俐，而且全都出身最好的家庭。」

「我真的不清楚誰感到驚訝、誰又沒有。」瓦爾德瑪瞇著眼從杯緣上方打量卡爾，他見過的世面可多了，比卡爾更具威脅性的也不少。接著放下杯子續道：「一九八七年隨著調查順利進行，在他們之中，具有作案嫌疑的人已經呼之欲出。」

「你言下之意是？」

「我和我的律師非常關心這件案子，孩子們被審問時，我們也前往霍貝克警局旁聽。那段時間，我的律師是他們六個人的法律顧問。」

「是班特．克倫，對吧？」

發問的人是阿薩德，但是瓦爾德瑪充耳不聞，將他當成空氣。

卡爾朝阿薩德點點頭。這個訊息確實無誤。「你方才提到呼之欲出，你認為審訊時是誰將呼之欲出？」他深入追問。

「你既然知道班特．克倫，何不打電話直接問他呢？我聽說他的記憶力一直都很好。」

「是聽誰說的呢？」

「他目前還是我兒子的律師，是的，還有狄雷夫和鄔利克。」

「你不是說不認識那些年輕人嗎，弗洛林先生？但是你提到狄雷夫．普朗和鄔利克．杜波爾．顏森的口吻似乎不符合先前所言。」

他輕輕搖了搖頭。「我認識他們的父親，僅僅如此。」

「那你也認識克利斯汀．吳爾夫和琦絲坦—瑪麗．拉森的父親嗎？」

「不太熟。」

「那麼畢納．托格森的父親呢？」

「那個卑微的男人。不認識。」

「他在北西蘭島經營木材行。」阿薩德插嘴道。

卡爾點點頭，他也記得是如此。

「你聽著，」瓦爾德瑪說，透過玻璃天花板凝視湛藍晴空，「克利斯汀．吳爾夫已經離開人世，而琦蜜也失蹤多年，我兒子說她拖著行李在哥本哈根街上遊蕩，更別說畢納．托格森已爲他犯的罪入監服刑。我們在這兒究竟要談什麼鬼事？」

「琦蜜？你說的是琦絲坦—瑪麗．拉森嗎？她怎麼會叫這個名字？」

瓦爾德瑪未予回覆，啜了口酒後又拿起書，意謂此次的接見結束了。

他們離開房子時，透過玻璃露台看見瓦爾德瑪把書丟在桌上，然後拿起話筒，看起來怒火中燒。也許他打算事先警告律師他們可能會去找他，也許是在聯絡給保全公司，詢問有沒有能將不速之客一開始就擋在花園門外的警報系統。

「卡爾，那個人可能知道內幕。」阿薩德說。

「沒錯，很有可能。這種人高深莫測，一輩子謹言慎行。話說回來，你知道琦蜜是個遊民嗎？」

「不知道。報告中沒紀錄。」

「我們得找到她。」

「是的。不過我們可以先和其他人談一談。」

「或許吧。」卡爾眺望水面，他們當然要找所有關係人談談。「但是琦蜜．拉森會拋棄有錢的父母在街上討生活，一定有什麼理由，很有可能是受到了極大的傷害。阿薩德，在傷口上灑鹽應該有用，所以我們必須找到她。」

他們走到停放在約耿森家夏日別墅前的車子時，阿薩德停下來一會兒。「卡爾，那套棋盤問答遊戲我怎麼想都想不通。」

兩個不同的靈魂此時卻心有靈犀，卡爾於是說：「我們再回去那屋子搜查一遍，阿薩德，我剛才就想這麼做了。無論如何，都該把那套遊戲帶回去鑑定指紋。」

這次的搜查非常徹底，包括隔壁的建築物、別墅後方荒廢的草坪，以及存放瓦斯罐的小屋。確認毫無所獲的兩人又回到客廳。

阿薩德再次蹲下來尋找應該出現在棕色圓棋裡的兩個三角乳酪。卡爾則凝神細看，搜尋家具和擺放紀念品的櫃子，最後目光落在圓棋和遊戲板上。

遊戲板上的黃色中央區域非常顯眼，若是有東西掉在上面絕對不會被漏看。一顆圓棋已經裝滿正確的三角塊，另一顆則缺了淡紅色和棕色兩個三角塊。

他忽然靈光一現。

「這兒還有顆聖誕節的心型飾品。」阿薩德大發牢騷，把飾品從角落的拼布地毯下拿出來。

但是卡爾默不作聲。他緩緩蹲下，拿起遊戲盒前面的卡片，兩張卡片上各有六個問題，每個問題各有其相對應的三角乳酪的顏色，答對的人可以拿走那個三角塊。

眼下他只對棕色和淡紅色的問題感興趣。

然後他翻過卡片檢視答案。

卡爾深深吸了口氣，感覺往前跨進了一大步。「這裡！阿薩德，這兒有東西！」他盡量克制，保持冷靜。「你來看一下。」

阿薩德手裡拿著聖誕飾品站起身，越過卡爾肩膀閱讀卡片內容。

「什麼？」

「其中一顆圓棋裡少了淡紅色和棕色三角塊。」他先遞給阿薩德一張卡片，然後是另一張。「你看看那張卡片上淡紅色問題的答案，這張是棕色的答案。上面寫什麼？」

「一張寫著亞納．雅各博聖，另一張是約翰．雅各博聖。」

他們仔細端詳兩張卡片。

「亞納？那個偷走霍貝克警察局的檔案，交給瑪塔．約耿森的警察不就叫這個名字嗎？你還記得他姓什麼嗎？」

阿薩德眉頭深鎖，接著拿出胸前口袋裡的筆記本，翻閱到記錄瑪塔．約耿森談話內容的那一頁。口裡則喃喃低語一些令人費解的話，望向天花板。

「你說得沒錯，他就叫亞納，這裡有紀錄，但是瑪塔沒有提到他的姓。」

他再度吐出一串阿拉伯語後看著遊戲板。「如果亞納．雅各柏聖是警察，另外一個又是誰？」

卡爾拿出手機，打電話到霍貝克警局。

「亞納．雅各柏聖？」值勤警員複述了一次。就他所知，局裡現在沒有這個人，卡爾必須詢問其他比較資深的同事，他叫卡爾在線上稍等，將電話轉接過去。

這通電話到從卡爾撥號到闔上手機只花了三分鐘。

第十一章

這類事情大多發生在四十歲那天，或者戶頭裡第一次有百萬存款那天，抑或自己父親退休整日塡字謎打發時間那天。大部分男人在這天會從父權中解脫，脫離一切吹毛求疵的評論與批判的目光。

但是，托斯騰．弗洛林卻非如此。他的資產早已超越父親，也把四個成就並不起眼的弟妹遠遠拋在後面，甚至連在媒體露面的機會都比父親頻繁得多。他是丹麥家喻戶曉的人物，受人尊敬愛戴，尤其是他父親一直以來渴望的女人們。

即使如此，他一聽到電話那端響起父親的聲音仍不由得情緒惡劣，下腹部感到一股糾結。那聲音讓他覺得自己是個討人厭的孩子，資質低劣，不受喜愛，必須摔上聽筒不適的感覺才會消失。但是托斯騰沒有摔掉聽筒，他不會掛父親的電話，儘管通話時間只有那麼一會兒就令他感到勃然大怒、挫折沮喪。

這是長子的命運。寄宿學校一位睿智的老師曾這麼說，這句話令托斯騰非常痛恨他。因爲如果所言屬實，那麼人該如何有所改變？這個問題困擾他好幾天，鄔利克和克利斯汀也有同樣的疑問。

雉雞殺手

Fasandraberne

而後，他們將這種椎心刺骨的仇恨轉嫁到別人身上。

當托斯騰痛毆那些無辜受害者，或者扭斷那位善良老師的鴿子脖子，腦中就會想起他父親。即使步入了社會，競爭對手獲知他又創作出卓越的商品，眼中流露出驚惶神色時，眼前也會出現父親的影像。

你這隻蠢豬，掛掉電話後他心想。「你這隻蠢豬，白痴。」他對著牆上各式獎狀與狩獵品咬牙切齒說。若不是隔壁聚集了一堆旗下設計師、採購主任，以及他公司和對手公司五分之四的最佳客戶，他早就怒吼咆哮，高聲駁斥了，但他只是抓起一把公司成立五周年紀念的雕花木尺，往牆上一個羚羊頭標本猛鞭。

「操你媽的雜種！」他低聲詛咒，不斷鞭打。

一身汗流浹背後，托斯騰終於停下來，嘗試釐清思緒，在他可忍受的範圍內，父親的聲音與談話內容逐漸在他腦中發酵蔓延。然後托斯騰抬起頭看見外頭幾隻飢腸轆轆的鵲來回飛翔，正在啄食前陣子成爲他出氣筒的鳥骨頭。

媽的死鳥！他心想。儘管知道這些念頭最終會平息下來，他仍拿起掛在牆上的獵弓，從桌底下的箭袋裡取出幾支箭，打開陽台的門瞄準鳥兒射出。

唯有鳥兒停止吵雜，他炙熱腦袋裡的雷霆之火才得以止息，射鳥永遠是消氣的好方法。結束後，他走過草坪，拔出鳥體上的箭，將死屍踢到林邊轉頭回到辦公室，把獵弓安放原位，箭插回箭袋裡，最後拿起電話打給狄雷夫。

狄雷夫一接起電話，托斯騰便說：「刑警跑到洛維格找我爸談話。」

電話那頭沉默了好一會兒，才聽見狄雷夫的聲音回答：「了解。他們要做什麼？」

托斯騰深呼吸說：「他們問起住在深湖那兩兄妹的事，不是很具體。如果那白痴老頭沒聽錯的話，似乎有人求助警方，而且質疑畢納是否有罪。」

「是琦蜜嗎？」

「我不清楚，狄雷夫。對方沒有透露人名。」

「你去警告畢納，懂嗎？今天就去！還有別的嗎？」

「老頭建議刑警去找克倫。」

電話傳來狄雷夫的典型笑聲，冷靜又理智。「他們從克倫身上套不出什麼東西。」他接著說。

「是沒錯。但重點在於警方又重啓調查，糾纏不清讓人心煩。」

「是霍貝克的警察嗎？」

「我想不是，老頭說他們是哥本哈根凶殺組的人。」

「該死。你父親知道他們的名字嗎？」

「不知道。那可惡自大的傢伙一如平常不聽別人講話，不過克倫總會知道的。」

「算了。我打電話給阿貝克，他認識幾個警察總局的人。」

結束通話後，托斯騰靜靜坐著閉目沉思。伴隨著逐漸深長的呼吸，人們的恐懼、討饒、求救等畫面在他腦海中腐爛縈繞，他想起了血、他們這群人的笑聲、事後的談話內容，以及克利斯汀，還有吸了大麻和安非他命後的亢奮。每當碰到這種時刻，他就會回想起過去種種，而且總是樂在其中。但是，他同時又痛恨自己的樂在其中。

他睜開眼睛回到現實，血液中的恍神錯亂通常需要幾分鐘完全蒸發，但性衝動卻無法止息。他抓住褲襠，下體腫脹難耐。

可惡透頂！他爲什麼就是無法自我控制？爲什麼老是會勃起？

他鎖上通往隔壁各個房間的門，另一邊有半個丹麥時尚界的聲音正此起彼落。

他深呼吸後緩緩跪下來，交疊雙手，頭低垂在胸前。偶爾他會有種衝動非這樣做不可。「親愛的天父，」他低聲祈禱，「請寬恕我。我無能爲力，請勿怪罪我。」

第十二章

不到幾秒，狄雷夫就讓阿貝克知道目前的狀況，但那個白痴卻抗議人手不足，長時間夜間巡邏令人吃不消。狄雷夫置若罔聞，既然他們付錢滿足他的要求，這私人偵探就該閉上狗嘴。

掛上電話後，他將辦公椅轉回來，對會議桌旁那些親密的同事親切的粲然一笑。

「請你們見諒。」狄雷夫用英語說：「家裡有點事，我一個老阿姨老是亂跑，在這種季節得趁天黑前盡快找到她。」

大家露出發自內心體諒的微笑。家人永遠是最重要的，這點在他們家鄉也一樣。

「感謝你們的簡報。」狄雷夫露出燦爛笑容。「我由衷感謝你們加入這個團隊，能夠召集到北歐最優秀的醫生，人生夫復何求？」他啪的一聲將雙手放在桌上，支起身子。「我們接著繼續討論吧。你要先來嗎，史坦尼斯拉夫？」

狄雷夫的整形外科主任醫師點點頭按下投影機開關，秀出一張上面畫著數條線的男人臉孔。主任醫師解釋那些線代表下刀之處，由實際手術經驗——五次在羅馬尼亞，兩次在烏克蘭，結果證明臉部神經的恢復速度驚人，只有出現一次失誤。他保證若採用這種手術方式，切割的次數會比一般拉皮手術少一半。聽起來十分完美。

「請看，就在鬢角上方。這兒可拿掉一個三角形，將這片面積往上拉，接著只需再縫幾針。

很簡單，病人也不需住院。」

此時，醫院院長插話說：「我們已經將手術過程投稿到不同的專業雜誌。」他高舉四份歐洲雜誌與一份美國雜誌，雖然不是第一流的專業雜誌，但這無妨。「文章會在聖誕節前刊登。我們將這種治療方式命名為『史坦尼斯拉夫臉部矯正術』。」

狄雷夫點點頭，新的手術方式可以帶來很大一筆財富。這些人眞的很行，是超級專業的解剖高手，每個人薪水是在家鄉同業的十倍，但是卻不會因為豐厚的收入而心生罪惡，因為在這間會議室裡的人都是一樣的：狄雷夫靠他們工作賺錢，而他們靠病人賺錢，是個完美又成果卓越的制度，尤其是身居頂端的自己。然而身為老闆，他絕對無法接受七分之一的失誤率。狄雷夫很早就從寄宿學校的同學身上學到要避開不必要的風險，這道理就像如果眼前出現一堆屎，當然要繞道而行一樣。基於這個理由，他將否決此一計畫，並解聘事先未經他同意就擅自決定投稿的院長，也因為這個理由，他的思緒又飄回托斯騰剛才的來電。

背後對講機響起訊號，他往後曲身按下按鈕。「什麼事？畢姬特？」

「您夫人正在來辦公室的路上。」

狄雷夫注視著在場的其他人，心想只好等一下再訓話，並且要祕書先擱下那些預計發表在醫學雜誌的文章。

「妳請泰爾瑪待著不要亂跑。會議已經結束了，我過去找她。」

醫院和他的宅邸之間有道百公尺長的玻璃觀景走廊，不需穿越庭園把腳弄濕也能眺望海景，欣賞古雅的山毛櫸樹。走廊的建造概念取自路易斯安那藝術博物館，只是這裡的走廊牆上沒有藝術作品。

泰爾瑪目露凶光，顯然有備而來。幸好沒讓她出現在辦公室，狄雷夫厭惡別人看見他們爭吵。

「我和黎桑．約特聊過了。」

「來得還眞快。妳不是應該到奧爾堡找妳妹妹嗎？」

「我沒去奧爾堡，而是哥特堡，也不是和我妹妹在一起。黎桑說你們射死她的狗。」

「妳說『你們』是什麼意思？我告訴妳，那件事純屬意外。那隻狗不受控制在林子裡亂跑，我早就警告過約特。妳就是爲了這件事而來？妳究竟去哥特堡做什麼？」

「托斯騰殺了那隻狗。」

「沒錯，他覺得很抱歉。難道我們要買隻狗賠償黎桑？現在告訴我，妳爲什麼去哥特堡？」

泰爾瑪額頭擠出數道陰影，唯有在盛怒下，拉過皮的臉才會出現皺紋，看來泰爾瑪豁出去了。「你把我柏林的房子送給那個薩克森霍德孬種。那是我的房子，狄雷夫！」她一隻手指指著他。「上次是你最後一次打獵，聽懂了嗎？」

他快速朝她走近幾步，希望挫挫她的銳氣。「妳根本沒用過那棟房子，不是嗎？妳的情人不想和妳去那兒，對吧？」他恥笑道：「對他而言，妳很快就是個老女人了，泰爾瑪。」

她抬起頭，出奇冷靜的面對丈夫的冷嘲熱諷。「你壓根不知道自己在講什麼，你說對我的行蹤一無所知，難道你這次忘了派阿貝克盯著我？看來你疏忽了這件事。你眞的不知道我和誰一起去了哥特堡？」說完揚聲大笑。

狄雷夫一臉詫異的僵立不動。

「準備付出昂貴的離婚代價吧，狄雷夫，請律師來幫你辯護那些怪異行徑，可是要花上一筆錢。你和鄔利克還有其他人從事那些變態遊戲，以爲我還會替你們保密多久？」

他嗤笑一聲，那不過是女人嚇唬他的技倆。

「你以爲我不知道你現在腦子裡想什麼，狄雷夫？你心想，這女人絕對不敢離婚，和我在一起她有許多好處。才怪，狄雷夫，我不再需要你了，你對我而言什麼也不是，但你將因爲我而身陷牢籠，到時候就不得不捨棄你洗衣間裡的女奴。你覺得你辦得到嗎，狄雷夫？」

他目不轉睛盯著她的脖子，終於估量出自己應該下多重的手。

而她像隻嗅到了危險的貓鼬，往後退縮。

如此一來他就得從後面出手，從沒有人能從狄雷夫手下逃脫。

「狄雷夫，我早就知道你腦子有病，但以前你病得還算幽默，如今你早已不是那個你了。」

「好吧，泰爾瑪，趕快替自己找個律師。」

她微微一笑，笑容宛如莎樂美接受希律王呈上施洗者約翰斷頭時的模樣（注）。「和班特．克倫對立嗎？不，狄雷夫，這種事我不幹，我另有打算，就等時機一到。」

「妳在威脅我嗎？」

她鬆開髮帶，頭髮散了開來，然後把頭一仰露出脖子，藉此表明她一點都不怕他。

「你認爲我在威脅你嗎？」她眼裡有股火焰閃跳。「不，我若是想要這麼做，就會爭取我應得的東西。但和我交往的那位男子會耐心等我，一位成熟的男人。哈，你想不到吧？他比你年長，我了解自己的節奏，那是年輕男人無法滿足的。」

「哈！他是誰？」

她粲然笑道：「法蘭克．赫爾蒙。你很驚訝吧？」

接踵而來的雜事讓狄雷夫頭腦發脹。琦蜜、警察、泰爾瑪，現在又來個法蘭克．赫爾蒙。集中注意力。他對自己說。他原本考慮要下去看看今晚是哪個菲律賓女孩當班，但一陣噁心打消了欲望。法蘭克．赫爾蒙？真是丟人現眼啊！一個腦滿腸肥的當地政客、喪家犬！

他雖然知道赫爾蒙的地址，但為了安全起見又確認了一次。從地址來看，赫爾蒙並非行事低調的人，事實上他所選擇的住處很符合他的個性。他居住在自己支付不起昂貴管理費的宅邸，那個地區的居民做夢也不會想選他所屬的那個可笑失敗者黨派。

狄雷夫走到書櫃，從中抽出一本厚書，翻開書頁露出挖空的內部，裡面有個可以放小包古柯鹼的夾層。

泰爾瑪睥睨的表情伴隨吸入的古柯鹼消失。吸了一排後，狄雷夫聳著肩看向電話，他的字典裡沒有「危險」一詞，反倒是對「剷滅」這個概念有著瘋狂的熱情。何不就現在呢？找郞利克一起摸黑行動。

注 理察．史特勞斯作曲、作詞的單幕德語歌劇。該劇最為世人熟悉的段落為最後一幕，莎樂美戀屍癖發作，竟熱情親吻起施洗者約翰斷頭上的嘴唇。

「要不要到你家看場電影？」鄔利克一接起電話，狄雷夫劈頭就問。接起電話的人滿足的長吁一聲。

「你說的是那部電影嗎？」鄔利克問。

「你一個人在家嗎？」

「當然，媽的狄雷夫，你有啥打算？」看來他已經開始亢奮了。

今晚將會非常精采。

他們聚在一起看《發條橘子》（注）不下幾百遍，沒有這部電影，事情發展或許會有所不同。第一次是在寄宿學校念八年級的時候，當時有個新來的老師曲解了學校對多元文化的規定，公然在班上播放此部電影。還有另一部片《假如……》，電影的故事背景設定在七〇年代，內容講述的是一所英國寄宿學校的反叛行動，非常適合一所具有英國傳統的寄宿學校。儘管老師選擇的片子很有新意，但學校經過進一步調查後判斷這些電影極度不恰當，基於此點，新老師的留校時間也就此腰斬。

但是傷害已經造成。琦蜜和新來的同學克利斯汀對電影傳遞的訊息全盤接收，從中發現了解脫和復仇的嶄新機會。

克利斯汀是帶頭的人，他比其他人年長兩歲，特別目中無人，藐視校規，但口袋裡總是有用不完的鈔票，全班也以他馬首是瞻。他看人的眼光如老鷹般銳利，經過深思熟慮後，選出了狄雷夫、托斯騰、鄔利克和畢納組成一夥。他們在許多方面相互契合，譬如全都桀驁不恭、仇恨學校和一切權威，再加上《發條橘子》這部片，幾個人便串在了一起。

他們弄來錄影帶，在克利斯汀和鄔利克的房內看了一遍又一遍，沉溺在電影情節裡的一群人締結爲盟，效法《發條橘子》裡的幫派，對周遭環境充滿不屑，爲了尋求刺激不惜犯規逾矩，行爲大膽妄爲且冷酷無情。

自從那個少年撞見他們哈草而被痛扁一頓後，這些人的關係變得更加緊密了。後來，重視造型的托斯騰想到他們應該要戴上面具和手套。

行駛在弗雷斯登堡路上的那輛車，油門被踩到底，全速衝刺。狄雷夫和鄔利克坐在車內，血液裡摻和了古柯鹼，戴著帽子和手套，外加一副深色眼鏡，身穿廉價長大衣。這兩人腦袋冷靜清楚，爲這個夜晚張羅的全身裝備擺明了是一次匿名行動。

「我們要解決誰？」希勒羅德廣場上甘迺迪酒吧的橘色牆面映入眼簾時，鄔利克問道。

「等會兒你就知道了。」狄雷夫打開酒吧的門，裡頭人聲鼎沸喧鬧，摩肩擦踵。若是喜歡爵士樂或是隨興熱鬧氣氛的人，這裡是個不錯的地方，但狄雷夫兩者都討厭。

他們在店內深處找到赫爾蒙，他油光滿面站在酒吧的水晶燈下比手畫腳，身邊圍繞了一群不太有影響力的當地政客，大概正在舉行他們私人的公開活動。

注 *Clockwork Orange*，是美國導演史丹利．庫柏力克所執導的電影，根據一九六二年安東尼．伯吉斯的同名小說所改編，敘述一個男孩在政府的調教和實驗下，從一個性暴力者變得對性厭惡的過程，相當具有爭議。

狄雷夫指著他說：「那個人可能還要好一會兒才會離開，我們先去喝杯啤酒。」說完便步向另一個吧台。

不過鄔利克杵著沒動，變色眼鏡底下的瞳孔放大，直愣愣盯著獵物，似乎對眼前的景象很滿意，下巴不停劇烈抖動著。

狄雷夫很了解鄔利克。

今晚夜色溫和，薄霧輕籠，赫爾蒙在門口和他的同伴聊了一會兒才道別離開，腳步沉重的沿著赫爾辛格街往前走，他們則隔著十五公尺的距離緊跟在後，最近的警局就在街底兩百公尺外，這點讓鄔利克尤其亢奮。

「等到巷子再動手。」鄔利克低聲說：「左邊有家二手商店，這麼晚了巷子不會有人。」有對駝著背的老夫婦，步履緩慢的走到行人徒步區，這時間對他們來講已經很晚了。

狄雷夫完全不在意老夫婦的存在，古柯鹼效力發作，街上荒無人跡，沒有比現在更適合下手的時間點了。一陣濕潤的微風吹過店面，也輕拂過幾秒後將進行一場儀式的三個男人，那場儀式經過精準計算且被多次驗證過。

當他們距離赫爾蒙只剩不到幾公尺時，鄔利克將乳膠面罩遞給狄雷夫，兩人會在走到獵物身邊時把面罩戴上，若是在嘉年華會，這樣的裝扮應該會讓兩人淪爲被嘲笑的對象。鄔利克有一整箱的面罩，根據他認爲人一定要有選擇的理論，這次鄔利克挑了二〇〇二七與二〇〇四八型號的面罩。雖然這種面罩網路上隨便就能買到，但是他不這麼做，而是趁到國外旅行時帶回來，由於各地都有同樣的面罩、同樣的型號，警方根本無從追查。此刻兩人看起來就像是兩個生命在臉上鑄刻下皺紋的老人，和隱藏在面罩底下的臉截然不同。

第一個動手的人仍是狄雷夫。被害者赫爾蒙輕呼一聲險些往側邊倒，鄔利克一手抓住他，拉進巷子裡。

到了巷子鄔利克才開打，三拳擊中赫爾蒙的額頭，一拳落在脖子上。一般說來，被害人在他的重擊下往往會昏過去，但這次狄雷夫事前就和他商量好，所以他下手沒那麼重。

他們把赫爾蒙拖著走，在司羅索岸邊約莫十公尺的地方停下來又再度動手，剛開始揍在他身上的力道還算輕，然後逐漸加重。赫爾蒙被毆得癱軟在地，終於意識到自己可能被活活打死的事實，口中不禁冒出含糊的低語。其實就算他開得了口也沒用，他們的受害者都不用講話，通常眼神便已洩露一切。

直到毆打得差不多，渴望已久的熱浪開始在狄雷夫體內翻騰——眞實又美妙的溫暖浪潮，和他小時候仍只存在善念時，在陽光斑爛的家中庭院所感受到的一樣。每當這種感覺襲來，狄雷夫就必須控制自己不可殺死被害者。

但鄔利克就不同了。他對死亡沒興趣，權勢與無能之間的空洞靈魂才令他醉心，而眼下的被害人便正處於這種狀態。

鄔利克雙腳叉開，高踞在動也不動的軀體旁邊，透過面罩瞪視那男人的雙眼，然後從口袋抽出先前準備好的史丹利美工刀整把握在手裡，他似乎在猶豫是否該聽從狄雷夫的指示，還是做得更徹底一點。這時，兩副面罩底下的兩雙眼睛迎面對視。

我的眼睛看起來就和他一樣瘋狂嗎？狄雷夫心想。

接著，鄔利克把刀架到赫爾蒙的脖子上，用刀背在他脈搏上滑動，順著鼻子滑到顫動的眼皮上，這舉動引起赫爾蒙出現換氣過度的反應。

事情至此，貓捉老鼠的遊戲結束了，取而代之的是更好的結果：獵物放棄逃跑，全然聽天由命。

狄雷夫靜靜對鄔利克點頭，將目光移向赫爾蒙的腿，鄔利克馬上就要動手割他了，那雙腿將會因爲恐懼與驚駭而抽搐不已。

就是現在！這雙腿正不斷抖動，這種美妙的反應最能顯示被害者的無能爲力，在狄雷夫生命中，沒有其他事物可以超越這種亢奮。他看見血液滴落地上，赫爾蒙一聲不吭接受自己的角色，完全表現出他的個性。

事後，他們把呻吟不已的獵物丟在岸邊，心裡明白這次幹得相當漂亮。赫爾蒙的肉體雖然存活了下來，內在卻已死去，可能需要好幾年的時間才能上街走動。

兩位海德先生（注）可以收工回家，讓自己再度變回傑克醫生了。

狄雷夫回到位於倫斯登的家已近半夜，但是頭腦還算清醒。他和鄔利克梳洗一番，將帽子、手套、外套、太陽眼鏡燒掉，史丹利美工刀藏在花園一塊石頭底下，然後他們打電話給托斯騰，打算事先套好口供。托斯騰知情後火冒三丈，氣得吼叫著都什麼時候了還搞這種鳥事。兩人知道托斯騰說得沒錯，但是狄雷夫沒必要道歉，更不需要巴結他，因爲托斯騰和他們在同一條船上，一人被抓，就人人遭殃，若是警察找上門，他們不得不口徑一致。

托斯騰被迫加入這兩個人編造出來的故事：狄雷夫和鄔利克晚上在希勒羅德的甘迺迪酒吧碰見，喝了一杯啤酒後就駕車前往喀里斯可夫，目的地是托斯騰位於艾究史普特的莊園，到達時大約深夜十一點，也就是說，襲擊事件發生的半小時前便已到那兒，而且沒人能證明他們說謊。就算酒吧裡有人看見了他們，但是誰又能仔細記得誰在什麼時候，在哪兒做了什麼事呢？他們三個老朋友在艾究史普特一起啜飲白蘭地話當年，在朋友陪伴下度過愉快的星期五夜晚，除此之外沒什麼特別的。這是他們套好要講的內容，三人必須牢牢記住。

狄雷夫確定屋裡沒其他燈亮著，覺得很滿意，猜想泰爾瑪大概窩在她的房間裡。他在有壁爐的起居室一口氣乾了三杯白蘭地酸酒，好讓思緒沉澱下來，享受此刻達成中型復仇計畫的幸福酣醉。接著他走進廚房，打算開一罐魚子醬好好享用，細細回味赫爾蒙那張驚恐的臉。

鋪著地磚的廚房地板是女僕的死穴，每次泰爾瑪檢查完地板，總免不了要訓斥她一番，而且不論女僕多努力洗刷，泰爾瑪總是不滿意。但是又有誰能滿足她呢？

狄雷夫第一眼就察覺到不對勁，他在方格地磚上發現了鞋印，那雙鞋不大，但也不屬於小孩，在地板上留下雜亂無序的足跡。

狄雷夫噘起嘴，靜靜站了好一陣子，全身感官進入警戒狀態，但卻沒察覺到可疑之處，屋內沒有味道，也沒有聲音。他躡手躡腳的滑到放置刀具組的櫥櫃旁，從裡面抽出最大一把日本廚刀，這把刀切起生魚片銳利起落，用在人身上應該也不困難。

注 《化身博士》（*Jykell and Hyde*）中的角色，後面的傑克醫生也是出自同一作品。

他小心翼翼穿過雙扇門，一走進溫暖的室內便感受一股風迎面吹來，但是所有窗戶都應該嚴實關上。接著，他發現一扇吊窗上有個破洞，雖然不大，但就是有洞。

他飛快掃過房間的地板，這兒有更多鞋印以及散落一地的碎玻璃，擺明有人闖了進來，從保全系統沒有響起判斷，這應該是在泰爾瑪上床前發生的事。

一陣恐慌倏忽在他體內蔓延開來。

走向前廳前，他又從刀具組抽了第二把刀。他並不畏懼孔武有力的攻擊，但突如而來的襲擊卻不能不小心，因此他將兩把刀拿在身側，步步爲營，來回察看。

他慢慢走上樓梯，停在泰爾瑪臥室門前，底下門縫透出一道狹長光線，照在走廊上。

裡頭有人正在等著他嗎？

他握緊刀柄，輕手輕腳打開門，在人工照明的照耀下，泰爾瑪身穿性感內衣躺在床上，神情亢奮，雙眼閃爍憤怒之火。

「你是來殺我的嗎？」她眼中射出逼人的憎惡。「對吧？」

語畢便從床側拿起一把手槍對準他。

他從不把手槍放在眼裡，但是她聲音中的冷靜讓他頓住，狄雷夫把刀丟在地上。

他了解泰爾瑪這個人，若是別人拿著槍，或許是個玩笑，但是沒有幽默感的泰爾瑪不會開玩笑，因此維持站著不動的姿勢。

「怎麼回事？」他瞅緊手槍問道。她一臉認眞嚴肅，彷彿擁有取走別人生命的強大力量。

「我看見有人闖入屋內的痕跡，但是侵入者應該已經離開，妳可以安心把那東西放下。」他感覺到古柯鹼在血管裡咆哮，腎上腺素與毒品交互作用造成的興奮感無可比擬，可惜眼下這情況並不恰當。

「見鬼了，妳從哪兒弄來那把槍？來，泰爾瑪，聽話，把槍放下來。告訴我怎麼回事。」但是泰爾瑪依舊文風不動。

眼前的她躺在床上姿態嫵媚，比過去幾年更加魅惑撩人。

他想往前靠近，但她立刻抓緊槍嚇阻他前進。「狄雷夫，你這個齷齪的豬玀，竟然攻擊赫爾蒙！你就是無法放過他對嗎？」

他媽的，她從何得知這件事？爲什麼這麼快就傳進她耳裡？

「妳在講什麼？」他直視她的雙眼說。

「他活了下來，這點你應該很清楚，狄雷夫，但是你也知道那並不是件好事，對吧？」

狄雷夫目光在房內搜索，看到躺在地上的刀子，他眞不該把刀丟掉。

「我根本不知道妳在講什麼。」他說：「我今晚在托斯騰家，妳可以打電話問他。」

「今晚有人在甘迺迪酒吧看見你和鄔利克，我只要知道這點就夠了。」

以往他的防衛機制總是能讓他在轉眼之間編造謊言應付這類意外狀況，但現在卻失效了，眼看就要被她逮到。

「沒錯。」他眼睛眨也不眨的說：「到托斯騰家去之前，我們是在那兒。那又如何？」

「我沒興致聽你胡扯，狄雷夫。過來，在這裡簽名，馬上！否則我會殺了你。」

她指著床腳那一堆紙張，隨後扣下扳機，一聲巨響打在狄雷夫身後的牆壁上。他轉過身，檢查槍擊的受損範圍，牆上那個洞就和成年男人的手掌一樣大。

然後他瞥了一眼最上面的文件。簡直欺人太甚！他若是簽了名，接下來十二年這女人每年都可得到三千五百萬克朗，而他們會像猛獸般彼此猜疑折磨。

「我們不會去告發你的，狄雷夫，只要你簽了名就不必擔心。簽吧。」

「如果你們告發了我，泰爾瑪，妳什麼也得不到。妳想過這點嗎？我若是去坐牢，一定會讓名下那些爛事業破產。」

「你以爲我不知道嗎？你給我簽名！」她的笑聲充滿輕蔑。「別把自己搞得跟白痴一樣！那些生意經營得不好，你和我都心知肚明。不過在你破產前，我還是能拿到屬於我的那份，也許不多，但也夠了。我對你瞭若指掌，狄雷夫，你這個人個性實際，若是花點錢就能擺脫妻子，爲什麼要拋棄企業，讓自己被關起來？所以，簽名吧。還有，明天讓赫爾蒙轉到你醫院治療，聽清楚了嗎？我要他一個月內回復健康，煥然一新，不，甚至要更好。」

他搖搖頭。原來魔鬼早就潛伏在泰爾瑪的體內，不過，就如同他母親掛在嘴邊的：物以類聚。

「那把槍哪兒來的，泰爾瑪？」他口氣沉穩，然後拿起文件簽妥最上面兩張。「發生什麼事了？」

她看著文件默不作聲，等到簽好的文件全部拿到手後才開口說話。

「哼，狄雷夫，可惜你今晚不在場，否則我應該不需要你的簽名了。」

「噢？此話怎講？」

「有個骯髒邋遢的女人打破玻璃，拿著它威脅我。」她晃晃手中的槍。「她要找你。」

泰爾瑪笑得花枝亂顫，性感內衣滑下肩頭。「我告訴她，她下次再光臨，我很樂意敞開大門讓她進來做她想做的事情，而不需要費勁爬窗戶。」

狄雷夫感覺到全身皮膚一陣冰冷。

琦蜜！這麼多年後她又出現了。

「她把手槍交給我，彷彿我是個小孩似的拍拍我的臉頰，接著就喃喃自語離開了，當然是從大門走出去的。」泰爾瑪又放聲大笑。「但是別難過，狄雷夫。你的女朋友向你問好，她改天會再來拜訪你！」

第十三章

凶殺組組長揉搓額頭心想：媽的該死，一星期這樣開始眞是爛透了！不過幾天時間，他收到了第四份休假單。最優秀的調查小組中有兩個人請病假，偏偏市中心的大街在這時候發生殘暴的攻擊事件，有個遭人毆打得面目全非的女人被棄置在垃圾箱裡，街頭上的冷血暴力事件日漸增加，各界紛紛要求凶殺組提出解釋，其中包括報紙、大眾，以及新上任的女警察總長，如果受害女子不幸身亡，事情將會變得一發不可收拾。今年哥本哈根發生的凶殺案創下新高，必須回溯十年前的統計資料才找得到可對照的數字，加上有許多警察同僚請調，高層不得不一次又一次召開危機會議。

壓力、壓力、越來越多的壓力。現在連巴克也湊上一腳。眞是該死！偏偏是巴克。

想當年他只要和巴克點起一支菸，在中庭散步個一圈，所有問題就能迎刃而解。馬庫斯曾對這點堅信不疑，然而，往日時光已然消逝，如今他無力再提供屬下建議或支援。警察的收入微薄不說，工作時間也變得十分漫長，調查人員在耗損過度的情況下個個疲憊不堪，越來越難交出令人滿意的成績。如今單憑一支菸，已經無法止住同僚的挫折與沮喪了。

「馬庫斯，你一定要去教訓那些政客！」他的副手羅森說。爲了要完成警察改革承諾的效率與體面，外頭走廊上搬家人員不停製造噪音，但是一切只不過是表面工作與裝飾罷了。

馬庫斯蹙起眉頭，回以一個和他副手同樣無奈的微笑，好幾個月以來，羅森臉上都掛著那樣的笑容。「羅森，什麼時候輪到你要向我請假？你還年輕，也許會希望另謀高就？或者你想多花點時間陪陪太太？」

「哎呀，馬庫斯，我唯一渴望的工作就是你現在的位置。」副手就事論事回答，但這句話讓人聽了不禁心浮恐懼。

馬庫斯點點頭。「那麼祝你屁股能耐得住久坐，因爲我不會提前滾蛋的，絕對不會。」

「你得和警察總長談一談，請她對政客施加壓力，讓我們好過一點。」

門口傳來敲門聲，但馬庫斯還沒回應，卡爾就兀自走進來了。這個男人難道無法遵守規矩嗎？

「不要現在，卡爾。」他說道，但心裡很了解卡爾在選擇性聽話上的驚人能力。

「一下子就好。」他朝羅森點點頭，但動作輕微得難以察覺。「和我手上進行的案子有關。」

「洛維格謀殺案？你如果能告訴我昨晚誰在史托．喀尼克街（Store Kannikestræde）差點殺死那個女人，我就聽你說話，否則你得自己處理。你知道我對這件事的態度，案子已經判決終結了，何不去調查凶手仍然逍遙法外的案件？」

「有警方的人牽涉其中。」

馬庫斯一副垂頭喪氣，認命的模樣。「噢，是誰呢？」

「十到十五年前，霍貝克警察局有個名叫亞納．雅各博聖的便衣刑警偷走了關於這案子的所有檔案，你對這名字有印象嗎？」

「這個姓還眞偉大啊，可惜我一點兒頭緒也沒有。」

「我可以告訴你，他跟此案有關，他的兒子和被殺害的女孩也關係密切。」

「所以呢？」

「這個兒子在警察總局工作，我要求審訊他，只是必須讓你知道這點。」

「他兒子是誰？」

「約翰。」

「約翰？約翰．雅各博聖？我們的破案高手？那不可能是眞的。」

「聽著，卡爾。」羅森打斷他們對話。「你若要把一個循規蹈矩的好同事帶到地下室審訊，最好找點別的理由。若有任何差池，要面對公會的人可是我耶。」

馬庫斯眼看兩個人又要吵起來，連忙說：「兩個人都住嘴。」然後轉向卡爾。「理由是什麼？」

「你是說撇開霍貝克警察局的前便衣刑警偷走檔案不談嗎？」卡爾直起身子，遮住了超過四分之一的牆面。「重點在於，是這個叫約翰．雅各博聖的把檔案擱在我桌上。除此之外，他還侵入案發現場，在那兒留下了線索，故意要引起我們注意，我相信他手裡還握有更多資料。馬庫斯，我可以告訴你，這個人對這案子的了解並不如你想像的那樣。」

「天啊，卡爾，這案件已經超過二十年了。你難道不能在地下室安安靜靜把它辦完嗎？絕對還有其他更有意思的案件。」

「你說得沒錯，這是件陳年舊案，就像我星期五會在你的策畫下和一群來自山羊乳酪國家的挖炭工人聊天一樣。你沒忘吧？拜託你好心安排一下，讓約翰到我那兒去，馬庫斯。我要他十分鐘內出現。」

「我辦不到。」

「那是什麼意思？」

「就我所知，約翰請了病假。你不准到他家去找他，聽清楚了嗎？他昨天精神崩潰，現在不是製造不滿的時候。」他從半月形眼鏡上方注視著卡爾，試圖讓眼前的男人了解這個訊息是很重要的事。

「你從何得知是他把檔案放在你桌上的？」羅森問道：「你們在上面發現他的指紋了嗎？」

「沒有。我今天拿到分析結果，上面什麼都沒有。但是我就是知道，好嗎？約翰是我要找的人，如果他星期一沒出現，我會去他家找他，你們要怎麼樣都請便。」

第十四章

約翰・雅各博聖住在維斯特布洛街的一棟合作住宅中，斜對面坐落著機械音樂博物館與黑馬私人劇院，正是一九九〇年警察與佔屋者對峙衝突的地方。卡爾對那件事記憶猶新，他必須全副武裝站在場所前毆打幾乎和他同年的男孩和女孩！是一段不會在緬懷往日美好時光出現的回憶。

他們按了兩次又新又亮的門鈴，約翰・雅各博聖才來開門。

「我沒想到你們來得這麼快。」他輕聲說，然後請他們進入寬敞的客廳。

然而寬敞的空間裡凌亂不堪，顯然有很長一段時間缺乏一雙能幹的女人雙手。櫥櫃上杯盤狼藉，盤面凝結著乾掉的剩菜，地板上堆滿空可樂瓶，屋子裡到處積了一層厚厚的灰塵，是一個邋遢骯髒的居住環境。

「請見諒。」約翰匆忙收拾沙發與茶几上的髒衣服和雜物。「我太太一個月前離開我了。」說完忽然神經質的抽搐一下。警察總局經常見到這種反應，就像有人在他臉上撒沙，不希望沙子跑進眼睛裡而出現的反射動作。

卡爾點點頭，覺得很遺憾，眼前的景況與妻子有關，而這讓他心有戚戚焉。

「你知道我們爲什麼上門嗎？」

約翰點點頭。

「所以你承認是你把洛維格謀殺案的卷宗放在我桌上？」

他又點點頭。

「爲什麼不直接交到我們手裡就好？」阿薩德問，下唇嘟了出來。今天他纏著頭巾，看起來就和阿拉法特一個模樣。

「那樣做你們會收下卷宗嗎？」

卡爾搖搖頭。事發超過二十年且已經判決定讞的案子，要他們重新辦案的機會微乎其微。不，不會，約翰說得有道理。

「你們會詢問我從哪兒弄來資料的嗎？會問我爲什麼關心這案子嗎？會投入這麼多時間關注此案嗎？會嗎？更別說我看過你桌上那些堆積如山的檔案，卡爾。」

卡爾點點頭。「你還在夏日別墅裡留下了棋盤問答遊戲這個線索，應該是不久前才放在那兒的，我說得沒錯吧？廚房的門鎖很輕鬆就打開了。」

約翰再次點點頭。

一切正如卡爾所料。「好，所以你希望我們認眞看待這件案子，這點我能理解。但是你的計畫也具有很高的風險，不是嗎？倘若我們沒仔細端詳那套棋盤問答遊戲，也沒發現卡片上面的名字，怎麼辦？」

約翰聳聳肩。「你們現在不是來這兒了嗎？」

「我還有點不明白。」阿薩德坐在面向維斯特布洛街的窗前，窗外灑落的光線將他的臉隱匿在陰影中，看起來黝黑一片。「所以說，你不滿意畢納．托格森的供詞？」

「如果宣判結果時你們在場，同樣不會滿意的，這是一開始就很清楚的事情。」

「是沒錯。」阿薩德說：「那個人會主動投案完全不令人意外。」

「約翰，你認爲這案子有什麼疑點？」卡爾插話問道。

約翰避開卡爾的目光望向窗外，彷彿外頭灰撲撲的天空能安定他心裡頭的風暴。

「整個開庭過程中，那些人從頭到尾都在笑。」他說：「畢納．托格森、他的辯護律師和旁聽席上那三個自負的雜種。」

「你指的是狄雷夫．普朗、托斯騰．弗洛林、鄔利克．杜波爾．顏森三個人嗎？」

他點點頭，一邊抿著顫抖的嘴唇，希望讓它不再抖動。

「你說他們坐在那兒竊笑。但是光憑這點就鎖定他們，實在很薄弱。」

「是的。不過我現在知道的內情比當時要多。」

「你父親亞納當年負責偵辦此案。」卡爾說。

「是的。」

「那時你人在哪兒？」

「在霍貝克的鑑識部門。」

「在霍貝克？你認識那兩個死者嗎？」

「認識。」他的聲音輕微得幾乎聽不見。

「所以你也認識梭崙了？」

他點點頭。「嗯，但不像和莉絲貝那樣熟。」

「你聽好，」阿薩德乘隙開口，「我從你臉部表情看出來莉絲貝告訴你她不再愛你了。這才是事實，對吧？莉絲貝不想和你在一起了。」阿薩德蹙緊雙眉。「因爲你無法再擁有莉絲貝，所以殺了她。如今你希望我們查出這點，把你逮捕歸案，你就不需要了斷自己的生命，對嗎？」

約翰的眼睛先是快速翻眨，接著呆滯僵直的看著前方。

「這個人一定要待在這兒嗎？」最後意外自制的轉向卡爾問道。

卡爾搖搖頭。很不幸的，阿薩德的詆毀攻擊成爲了一種習慣。「你何不到隔壁去呢，阿薩德？五分鐘就好。」他指著約翰身後的門。

約翰冷不防得跳了一下。

恐懼有很多徵兆，而卡爾大部分都認識，因此他望向緊閉的門扉。

「不行，別進去那裡，裡面很亂。」約翰擋在門前說：「請你去餐廳坐，你可以到廚房給自己倒杯咖啡，剛煮好的。」

但是阿薩德也接收到信號。「不用了，謝謝，我比較喜歡茶。」說著便一個箭步跳到門邊猛然把門推開。

另一個房間和客廳一樣寬敞，其中一面牆邊擺了很多張桌子，上面是堆積如山的卷宗與文件，但是最有意思的是牆上有張臉孔正用憂鬱的眼神凝視著他們，那是張約莫一公尺高的年輕女子放大照片——莉絲貝．約耿森，在洛維格被謀殺的受害者。女子的頭髮蓬鬆，臉上有深深的陰影，背景則是萬里無雲的晴空，看來是在夏天拍下的照片。若非那雙眼睛、照片的大小以及不尋常的明顯擺放位置，應該不會引起注意，但如今一眼就讓人發現它的存在。

整個房間宛如某種以莉絲貝為主體的神廟，在貼著謀殺案相關剪報的牆壁前面擺了一束鮮花，還有一面牆上貼滿以拍立得拍攝的照片，儘管多年來照片已經褪色。此外還有一件襯衫，幾封信與明信片等其他兩人相識時留下的紀念品，幸福與不幸的光陰同時在此處流淌。

約翰不發一語，只是站在照片前，沉浸在那凝望的目光中。

「我們為什麼不能進來？」卡爾問。

約翰聳聳肩。卡爾立刻明白是因為太私密了，一個人在這兒掏出他的靈魂，而牆上是他破碎的夢。

「那天晚上她對你提出分手。說出經過吧，約翰，這樣做對你最好。」阿薩德語帶責難。

約翰轉過身，目光審視著他。「這個世界上我最深愛的女人被殘忍的殺害，而凶手如今置身社會金字塔頂端，嘲笑睥睨我們。那就是我要說的。像畢納·托格森這類可悲的失敗者若是要為此贖罪，只會為了一件事：錢。可鄙的髒錢，出賣自己得來的錢。絕對是如此。」

「而目前是了結的時候了，是嗎？」卡爾問：「但是，為什麼偏偏是現在？」

「因為我如今孑然一身，再加上這件事在我腦子裡始終縈繞不去，無法思考其他事情，難道你無法體會這種感覺？」

約翰·約耿森向莉絲貝求婚成功時才二十歲，是的，她願意嫁給他。他們兩人的父親是好朋友，雙方家庭往來頻繁，就約翰記憶所及，他老早就愛上莉絲貝了。

那個晚上他在她家過夜，她哥哥和他女朋友則睡在隔壁房間。

他們嚴肅的談了很久，最後發生關係。對女方而言，那樣的纏綿做愛無疑象徵著告別，這讓約翰隔天一早在拂曉晨光中離開時帶著眼淚，同一日稍晚，他就得知她的死訊。不到十個小時內，他從極樂幸福掉落到椎心苦悶，然後直接落入地獄。他一直無法從那晚以及之後幾天發生的事件中走出來，後來雖然交了女朋友、結了婚，也生下兩個孩子，但是心中始終只有莉絲貝。

他父親臨終前坦誠自己當初偷出卷宗，交給了莉絲貝的母親。因此約翰第二天便駕車前去找她，借走了那些資料。

從那天起，那些資料便成爲他最重要的財產，莉絲貝在他的生命中更是無所不在，最後甚至完全主導了一切，導致他妻子終於受不了離開。

「你說完全主導了一切是什麼意思？」阿薩德問。

「我一天到晚只談論她，腦子裡日日夜夜想的也是她。所有的剪報、報導，我一個字也不會錯過，隨時隨地一定要翻看。」

「那麼現在呢？你想要擺脫掉一切嗎？所以才會給我們指示？」

「是的。」

「你有什麼可以給我們？這個？」阿薩德張開雙手，比畫著滿屋子的各種資料。

約翰點點頭。「等你們研究過所有資料，就會知道絕對是那幫寄宿學校的學生幹的。」

「我們已經看過你列舉的攻擊事件，你指的是那些嗎？」

「我只給了你們部分受害者的名字，完整的名單在我這兒。」他彎身前傾拿起桌上一疊剪報，從底下拿出其中一張。

「這裡。洛維格謀殺案發生前，就出現過類似的攻擊事件，這個人也是寄宿學校的學生。」他指著《政治日報》一九八七年六月十五日出刊的一張報紙，標題寫著：「布拉霍伊區游泳池嚴重意外，十九歲少年從十公尺跳板跌下身亡」。

卡爾迅速瀏覽那份名單，上面很多名字他在辦公室看過，事件發生的時間通常間隔三到四個月，其中有些受害者甚至失去性命。

「這上面應該列出了所有的攻擊事件。」阿薩德這麼認爲。「不過，這和寄宿學校的學生又有何關聯？攻擊事件之間不一定彼此相關。你手中究竟有沒有證據？」

「沒有。那是你們的工作。」

阿薩德搖搖頭，然後轉過頭去。「說眞的，這是什麼意思？我很遺憾你的腦袋因爲謀殺事件生病了，但你最好去看心理醫生，而不是把我們拉進你的小遊戲裡。你不能去找警察總局裡的心理醫生嗎？找那個夢娜．易卜生？」

回警察總局的路上，卡爾和阿薩德不發一語，兩個人的心思都放在這起案件上。

「幫我們泡杯茶吧。」卡爾回到地下室後說，然後將約翰．雅各博聖那幾袋資料放在角落。「但記得別放太多糖，好嗎？」

他在自己的椅子上坐下，雙腳砰一聲放在桌上，打開液晶電視收看TV2的新聞報導，讓大腦休息一下。他不指望今天還可以再做其他事了。

但是五分鐘後的一通電話又讓他激動起來。

電話才響第一聲卡爾就拿起話筒，但聽到話筒裡傳來組長低沉的聲音，他隨即望向天花板。

「卡爾，我和警察總長談過了，她看不出有何理由讓你再繼續深入挖掘這件案子。」

一開始卡爾仍舊習慣性的抗議了一番，但是當馬庫斯不打算再進一步解釋時，他感覺自己火氣逐漸上升。

「爲什麼不行，如果我能知道原因的話？」

「事情就是這樣。你應該優先調查尚未宣判定讞的案子，但你現在卻把剩下的部分存放到檔案室的鐵櫃上。」

「做決定的人是我，不是嗎？」

「一旦警察總長不表苟同，那個人就不是你了。」

電話就這麼收線。

「加入一點糖的可口薄荷茶來了。」阿薩德把茶遞給他，事實上湯匙簡直是插在一杯糖汁裡。

卡爾接過杯子，茶滾燙而且甜得要命，但他仍一飲而盡，他必須開始習慣這種混合飲料。

「別這麼火大，卡爾。我們就把案子放個兩個星期，等到約翰回來上班再進行，到時候我們私下對他施加壓力，你等著瞧，那傢伙總有一天會招供。」

卡爾打量著阿薩德，了解內情的人可能會認爲那張臉上明快的表情是畫上去的，半小時前，他不是才因爲這件案子一副躁進、咄咄逼人的模樣？表情嚴峻的阿薩德又上哪去了？

「他要招供什麼，阿薩德？他媽的，你到底在講什麼東西？」

「實情是，前一晚約翰從莉絲貝口中得知她不想和他繼續交往，她一定告訴他自己有了別的男朋友。然後第二天上午，約翰離開後又折回去殺了兄妹兩人。我們只要再深入追問，絕對查得到莉絲貝的哥哥和他之間也有不愉快，或許他那時候已經瘋了。」

「算了，阿薩德，他們把案子撤走了。更何況我打死也不信你的推斷，太穿鑿附會了。」

「穿鑿附會？」

「是的，天啊。太刻意、太複雜了。如果犯人眞的是約翰，他幾百年前就會崩潰認罪。」

「他若是腦筋糊塗的話就不會崩潰。」

「腦筋糊塗的人不會布下棋盤問答遊戲那類的線索，他大可把凶器扔在腳下，撇頭就走。此外，你沒聽到我剛才說的話嗎？這案子已經被撤走了。」

阿薩德無動於衷的注視著牆上的液晶螢幕，現在正在播放史托．喀尼克街一椿攻擊事件。

「沒有，我沒聽到，我不想聽見。你剛才說什麼，誰把案子從我們這兒撤走了？」

蘿思．克努森尚未走進門，他們就先聞到一股香味，接著她的身影忽地在門口出現，手裡捧著一堆辦公用具和好幾包印著聖誕老人圖片的手提袋，不論從哪方面來說，現在都距離聖誕節還有一大段時間。

「扣、扣！」她邊發出敲門聲邊用額頭敲了兩次門框。「騎兵來了，喀拉、喀拉！美味的千層餅給大家享用！」

阿薩德和卡爾面面相覷，一個表情苦澀，另一個眼睛閃閃發亮。

「妳好，蘿思，歡迎加入懸案組！我已經幫妳張羅好一切了！」阿薩德那個矮小的叛徒。

阿薩德引領她到隔壁房間，臨走前蘿思拋給卡爾一個意味深長的眼神，彷彿是說：「你擺脫不了我的。」但是這不是她一個人可以決定的，別想用千層餅來賄賂他。

他匆匆一瞥角落的塑膠袋，然後從抽屜拿出一張紙寫下：

嫌疑犯：

畢納．托格森？

那幫寄宿學生中的某個人？或者是許多人？

約翰．雅各博聖？

委託殺人？

那幫學生周遭的人？

他們的調查結果並非乏善可陳，但他仍舊雙眉緊蹙，若是馬庫斯不來煩他，他或許會將這張紙撕成碎片，可是卡爾現在不會這麼做，尤其是收到指令要他放棄這樁案件後更是做不到。

卡爾打從年輕時就是如此，他父親也對此瞭如指掌，懂得利用這點讓他聽話。他明確禁止卡爾照料草坪，結果卡爾就去除草；他老是逼他不要入伍，結果卡爾偏偏去體檢。甚至卡爾交女朋友，他父親也如法炮製，施了一點詭計。自從他對一位農夫女兒發表過一番嚴苛的評論後，卡爾反而迫不及待常常去找她。這就是卡爾，始終如一，沒有人可以支配他；但反過來說，要操縱他倒也不難。他自己很清楚這點，問題在於警察總長也知道他性格上的弱點嗎？很難想像。

可惡，到底是怎麼一回事？警察總長如何得知他在調查這樁案子？知情者明明寥寥無幾。

他在腦中數了一遍：馬庫斯、羅森、阿薩德、霍貝克那兒的人、瓦爾德瑪．弗洛林、夏日別墅那個男人、死者的母親……

他默默出神沉思好一陣子。沒錯，這些人都知道，而且他發現思索得越久，名單就越長。

也就是說，任何人都有可能希望他踩剎車。一旦弗洛林、杜波爾．顏森和普朗等姓氏牽涉到一樁謀殺案，將令許多人束手無策。他搖搖頭，對他而言，任何姓氏或者警察總長做了什麼都是狗屎，事到如今懸案組已經開始著手調查，沒有人能阻止這一切。

他看向門口。蘿思的辦公室傳出一陣陌生的新噪音在地下室的走廊迴盪，那是喧囂、怪異的笑聲，不時還夾雜著尖銳的說話聲，阿薩德的情緒似乎特別亢奮，那兩個人是在開狂歡舞會嗎？

他從菸盒裡敲出一支菸點燃，一邊注視著縈繞在文件上頭的煙霧，一邊寫下：

任務：

國外同一時間是否發生過類似的謀殺案？例如瑞典？德國？

當時的調查團隊中，如今還有誰活著？

畢納．托格森／弗利斯勒國家監獄。

寄宿學生在布拉霍伊區公共游泳池發生意外。偶發事件？

當年待在寄宿學校裡的人。

班特・克倫律師！

狄雷夫・普朗、托斯騰・弗洛林和鄔利克・杜波爾・顏森：目前有什麼對他們不利？控訴？心理側寫？

偵訊本名琦絲坦─瑪麗・拉森的琦蜜。那幫人中，還可以找誰談談？

克利斯汀・吳爾夫的死亡狀況。

他拿筆在紙上敲了好幾下，接著又面不改色寫下：

哈迪。

趕走蘿思。

上夢娜・易卜生。

他目不轉睛看著最後一行，感覺自己就像把女生名字刻在桌面的青春期頑皮小子，她要是知道當他腦中幻想她的裸臂或是晃動的乳房時，他的老二多挺拔該有多好！他做了好幾下深呼吸，再從抽屜拿出橡皮擦打算擦掉最後兩行。

「卡爾，我打擾到你了嗎？」他聽見門旁傳來的聲音，血液瞬時凍結卻又沸騰洶湧，從脊髓下達的五道命令直接傳達至卡爾的肌肉及骨骼：丟掉橡皮擦、遮住最後一行、清除菸蒂、改變臉上愚蠢的神情、閉上狗嘴。

「打擾到你了嗎？」她又問了一次。他拚命要自己鎭靜下來，正視她的雙眼。

夢娜．易卜生再度出現，依然是那雙美麗的棕色眼眸，卡爾差點嚇得魂飛魄散。

「夢娜要做什麼？」蘿思笑著問道，好像那和她有關。

她杵在敞開的門旁，咀嚼著她帶來的千層餅，卡爾正忙著讓自己慢慢回到現實中。

「她要做什麼？」現在連阿薩德也鼓著兩頰來參一腳，還沒看過有人能把奶油這麼均勻的抹在鬍渣上。

「我晚一點再告訴你。」他轉過來看著蘿思，希望她沒注意到他因爲心臟劇烈跳動使得血液不斷輸送上來的通紅臉頰。「還習慣妳的新窩嗎？」

「呵，眞是難得！謝謝。嗯，如果討厭陽光、有顏色的牆壁和親切的同事，那麼幫我準備的這個地方簡直是天堂！」一邊用手肘撞了阿薩德身側。「開玩笑的，阿薩德，你是個好人。」

眞是一幅合作愉快的美好景象。

卡爾從椅子上起身，將嫌疑人和任務清單寫在白板上，字跡潦草難辨。然後轉向這個似乎有備而來的能幹新祕書，她若自以爲了解什麼叫工作，那就大錯特錯了。他會好好教她，蘿思將會工作得像牛一樣，到頭來覺得黃油工廠裡的壓箱女工宛如置身天堂。

「我們正在調查的案子由於涉案人士的關係而有點棘手。」他說，一邊看著她手上被她像隻松鼠用門牙快速咬嚼的千層餅。「阿薩德等下會向妳解說案情概要。我要請妳之後把這些塑膠袋裡的文件根據時間順序分類，依次放在桌子上，然後把所有資料影印下來，我和阿薩德各一份。

這個卷宗裡的檔案不要碰，先不需處理。」他將約翰．雅各博聖和瑪塔．約耿森的灰色卷宗推到一旁。「全部完成後，請調查這一點。」他指著布拉霍伊區的十公尺跳板意外事件。「我們的時間有點急迫，所以妳要快馬加鞭，意外事件發生的日期可以在紅色塑膠袋最上方的摘要上找到。一九八七年夏天，在洛維格謀殺案發生前，大概是六月某個日子裡。」

卡爾有點期待她會嘟囔個幾句，只要一兩句酸溜溜的評論，他就能再多派給她幾項任務。但是她的反應出乎意料淡定，只是冷靜審視了手中還剩下半個的千層派，然後忽地整個塞進嘴裡，彷彿口中還可以吞進更大的餅。

卡爾望向阿薩德。「阿薩德，你可以有幾天不用進辦公室，你覺得如何？」

「和哈迪有關嗎？」

「不是，我希望你去找琦蜜。我們必須進一步了解那幫寄宿學生，其他人就交給我處理。」

阿薩德看起來似乎在想像他穿越哥本哈根的大街小巷尋找無家可歸的遊民，而卡爾卻在溫暖的房間裡舒舒服服的和那些有錢人喝咖啡、飲酒，至少看在卡爾眼裡是這種感覺。

「我有點糊塗了，卡爾。」他說：「我們還要繼續追查這案子嗎？剛才不是才接到命令要我們放手嗎？」

卡爾皺起眉頭。阿薩德眞該閉上那張嘴，畢竟誰知道蘿思的忠誠度有多高？誰知道她爲什麼要到下面來？這也是爲什麼卡爾沒有要她參與實際調查的原因。

「既然阿薩德提到了。是的，警察總長禁止我們涉入此案。妳有問題嗎？」

她聳聳肩說：「我沒問題，不過下次換你準備蛋糕了。」然後一把抓起那些塑膠袋。

阿薩德接到指示後便離開辦公室，不過他每天要打兩次電話向卡爾報告尋找琦蜜行蹤的進展。他出門前拿到一張清單，上面列出必須解決的事情，包括向市公所、城裡警察、市政府社會局、希勒羅德街上管理遊民的教會賑濟所人員打探消息，以及尋找其他可能的地方。對一個一身沙漠習氣的人來說，這項任務十分艱鉅浩大，尤其琦蜜在街上遊蕩的消息又是得自於瓦爾德瑪・弗洛林的口中。瓦爾德瑪聽到的會是最新消息嗎？此外，那幫寄宿學生聲名狼藉，所以也不能忽略琦蜜或許已不在人世的可能性。

在阿薩德離開後，卡爾翻開那份淺綠色卷宗，寫下琦絲坦－瑪麗・拉森的身分證號碼起身來到走廊，蘿思正奮力與影印機纏鬥，將一張又一張紙擠進去，看在眼裡讓人不安。

「我們應該在這裡放幾張桌子，才能把東西放在上面。」她眼睛抬也沒抬劈頭就說。

「喔？要特定品牌嗎？」卡爾歪嘴一笑，語帶嘲諷的說完便把身分證號碼遞給她。「我需要和這個號碼有關的一切資料。最新的停留之處、可能去過的醫院、社會救濟支出、教育背景，若父母還在世的話也要他們目前的居住地址。先把影印放一邊，我希望盡快拿到資料，而且是全部。麻煩妳。」

她直起身，穿著細跟高跟鞋的兩腳站得直挺挺的，目光停留在卡爾的喉頭，讓人覺得很不自在。「十分鐘內你將拿到桌子訂購單。」她就事論事回答。「我有很多貝克郵購型錄，裡頭有可調整高度的辦公桌，一張約五千至六千克朗。」

卡爾失魂落魄的把貨物丟到購物車裡，夢娜．易卜生的影像盤繞著他的思緒久久不去。他首先注意到她沒戴婚戒，還有被她的目光注視下，他的喉嚨永遠乾渴得要命。又一個很久沒有和女人在一起的徵兆。他媽的。

他抬起頭，就和其他不知所措，四處打轉的客人一樣，想辦法要在寬敞的大賣場搞清方向。只是要買包衛生紙，卻走到化妝品櫃，眞是令人抓狂。

徒步區底那家老舊布料店的拆遷工程差不多接近尾聲，阿勒勒已經不再是電視劇中那座寇斯貝克城（注）。不過，卡爾很快也不會在乎了。他若得不到夢娜．易卜生，依他之見，他們也應該拆了教堂，改建成一家超級市場。

「見鬼了，你究竟買了些什麼啊？」他的房客莫頓．賀藍拿出購買的東西時問道，一邊向卡爾抱怨自己今天過得糟糕透頂，除了上了兩堂政治學，還在錄影帶店工作了三個小時。的確，時間確實冷酷無情，卡爾完全能夠理解。

「我想你今天可以煮墨西哥辣豆給大家吃。」卡爾說，對莫頓叨唸如果他買了豌豆和肉會比較實際一點的話置若罔聞。

他讓莫頓回餐桌料理食物，自己上了二樓，音樂聲從將賈斯柏的房門一路傳到樓梯上，門後的他正伴隨著齊柏林飛船的重擊音樂聲，蹲坐著和任天堂遊戲裡的士兵竭力廝殺。至於他那殭屍女友則坐在床上，拚命往世界各地發送簡訊，平息自己想與人接觸的渴望。

注 Korsbæk，丹麥電視劇《Matador》中的虛構城市。

卡爾嘆了口氣，想當年他在布朗德斯勒夫和那個叫梅琳達的女孩度過的那些美好時光多麼有創意啊！電子產品萬歲、萬歲、萬萬歲！幸好他沒有受到汙染。

他腳步蹣跚的跌進房間，床鋪彷彿具有魔法把他吸了過去，若不是二十分鐘後莫頓呼喊他吃飯，床鋪將會贏得最後勝利。

他仰躺著，雙手交纏在頸背後呆視房間一角，一面想像夢娜一絲不掛躺在他身旁被單底下伸展蠕動的畫面，心裡暗忖如果再不快點替自己找個機會，他的小丸子肯定會繼續萎縮下去。要不找夢娜，要不到酒店釣幾個馬子解除欲望，否則他乾脆馬上報名到阿富汗的警備隊算了。寧願腦子裡吃顆硬子彈，也不要褲襠裡兩顆軟趴趴的蛋。

賈斯柏房間裡的幫派饒舌歌曲如大軍進犯般穿透牆壁，偶爾還夾雜著類似大量金屬塌陷的聲響，令人毛骨悚然。他是否該過去發一下牢騷，還是自己摀住耳朵？

卡爾最後選擇拿枕頭把整顆頭包起來。或許是因爲這個動作，他想起了哈迪。

完全無法動彈的哈迪，即使額頭發癢也無法抓一下，除了成天思考，什麼也不能做。換作是卡爾癱躺在床上，老早就瘋了。

他望向他和哈迪、安克爾三人彼此手搭肩的照片，三個他媽的好警察，卡爾心想。上次去霍內克看望哈迪時，他爲什麼意有所指？他說在亞瑪格島有人潛伏在棚屋外面是什麼意思？

他仔細端詳安克爾，三人當中他個頭最小，眼神卻最爲熾熱堅毅，這個朋友已經過世八個月，但那雙眼睛依然歷歷在目。哈迪眞的認爲安克爾和那些殺死他的人有關嗎？

卡爾搖搖頭，感到無法想像，然後又看向其他照片——和維嘉仍如膠似漆時拍攝的照片，當時她最愛挖他的肚臍。接下來旁邊那張拍攝於布朗德斯勒夫的農莊，最後一張則是他第一次穿上閱兵制服回家的那天，維嘉幫他留影紀念。

他瞇起眼睛，擺掛照片的角落昏暗不明，然而即使如此，他仍然清楚看見上面出現不該有的東西。卡爾站起身，枕頭也滑落一旁，但他只是緩緩走近照片，不顧牆壁另一邊賈斯柏播放起另一段駭人欲聾的新噪音。那片痕跡一開始像陰影，等到靠近後才看清楚究竟是什麼。

鮮血很難錯認，他竟然到現在才發現沿牆流下的血液痕跡。他怎麼會一直沒注意到？那他媽的是什麼該死的東西？

他把莫頓叫來，也把賈斯柏從被液晶螢幕催眠狀態中拖出來，當兩人的面指著牆角。莫頓和賈斯柏一臉厭惡，表情甚至有點悲傷。

不，那噁心的汙穢東西和莫頓沒關係。當然，也絕對不是賈斯柏幹的，如果卡爾願意相信的話，應該也不是他的女友。媽的，他簡直要瘋了。

卡爾進一步檢視血跡，然後點點頭。

若使用恰當的工具，從撬開大門的鎖進到屋內找出卡爾經常會盯著看的東西，在上面塗點動物的血後閃人，整段過程所需時間絕不會超過三分鐘。早上八點到下午五點這段時間，木藍街上，甚至是整個羅稜霍特公園宛如空城，要找出適合侵入的三分鐘並不難。

但若有人認爲憑這點不入流的小手段就能嚇阻他繼續調查，未免也太愚蠢了，那人必須爲這件事負起責任。

第十五章

唯有喝醉她才能睡得安穩，那是她之所以喝酒的理由之一。

若是沒喝上一口威士忌瓶裡的液體，她會好幾個小時打著盹，忍受腦中聲音的嗡嗡轟炸，直到門上海報裡開心嬉戲的小孩在眼前逐漸模糊，最後滑入沉重的睡夢中。而在某個地方，夢魘早已久候多時：一位母親輕柔的頭髮和嚴峻如石的臉、一個想要躲在偌大別墅中的角落不被人看見的小女孩、女孩露出驚恐的目光、棄她而去的母親形象閃現又消逝、取代母親地位的女人們冰冷的擁抱等過去不堪的回憶一一襲來。

醒來後，她全身不停發抖，額頭上滿是汗珠。每當她打算拋棄心中屬於中產階級的物質渴望，還有那些人與人之間的奸詐虛偽與沽名釣譽——全是她想遺忘的事情——的時刻，惡夢就會出現。

好在前一晚她幹掉了一瓶威士忌，所以今早的情況比較不棘手，只要紛雜的思緒與腦海中的嗡嗡聲放她一馬，寒冷、咳嗽與要命的頭痛根本不是問題。

她拉長身子，將手伸進木板床底下拉出存放食物的紙箱。琦蜜用餐有一定的程序，原則很簡單：先食用右邊的食物，吃完後把箱子翻轉一百八十度，再從右邊接著吃。這樣一來，箱子左邊就可以補充從廉價超市買來的新品，那些食物至多只能擺放兩、三天，之後就會腐壞，尤其是當夏季高溫炙曬著屋頂的時候。

她淡淡舀起優格送入口中，流浪的這幾年來，食物對她而言已經變成一種必需品。用完餐，她把食物箱推回木板床下，然後在裡面摸索了一陣，最後拿出一個小箱子。琦蜜輕撫著箱子，喃喃自語說：「好了，我的小寶貝，媽媽現在得進城了，很快就會回來喔。」

她嗅了嗅腋下的味道，眞的該去洗個澡了，以前她偶爾會利用火車站的淋浴間，但自從蒂娜警告她有人在那兒打探她的消息後就不能再去了。如果非不得已要在車站出現，勢必要先做好特殊保護措施。

她把湯匙舔乾淨，將優格杯丟到垃圾袋，同時蓄積氣力計畫下一步。

前一天傍晚她闖入狄雷夫位於史坦路的家，但之前她在別墅外面盯著燈火通明的窗戶苦等了一個小時，直到腦中的聲音亮起通行的綠燈才行動。那棟房屋維護得很好，但和狄雷夫一樣充滿醫院的氣息，而且沒有感情，還有比那裡更適合狄雷夫居住的地方嗎？她打破玻璃進入屋內，小心翼翼四下察看，忽然間綳出一個穿著性感睡衣的女人，一看到她手中的槍嚇得大驚失色，但等女人弄清楚琦蜜是來找她先生時，竟出人意料的迅速冷靜下來。

因此她把搶給了那個女人，要她隨心所欲使用。女人瞪著武器好一會兒，在手裡掂掂重量後開始大笑。沒錯，那女人知道這把槍該用在什麼地方，和琦蜜腦中的聲音預測得如出一轍。

事後琦蜜步履輕快回到城裡，她已經清楚傳遞了這個訊息——她，琦蜜就在他們身後伺機而動，沒人能高枕無憂，更逃不出她的手掌心。

如果她的預估沒錯，那群豬玀現在一定會加派人手找尋她的下落。一想到這點，她就滿心竊喜，人手的數量是一種驚慌指標，人數越多表示越慌張。

她就是要讓他們隨時提高警覺處在戒備中，無暇分心思考別的事情。

對琦蜜來說，最糟糕的並非是她在別的女人身旁淋浴時所引起的騷動，也不是小女孩們盯著她腹部與背部疤痕的好奇眼光，更與母親和孩子們一邊洗澡一邊玩鬧的開心喜悅無關，甚至連游泳池大廳裡的歡騰吵雜聲與笑聲也不會讓她感到困擾。

對琦蜜來說，最糟糕的莫過於那些生氣蓬勃的女性胴體，是如此充滿活力而有彈性。她們手上的金戒指代表擁有能輕撫觸摸的另一半，她們的胸部能哺育孩子，腹部能全心等待受孕。那些景象全成了她腦中雜音的營養糧食。

因此琦蜜看都不看身旁的人一眼，火速脫下衣服，把東西丟在置物櫃上方，裝著新衣服的塑膠袋則放在地上。整個過程必須在迅雷不及掩耳的時間內完成，她得在招來其他人的側目前離開。

不管什麼時候，琦蜜都必須留神控制好一切。

好久沒有這麼精心打扮了，這身服裝讓她感覺極爲尷尬不自在，也讓她成爲自己所抗拒的那種人。但是琦蜜不得不這麼做，她希望自己在穿過月台、搭乘手扶梯到火車站大廳走動時，不會引人注意，而只要她沒有發現不對勁，就可以到火車站的速食店喝杯咖啡，像某個在等人或是想前往某處的女子一樣偶爾低頭看錶。她的曲線玲瓏有致，眉毛在有色的太陽眼鏡上方高高挑起。

儼然像個明確知道自己人生目標的女子。

琦蜜按照計畫成功抵達咖啡廳，在裡面坐了一個小時後，骨瘦如柴的老鼠蒂娜忽然出現。蒂娜自顧自的傻笑走過她面前，腳步遲緩，頭歪一邊，眼光緊緊定在前方半公尺的地方，看樣子才剛打完一劑。即使蒂娜看起來從沒這麼悲慘脆弱，琦蜜仍然不動聲色，只是默默看著她走到麥當勞後面。

這時，琦蜜注意到牆邊站了一個削瘦的男人，他正在和另外兩個穿著淺色大衣的男人聊天。三個大男人挨得那麼近講話雖然有點奇怪，但是啓動了琦蜜的警報器的是他們閒聊時眼睛並未看著彼此，而是偷偷掃視車站大廳，以及三人幾乎相同的裝扮。

她緩緩起身，把眼鏡戴好，不管腳下踩著高跟鞋三步併兩步朝三人大步走去。走近後可以看出三個男人的年齡約莫四十歲上下，嘴角旁明顯的皺紋顯示他們的生活並不輕鬆，但那不是在死板的燈光下面對堆積如山的文件，伏案工作至深夜的商人會有的皺紋。不是的，而是經歷了許多風吹日曬和永無止盡的等待所烙印的紋路。這些男人是受僱來監視她的。

當琦蜜距離他們只有兩公尺時，三個男人倏忽看向她。她對他們微笑，不過爲了不露出牙齒緊閉著嘴唇。當經過他們身邊時，又感覺到一陣突兀的沉默將三個男人緊緊包圍，直到等她走開了幾步他們才又繼續交談。琦蜜停下來，假裝在手提袋裡找東西，她聽見其中一個人叫作金恩（Kim）。又是K開頭的名字。

他們聊起時間和地點，很明顯沒有把心思放在她身上，而這代表她又可以自由行動。那三人顯然只注意某種特定類型的人，而那類型和目前的她裝扮並不相符。怎麼會相符呢？

她在車站大廳繞了一圈，腦中聲音始終嗡嗡作響，然後拿著在大廳另一邊買的女性雜誌回到剛才的地方，如今那裡只剩一個男人靠牆站著。從緩慢的動作來看，他一定守了很久，全身上下只有眼神還顯露出迫切。這些男人絕對和狄雷夫、托斯騰和鄔利克有關！是他們的黨羽，是爲了錢什麼都幹得出來的冷血下流胚子，提供的服務在廣告中絕對找不到。

她盯著那男人越久，便覺得自己離那些豬玀越近，同時火氣隨之上升，腦中的聲音也開始七嘴八舌的吵鬧。「滾開。」她垂下目光低聲說道。隔壁桌原本在吃東西的男人抬頭一看，想弄清楚她在對誰發脾氣。

這關他什麼事啊！

夠了！她心想，然後將目光固定在雜誌的標題，上面用大寫字母印著「拯救你的婚姻！」（Kämpfe um deine Ehe!），但琦蜜的眼中只注意到那個K。

大寫的K，又是K。

3G那班只有他的外號叫K，實際上他的名字叫作凱爾（Kåre）。畢業班票選模範生時，凱爾幾乎獲得一面倒的支持，他的外表俊俏帥氣，是寢室裡小女孩與大女孩的頭號話題人物，但是得到他的人是她琦蜜。在舞會上，第三支舞過後輪到琦蜜與K共舞，她的手指在他身上未被探索之處徘徊，琦蜜不僅熟悉自己的身體，也對男孩的軀體一清二楚，這些全來自克利斯汀的教導。

而凱爾面對誘惑卻顯得無助且躁動不安。

據說從那天起，這位乖巧的模範生的分數就往下掉，不論是前後的落差還是墮落的速度都令人感到震驚。至於琦蜜，她完全樂在其中，因為那是她的成就，是她的身體動搖了這位道德捍衛者的根基，只靠她的軀體就達到了。

凱爾的人生道路早已鋪設好，他的雙親很早就決定了他的未來，可惜他們不了解自己兒子的本質，只關心他能否光耀門楣，不會誤入歧途。他們把功成名就看作生命的眞正意義，即使耗財傷神也在所不惜。

那些人對此堅信不疑。

基於這個理由，凱爾成了琦蜜的首要目標，凱爾擁有的一切無不令她作嘔反感：勤奮獎、最佳射手、跑道上的第一飛毛腿、慶祝活動中的優秀演講者、比較時髦的髮型，還有熨得平整的褲子。琦蜜決定要摧毀這一切，她要一層層把他剝開，看看在那些外表底下究竟藏著什麼。

她玩完凱爾之後，又接著去尋找更難對付的獵物，可供挑選的對象多如繁星，琦蜜天不怕地不怕。

琦蜜的目光不時從雜誌上移開，以確保站在牆邊的男人一離開監視位置能即時發現，在街上打滾了十幾年，讓她的直覺變得十分敏銳。

正是這樣的直覺，讓她一個小時後又注意到了另一個男人。那人表面上漫無目的走著，步履悠閒，但眼睛卻警覺的四處搜索。那種眼神不屬於扒手發現獵物的袋子或者掛在一旁的大衣時露出的目光，也不是同夥行竊時，負責轉移贓物的接贓者。不是，她比誰都了解那些人，但這個男人不是其中一員。

男人的身形矮小結實，衣衫襤褸，披著厚呢大衣，手拿大袋子，但套在身上的衣服就像被蛻下的蛇皮，合身卻不相稱。他顯然想營造出貧窮的形象，然而琦蜜心知那只是種障眼法，因爲穿著此類服裝的人早已自我放棄，目光通常只鎖定垃圾桶、街上、角落等可能藏著空瓶的地方，必要時頂多瞄一眼櫥窗或是黃昏後的當日特價品，但那男人濃密眉毛下的眼神卻不停觀察身邊的人。此外，他的膚色較深，像是土耳其人或是伊朗人，有誰曾經看過一個土耳其人落魄到在哥本哈根街上當遊民呢？

琦蜜看著他走向靠牆的男人，預期他經過時會給那人打個暗號，但是什麼事也沒發生。她靜靜坐著，用報紙遮著臉窺看狀況，同時哀求腦中的聲音別來搗蛋，一直等到那個矮小男人又從出口走回來，但是兩個男人仍然沒有接觸。她不動聲色起身，將椅子推進咖啡廳的桌子下面，然後保持一定的距離跟著深膚色的矮小男子。

他的步伐緩慢，還多次離開車站大廳來到伊斯德街上，不過他沒有走得很遠，站在車站前空地的階梯上就能看到他的身影。

毫無疑問，他一定是在尋找某個人，而那個人很可能就是她，因此她尾隨其後時會刻意躲在角落的陰暗處，或是招牌後面。

當男子第十次站在車站大廳裡的郵局前四處窺看時，突然猛地轉過身，目光與她對視。她沒料到他會來這一招，正要踩著高跟鞋轉身走向計程車站，打算跳上車揚長而去。

沒想到一轉頭，老鼠蒂娜就站在身後。

「喂，琦蜜。」蒂娜的聲音刺耳，雙眼呆滯無神看著她。「我就說是妳！親愛的，妳今天眞時髦啊，怎麼回事？」她朝琦蜜伸出手，彷彿想確定眼前的人不是幻象，但琦蜜迅急如風往後退，蒂娜的手就這麼懸在半空中。

而她身後則響起急促追逐的腳步聲。

第十六章

三更半夜，電話鈴聲響了三次，但每次卡爾一接起來對方就掛斷了。早餐時，他問莫頓和賈斯柏是否注意到屋子裡有不尋常的地方，但兩個有起床氣的人只是默默看著他作爲回答。「你們昨天有有沒有將門窗鎖好？」他緊追不捨。在兩人睡意朦朧的思想迴路中彷彿有個漏洞，裡面空蕩一片。

賈斯柏聳聳肩，這個時間要想從他身上問出什麼，還不如抽中樂透頭彩來得容易，莫頓至少嘟囔了幾句。

卡爾將房子前前後後巡了一遍，並未發現怪異之處。門鎖上沒有刮痕，窗戶也沒有異狀，這次侵入的行動顯然是行家所爲。十分鐘後他結束調查，坐進停放在灰色水泥建築之間的公務車，卻嗅到一股濃郁的汽油味。

「操他媽的！」卡爾大叫後連忙推開標誌的車門往停車場一躍，滾了兩、三圈後躲到一輛貨車後頭尋找掩護，等著強烈的爆炸波衝擊佇立在木藍街上的建築窗戶。

「發生什麼事了？」一個平靜的聲音問道。他連忙轉過身，烤肉好友肯恩站在前面，微涼的早上他只穿了件單薄的T恤，看來氣溫對他來說挺溫暖的。

「不要動，肯恩！」卡爾指示他別動，眼睛仍瞪著羅稜霍特公園的方向，但除了肯恩的眉毛之外，四下沒有任何動靜。或許等卡爾走近公務車時，會有某個人按下遙控器引爆；或許光是轉動車鑰匙的星星之火就足以炸掉整台車。

「有人在我的車上動了手腳。」目光仍在附近的屋頂與數百扇窗戶上來來回回。

卡爾考慮是否該找警方鑑識人員過來，最後決定作罷。對方不論想嚇阻還是剷除他，絕不會笨到留下指紋之類的痕跡，不妨暫時靜觀其變。

獵人或是獵物？對卡爾來說，這兩個角色都一樣。

他還沒把大衣掛好，蘿思便已站在辦公室門口，眉毛挑得老高。

「鑑識人員已經到阿勒勒了，他們說你的車子沒有問題，只是有點漏油。語氣聽起來不是很興奮。」說話時還一邊故意慢慢轉動眼睛。卡爾忽視她的反應心想，該找個時間教她如何尊敬上司了。

「你之前派給我一些任務，卡爾，我們要現在討論嗎？還是要等到你身上的汽油味蒸發之後再說？」

他點燃一支菸，好整以暇坐到椅子上。「說吧。」心裡想的卻是鑑識人員應該不會機警到把車子帶回警察總局徹底檢查，但人活著總是要懷抱希望。

「首先是發生在布拉霍伊區的公共游泳池意外。這案子的資料不多，死者十九歲，名叫凱爾·布魯諾，除了是個游泳好手外還擅長各類體育運動。雙親住在伊斯坦堡，但祖父母住在恩德魯，就在公共游泳池附近，每到周末假期凱爾經常去那裡探望他們。」蘿思翻閱著手中文件續道：「報告上說這是起意外事件，死者自己也有責任，但我忍不住要說，沒注意到十公尺高的跳台實在非常愚蠢。」她把原子筆插在頭髮上，但應該很快會掉下來。

「那天上午下過雨，死者很有可能在板子上失足滑倒才釀成意外，也許是想在某人面前逞英雄。據說他是獨自爬上跳台，沒有人目擊詳細經過，直到死者跌落水池的磁磚、頭轉了一百八十度後，大家才知道出事了。」

卡爾注視著蘿思，心中有個問題已到唇邊，但他的助理顯然不想讓他有機會說出口。「對了，凱爾也是那所寄宿學校的學生，和琦絲坦—瑪麗．拉森以及那幫人一樣。不過他是3G的學生，其他人則是2G，比他低一個年級。目前為止我還沒和寄宿學校的畢業生談過，不過之後會再補上。」說完後便像顆滾到水泥牆邊陡然停住的球一樣不再講話，看來卡爾必須盡快習慣這種方式。

「好。所有相關資料要盡快補上。琦蜜呢？有什麼消息？」

「你眞的認為她在這幫人當中舉足輕重嗎？」她問道：「為什麼？」

我是否該數到十冷靜一下？卡爾心想。

「寄宿學校裡有多少女孩子？這些女孩當中又有多少人失蹤？只有一個，不是嗎？而且也只有一個女孩改變自己生活的方式，這就是我對琦蜜之所以感興趣的原因。如果她還活著，很可能就是開啓關鍵訊息的鑰匙，妳不認為應該花點心力追查嗎？」

「究竟是誰說她想放棄自己生活的方式啊？你要知道，許多無家可歸的遊民早就住不慣溫暖的房間了。」

天啊！這女人的一派胡言簡直讓他抓狂！如果這種事多發生幾次一定會令他發瘋。

「我再問一次，蘿思。妳查出和琦蜜有關的事了嗎？」

「你知道嗎，卡爾？回答這個問題前，有些話我想先說清楚。你必須添購一張椅子，這樣阿薩德和我來這裡報告事情時才有椅子可坐。如果整天得靠在門邊聽你追問細節，肯定會腰痠背痛。」

妳就繼續靠著吧，他心想，然後深深吸口菸。

「就我對妳的了解，妳應該已在某本型錄上找到合適的椅子了。」之後就不再多說。

雖然蘿思沒有回答，但卡爾估計明天椅子就會出現在辦公室。

「琦絲坦－瑪麗．拉森幾乎查不到什麼官方資料，並且可以肯定沒有申請社會救助。她被踢出寄宿學校後去瑞士完成學業，不過我手邊沒有她在瑞士的相關文件。最後的戶籍登記在畢納．托格森位於布朗斯霍伊區的地址，我不知道她詳細的遷出時間，但我想差不多是他出面自首那時候，也就是約莫一九九六年的五月和七月之間。而從一九九二到一九九五年，戶籍則登記在繼母那兒，歐德魯區的科克路。」

「妳會查出她的名字和完整的地址，對吧？」

但卡爾話還沒講完，蘿思就把一張黃色紙張推過去。

琦蜜的繼母名叫作卡桑德拉．拉森（Kassandra Lassen）。卡爾只聽過伯特．蘭卡斯特主演的老電影《卡桑德拉大街》中的卡桑德拉橋，他從未聽過卡桑德拉這種名字。

「琦蜜的父親呢？還活著嗎？」

「當然活著。」她回答，「威利．K．拉森是個軟體先鋒，和後來又續弦的妻子以及剛出生的小孩住在蒙地卡羅，詳細的資料在我桌上。他出生於三〇年代，但那個老傢伙一定仍然精力充沛，或者說新妻子也不可小覷。」她臉上咧至耳際的笑容佔去至少五分之四的臉龐，嘴巴還發出嗡嗡的聲音。那種噪音遲早會讓卡爾失去自制力。

然後又突兀停止笑聲。「就我所知，琦蜜並未到過警方會去調查的收容所過夜，她或許自己有房子，要不然就是偷偷租了房子，但爲了逃稅之類的問題而沒有呈報。我姊姊就是靠這過活，她家住了四個人，因爲她的爛人丈夫拋家棄子，她得獨力養活三個孩子和四隻貓。」

「蘿思，妳最好不要向我透露太多私人事情，不要忘了我畢竟還是維護法律秩序的人。」她立起手掌制止卡爾往下說，眼神彷彿在說如果他認爲那樣比較好，看在老天的份上，她也同意。

「不過我這邊有些與一九九六年夏天有關的訊息。有個叫琦絲坦—瑪麗．拉森的人當時被送進畢斯普傑格醫院，但我手邊沒有病歷表，光是要拿到前幾天的資料，醫院裡的員工就得在檔案室裡翻找半天。我只拿到入院時間和她失蹤的時間。」

「從醫院失蹤？她那時還在接受治療嗎？」

「這點不清楚，不過依院方的紀錄，她顯然是在違背醫生的明確忠告下離開的。」

「她在醫院待了多久？」

「九到十天。」蘿思翻看著她的黃色資料。「這裡，一九九六年七月二十四日到八月二日。」

「八月二日？」

「對。怎麼了嗎？」

「這個日期……再往前倒回九年，正是洛維格謀殺案發生的時間。」

她嘟起嘴，顯然很不開心自己竟然沒想到這點。

「她被送進哪一科？精神科嗎？」

「不是，是婦產科。」

他敲著桌緣。「好。想辦法弄來病歷表，若有需要，直接開車過去請求協助。」

她短促的點了一下頭。

「報紙檔案呢，蘿思？妳找過舊報紙上的資訊了嗎？」

「有的，不過沒有特別的發現，只有關於一九八七年法院審判結果的報導，至於畢納・托格森出面投案一事中也並未出現琦蜜的名字。」

卡爾深深吸了口氣。現在他終於意識到，整個過程中那幫寄宿學生的姓名皆未被提及，那群人毫無汙點、潔白無瑕，悄悄爬上了社會階層頂端。沒有人對事實的眞相感興趣，顯然也應該繼續保持現狀。

然而眞是見鬼了，既然如此，他們爲什麼要來恐嚇他？而且採取如此笨拙的手法？既然知道他在調查案子，爲何不直接向他解釋清楚？其他的做法只會引起猜疑和抗拒罷了。

「她在一九九六年消失的。」他複述了一遍。「那時候沒有透過媒體尋人嗎？也未發布尋人啓示？」

「沒有，她就這麼消失了。警方沒有展開搜索，家人也沒有採取行動。」

卡爾點點頭。眞是美滿的家庭。

「所以媒體上從未出現琦蜜的消息。」他說：「俱樂部之類的地方呢？也沒有她的紀錄嗎？一般來說，相同背景出身的人經常會到這種地方聚會。」

「不清楚。」

「那麼去查個清楚，問問周刊、八卦報紙的人。去《八卦緋聞》打探消息，他們的檔案資料包羅萬象，一定可以弄到某張該死的照片和文字說明。」

蘿思臉上的表情就像是暗示卡爾，她很快就會放棄這件希望渺茫的案子。

「要找到她的病歷表需要花點時間。我應該從何處下手？」

「從畢斯普傑格的醫院開始，也別忘了八卦報紙，那個圈子的人可是編輯台那些猛獸的珍饌美食啊。妳有她的個人資料嗎？」

她遞給他一張紙，上面沒有什麼新的訊息。琦蜜出生於烏干達，沒有兄弟姊妹，小時候每兩年就換一個新住所，在英國、美國與丹麥間來來去去。七歲時，雙親離婚，由父親取得監護權令人感到意外，還有，她是在聖誕夜誕生的。

「有兩件事情你忘了問我，卡爾，讓我覺得有點尷尬。」

他抬起頭直視蘿思，從下往上看，讓他的新助理就像是捕捉一〇一隻大麥町的豐滿版庫伊拉，或許在桌子另一邊放張椅子這個主意並沒有那麼糟糕，至少角度會不太一樣。

「尷尬什麼？」他雖然開口問了，實際上對答案不感興趣。

「你沒有問我桌子的後續狀況。新買的桌子已經送到，但放在外面還沒有拆箱，而且需要組裝。我希望阿薩德能幫我。」

「我不反對，只要他知道怎麼弄就好。不過妳也知道他被我派到街上尋找那位繆思，人不在這兒。」

「啊哈！那你呢？」

他緩緩搖頭。和她一起組裝桌子？她不是什麼都會嘛！

「我沒有開口問的第二件事是什麼？如果妳方便說的話。」

蘿思一副不願回答的模樣。「好吧，如果桌子沒組裝好，你之前要我影印那些亂七八糟的東西，剩下的部分我就不弄了。禮尚往來囉。」

卡爾嚥下一口口水，在心裡暗自發誓：一個星期後她就不在了。星期五她還能擺出神氣的模樣，之後就得滾蛋。

「那麼，第二件事就是，我和稅務局的人談過，根據對方回報琦蜜在一九九三到九六年間曾經工作過。」

卡爾正要將菸放進嘴裡，一聽到這句話又拿了下來。「她工作過？在哪裡？」

「其中有兩家公司已經倒閉，不過最後一個公司還在，她在那兒也做得比較久，工作內容是動物交易。」

「動物交易？她在販賣動物嗎？」

「不清楚，你得自己去問。公司的地址從未變更，在亞瑪格島上的厄勒貝克街六十二號，鸚鵡螺貿易公司。」

卡爾記下地址，打算晚一點再查。

她離開前把頭一偏，眉毛挑高。「卡爾，報告完畢。」然後點了個頭。「對了，我還得說一聲：也謝謝你。」

第十七章

「馬庫斯，我想知道是誰制止我的調查工作。」

凶殺組組長從他的半月形眼鏡上緣看著卡爾，完全沒有興致回答他。

「還有，我家來了不速之客。你看這個。」卡爾拿出那張穿著閱兵制服的舊照片，指著上面的血跡。「這張照片掛在我的房間。昨天傍晚發現時，血跡還很新鮮。」

馬庫斯往椅背一靠，注視著照片，看起來很不喜歡眼前所見。

「你有何看法，卡爾？」他思考了半晌後問道。

「有人想讓我打退堂鼓，還能怎麼解釋？」

「警察在辦案過程中多少會樹立敵人。爲什麼你會將這個與手上進行的案子連結在一起？會不會是朋友或是家人開的玩笑？」

想得眞美。卡爾滿臉同情對組長笑了笑。「半夜有人連打三次電話給我，你認爲我的朋友或家人在電話另一端嗎？」

「好吧，那麼根據你的意見，我該怎麼做？」

「請告訴我是誰將我的調查踩了煞車，或者你寧可我自己打電話問警察總長？」

「她今天下午會過來，到時候我們再看看。」

「我可以相信你吧？」

「等著瞧。」

卡爾將組長辦公室的門關得比平常更緊，一抬頭，巴克那張蒼白的臉孔便迎了上來，平常那件黑色皮夾克就像第二層皮膚緊緊穿在他身上，但今天只是隨便披在肩膀上。原來也有這種時候。

「巴克，聽說你要離開我們啦？是分到了遺產還是怎麼回事？」

巴克思考了一會兒，斟酌著要爲兩人的同事生涯扣分還是加分，然後稍微偏過頭說：「你知道怎麼回事，要不是他媽的當個好警察，就是該死的當個盡責的一家之主。」

卡爾本想拍拍他的肩，後來還是只握了手。「今天是最後一天了！祝你一切順利，家庭幸福美滿。巴克，雖然你是他媽的混蛋，不過若是度完假想回來上班的話，或許也不是件壞事。」

一臉疲憊的巴克驚訝的看著他，甚至可以說有點被震懾住，一下子不知道如何解釋內心湧起的細微情緒。

「你眞不是個親切的傢伙，卡爾。」他邊說邊搖頭。「不過總而言之你算還可以啦。」

這段對話顯然是兩人對彼此最大的恭維。

卡爾轉過身對站在櫃台後頭的麗絲點點頭，櫃台堆積如山的文件和他們地下室地上的資料不相上下，那些資料還等著放到桌上去，想必蘿思已經把桌子組裝好了。

巴克的手握住組長辦公室的門把，轉過頭說：「卡爾，不是馬庫斯把你擋下來的，而是羅森・柏恩。」然後舉起食指補了句：「你不是從我這兒聽到的。」

卡爾瞥了副警官辦公室一眼，靠近走廊的百葉窗拉了下來，不過門卻大大的敞開。

「如果我的消息沒錯，他三點才會進來和警察總長開會。」巴克說完這句話後就轉身離開。

地下室裡，卡爾看見蘿思像隻滑倒在地的北極熊跪在走廊上，雙腳左右張開，手肘撐在一片厚紙板上，桌腳、金屬條、各式六角扳手與其他工具散落四處，其中還有一堆組裝說明書。她訂了四張可以調整高度的桌子，卡爾希望在她忙碌一陣之後真的能組裝出四張活動式的辦公桌。

「妳不是應該到畢斯普傑格去嗎，蘿思？」

她仍然趴著不動，指了指卡爾辦公室的門。「你桌上有份傳真。」說完又埋首在說明書中。

三張醫院傳真來的資料果真放在卡爾的桌上，那正是他希望到手的東西，文件上蓋有戳印並標註了日期。

琦絲坦—瑪麗．拉森，住院時間：一九九六年七月二十四日至八月二日。病歷表雖有一半以拉丁文記錄，不過仍可看懂上面的內容。

「蘿思，過來一下！」他喊道。

走廊上傳來一連串清晰的咒罵聲，但她還是過來了。

「什麼事？」斗大的汗珠從蘿思的臉上滑下，連睫毛膏都糊了。

「他們找到病歷表了！」

她點點頭。

「妳看過內容了嗎？」

又點了一次頭。

「懷了身孕的琦蜜從樓梯重重跌下，造成出血而被送進醫院。」卡爾敘述著病歷表上的內容，「她在那兒接受治療，看樣子是恢復了健康，不過孩子沒保住。妳有看到上面寫道她身體上那些新的傷痕嗎？」

「是的。」

「不過沒提及父親或是她的家人。」

「對方說他們僅有這些資料。」

「嗯。」他又看著傳眞。「她懷孕四個月時送進醫院，幾天後，醫院確認沒有流產的危險，不過第九天她卻自己墮胎拿掉孩子。隨後的檢查發現，她下半身有被毆打的傷痕，琦蜜宣稱是自己從病床上掉下來所造成。」卡爾摸找著香菸。「眞是讓人無法相信。」

蘿思翻了個白眼，一邊搧著手一邊往後退。她不喜歡菸味！太好了，他現在知道如何讓她離自己遠一點了。

「沒有人報案。」她說：「不過這點我們之前就知道了。」

「這裡沒記錄琦蜜是否做過子宮擴刮術之類的手術。不過這個是什麼？」卡爾指著下面幾行字。「Plazenta，是胎盤的意思嗎？」

「我打過電話詢問，意思是墮胎或流產時胎盤很可能沒有全部剝離。」

「懷孕四個月時胎盤有多大？」

她聳聳肩。這項顯然沒有列在職業學校的教材裡。

「沒人幫她做子宮擴刮術？」

「沒有。」

「就我所知，那後果非常嚴重，下半身出血與感染可不是開玩笑的事，更何況她還遭受到毆打或是類似的傷害。我想她應該傷得很重。」

「所以他們才不讓她出院。」蘿思指著桌面。「你看到這張紙了嗎？」

那是張很小的黃色便條紙。媽的，她在想什麼啊？怎麼會以爲他能在桌上發現這麼小的紙？大海撈針的機率還比這個大的多。

「打電話給阿薩德。」上面寫著。

「半個小時前他打電話來說他可能看見琦蜜了。」

卡爾感覺到腹部一陣抽搐。「在哪裡？」

「中央火車站。你應該打個電話給他。」

他扯下衣架上的大衣。「距離這兒只有四百公尺，我直接過去。」

秋陽將街上的人影拉得更長、更清晰，但行人卻只穿著長襯衫，臉上競相掛著微笑。已經是九月末了，溫度卻還超過二十度，究竟有什麼好笑？這些人應該抬起頭看看臭氧破洞，包準他們一臉恐慌。卡爾將脫下的大衣甩過肩披著，氣候照這樣變化下去，一月時或許就要穿涼鞋了。溫室效應萬歲！

當卡爾要打電話給阿薩德時，發現電池又沒電了，也沒辦法叫出存在手機裡的手機號碼。他媽的爛電池！他走進車站大廳，想從熙來攘往的人潮中看個究竟，但希望渺茫，在一大堆行李中快速轉了一圈之後仍毫無所獲。

眞是要命，他心想，然後走到雷文洛斯街出口處的火車站派出所。

除了打電話詢問蘿思阿薩德的手機號碼之外別無他法，他彷彿已經可以聽到電話那頭傳來蘿思嗡嗡的譏諷笑聲。

服務台後的警察並不認識他，因此他拿出警徽說：「你好，我是卡爾．莫爾克，我的手機不能用了，可否借用你們的電話？」

一位警察正在安撫和姊姊走失的女孩，他指著服務台上一個破舊的東西。卡爾當巡警安撫孩子至今已經過了幾千個日子了吧！他不禁有點感傷。

他才按下電話，就從百葉窗的縫隙中看見阿薩德站在通往洗手間的階梯上。一群揹著背包的中學生亢奮聒噪的聊個不停，差點把他遮住，他穿著襤褸的大衣窺視四周，臉色看起來不太好。

「謝謝。」卡爾放下話筒，急忙走了出去。

當卡爾走近阿薩德只剩五、六公尺，正要開口叫他，卻看見一個男人從阿薩德後方接近，抓住他的肩膀。那人膚色很深，約莫三十歲，看起來並非善類。他猛地把卡爾的助理轉過來出言辱罵，卡爾雖然聽不懂內容，但從阿薩德一臉難看的表情可以得知——兩個人絕對不是朋友。

中學生裡有幾個女孩瞪著他們，明顯覺得他們是流氓！白痴！

男人一拳揮向阿薩德，阿薩德即刻反擊，精準制止了對方的行動，讓他馬上住手。男人被打得踉蹌後退，一旁的學生則議論紛紛，討論要不要介入，但阿薩德不被四下反應所影響，緊緊抓住男子，對方又破口大罵。

那群學生往後退去，這時阿薩德發現了卡爾，他瞬間做出反應用力一推，將對方推得腳步不穩連退好幾步，然後又比了個動作要他快滾。

卡爾在男人跑向月台樓梯之前瞥到他的臉，男子的鬢角修得線條分明，頭髮刷得光亮，是個打扮入時的型男，但是眼神中卻蓄積著讓人不會想再次遇到他的仇恨。

「究竟怎麼回事？」卡爾問。

阿薩德聳聳肩。「很抱歉，卡爾。不過是個混蛋罷了。」

「你和他有什麼過節嗎？」

「算了，卡爾，他只是個混蛋。」

阿薩德的眼睛閃閃發光，目光飛快掃視，看向派出所、中學生、卡爾。這個人完全不是在地下室開心泡著薄荷茶的阿薩德，他陷入困境了嗎？

「等你準備好，告訴我剛才發生什麼事，好嗎？」

「沒什麼，只是個住在我家附近的人。」說完後露出微笑。這套說法差強人意，不是很令人信服。「你收到我的訊息了嗎？你知道你的手機打不通吧？」

卡爾點點頭。「你怎麼知道你看見的那個女人就是琦蜜？」

「有個女毒蟲叫了她的名字。」

「她看起來如何？」

「琦蜜嗎？我不是很清楚，因為她跳上計程車跑掉了。」

「該死，阿薩德。你沒有追上去？」

「當然，我的計程車就跟在後面。不過計程車才剛開到卡思維克路就停在人行道旁，她馬上衝下車。我不過晚了一秒，但她已一溜煙不見人影。」

這次出擊成功卻也鎩羽而歸。

「計程車司機說他拿到五百克朗。她一坐上車就喊道：『馬上到卡思維克路！這是給你的車錢！全部拿去！』」

五百公尺的路程花了五百克朗？這種事情怎能不叫人絕望。

「我當然在附近找了一下，向商店詢問是否看過這個人，也按了住戶的電鈴。」

「你有計程車司機的電話嗎？」

「有。」

「帶他來問話，事情有點可疑。」

阿薩德點點頭。「我知道那個女毒蟲是誰，我拿到了她的住址。」隨後遞出一張紙。「我十分鐘前從派出所問到她的地址。她叫作蒂娜·克爾森，住在老國王路一間附帶家具的房間。」

「很好，阿薩德。不過你是怎麼從派出所拿到資料？你冒充成誰了？」

「我給他們看我在警察總局的員工證。」

「員工證沒有賦予你這方面的權利，你只是一般市民。」

「好啦，總之我還是拿到資料了。不過你老是讓我跑外勤，如果有警徽的話，我會比較好辦事，卡爾。」

「很抱歉，阿薩德，那是不可能的。」他搖搖頭。「你說派出所的人認識她。難道她被逮捕過嗎？」

「是的，一直被逮。他們討厭死她了，她老是在車站大門口閒蕩乞討。」

卡爾往上打量著眼前這棟位於劇院通道旁的黃色建築，下方是四層樓的公寓，最上面的閣樓則是窄小的單人房，不難猜測蒂娜．克爾森住在哪一層。

來到六樓後，一個穿著藍色浴袍、滿臉倦容的男子將門打開一條縫。「你是說蒂娜．克爾森？你得自己去瞧瞧。」他把卡爾領到樓梯間另一邊的走廊，那兒有四至五道門，然後指了其中一間。男子搔著自己灰白的鬍鬚問：「我們這兒不常有警察上來，她出了什麼事嗎？」

卡爾瞇起眼睛，露出威嚇的笑容。這男人分租自己簡陋的房間，想必從中獲利不少，那麼他至少應該給與房客相對應的待遇。

「她是一件棘手案件的重要目擊證人，非常重要。如果她有任何需要，我希望你盡量支援她。清楚嗎？」

那傢伙不再摩挲他的鬍鬚，表情一臉茫然，但重要的是他說的話已產生了效果。

卡爾似乎敲了一輩子的門，蒂娜才終於把門打開。那張臉真是歷經滄桑啊！

房間裡立刻飄來一陣腐朽的氣味，卡爾知道那味道來自於沒有時常清潔的寵物籠。繼子養寵物的那段日子，黃金鼠在賈斯柏的書桌上交配，轉眼間數量激增，如果不是他後來對那些開始自相嚙咬的動物失去興致，數量還會繼續增加。那幾個月屋子始終充斥著這臭味，直到卡爾有一天受不了將剩下的寵物送給幼稚園後味道才消失。

「妳養了隻老鼠。」他俯身彎向那隻小動物。

「牠叫作拉索，很乖。要不要我把牠拿出來讓你抱抱？」

他擠出笑臉。抱抱老鼠？一隻尾巴光禿禿的大老鼠？卡爾寧願吃牠的飼料。

這時他決定亮出警徽。

蒂娜漠不關心看了一眼，然後搖搖晃晃走到桌子旁，熟練的將注射器和錫箔紙偷偷推到一張紙底下。

「我聽說妳認識琦蜜？」

如果她正要將針頭扎入血管，或者在店裡行竊、幫人吹簫時被人贓俱獲，她絕對能不動聲色做出反應。但她沒料到卡爾會提出這個問題，所以嚇了一大跳。

卡爾退到閣樓窗戶邊眺望聖喬治湖，周圍樹木的葉子很快就會掉落，這個毒蟲擁有欣賞這座湖泊的絕佳視野。

「她是妳最好的朋友之一嗎？我聽說妳們處得很好。」

他俯身靠向窗戶，望著下方的湖邊步道。蒂娜若沒把自己搞得這麼糟糕，或許一個星期可以到湖邊慢跑個兩、三次，就像卡爾現在看見的那些女孩一樣，接著他把目光轉向老國王路上的公車站牌，站牌旁邊站了一個身穿淺色大衣的男子，正沿著建築的牆面往上看。在卡爾多年的警察生涯中，偶爾會碰見這個男人：他的名字是芬·阿貝克，一個身材消瘦的幽靈。卡爾還待在安東尼街警察署時，他老是爲了自己那間偵探事務所，上門找卡爾或同事弄點有的沒的情報，距離上次見面應該已經有五年的時間，但他還是一樣那麼醜。

「妳認識下面那個穿淺色大衣的男人嗎？」他問蒂娜，「妳以前見過他嗎？」

她走到窗邊，深深嘆了口氣，努力要將男子看個清楚。「我在中央火車站看過一個穿那種大衣的人，不過他站的地方太遠了，認不出來。」

卡爾盯著她放大的瞳孔，就算男人站在她眼前，她也可能認不出來。

「妳在中央火車站看到的男人長什麼樣子？」

她離開窗邊時不小心撞到了茶几，卡爾不得不扶她一把，讓她穩住腳步。「我不確定要不要和你談。」她嘀咕道：「琦蜜做了什麼事嗎？」

卡爾把她帶到床邊，讓她坐在薄薄的床墊上。

那我們就先做點別的吧，卡爾心想，然後四下張望。這個房間約莫十平方公尺，簡陋得難以想像，除了老鼠籠和堆滿角落的不值錢東西之外，幾乎沒有個人物品。報紙黏在桌上，塑膠袋散發出啤酒味，床上鋪著粗糙的羊毛被，一旁擺放著洗碗槽和老舊的冰箱，上面有個骯髒的肥皂盒、一條破舊的毛巾、翻倒的洗髮精瓶子和一些髮夾。牆上沒有掛任何東西，窗台上也沒有擺放植物或裝飾品。

他俯視她。「妳很想留長頭髮，對嗎？我覺得妳很適合長頭髮。」

她不由自主摸了摸後腦勺。他說對了，從髮夾猜想到的。

「現在半長不短的髮型也很漂亮，不過我覺得長髮非常適合妳。妳有一頭漂亮的頭髮，蒂娜。」她沒有露出微笑，但從眼神可以看出她雀躍了一會兒。「我很想摸摸妳的老鼠，不過我對齧齒類動物過敏，眞的很可惜。我連我們家的小貓都沒辦法抱。」

那句話打動她了。

「我愛老鼠，牠叫作拉索。」她終於露出笑容，也露出一排曾經雪白色的牙齒。「有時候我會叫牠琦蜜，不過我沒告訴過她。因爲這隻老鼠，所以大家都叫我老鼠蒂娜，如果知道有人用自己的名字來命名，感覺不是很棒嗎？」

卡爾嘗試體會那種心情。

「琦蜜什麼也沒做，蒂娜。」他說：「我們只是要找她而已，因爲有人想見她。」

她咬住自己的臉頰內的肉。「我不知道她住在哪裡。把你的名字告訴我，如果看見她，我會把你的名字給她。」

他點點頭。長年來和行政機關打交道的經驗教會她小心爲上，這女子嗑藥嗑得精神恍惚卻仍然能謹愼提防，相當厲害，但也讓人氣惱。她若向琦蜜洩漏太多情報只會壞事，打草驚蛇的結果可能讓琦蜜就此消聲匿跡。不論是根據他多年的工作經驗，還是阿薩德跟蹤她時了解的訊息，在在表示她有能力再次失蹤。

「好吧，蒂娜，我坦白對妳說。琦蜜的父親身染重病，若是她聽到警察在找她，她父親這輩子就別想再見到她了，而這樣的事情令人難過。妳可否直接請她打這支電話？別告訴她父親生病和警察找她的事情，只要請她打這支電話就行了。」

卡爾寫下手機號碼後將紙條遞給她，以現在的情況來說，他眞的不得不耐心等待事情發酵。

「如果她問你是誰呢？」

「告訴她妳不知道，不過也告訴她，我說過那是會讓她開心的事情。」

蒂娜緩緩垂下眼皮，雙手軟弱無力的放在瘦骨嶙峋的膝蓋上。

「妳聽見了嗎，蒂娜？」

她點點頭，眼睛始終閉著。「我會告訴她。」

「很好，我很開心聽到你願意幫忙。在我離開之前再問最後一個問題，我知道中央火車站有人在找琦蜜，妳知道對方是誰嗎？」

蒂娜睜開雙眼，但頭卻沒抬起來。「只有一個人問我是否認識琦蜜。那個人一定也希望琦蜜打電話給她父親，是嗎？」

卡爾來到老國王路上，從後面截住阿貝克。「享受陽光嗎，老友？」卡爾一邊說，一邊將一隻手重重放在他肩上。

阿貝克眼睛閃爍了一下，但絕對不是因為重逢而感到高興。

「我在等公車。」他說，然後轉過身去。

「喔。」阿貝克的反應眞怪異！為什麼不直截了當說自己正在執勤，正在盯梢？畢竟那是他的工作，絕對不會有人因此指控或譴責他，不可洩漏委託人的身分是私家偵探的首要原則。但他現在毫無疑問暴露了自己感到心虛：阿貝克的調查絕對和卡爾有關！

我在等公車。眞是大白痴！

「你的工作範圍還眞廣啊，不是嗎？你昨天不會剛好到阿勒勒去郊遊，順便把我家裡的一張照片弄髒了吧？有嗎，阿貝克？是你幹的嗎？」

阿貝克靜靜轉過身看著卡爾，他是那種即使被人毆打也不動聲色的類型。卡爾認識一個因為天生額葉發育不全而欠缺發怒能力的人，但如果剖開阿貝克的大腦，就會發現他根本沒有情緒反應的區域。

卡爾想再試一次，阿貝克說不定還會露出其他見鬼的破綻。

「你不想告訴我你在這兒做什麼嗎？如果你沒去阿勒勒在我的床柱刻下納粹十字符號就好了。你手邊的工作和我正在調查的事情有關，對不對，阿貝克？」

阿貝克一臉毫不妥協的表情。「你還是那個讓人不爽的混蛋，卡爾。我不知道你在講什麼。」

「那麼我要知道你為什麼站在這兒盯著六樓，這絕對不是偶然。因為你希望琦蜜．拉森會上那兒去向蒂娜打聲招呼吧？畢竟你們成天在中央火車站晃蕩，到處打探她的消息。」他又向阿貝克靠近一步。「你今天剛發現住在閣樓的蒂娜．克爾森和琦蜜．拉森關係要好，我說得沒錯吧？」

這個削瘦男子雙頰下的咀嚼肌清楚咬動著。「我完全聽不懂你在胡扯什麼，卡爾。我之所以在這裡，是因為有家長想了解自己的兒子來找住在二樓的穆尼斯做什麼。」

卡爾點點頭。他仍然記得阿貝克有多滑頭，隨口編造個故事對他來說易如反掌。

「或許查閱一下你最近的工作資料是個不錯的主意，看看你的其中一個委託人是不是正好要找琦蜜？我認為絕對是如此，只是尚未釐清原因。你是要自己解釋，還是要我拿走你的資料？」

「儘管去拿資料吧，但別忘了帶上搜查令。」

「阿貝克，老友。」卡爾重重搥打他的肩膀，打得阿貝克忍不住一縮。「麻煩幫我向你的委託人問聲好，他們越是騷擾我的生活，我會追得越緊。清楚嗎？」

阿貝克努力克制住不要大口喘氣。不過只要等卡爾一離開，他勢必會喘個不停。「莫爾克，我很清楚的是你變成一個頭腦不清的老糊塗了，別來煩我！」

卡爾點點頭。如果他有更多人力可以支配，就能派兩個人盯著阿貝克，這就是身爲全國最小調查單位組長的缺點。他的直覺告訴他應該要暗中監視這個瘦鬼，不過有誰能做這個工作呢？難不成是蘿思？

「我們很快會再見。」卡爾說完便順著佛德洛夫路離開。

他一走出阿貝克的視線，便盡速向左彎進特衛街，然後再左轉來到寇丹大樓後方，最後又從維內宕路走回老國王路，再一鼓作氣過街衝到對面，正好趕上看到阿貝克在湖邊講手機。

即便平時面對壓力反應冷淡的阿貝克，此刻看起來一點也不輕鬆。

第十八章

身爲股票交易員幾年來，在鄔利克手下發財致富的投資人比其他同行還多，他成功的關鍵字就是「資訊」和「內線情報」，在這一行，沒人是靠著意外或運氣賺大錢的。

鄔利克認識各行各業的人，在各個傳媒集團裡面也安插了自己的人手。他具有強烈的風險意識，在評估上市公司的股票利潤之前，會透過種種方式進行相關考察，由於調查得相當徹底，有些企業甚至會請求他忘記過程中取得的資訊或結果。他的交友圈像是漣漪不斷擴散的大海，而其中不乏坐困愁城或是認識需要幫助者的人，讓這片大海裡永遠潛泳著最大尾的魚。

在某些國家，鄔利克也許會被視爲極端危險的人物，甚至成爲眾人謀殺幻想的對象，但在小小的丹麥並非如此。在這裡，如果你手中握有某人的把柄，又學不會保持緘默，對方很快就會找出同樣令你難堪的事情加以反擊。這就是爲什麼即使有人當場被人贓俱獲，別人也不會說三道四的理由。非常實用又聰明的原則。

誰會希望因爲內線交易被送進監獄蹲六年？誰會砍掉自己正坐在上面的樹枝？

在這棵緩慢茁壯的金錢樹上，鄔利克盤踞在枝繁葉茂的最頂梢，格調好一點的圈子喜歡稱之爲「網絡」。那是個美好卻弔詭的系統，唯有從網眼掉下來的人比掛在枝幹上的人還多，才得以維持運作。

鄔利克利用自己的網絡捕抓到不少獵物，其中不乏眾所周知的名人、德高望重的人士等上流傑出之輩。這些人全部遠離扎實的根部，坐在樹梢上迎風搖動，在這兒不需要和三教九流的人共享陽光。鄔利克就和這些人一起去打獵，走進俱樂部的包廂，他們很清楚彼此是自己最好的玩伴。

因爲鄔利克的平易近人，交友廣闊，讓他成爲那幫寄宿學生裡的重要成員，再加上身旁的狄雷夫·普朗和托斯騰·弗洛林，三人組成了一個堅固的團隊。這三巨頭常收到邀請函，只要是值得參加的宴會一定出席。

這天下午的樂子就是這樣開始的。他們參加了市中心一間藝廊的招待會，不僅有藝人出席，還見到皇室成員的身影，三人穿梭在外交大禮服、各式勛章之間，與上流人士們談論著由未受邀出席的祕書精心撰寫的出色談話內容，一旁有弦樂四重奏演奏布拉姆斯的音樂，杯觥交錯，自我吹捧聲不絕於耳。

「鄔利克，我聽到的是眞的嗎？」他身旁的農業部長問道，醉醺醺的目光努力要看清楚酒杯的距離。「托斯騰今年夏天打獵時用十字弓射死了兩匹馬？眞的嗎？這麼簡單就射到了？」一邊說又試著把酒倒進快滿出來的杯子。

鄔利克伸手幫忙。「你知道嗎？聽來的事情最好不要全信。話說回來，你何不參加我們的狩獵活動呢？到時候就能親自了解詳情。」

農業部長點點頭。鄔利克心裡明白他正有此意，他一定會喜歡狩獵的，又一位重要人士入網。然後轉向坐在身邊的女士，她之前一直想盡辦法要讓鄔利克注意到自己。

「伊莎貝兒，妳今晚眞漂亮。」他邊說邊把手放在她的手臂上，一個小時後她將會明白自己爲什麼會被選上。

狄雷夫把這次勾引女伴的任務交付給他，並非每個女人都會上鉤，不過眼前這一個鐵定妥當。伊莎貝兒會做出他們要求的事情——她看起來似乎來者不拒，怎麼玩都可以。當然，她中途難免會痛哭哀求，但是長年過著無聊、欲望未被滿足的生活，多少會幫他們加點分，最後甚至會對托斯騰對待女人軀體的方式念念不忘。他們都知道托斯騰是情場高手，比其他男人更懂女人的情欲，獵物一沾上他就會上癮。無論如何，她事後一定會嚴守祕密，幹嘛要冒著失去她那陽痿老公幾百萬錢財的風險呢？

鄔利克撫摸她的上臂，撩起絲質衣袖。他愛死這種只有情感熱切的女人才會穿的涼爽布料！他朝坐在斜前方另一張桌上的狄雷夫點頭打信號，但是有個男人彎身在狄雷夫耳邊低語，轉移了他的注意力。狄雷夫聽到的消息讓他差點滑掉叉子上的奶油鮭魚，忽略周遭一切事物，眉頭緊皺直瞪眼。一個無法輕忽的警報。

鄔利克藉口起身離開，經過托斯騰桌邊時，在他肩膀拍了一下。

欲求不滿的女人必須留待下次機會了。

鄔利克聽到身後傳來托斯騰向身旁女伴告退的聲音，接下來他會親吻她的手，托斯騰這種男人總是被如此期待。一個懂得適時吹捧女人的異性戀男子，對如何幫女人脫下衣服也十分熟悉。

然後三人在大廳會面。

「剛才和你說話的傢伙是誰？」鄔利克問。

狄雷夫鬆鬆領結，尚未從剛才聽到的消息回過神來。「我卡拉卡斯醫院裡的人。他說有越來越多護士從赫爾蒙那兒得知他遭受到你和我的攻擊。」

那正是鄔利克痛恨的事。狄雷夫不是保證事情都在他掌控中嗎？只要能夠離婚，赫爾蒙的整型手術也順利進行，泰爾瑪不是承諾會守口如瓶嗎？

「他媽的爛人！」開口的人是托斯騰。

狄雷夫的目光在兩人之間游移。「赫爾蒙仍受到麻醉劑的影響，沒人會把他的話當眞。」他望向地面。「這件事不會有問題，不過，還有其他的事。我的人說阿貝克打電話留言。顯然我們誰也沒開機。」

他遞給他們一張紙，托斯騰從鄔利克背後閱讀上面的內容。

「最後一行我看不懂。」鄔利克說：「那是什麼意思？」

「你的理解力眞遲鈍啊，鄔利克。」托斯騰輕蔑的瞧著他，鄔利克非常厭惡這模樣。

「琦蜜出現了。」狄雷夫開口緩和氣氛。「你還沒聽說吧，托斯騰，今天有人在中央火車站看到她。阿貝克的手下聽見有個女毒蟲叫她的名字，雖然他只看到琦蜜的背影，不過可以確定她已經待在那兒觀望多時。據說琦蜜穿著昂貴的服裝，打扮入時，在咖啡廳坐了一個小時或是一個半小時，他們以爲她只是一般等火車的旅客，當阿貝克對他的人下指示時，她甚至還緊挨著他們走過。」

「他媽的賤人。」托斯騰只想得出這樣的話。

鄔利克還不知道這件事，心想不太妙，或許她已經知道他們在找她了。

該死！她當然知道，她可是琦蜜啊！

「她又要從我們手邊溜掉了，這點我非常清楚。」狄雷夫說。

他們三個都心知肚明。

托斯騰的狐臉拉得更長了。「阿貝克查到那個毒蟲住哪兒了嗎？」

狄雷夫點點頭。

「他會去處理她吧？」

「唉，現在問題在於是否已經太遲了。」

鄔利克按摩脖子，思考狄雷夫或許說得沒錯。「但是，我仍然看不懂留言最後一行是什麼意思，是說調查這案件的人已經知道琦蜜的落腳處了嗎？」

狄雷夫搖搖頭。「阿貝克非常熟悉那個人的底細。如果那條子眞查到什麼，他會直接把她帶回警察總局，而不是找上那毒蟲。當然他也可以事後再這麼做，只不過我們必須將這個可能性考慮進去。鄔利克，你根據這一點再想一下最後一行的意思，懂了嗎？」

「卡爾．莫爾克在追查我們，這點我們早就知道了。」

「再讀一次，鄔利克。阿貝克寫著：『莫爾克看見我了。他在追查我們。』」

「哪裡有問題？」

「他將阿貝克、我們、琦蜜，還有那件舊案全部串在一起了。他爲什麼會這麼做，鄔利克？他怎麼會知道阿貝克？你做了什麼我們不知道的事嗎？你昨天和阿貝克談了什麼？」

「就一般如果有人礙手礙腳時要做的事情啊，不過是叫他私下給那個條子一個警告。」

「你這個白痴。」托斯騰齜牙咧嘴斥道，看起來十分憤怒。

「你打算什麼時候才要告訴我們你警告他了？」狄雷夫問道。

鄔利克注視著狄雷夫。攻擊過赫爾蒙之後，他一直很難從酣喜中回過神來，隔天上班時感覺自己萬夫莫敵。赫爾蒙在他手裡渾身是血、飽受驚嚇的模樣就像是種回春水，讓那天股票交易進行得非常順利，每種指數都朝他希望的方向發展。沒有任何事可以阻擋他，也不應該妨礙他，就算是那個四處挖掘與他毫無干係之事的爛警察也一樣。

「我只不過是要阿貝克稍微施加壓力罷了，放一、兩種以示警告的東西讓他打退堂鼓。」

托斯騰轉過身背對著他們，瞪著大廳那頭蜿蜒的大理石階梯。只消看一眼他的背影，就能明白他在想什麼。

鄔利克清清嗓子，說明事情經過：沒什麼特別的，只是打了幾通電話，拿點雞血弄髒一張照片，施了點巫毒之類的手段。就像剛剛講的，沒什麼特別的。

但兩個同伴卻瞪著他。

「鄔利克，去把威施畢找來。」狄雷夫怒聲說。

「他人在這兒？」

「所有部會的人都在這兒。見鬼了，你究竟在想什麼啊？」

威施畢是司法部的司長，老早就想另謀高就，雖然他的資歷符合，但遲遲沒有當上國務卿，也離普通優秀律師的職業生涯越來越遠，進而阻斷了自己進入高等法院的道路。因此，在被老年和罪行的陰影籠罩之前，他得使出渾身解數尋找還能啃咬的骨頭。

狄雷夫在一場狩獵活動中認識他。兩個人協議好，只要威施畢稍微利用職務之便施加小惠，將來等他們的律師班特．克倫退休後，威施畢就可以接手他的工作。頭銜雖然不是很響亮，但工作天數不多，而且報酬相當豐厚。

威施畢的確在一些事情上很管用，證明了選擇他沒錯。

「我們需要你再幫點小忙。」鄔利克把威施畢帶到大廳來後，狄雷夫對他說。

威施畢司長四下張望，彷彿水晶燈是眼睛，而地毯上有耳朵。

「在這裡？」他問。

「卡爾．莫爾克仍然在調查那件案子。必須阻止他，懂嗎？」狄雷夫說。

威施畢撫摸著上面有著扇貝圖案的深藍色領帶，那是寄宿學校的標識，目光掃視整個大廳。

「能做的我都做了，如今沒辦法再以別人的名義進一步指示，而不讓司法部長追根究底，到目前為止還可以假裝那是個粗心錯誤。」

「非得透過警察總長不行嗎？」

他點點頭。「沒錯，間接透過她。這案件我已經無能為力了。」

「你知道自己剛剛說了什麼嗎？」狄雷夫不肯放棄。

威施畢嘴巴緊閉，就連鄔利克都知道他需要他們完成自己的人生規畫。家中妻子期待嶄新的生活，兩人一同四處旅遊，那是人人夢寐以求的事。

「或許能讓卡爾停職。」威施畢思索著，「至少停職一陣子。他偵破梅瑞特案後，要摘掉他的配槍並不容易，不過一年前的槍擊事件曾令他變得萎靡不振，或許可以想點辦法讓他重蹈覆轍，例如在文件上動點手腳。這件事就交給我吧。」

「我可以讓阿貝克報警說他在大街上打人。」狄雷夫說：「這點子可行嗎？」

威施畢點點頭。「打人？聽起來不賴，不過最好要有目擊者。」

第十九章

「我一百萬分確定前天潛入我家的人是阿貝克。」卡爾說：「我們必須查閱他的銀行戶頭。你要去申請搜查令，還是我來弄？」

馬庫斯正在研究史托．喀尼克街遭受攻擊的女子照片。說得含蓄一點，女子看起來慘不忍睹，臉上被毆得瘀青一片，眼周附近嚴重腫脹。「我猜想和洛維格案有關，是吧？」

「我只是想了解誰僱用了阿貝克，僅僅如此。」

「卡爾，你不必再繼續調查這件案子，我們已經談過了。」

第一人稱複數？這個笨蛋剛剛說了「我們」嗎？那是他自己的意思吧？媽的，馬庫斯爲什麼偏要干涉他？

卡爾深吸口氣。「所以我來找你。若是發現阿貝克的雇主就是洛維格案的嫌疑人呢？難道你一點都不懷疑嗎？」

馬庫斯摘下半月形眼鏡，放在面前的桌上。「卡爾！你首先要做的事情就是服從警察總長的命令，把這案子從你的工作清單上移除，更何況這是一件已判刑定讞的案件。其次，我不希望你再上這兒來裝瘋賣傻，你自己也不相信狄雷夫．普朗、托斯騰．弗洛林和那個股票交易員這類上流人士，會蠢到使出僱用阿貝克這種老套方法吧？如果——我特別強調——前提是如果，他們眞和他有關的話。現在麻煩讓我安靜一下，兩個小時後我還得去見警察總長。」

「我以爲你們是昨天見面？」

「沒錯，今天也還有會議。出去吧，卡爾。」

「卡爾！」阿薩德從他的辦公室喊道：「過來看看這個。」

卡爾推開椅子站起來。阿薩德和先前簡直判若兩人，讓人不覺有異，不過卡爾腦中仍清楚記得火車站那個男子抓住阿薩德肩頭時的冷漠眼神，那是蓄積多年的仇恨才有可能出現的眼神。阿薩德怎麼能對一個經驗老練的警察說那沒什麼呢？

蘿思拼裝到一半的桌子像擱淺在沙灘的鯨魚般凌亂四散在地上，卡爾不得不用跨的過去。她必須盡快將這些東西弄走，若是上面有人不小心迷路來到地下室，而被這堆東西絆倒的話，卡爾可不想負責任。

阿薩德看起來神采奕奕。

「什麼事？」卡爾問他。

「我們有照片了，卡爾，眞正的照片。」

「照片？什麼照片？」

阿薩德在鍵盤上敲了幾下，螢幕上出現一張照片，影像不是很清晰，也不是從正面拍攝，但毫無疑問是琦蜜．拉森，卡爾依之前看過舊照片的印象認出她來。

照片上是將近四十歲的琦蜜，趁她轉過身時快速拍下的。照片中的人物輪廓鮮明，在削瘦的臉頰上有著小而微翹的鼻子、豐滿的下唇，雖然上了妝卻沒有蓋住皺紋。看來多年在外流浪的琦蜜雖然風韻猶存，但已是油盡燈枯了。若是電腦專家能透過照片編輯程式好好處理這張照片，他們就有可用的偵緝資料。

目前他們只欠缺展開搜查行動的充分理由。或許她的家人可以提出要求？如果可行的話，最好盡快展開行動。

「我換了新手機，所以不確定是否拍到了。昨天我一看見她跑開就按下快門。本能反應，你知道的。昨天傍晚我試著要把照片叫出來，但應該是某個地方弄錯了，所以沒有成功。」

阿薩德眞的懂嗎？

「你覺得如何，卡爾？是不是很棒？」

「蘿思！」卡爾朝著地下室走廊大叫。

「她不在，出門去了。惟格勒夫路。」

「惟格勒夫路？見鬼了，她去那兒做什麼？」卡爾搖搖頭。

「你不是叫她去八卦雜誌那兒確認是否有琦蜜的消息嗎？」

卡爾盯著阿薩德背後那些怏怏不樂的老阿姨們，心想自己再過不久也會變成那副模樣。

「蘿思回來後，你把那張照片給她，還有琦蜜以前的照片，讓她做影像處理。你表現得很好，阿薩德，幹得好。」他拍拍阿薩德的肩膀，同時希望阿薩德不會和他分享自己手上的堅果類食品。「我們和弗利斯勒國家監獄約好半小時後過去，要趕快上路了。」

監獄前那條路後來改名爲艾貢·奧爾森路（注1）。在這條路上，卡爾感覺到他的同伴越來越不舒服，不是因爲渾身冒汗或出現抗拒行爲，不是這樣，而是沉默得令人難受。阿薩德心神恍惚的瞪著入口大門的塔樓，彷彿正等著建築物垮下來壓在他身上。

對卡爾來說，國家監獄又是另外一回事。他把弗利斯勒的牢房視爲實用的抽屜，塞滿這個國家最卑鄙惡劣的壞胚子後，便可以用力一推關上。將近兩百五十名犯人的刑期相加起來超過了兩千個人年（注2），多麼浪費生命和勞動力！這裡絕對是人類最不想待的地方，但是蹲在裡面的犯人全是罪有應得，這點卡爾始終堅信不疑。

「我們待會兒從右邊進去。」卡爾好不容易塡完一堆表格後說。

從他們踏進大門，阿薩德始終一言不發，而且在未被告知的情況下，主動清出袋子裡的東西，彷彿無須思考便理解了所有的指示，顯然非常熟悉整個程序。

卡爾指向庭院一棟前面豎立「訪客」牌子的灰色建築。

畢納·托格森，一個說話不著邊際的胡謅高手，就在裡面等著他們。若考量到再過兩、三年就能出獄這點，閉緊嘴巴絕對是最佳的選擇，其他一切只會造成損害。

畢納整個人容光煥發，狀態比卡爾預期還好。一般而言，十一年的牢獄歲月應該會在身上留

注1 Egon Olsens Vej，丹麥電影《奧森幫》（*Olsen-bande*）中的主角犯罪天才。

注2 Mannjahre，英文爲man-year，指一人一年的工作量。

下痕跡：嘴角布滿怨恨苦澀的線條、眼神閃躲逃避，不再被人需要的認知在意識內深深扎根，經過長年發酵後外顯於行為舉止上。然而，眼前這個男人截然不同，他的目光清澈明亮，雖然削瘦而且正坐監服刑，卻顯然適應良好。

畢納．托格森站起身與卡爾握手，沒有提問也不用解釋，看樣子已經有人事先知會過他了，這點引起卡爾的注意。

即使如此，卡爾仍然先自我介紹。「卡爾．莫爾克，副警官。」

「一個小時的會面要花掉我十克朗。」對方笑著回答。「我希望是重要的事情。」

他沒和阿薩德打招呼，不過阿薩德也沒指望他會這麼做，只是在坐下前，將椅子拉到後面一點的位置。

「你在裡面的工廠工作嗎？」卡爾看了時鐘一眼，十點四十五分，沒錯，的確是上班時間。

「有什麼事嗎？」畢納問道，裝腔作勢的緩緩坐到椅子上。對卡爾來說，那是個熟悉的訊號，看來他有點緊張。這樣很好。

「我不太和其他囚犯打交道。」畢納又搶先開口。「所以如果你們想了解那方面的事情，我恐怕無法提供任何資訊。當然，假使因為達成小小協議，可以讓自己提早一點出獄，也未嘗不是件好事。」說完忽然放聲大笑，想要試探卡爾能耐的意思再明顯不過。

「畢納．托格森，你在二十年前殺死兩個人，而且對犯行坦承不諱，所以我們不會再針對這案子多費唇舌。不過，我希望能夠進一步了解某個失蹤者的訊息。」

畢納眉頭緊皺，然後點點頭。有點配合意願，但帶點驚訝，很好的情緒組合。

「我說的人是琦蜜，我聽說你們以前是朋友。」

「沒錯，我們是寄宿學校的同學，之後有段時間在一起。」他賊笑道：「又辣又淫蕩的女人。」十一年未近女色，母豬也會賽天仙。獄卒說畢納入獄後沒有人來看過他，從來沒有，今天是多年來第一次有人探監。

「我們好好從頭開始談起，你覺得如何？」

畢納聳聳肩，目光飛快往下垂了一下，顯然他覺得一點都不好。

「你還記得琦蜜爲什麼被退學嗎？」

他抬起頭，盯著天花板。「聽說她和一個老師發生關係，學校禁止師生戀。」

「離校之後她做了什麼？」

「她在奈斯維德市租房子住了一年，在一家烤肉店工作。」他笑了出來。「她的父母完全被蒙在鼓裡，以爲她仍然繼續上學，不過後來他們還是知道了。」

「所以才去瑞士念寄宿學校？」

「對，她在瑞士待了四、五年，後來還上了大學。要命，那學校叫什麼名字？」他搖搖頭。「媽的，我現在想不起來。總之，她念的是獸醫系。啊，對了，伯恩！那大學在伯恩，伯恩大學。」

「所以她懂法語囉？」

「不是，是德語。她說那邊的人全部講德語。」

「她完成學業了嗎？」

「沒有，她沒有念完，我不清楚她放棄的原因。」

卡爾瞥了一眼阿薩德，他正將所有談話內容記錄在筆記本上。

「後來呢？她之後住在那裡？」

「回家去了。她在歐德魯區的家住了一段時間，也就是她父親與繼母的家，之後就搬來和我住。」

「就我們所知，她有段時間在動物交易所工作，對她而言，那不是有點大材小用嗎？」

「爲什麼？她又沒完成學業，不算是正規的獸醫師啊。」

「你呢？你靠什麼過活？」

「我在父親的木材行工作。這些資料全列在檔案上，你應該都已經知道了。」

「但是一九九五年你沒有繼承木材行，沒多久店面便毀於一場大火，之後你就失業了，對吧？」

這個男人顯然仍會因爲感覺受辱而不舒服。「受寵的小孩嘴巴甜如蜜，不受寵的小孩喜怒形於色。」如今晉升議會的老同事寇特・彥森總愛將這句話掛在嘴邊。

「眞是廢話。」畢納抗議。「我從未因爲那場火災而受到譴責，更何況我能得到什麼好處呢？我父親的木材行並沒有投保。」

應該事先核對一下檔案的，卡爾心想。

卡爾好一會兒沒講話，只是瞪著牆壁，他坐在這個房間的次數多得數不清，四面牆壁聽過的謊言難以計算，推諉之辭與不著邊際的言語同樣數以噸計。

「琦蜜和父母的關係如何？」卡爾又問。「你清楚嗎？」

畢納伸展四肢，感覺冷靜多了。接下來只是閒聊，而且對象不是他，讓他覺得站在安全的土地上。「糟得要命。」他說：「那兩個老人是不折不扣的混蛋。她父親根本都不回家，而他娶的那個賤女人更是令人作嘔。」

「你的意思是？」

「哎呀，你應該知道才對。那女人腦中只有錢，一個拜金者。」他細細品味自己說的話，看來在他的世界裡並不是經常使用那種說法。

「她和琦蜜常吵架嗎？」

「當然，琦蜜說她們總是為了小事吵得不可開交。」

「你殺死那兩個人時，琦蜜正在做什麼？」

話鋒冷不防又轉回洛維格案。畢納惡狠狠的盯著卡爾的襯衫領子，他身上若是裝設著電極，測量儀器應該會全部破表。

畢納先是不發一語，一副不想回答的模樣，直到一會兒後終於開口：「她和其他人待在托斯騰父親的夏日別墅裡。問這做什麼？」

「你回到別墅時，其他人沒注意到異狀嗎？你的衣服上一定濺到了許多血。」

卡爾話才剛說出口，便氣惱自己提問的方式，他原本沒打算說得如此具體，如今這趟審問算是白跑一趟了。畢納一定會辯稱，他告訴其他人自己是為了救隻被車輾過的狗才搞得渾身是血，筆錄上就是這麼寫的。

「琦蜜覺得那些血如何，她很喜歡嗎？」但畢納還沒回答，角落就先傳來阿薩德的聲音。

畢納不知所措的看著矮小的男人，原本卡爾以爲他臉上只會出現鄙視的眼神，而非是這種被人一語道破、感覺赤裸的表情，這反應在在顯示阿薩德正中目標了。沒想到竟然這麼簡單！原來只要提出正確的問題就可以攻破這名男子的防備，不管他們先前的推測能否站得住腳都是其次，重要的是，他們現在知道琦蜜喜歡血，這點對以拯救動物爲職志的人來說並不合適。

卡爾朝阿薩德點點頭。畢納知道自己過度激烈的反應已全被他們看在眼裡。

「喜歡？」畢納重複了一次，努力強裝鎭定。「我不認爲如此。」

「剛提到她搬到你那兒去，」卡爾接著說：「在一九九五年，對嗎，阿薩德？」

阿薩德坐在角落裡點點頭。

「是的，一九九五年九月二十九日搬來我這。我們之前約會了一段時間，又辣又淫蕩的女人。」這句話他之前已經說過一次。

「你爲什麼能把日期記得這麼清楚？那麼多年前的事了。」

畢納誇張的高舉雙手。「的確是很多年前了。不過，我後來的生命又發生了什麼事呢？那是我進來這兒之前最後的記憶。」

「的確沒錯。」卡爾表現出妥協的樣子，接著聲調又陡然一變，「你是她孩子的父親嗎？」

畢納抬頭看了看時鐘，蒼白的臉色頓時漲紅，看來這個小時對他而言相當漫長。

「我不清楚。」

卡爾本想大聲斥喝，最後考量到時間有限和場合後忍了下來。「你說你不清楚是什麼意思，畢納?你們兩人同居時，除了你之外，難道琦蜜還有別的男人嗎?」

他把頭轉向一旁。「當然沒有。」

「那麼就是你讓她懷孕的。」

「她後來搬出去了，不是嗎?我怎麼知道她之後和誰上床了?眞是見鬼了!」

「根據我們調查，她拿掉孩子時胎兒大概十八周大，這代表她受孕的時候還和你住在一起。」

畢納猛然起身，將椅子轉了一百八十度，這種大膽妄爲的姿態無疑是在監獄裡學來的，坐過牢的人都知道這招。諸如此類的舉動還有:走路散漫、輕鬆晃動四肢表示事不關己、在運動場放風時把香菸鬆垮垮叼在嘴裡等。至於像畢納現在這樣，將椅子轉過去，兩手放在椅臂上，雙腳張開的姿態則是擺明了:你想問什麼就問，我他媽的無所謂，反正別奢望從我口中套出話來。愚蠢的白痴警察!

「那是誰的種不都他媽的一樣嗎?」他反問。「反正孩子已經死了。」

看來孩子確實不是他的。

「除此之外，她還從醫院跑走了。」

「沒錯，她離開了醫院，眞是愚蠢荒謬。」

「她以前做過類似的事嗎?」

他聳聳肩。「該死，我怎麼會知道?就我所知，她之前沒有墮胎的經驗。」

「你沒找她嗎?」阿薩德插嘴問道。

畢納瞧了他一眼，眼神挑明了不關他的事。

「你有打聽到她的下落嗎？」卡爾緊咬著問。

「那時我們已經分手一陣子了。沒有，我沒去找她。」

「你們爲什麼分手？」

「單純走不下去。」

「她對你不忠嗎？」

畢納又看了一眼時鐘，距離他上次看時鐘不過是一分鐘前的事。「你爲什麼認爲她對我不忠？」他問道，然後轉動脖子。

接著他們花了五分鐘討論兩人的關係，但是卻找不出新的破綻，這男人非常滑頭。而阿薩德則趁這段時間，不知不覺的慢慢將椅子往前移動。

他每次只要提出問題，就把椅子移前一點，眼看就要挪到桌旁，畢納因此氣得火冒三丈。

「你在股票市場上的手氣似乎不錯。」卡爾說：「根據你的報稅資料，你在這段時間裡累積的財富著實驚人，是嗎？」

畢納的嘴角下垂，那是感到自信的徵兆，看來他很有興致一聊。「關於這方面，我沒什麼好抱怨的。」他說。

「你投資的資金是怎麼來的？」

「你從稅務資料上可以得知。」

「我不會把你的稅務資料放在褲子口袋裡，我想親口聽你說，畢納。」

「錢是我借來的。」

「哎呀，這對蹲苦牢的人來說挺不賴的嘛！你的債主還眞是願意承擔風險。其中一個是這兒的毒梟嗎？」

「我向托斯騰．弗洛林借的。」

賓果！卡爾心想。他現在眞想回頭看看阿薩德的表情，但是又不能放過畢納的一舉一動。

「啊哈。所以就算你當時隱瞞了自己的祕密，也就是你殺了兩個人的事實，你們至今仍然是朋友？更別說那令人作嘔的罪行還因此害托斯騰遭到控告？多令人動容的友情啊！不過，或許是因爲他欠了你一個人情？」

畢納察覺話題有異，於是噤聲不語。

「你很熟悉股票操作嗎？」阿薩德的椅子簡直要黏上了桌子了，剛才他就像個爬行動物，在不被人察覺的情況下緩緩靠近。

畢納聳聳肩。「嗯，比其他玩股票的人好一點。」

「資產增加到一千五百萬克朗。」阿薩德一臉欽羨的表情。「而且還持續增加當中。眞應該好好向你討教一下，你可否給點建議呢？」

「你如何獲知市場訊息的？」卡爾補充說：「照理說，你和外界溝通的機會相當有限，而且反之亦然。」

「我看報紙，而且也寫信、收信。」

「你或許也了解買進、持有的策略？諸如此類的事情？」阿薩德靜靜問道。

卡爾慢慢把頭轉向他，這傢伙又在講廢話了嗎？

畢納臉上笑容一閃而過。「我完全仰賴敏銳的嗅覺與KFX（注），基本上不太會出紕漏。」然後再度露出微笑。「我選的投資時間點還不錯。」

阿薩德說：「你知道嗎，畢納？你應該和我堂哥聊一聊。他投入五萬克朗去買股票，如今過了三年還是只有五萬克朗，其他什麼也沒有。我相信你會喜歡他的。」

「我認為你堂哥不應該碰股票。」畢納有點惱怒的說，然後轉向卡爾。「我們不是要談琦蜜的事嗎？和我的股票有何關係？」

「當然，當然。不過請讓我再幫堂哥問最後一個問題。」阿薩德不屈不撓。「葛蘭富汞浦公司在哥本哈根證交所中是支好股票嗎？」

「嗯，還可以。」

「好的，謝謝你。我沒想到葛蘭富也在交易所掛牌上市，不過你一定知道得比較清楚。」

阿薩德向卡爾眨眼示意。正中要害！卡爾心想，畢納這時候的心緒變化並不難揣想。換句話說，是鄔利克．杜波爾．顏森幫畢納投資的，這點毫無疑問。畢納對股票一竅不通，但是他出獄後需要有生活費，兩邊的對價關係很明顯了。

這次審問的成果豐碩。

「我們有張照片想讓你看看。」卡爾說完把阿薩德拍的照片放在畢納面前。

他們兩人觀察畢納看到照片的反應，好奇舊日的火苗經過多年後是否會再度燃燒，但是萬萬沒料到他的反應竟如此劇烈。

這傢伙置身重刑犯之間，過著十幾年低下的日子，即使時常面對強權霸凌、同性戀、攻擊毆打、威脅、壓榨、粗野低俗的事情，仍安然度過而且外表還比同齡的人年輕五歲，但現在卻臉色刷白，目光一下飄到旁邊，一下子又飄回到琦蜜的臉上。卡爾和阿薩德感覺自己像是目睹執行死刑的觀眾，心裡頭雖百般不願意，但不得不成爲目擊者，畢納情緒波動得劇烈駭人，讓卡爾差點忘了追問下去。

「你見到她似乎不是特別開心，雖然她容光煥發看起來過得很好。」卡爾說：「你不這麼認爲嗎？」

畢納緩緩點頭，但抽動不停的喉結仍洩漏了他激動的情緒。「只是感覺有點怪異。」說完後又試圖擠出微笑，彷彿他的過度反應是來自憂傷，然而事實上並沒有需要憂傷的事。

「你們既然不知道她人在哪兒，又怎麼會拍到她呢？」

雖然他還保持著清楚的思路，不過雙手顫抖，聲音不穩，眼神閃爍不安。

這一切表現都顯示出畢納心裡恐懼萬分。

琦蜜把他嚇得要命了。

「請你上樓去找組長馬庫斯．雅各布森，他在等你。」卡爾和阿薩德一走進警察總局，拘留室「籠子」旁的値勤警員就對他們說。

注 KFX爲københavns fondsbørs的縮寫，即哥本哈根證卷交易所。

「警察總長也在上面。」然後又補充了一句。

卡爾一步步拾級而上，一邊尋思馬庫斯叫他上去的原因。這次他可不會再忍氣吞聲了！誰不了解警察總長？她和其他無法爬到大法官職位的那些學法律的人有什麼兩樣？

「噢。」櫃台後索倫森一如往常活潑興奮，但他現在沒心情回應，改天再說。

「你來了，很好。卡爾，我們討論過整件事。」辦公室裡，馬庫斯指著一張空著的椅子。

卡爾皺起雙眉。那句話會不會太誇張了？他朝穿著一身正式官服的警察總長點點頭，她正和羅森・柏恩共享一壺茶。當然囉，是茶。

「情況非常不樂觀。」

「你知道我為何找你來。」馬庫斯繼續說下去。「我很驚訝你今天早上竟然沒說。」

「你在說什麼？是我仍在調查洛維格案這件事嗎？自行決定調查哪件陳年舊案不正是我應該做的嗎？放手讓我去做，對你們有什麼影響？」

「可惡，卡爾。別再拐彎抹角不敢承擔了。」羅森站起來說話，以免坐在外表莊嚴的警察總長旁邊顯得更加渺小。「我們談的是昨天被你在老國王路毒打一頓的芬・阿貝克，偵探事務所的老闆。這裡是他的律師所陳述的案情經過，你自己看看。」

什麼案情經過？這些人在講什麼？卡爾奪過紙看了一眼。他媽的，阿貝克究竟在搞什麼鬼？上面白紙黑字寫著他受到卡爾的攻擊，這些人真的相信這種狗屁？

文件最上頭印著「史攸倫與維克遜」律師事務所。唉，看來是上流社會流氓用盡心機，想要修補錯誤的謊言神話。

案發時間正是卡爾在公車站牌和阿貝克談話的時候，兩人的對話內容也與當時大致相同，只不過拍他肩背的動作被改成不斷用拳頭毆打他的臉，還拉扯他的衣服。有照片可證明傷害的程度，照片上的阿貝克眞的被扁得悽慘無比。

「被痛毆成這樣，一定花了狄雷夫、鄔利克和托斯騰一大把鈔票。」卡爾替自己辯護，「他們誣陷我毆打阿貝克，無非是想讓我不再碰這案子——這點我可以用性命擔保。」

「你會這麼想並不為過，卡爾，但是即使如此，我們仍被迫要有所回應。你很熟悉局裡對於警員被告發動手施暴的處理方式。」警察總長的眼神讓他冷靜下來。

「我們不想因此革你的職。」她接著又說：「畢竟你的警察生涯中沒有虐待過任何人。不過，今年初你經歷了槍擊事件導致心靈創傷，或許你受到的影響比你所認知的還要更加劇烈，而我們無法體諒這點。」

他心不在焉的對她笑了一下。她剛才說：「沒有虐待過任何人。」她如果眞心這麼想的話，很好。

凶殺組組長若有所思的看著他。「我們會對此案展開調查，不過在案情水落石出之前，我們打算讓你接受密集的治療，同時徹底複查你最近六個月經手的案件。這段時間內你仍可以照常出入，但只能待在局裡處理行政事務，並且遺憾的是，我們必須要求你暫時歸還警徽和配槍。」說完便對卡爾伸出手。這不是停職又是什麼！

「配槍放在武器間裡。」卡爾遞出警徽說道。竟然以為沒收警徽就能阻止他調查？這點他們應該心裡有數，不過他們或許渴望他會因此瀆職，或者做出笨蛋行為。不是這樣嗎？他們巴不得他出盡洋相，以便能永遠擺脫他？

「我和對方的律師提姆．維克遜有私交，我會向他說明你將不再涉入此案，卡爾。對明白自己客戶挑釁手法的律師來說，他一定會很高興，如果案子鬧上法院，兩造都沒好處。」警察總長說：「此外還有個問題要解決。你似乎很難服從指示。」她用食指對著他。「這次你絕對要遵守命令，而且要牢牢記住，以後你若再繞過官方程序，我絕對不會寬容。卡爾，我希望能和你取得共識，這案子已經結束了，也明確指示過你改調查其他案件，你還要我們重複多少次？」

他點點頭瞥向窗外。他眞是痛恨這種爛狀況！眞希望他們三個立刻站起來從窗戶跳下去。

「我是否可以請教一下，爲什麼這案子會被擋下來？」他接著問：「是誰下的指令？政治圈的人嗎？理由是什麼？就我所知，在這個國家，法律之前人人平等，這點應該也適用於那些被我們懷疑的人吧？還是說，一直是我誤會了？」

眼前三人的眼神就如同宗教法庭的法官那般銳利，這讓卡爾清楚了解他們對他的問題做何感想。若他再不離開，他們接下來應該會把他丟進大海，測驗他是不是反基督者，會不會浮上來。

「卡爾，我有東西要給你看，你絕對猜不到是什麼。」一回到辦公室便傳來蘿思亢奮的聲音，他瞅了地下室走廊一眼，她的高亢情緒應該和組裝桌子沒有關係。

「我希望是解僱通知。」他丟下一句酸溜溜的回答後在桌子後頭坐下。

這句回覆似乎讓她抹上的厚厚那層睫毛膏變得更重了。「我要幫你的辦公室弄兩張椅子來。」卡爾驚訝的看著桌子另外一邊，十平方公尺大小的辦公室究竟哪裡還有空間放兩張椅子？

「以後再說吧。」他說：「還有其他事情嗎？」

「我弄到了雜誌照片，是從《八卦緋聞》和《她的生活》拿到的。」蘿思的聲調雖然沒變，卻比平常更用力的將雜誌影本啪一聲放在卡爾桌上。

卡爾冷冷的看了一眼。那又干他什麼事？案件已經被抽走了，他應該請她把這些沒用的資料全部丟掉，然後替自己找個滿嘴甜言蜜語的蠢蛋一起組裝桌子。

但是他仍拿起桌上的影本。

文章內容與琦蜜的童年生活有關。《她的生活》雜誌描繪了拉森一家的景況，標題寫著：「沒有家庭給與的安全感，成功遙不可及——側寫威利．K．拉森的美麗妻子卡桑德拉．拉森。」然而照片透露的訊息卻又截然不同。父親身著灰色西裝、剪裁貼身的長褲，母親一身顏色鮮豔的套裝，臉上化著自七〇年代後期就令人不敢恭維的妝容，那是一對保養得宜的夫妻，女生約莫三十五歲，男生比她大十歲，自得意滿，面貌嚴峻。小琦蜜．拉森擠在他們中間，但兩人似乎沒有注意到她的存在，琦蜜自己也察覺到了這點，照片上的她眼裡流露出莫大的恐懼，一個從這種家庭長大的小女孩。

《八卦緋聞》上的照片是十七年後拍的，琦蜜和小時候判若兩人。照片中的背景是一間餐廳，但認不出來是哪裡，也許是維克多咖啡廳。攝影師拍下琦蜜心情開朗的模樣，她身穿緊身牛仔褲、脖子上圍著一圈羽毛圍巾，顯然喝醉了。人行道上雖然有積雪，但這位妙齡女子仍然穿著低領上衣，露出一臉燦爛的笑意，魅力十足。克利斯汀．吳爾夫和托斯騰．弗洛林等如今大眾熟悉的臉孔陪伴她身邊，全部穿著大衣。照片底下的文字寫得很友善：「富二代展翅高飛，顯現節之夜迎接他們的女王。二十九歲的克利斯汀・吳爾夫，丹麥最有價值的單身漢，終於找到另一半？」

蘿思說明：「《八卦緋聞》的人眞的很優秀，他們也許還在幫我們找文章。」

他短促的點了一下頭。如果她覺得《八卦緋聞》那些猛獸很優秀，也未免太天眞了。「這幾天妳可以把走廊那些桌子組裝好嗎，蘿思？若還找到此案相關資料的話，就放在外面桌上，需要時我會自己去拿。清楚了嗎？」

根據她的表情研判，她完全一頭霧水。

「在馬庫斯那兒發生什麼事了嗎，卡爾？」門邊傳來一個聲音。

「發生什麼事？他們把我停職了。儘管如此，他們還是要我留下來，所以如果你們希望我了解任何與案情相關的資料，就寫一張紙放在門外桌上。我不能談論這件案子，否則會被趕出去。還有，阿薩德，請幫蘿思組裝那些白痴桌子。」他指著走廊。「好，現在請你們豎起耳朵聽我說：如果我要告訴你們和此案有關的訊息，或是要下達相關指示，你們會拿到這樣的東西。」又指向桌上的表格紙。「也就是說，我在這裡只能做些行政工作，這點你們要牢記在心。」

「什麼爛地方。」開口的是阿薩德，卡爾認爲這是他能說出口的詞藻中最華麗的一個了。

「除此之外，我還得接受治療，所以不會常待在辦公室裡。唉，等著瞧吧，這次他們不知道要派哪個白痴來給我。」

「是啊，我們等著瞧吧。」走廊外忽然傳來聲音。

卡爾駭然失色看著門口，心裡有不好的預感。

果然是夢娜．易卜生！她總在警笛響起時現身，總在剛好脫下褲子的時候出現。

「這次的療程會耗時比較久，卡爾。」她擠過阿薩德身邊說。

她朝卡爾伸出溫暖的手讓人不捨放開。又細又滑，而且沒有戴婚戒。

第二十章

琦蜜一下子就發現蒂娜留給她的紙條。如之前說定的，紙條藏在思克貝街那個租車行招牌底下，就在最下面的螺絲旁邊，因爲受潮的關係，上面的字跡已有點模糊。

要在這麼小張的紙上擠進那麼多字，對教育程度不高、不常寫字的蒂娜來說並不太容易，幸好琦蜜練習過怎麼辨識他人字跡。

哈囉！昨天警查來找我，他叫作卡爾·默爾克，我家樓下的街上還有一個，也是找妳的，就是之前火車站那個，不知道是誰。小心，改天長椅上見。T·K·

她把留言反覆看了好幾次，每次看到「K」，琦蜜就會像貨車突然看見紅燈的反應急踩剎車。這個字母燒灼著她的視網膜，到底是哪個字的縮寫？不像來找她的警察，卡爾的字首是C開頭，這個字母比K好多了。雖然兩個字的發音相同，但她不會害怕C。

她靠著在招牌前停放幾百年的酒紅色車身上，蒂娜的文字在她體內撒下巨大的疲累感，彷彿最深處的惡魔想往外闖，榨乾她的生命。

我不會離開房子，她心想。他們抓不到我的。

但又怎麼知道對方尚未來到門前？蒂娜顯然和來找琦蜜的人談過話，他們會詢問蒂娜一些只可能從琦蜜身上得知的問題。如今蒂娜不單只是給自己惹上麻煩，也對琦蜜造成極大的威脅。她不應該和別人談話的，她暗自尋思。給她一千克朗時一定要清楚告誡這點，讓她明白事情的危險性。然後她本能轉過身，發現一個穿著淺藍色背心的派報生，正在發送免費的報紙。

那是他們派來監視我的嗎？她心想。有可能嗎？那些人現在知道蒂娜的落腳處，而且似乎發現兩人有聯繫，如果蒂娜夾藏紙條時被人跟蹤了呢？如果那些人也看過了紙條內容呢？

她努力控制自己的思緒。難道他們不會把紙條拿走嗎？很明顯應該會，但是等等，眞的會嗎？

她又望向派報生，這個深膚色的男子必須做著吃力不討好的工作才能餬口飯吃，有什麼理由把從天上掉下來的錢往外推呢？他只要眼睛盯著她，守著英格斯雷街和鐵道就好了，迪柏斯橋站附近擁有最佳的視野。沒錯，這個人可以從上面觀察她前往的方向，那兒走到她的柵門和小屋頂多五百公尺。頂多。

她咬著下唇，拉緊身上的羊毛大衣，接著穿越街道走向他。「拿去。」塞給對方大約一萬五千克朗的紙鈔。「現在你可以回家去了，對吧？」

只有早期的電影才看得到黑人雙眼圓睜、露出那麼多眼白的模樣，正如同眼前這個一樣。朝他伸出的那隻瘦弱的手具體實現了長久以來的夢想，那是房租的保證金、小店的創業金、回家的車票、與其他黑人朋友一起享受陽光的美好生活。

「今天是星期三。打電話告訴給公司的人你月底要回鄉，你覺得如何？你懂我的意思吧？」

雉雞殺手
Fasandraberne

醉人的濃霧籠罩這座城市和恩赫夫公園，也覆蓋住她。周遭環境全部消融成一片白，先是國王釀酒廠眾多的窗戶，然後是前面的住宅區、公園盡頭的穹頂舞台，最後是噴泉，空氣中瀰漫著秋天的潮濕霧氣。

那些人一定得死，她腦中的聲音說。

琦蜜今天早上才打開牆壁小洞檢查過手榴彈，她注視著手中的致命武器，復仇的景象歷歷在目。他們一定得死，而且要一個接著一個，那麼剩下來的人就會被恐懼與悔恨給逼瘋。

她放聲仰頭狂笑，然後蜷縮起冰冷的手放進大衣口袋。那些豬玀現在絕對嚇得要命，不擇手段、不計成本要找到她。那些膽小懦弱的傢伙！

她忽然止住笑聲，最後那個念頭從未躍入她腦中。

他們的確是懦夫！再清楚不過。

而懦夫通常不耐等待，巴不得立即奪走她的性命。

「我必須一口氣把他們幹掉。」她大聲說：「儘管得不擇手段。否則他們會躲起來，我一定要做到，一定要做到。」她知道自己辦得到，但是腦袋裡的聲音卻有不同意見，那些聲音執拗頑固，它們就是這樣，眞是讓人抓狂。

她原本坐在公園長凳上，霍地站起來踢走圍在一旁的鴿子。

接下來該往哪裡去？

蜜樂、蜜樂，親愛的小蜜樂。琦蜜的腦海裡又響起那首頌歌，眞是爛透了的一天！有太多事必須思考釐清。

她垂下目光，看著霧氣在她的鞋上留下濕潤的痕跡，令她聯想起蒂娜那張寫著T．K．的紙條。那個K．究竟是怎麼來的？

那年琦蜜念2G，眼看就要放溫書假，距離甩掉凱爾已經過了好幾個星期。她四處說他平庸，沒有才能又無趣，把他徹底給毀了。

接下來幾天，克利斯汀又開始戲弄她。

「妳不敢啦，琦蜜。」每天晨會時他總在她耳邊低聲說。

他用手肘頂她、拍她的肩膀，其他的同夥就在一旁看好戲。「妳沒那個膽子，琦蜜！」

但是他們心裡很清楚琦蜜完全沒在怕，所以留意著她的一舉一動，觀察她上課時搔首弄姿的模樣：坐在課椅上故意張開雙腿、高高撩起裙子，綻放笑顏時露出酒窩，尤其是當她穿著單薄的上衣往前傾發出嬌嗲的聲音。

結果她只用了十四天便喚醒唯一受到全校師生喜愛的老師心中的情欲，那欲望被喚醒得如此強烈，使他成了笑柄。

他是剛來的新老師，聽說是哥本哈根大學丹麥語文學的碩士，皮膚光潔平滑，卻是鐵錚錚的男人。他不是典型的寄宿學校教師，完全不是，而是一位正直的社會批判者，會派給學生各類合適的讀物閱讀。

琦蜜請他幫忙準備考試，但第一個鐘頭還沒結束，他便已經被她單薄羊毛衣下的曲線折磨得死去活來。

他叫作克拉夫斯（Klavs），名字中帶有K，他不諱言自己父親微弱的判斷力和對迪士尼樂園的過度狂熱興趣，甚至解釋得很開心。不過，仍沒人敢叫他克拉夫斯．柯里克（注）。

三個小時後，他再也無法幫琦蜜溫習功課了。他把她帶到住所，半路上兩人便開始寬衣解帶，他的熱情被徹底解放，淹沒在永無饜足的渴望中。克拉夫斯關上大腦的運作，無數的吻不斷落在她的身軀，雙手游走在她赤裸的肌膚，對於別人偷聽他們的動靜、嫉妒眼神和道德約束根本不聞不問。

兩人發生關係後，琦蜜原本計畫告訴校長是他強迫她就範，因爲她想知道事情會如何發展，因爲她想知道自己下一次是否有能力掌控情勢。

但事情還來不及發展至此。

校長把兩人叫到眼前，他們戰戰兢兢的並肩坐著，由祕書暫時權充她的監護人。

從那天起，琦蜜和克拉夫斯就不再交談。

至於他後來怎麼了，她完全不關心。

校長要琦蜜收拾行李，搭乘半小時後前往哥本哈根的公車。她無須費心穿上學校制服再離開，相反的，他希望她最好不要這樣做，因爲她是被學校退學，而且是立刻生效。

琦蜜的目光迎向校長的雙眼之前，一直瞪著他長滿紅斑的臉頰。

「看來你完全……」她停頓了一下，「完全不相信是他逼我就範。不過，你怎麼能確定八卦雜誌也會持相同看法?難道你想像不到會出現什麼樣的醜聞嗎?教師脅迫女學生……你難道想像不出來?」

要她閉嘴很簡單:她願意收拾行李後馬上離開學校,也不在乎畢業證書,重點是學校不能通知她的父母。這就是她的條件。

校長抗議學校不會爲自己沒做過的事情負起責任,眞是荒謬!但琦蜜只是蠻橫無禮的從桌上拿起一本書,從中撕掉一頁,在上面寫下帳號。

「拿去。」她把紙條推過去。「這是我的帳號,把封口費匯給我。」

他深深嘆了口氣,因爲這張小紙條,使得琦蜜從十幾年的權威枷鎖中解放。

琦蜜抬起目光,享受難得充盈在體內的安靜。然而,從遊樂場那兒傳來一陣又一陣兒童嬉戲的聲音,讓她又開始飽受折磨。

遊樂場裡其實只有兩個小孩和他們的年輕保姆,動作笨拙的小孩,在安靜的秋天遊樂場中追逐玩樂。她踏出濃霧往他們走近,注視著他們。小男孩想搶小女孩手中的東西,她曾經也擁有過這麼小的小女孩。

她察覺到保姆站了起來,瞪著她。

保姆看見琦蜜頭髮散亂、一身骯髒的走出樹叢,眼中露出警戒的眼神。

注 Klavs Krikke,迪士尼卡通人物Horace Horsecollar的丹麥文譯名。

「昨天我不是這副模樣，妳應該看看的！」她朝保姆吼叫。

如果她穿著火車站拿到的舊衣，情況就不一樣了，一切都會改觀。或許保姆還會和她聊天，聽她說話。

但是保姆沒有聽琦蜜說話，她跑過來張開手臂意圖擋住她，不讓她走向小孩，一邊呼喚孩子過來身邊，但是小孩只是站在原地。她難道不曉得這種年紀的小淘氣根本不會聽話嗎？琦蜜不禁覺得可笑。

她把頭往前伸，大聲嘲笑保姆。

「快點過來！」保姆歇斯底里的大叫，看著琦蜜的模樣彷彿她是人渣。

於是琦蜜向前跨一大步，揮拳揍她。別把她看成妖怪！

年輕的保姆倒在地上，鬼吼著要她立刻住手，否則絕對讓她又瞎又聾，還說自己認識很多人，絕對要琦蜜吃不完兜著走。

琦蜜踹了她的腰側，先一下，然後又一下，直到保姆終於安靜下來。

「小妹妹，過來我這兒，給我看看妳手裡拿什麼。」琦蜜哄著她。「是小樹枝嗎？」

但是兩個小孩宛如腳下生了根，哭喊著要卡蜜拉過去。

琦蜜又往前靠近了一點。小女孩雖然嚎啕大哭，依舊那麼可愛，她擁有一頭棕色的漂亮長髮，就像小蜜樂一樣。

「小妹妹，過來，給我看看妳手裡拿什麼。」她又說了一次，一邊走近小孩。

琦蜜身後響起吹哨的聲音，她迅雷不及掩耳轉過身，仍然沒擋住脖子上又沉又重的一擊，一鼻子撞上了石子路。

保姆趁這時候跑過琦蜜身邊，迅速抓起孩子，左右脅下各拎一個。眞是個不折不扣的蠢貨，而且穿著緊身褲，留著一頭長髮。

琦蜜抬起頭，看著哭紅雙眼的小孩跟著他們的卡蜜拉在樹叢後消失。

她也曾經有過像小女孩那麼小的女兒，如今躺在木板床下的小箱子裡耐心等待。

不久後，她們將會合爲一體了。

第二十一章

「我希望這次能夠開誠布公好好談一談。」夢娜·易卜生說：「上次我們並沒有完成應有的進度，不是嗎？」

卡爾打量著她的辦公室：牆壁上貼著海報，上面是棕欖樹林立、群山連綿的秀麗風景，室內色彩鮮明，採光良好，搭配木椅與嬌嫩的植物。

除此之外，房間也整理得井井有條，簡直到了令人難以置信的程度。各色物品皆有其位，沒有隨意放置的東西，可是一在沙發上躺下，卻又能夠安心敞開胸懷，將所有不相關的事情逐出腦海，除了扯下那女人身上的衣服之外。

「我會努力看看。」卡爾希望能滿足她的要求，反正目前手邊也沒有其他的事情要做。

「昨天你攻擊了一個男人，可以告訴我爲什麼嗎？」

他說自己沒有做，力陳清白，但是她看他的眼神好像他在說謊。

「我們必須先回到過去，討論當時那件案子，才有辦法繼續現在的療程。你很可能會覺不舒服，但是不得不如此。」

「開始吧。」卡爾把眼睛瞇得剩一個小縫，只留下可以看見她胸部隨著呼吸起伏的視野。

「今年一月你在亞瑪格島上遭遇槍擊事件，這點我們之前談過，你還記得確切的日期嗎？」

「一月二十六日。」

她點點頭，彷彿那是個特別吉利的日子。「和同事相比之下，你受到的傷害並不嚴重。一位殉職，死者是安克爾；另一位癱瘓躺在醫院裡。事發至今八個月了，卡爾，你適應得如何？」

他望著天花板。他適應得如何？毫無頭緒，那件事情根本就不應該發生。

「對於那兒發生的事情，我當然感到很遺憾。」他眼前浮現哈迪躺在醫院裡的身影，還有那些悲傷、沉默的眼神，在出事前他的同事體重有一百二十公斤。

「你覺得難受嗎？」

「嗯，有一點。」

卡爾試著露出笑容，但是她正在閱讀眼前的文件所以沒看見。

「哈迪曾把他的懷疑告訴過我，他認為亞瑪格島上對你們開槍的人早已潛伏多時。他是否向你提過？」

卡爾證實他的確有說。

「哈迪認為那若不是肇因於你，就是安克爾有問題。」

「是的。」

「你對這個想法有什麼看法？」

他的看法是，她的雙眼也閃爍著情欲，她能否想像得到那多令人心馳神往？

「或許他說得沒錯。」他回答。

「我從你臉上看得出來那個人不是你，沒錯吧？」

就算是，他除了否認並和她爭辯之外，她還奢望他做出什麼回應？她究竟把人看得多笨？她以爲可以從卡爾臉上看出多少端倪？

「當然不是，不是我。」

「不過，倘若那個人是安克爾，那麼一定哪裡出了差錯，對嗎？」

大概是因爲我太想要妳了，卡爾心想。若要我繼續治療，就提出一些像樣一點的問題吧。

「是啊，當然。」卡爾覺得自己的聲音聽起來像是在呢喃。「哈迪和我必須考慮這個可能性。不過，目前我因爲某個謊話連篇的偵探廢人，遭到一些有權有勢的人設計陷害。」

「警察總局的人根據殺人凶器將此案稱爲釘槍事件，被害人的頭部被釘入釘子，而那看起來是種行刑處決。」

「或許吧，我沒有留意那麼多，事件發生後我並沒有繼續追查。此外，我想妳一定知道此案還有後續發展，在索羅有兩個年輕人以同樣的方式被人謀殺，據推測應該是同一個凶手所爲。」

她點點頭，表示自己知情。「卡爾，這案子讓你飽受折磨嗎？」

「讓我飽受折磨？不，這麼說太武斷了。」

「那麼是什麼折磨著你呢？」

卡爾抓住皮革躺椅的扶手，他不會錯失這個好機會。「什麼折磨著我？不管我怎麼使出渾身解數邀請妳，妳總是讓我碰釘子，就是這件事折磨著我。」

卡爾離開夢娜·易卜生的辦公室時，全身像是散了一樣。她把他念得狗血淋頭，還拿一堆問題轟炸他，又是控訴又是懷疑，讓卡爾差點跳起來大叫要她相信他，但他終究只是躺在那兒彬彬有禮的回答問題。最後，易卜生露出疲累的笑容，不帶情感的答應他的邀約，不過前提是必須等到卡爾不再是她的病人後才能兌現。

或許她認爲給出模糊曖昧的承諾後就能高枕無憂；或許她自信他永遠脫離不了嫌疑，必須不斷接受相關的治療。不過卡爾可是心裡有數，他一定會想辦法讓夢娜・易卜生實現承諾。

他的目光順著耶格斯堡大道望向夏洛滕隆擁擠吵嚷的市中心，從這兒走到火車站只要五分鐘，再花半個小時搭電車，又可以懶散的坐在他那張擺放在地下室一角的可調式辦公椅上，那幅畫面對於他剛獲得的樂觀打氣還眞是不太相稱。

一定要有所動作才行，卡爾心想，待在地下室別奢望事情能有所進展，那兒連個鬼影也不會有。

他來到耶格斯堡大道與林登古斯路的交叉口，林登古斯路銜接著歐德魯區，卡爾非常清楚自己有必要到那邊去晃晃。

他撥打阿薩德的手機，經過上次的事件後，他現在會注意電池的狀況，但電池明明才剛充過電，如今電量卻只剩下一半，眞令人氣惱。

電話那頭，阿薩德的聲音聽來有點驚訝。他們不是不可以談這件案子嗎？

「胡說八道，阿薩德，只是不能在局裡公開討論，搞得大家都知道我們還在查案。聽著，去調查一下寄宿學校裡還有誰能和我們談談。大型資料夾裡有畢業紀念冊，你去翻翻看那些人的同學名單，或是找出一九八五年至八七年間曾在那兒任教的老師。」

「我已經找過畢業紀念冊了。」他說。這一點誰都想得到吧？

「我列出了幾個名字，頭兒，不過我會再繼續找。」

「很好。現在把電話轉給蘿思好嗎？」

一分鐘後他聽到她氣喘吁吁說：「是！」在她的詞彙裡，肯定沒有主管稱謂容身之處。

「我猜妳正在組裝桌子吧？」

「是啊！」如果有誰能在一個字當中同時表達憤怒、抱怨與冷漠，非蘿思．克努森莫屬，彷彿當她在進行如此重要的工作時不該被人打斷。

「我需要琦蜜．拉森繼母的地址，我知道妳給過我一張紙條，但是現在我沒帶在身上，把地址給我就好，ＯＫ？還有，請別提出爲什麼之類的問題。」

卡爾站在丹斯克銀行的分行前面，一群衣著光鮮的男女正在大排長龍。今天是發薪日，此處的情形顯然與布隆得比和措斯楚普並無二致，但這些有錢人若是出現在那些地方，他還比較能理解，可是他們竟像其他夏洛滕隆區的居民一樣站在這兒排隊，理由何在？沒有人幫忙他們結算帳款嗎？還是他們不懂銀行轉帳？或者，是卡爾自己不了解有錢人的習慣？也許他們就是會在發薪日來這兒換小額鈔票？就像流浪漢只會在維斯特布洛區買啤酒和菸？

每個人都有自己的習性，他心想。他瞧向隔壁的建築物，看見某扇窗戶上掛著律師班特．克倫的招牌，上面寫著「進入最高法院的許可證」。遇上狄雷夫、鄔利克和托斯騰這種客戶的確需要許可證。

他深深嘆了口氣。

若卡爾可以從這間律師事務所前過門不入，那麼他對聖經中所有提到的誘惑應該也能置之不理，那扇門裡的人是如此邪惡，甚至連惡魔見了都會開心大笑。但另一方面，如果他按下電鈴，進去質問班特·克倫，不消十分鐘鐵定會接到警察總長的關切電話，之後或許得直接打包行李回家，懸案組從此吹熄燈號。

他站在門前猶豫了好一陣子，無法下定決心。是要冒著被迫提早退休的風險，或是等待下次更好的機會？

比較聰明的做法是就這麼走過去，卡爾心想。但是他的手指卻宛如具有生命般按下了門鈴。自以為能阻止他調查的人，去死吧！他一定要設法在此打探出一些訊息，而且越早開始越好。他搖搖頭，放開了電鈴，青少年時期讓自己吃足苦頭的個性又找上門了——除了卡爾，沒人能支配他。

一個低沉的女聲請他稍候。過了一會兒樓梯傳來腳步聲，一個女人的身影隨即出現，她穿著貨眞價實的毛皮大衣，肩上披著名牌披肩。還和維嘉在一起時，擺在厄斯特街皮草名店畢格·克利斯藤櫥窗中的毛皮大衣總令她讚嘆不已，渴望自己能擁有一件。如果她那時得到了大衣，現在極有可能會被某位藝術家情人拿去剪成裝置藝術。

女子打開門，臉上露出見錢眼開時才會綻放的燦爛笑容。

「眞不好意思，我現在要出門，而我先生星期四都不在這兒，或許你另外約個時間再過來？」

「不是，我……」卡爾的手本能伸向口袋拿警徽，但那裡除了毛線頭之外什麼都沒有。他原本想說自己正在調查一件案子，基於某些原因，要請她先生回答一些例行問題，如果方便的話，有沒有可能請他一、兩個小時後回來，不會耽誤他們太久時間，但是嘴裡冒出來的卻是另一回事。

「妳先生去打高爾夫球嗎？」

她一頭霧水望著他。「就我所知，我先生不打高爾夫球。」

「好的。」他深吸一口氣。「我很難過必須告訴你這個不幸的事實……妳和我，我們都被欺騙了。妳的先生和我的太太在一起，這眞是令人難過，所以，我才唐突來此希望了解自己有什麼籌碼。」他觀察眼前這個無辜的女人被自己重重傷害，同時還要裝出一副絕望傷心的模樣。

「對不起，我覺得很遺憾。」他小心翼翼將手放在她手臂上。「都是我的錯，很抱歉。」說完便回到人行道上，邁開大步快速走向歐德魯區。卡爾對自己剛才的舉動感到詫異，沒想到他竟然也感染上那種在一時衝動下所做出的行徑，就如同他的敘利亞同事一般。

卡桑德拉．拉森住在科克路上的教堂對面。這棟五、六百平方公尺大的宅邸附有三個頂車棚、兩座樓梯塔、一棟硬磚搭蓋成的花園屋舍，以及連綿數百公尺的灰泥圍牆，房屋大門上的黃銅加總起來比皇室的遊艇「皇家號」還要多，這棟豪宅處處散發奢華雄偉之風。

卡爾觀察在一樓玻璃後面走動的人影，心裡一陣高興。有機會了。

來開門的女傭一臉疲累模樣，她同意把卡桑德拉．拉森請出來，前提是如果可能的話。隨後門內便響起說話聲，看來要把她「請出來」並不容易。

忽然間，門內不願見客的抗議聲安靜了下來，卡爾聽到一個女人的聲音問道：「妳說是個年輕男人？」

對上流階層那些錦衣玉食、追求者眾的女人來說，卡桑德拉．拉森曾經是她們的完美典範，然而當年雜誌上那位身材曼妙的女子如今已不復見，經過了三十年，很多事情都會產生巨大變化。她身上穿著一件鬆垮的日本和服，露出底下一大截絲質內衣，但卡桑德拉一看見他，立刻明白眼前是個真正的男人，顯然尚未對異性失去興趣。

「請進。」她殷勤招呼著，身上的酒氣濃烈刺鼻，絕不只是小酌幾杯而已。卡爾推測是瓶好酒，或許是麥芽威士忌，行家還能說出酒的年分。

她拉起他的手進屋，緊緊挽著他往前走，最後來到她以沙啞的聲音稱之為「我的房間」的地方。卡爾被邀請坐在緊依著她座位的單人沙發上，沙發的位置安排得巧妙，她下垂的眼皮以及更加下垂的胸部坐在那兒可以一覽無疑，意圖很明顯。

她親切周到——或者也可以說別有用心——招呼客人，直到卡爾表明來意。

「你想從我這兒了解有關琦蜜的事？」她把留著長指甲的手放在胸前，那姿勢簡直就像在表示：如果他不自己倒下，那麼就讓她來。

於是他換了另一個說法。

「我聽說這房子裡的人通情達理又得體，不管是爲了什麼事情上門來，都能獲得友善的對待，因此我才會冒然前來。」但是卡桑德拉並不吃這套。

卡爾拿起玻璃瓶幫她倒酒，期望她會因此願意開尊口。

「那女孩還活著？」她問道，聲音裡聽不出一絲同情。

「是的，在哥本哈根街上討生活。我有張她的照片，你要看看嗎？」

但她先閉上眼睛，之後又移開視線，彷彿他把狗屎拿到她鼻子前，不管基於什麼原因，女人的態度實在有點過火。

「你可否告訴我，一九八七年，當你和你先生聽到琦蜜和她的朋友涉嫌殺人時，有什麼想法？」

她又把一隻手放在胸前集中心神，至少看起來如此，接著表情一變，看樣子剛才的威士忌發揮了效果。「親愛的，你知道嗎？說實話，我們沒有特別花心思在那件事情上面，我們當年多半在外旅行。」她猛然灌了一大口酒精轉過來盯著卡爾，等心神鎮定下來後又說：「有人說，旅遊是種青春活水，除了在旅途中碰到挺有意思的人，還可以切身感受這世界是如此美好，你不認爲嗎？你叫……」

「莫爾克，卡爾．莫爾克。」卡爾點點頭，心裡懷疑只有在格林童話中才找得到如此麻木不仁的人。「是的，你說得沒錯。」她不需要知道他只搭過遊覽車前往距離衛爾比丘陵九百公里外的西班牙布拉瓦海岸，那裡都是些退休老人，卡爾在海灘上熱得汗流浹背，維嘉則去探訪當地的藝術家。

「你認爲對於琦蜜的指控是否確有其事？」他問道。

她嘴角往下垂，或許是想擺出嚴肅的表情。「你知道嗎？琦蜜是個可怕的女孩！她會打人，是的，她從小就是這樣了。只要事情不順心，她的手就會像鼓棒一樣敲打，就像這樣。」她想表演給他看，卻把威士忌噴得到處都是。

哪個發展正常的孩子不會這麼做？卡爾心想，更別說有這樣的父母了。

「嗯，她長大以後依然故我嗎？」

「哈！變本加厲！你根本無法想像她用多惡劣的言詞辱罵我！」

喔，他絕對想像得到。

「除此之外，她還是個……輕薄的女孩。」

「輕薄？怎麼說？」

看到她撫摸著手背上的微血管，卡爾才發現她患有痛風，然後又看向幾乎見底的酒杯，心想：有許多更好的方式可以止痛。

「她從瑞士回來後，將三教九流的人全帶回家。我不得不說，她就像……就像隻動物一樣和那些人敞著門交歡，而我還在房子內走動呢。」她搖搖頭。「要獨處是不可能的，莫爾克先生。」她微微抬頭用嚴峻的眼神盯著他。「那段時間，琦蜜的父親威利早就打包行李跑了。」說完又啜飲一口杯裡的酒。「他以為我會阻止他嗎？那個可笑的……」

她再度抬起頭，這次直視著他，講話時露出嘴裡被酒染色的牙齒。「你單身嗎，莫爾克先生？」肩膀的動作與挑明的邀請就和羅曼史裡的橋段如出一轍。

「是的。」他決定接受這個挑戰，於是直視她的雙眼，緊抓住她的視線不放，直到她慢慢挑高眉毛，低頭啜飲著酒，把眉毛以下的部位都埋進從杯緣後方。卡桑德拉上次被男人如此凝視已經是很久以前的事了。

「你知道琦蜜懷孕了嗎？」他開口問。

她深吸一口氣，似乎顯得心不在焉，但從深鎖的眉頭看得出來她正陷入沉思，彷彿「懷孕」一詞比想起人際關係失敗更讓她痛苦。就卡爾了解，卡桑德拉沒有自己的孩子。

「知道。」她冷漠的說：「那個招蜂引蝶的女人會懷孕並不令人驚訝。」

「然後發生什麼事了？」

「當然是來要錢啊。」

「那麼，她拿到錢了？」

「不是我給的！」她不再挑逗他，聲音滲出冰冷的輕蔑感。「她父親給了她二十五萬克朗，要求她不准再出現他面前。」

「你呢？你有她的消息嗎？」

她搖搖頭，眼睛彷彿說著：謝天謝地。

「你知道孩子的父親是誰嗎？」

「哎喲，大概是那個燒毀自己父親木材行的不成材東西吧。」

「你是說畢納．托格森嗎？因為謀殺案而入監服刑的人？」

「沒錯，但我已經記不清楚他的名字了。」

「啊，是啊。」不管是否喝了威士忌，這女人絕對在說謊，那種事絕不會這麼容易忘記。

「琦蜜在這裡住了一陣子，你剛提到那段日子不好過，是嗎？」

她瞠目結舌的看著卡爾。「你認為我可以忍受那群馬戲團嗎？當然不！那段時間我搬到海邊去住。」

「海邊？」

「西班牙豐吉羅拉的太陽海岸。視野絕佳的屋頂露台正對林蔭步道，很漂亮的地方。你知道豐吉羅拉嗎，莫爾克先生？」

他點點頭。

她應該是因爲痛風的關係到那邊休養。但是，一般去那兒的人多半有點小錢，而且曾經做過虧心事有著不可告人的祕密。如果她說的是馬貝拉他還比較能理解，畢竟她擁有的可不是一點小錢。

「屋子裡還留著琦蜜的個人物品嗎？」他問。

這時她閉口不再講話，只是靜靜坐著慢慢將酒喝光，等到她喝完了杯裡的酒，大腦大概也同樣空洞無物。

「我想卡桑德拉現在需要休息。」這段時間一直隨伺在側的女傭說。

卡爾抬起手制止，一絲懷疑在心中逐漸萌芽。

「拉森太太，可否允許我看一下琦蜜的房間？我聽說裡頭仍和她當初離家時一樣，完全沒有變動。」

這純粹是卡爾亂槍打鳥的推測，一些愛開玩笑的警察，辦案時會將一些「值得一試」的問題寫在紙板上，而那類問題總是以「我聽說……」開頭。好的開始總是出乎意料。

在帶卡爾參觀前，女傭先扶女主人回鑲金的床舖上休息，他則得以利用這時間隨意看看。這座宅邸並不適合養育小孩，房間裡被太多雜物和日式、中式的花瓶佔據，連玩捉迷藏的空間都沒有，要是不小心做出過大的動作，就得冒著賠上七位數保險金的風險。整個空間瀰漫著不舒適的惱人氛圍，想必多年來也未曾改變過，卡爾覺得這裡就像座兒童監獄。

「好的。」女傭站在通往三樓的階梯說：「目前只有卡桑德拉住在這裡，但房子所有人是琦蜜，所以三樓始終沒有更動。」

原來卡桑德拉．拉森是仰賴琦蜜的恩惠才得以住在這棟宅邸！琦蜜露宿街頭，才讓卡桑德拉安住豪宅，命運眞會捉弄人！有錢的女人在街上遊蕩，貧窮的女人卻居住在仙界靈山，難怪卡桑德拉要搬去豐吉羅拉而非馬貝拉，那完全不是她可以決定的事。

「我先警告你，房子有點凌亂。」女傭說完將門推開。「不過我們決定讓房子保持原樣，這樣琦蜜哪天回來，才不會指責卡桑德拉刺探她的隱私。我覺得她是對的。」

卡爾點點頭。現今社會上哪兒找得到這種忠心不二的盲目幫傭？聽她的口音並非是外國人。

「妳認識琦蜜嗎？」

「老天爺啊，我不認識，難道你以爲我一九九五年就能來這兒？」她哈哈大笑。

但是從她的外表看來，不是完全沒有可能。

這裡簡直就像是獨立的寓所。卡爾原本預期她擁有好幾個房間，卻沒料到是一整層具有巴黎拉丁區風格的房間，甚至還囊括了拉丁風情的陽台。在房間的斜面牆上有扇老虎窗，窗戶玻璃雖然髒汙不潔，整體仍不失雅致，女傭如果覺得這樣就叫作凌亂，看到賈斯柏的房間應該會昏倒。房間內微髒的衣服散亂四處，但除此之外，沒有任何跡象顯示這兒曾經住過一位年輕女孩，書桌上沒有紙張，電視機前的沙發椅上也不見其他東西。

「你可以在這兒慢慢看。不過，我希望能先看看你的警徽，莫爾克先生。這是一般程序，是吧？」

他點點頭在口袋裡四處翻找，一邊在心裡暗咒：這個過分忠誠的小胖子！最後他終於找到一張在口袋裡放了八百年的名片，應該可以派上用場。「不好意思，我把警徽放在警察總局了，這是我的名片，請指教。我是懸案組組長，所以不常外出，上面列有我的資料。」

她看著名片上的電話號碼和地址，拿在手裡摸來摸去，像是個辨認名片眞僞的專家。「請等一下。」女傭說完便拿起放在桌上的名牌電話。

接通後，她報上自己的名字夏洛蒂．尼爾森，詢問是否有位叫作卡爾．莫爾克的副警官。從她等待了一會兒判斷，對方把電話轉接給別人。

後來她把問題複述了一次，並請話筒另一端的人描述一下卡爾的模樣。女傭望著他，忽然短促的笑了幾聲，然後掛上話筒。

媽的，見鬼了，有什麼好笑？和她講電話的人絕對是蘿思，如假包換。

她沒有解釋自己爲什麼發笑便退了出去，留下滿腦子問號的卡爾獨自待在被年輕女孩遺棄的住處，這地方顯然也無法給他答案。

他四處察看了好幾次，就和女傭在門口出現的次數一樣頻繁。她像隻停在手上飢渴的蚊子般，以為這樣就能監視他的行動，不過卡爾既沒有破壞房裡的物品，也沒有把東西藏進自己的口袋裡，所以她沒有叮咬他的肉。

可惜這次搜索毫無所獲。琦蜜雖然離開得倉促，但事前顯然經過一番整理，不能讓外人看的東西早就丟到樓下的大垃圾箱，垃圾箱就放在陽台下方的車道上。

衣服的狀況也一樣。床邊的椅子上雖然掛著一些衣服，卻不見骯髒的長筒襪。看得出來她仔細思索過什麼東西可給人看，什麼東西又太私密了。

甚至牆上也沒有裝飾品，通常牆上的掛飾會透露出居住者的品味與內心深處的思維。再深入觀察，鋪著大理石的浴室中少了牙刷，櫃子裡不見衛生棉條，廁所旁的垃圾桶看不到棉花棒，馬桶中沒有未沖乾淨的排泄物，洗手台上也沒黏著牙膏。

琦蜜把與私人有關的物品清理得和醫院一樣整齊，的確曾經有個女人住在這兒，但是她可能是上流社會仕女，也可能是愛國合唱團裡某個女子，此處找不到任何一樣具有個人特色的東西。

卡爾掀起床罩被單，試圖尋找她的氣味；翻開寫字墊，期待會有藏在底下的紙條，甚至翻找地上的垃圾桶、廚房抽屜裡的角落，以及附屬的小側室，結果還是一無所獲。

「天色快暗了。」女傭夏洛蒂說。言下之意是請他到別處去執行公務。

「上面還有閣樓嗎？」他滿懷希望詢問。「有沒有從這裡頭看不見的氣窗或是樓梯？」

「沒有，全都在這兒。」

卡爾抬頭仰望。好吧，又是白費力氣。「我想再看一次。」但他還是這麼說。

然後他掀起所有的地毯，尋找是否有鬆動的木材，翻開廚房裡的藥草海報，檢查後面是否有被遮住的空間，敲打家具、衣櫥和櫥櫃的板子。仍然沒有發現。

他搖搖頭，嘲笑自己憑什麼認爲這裡一定會有古怪？

他關上房間的門，在樓梯間站了一會兒，一方面想要看外頭是否有引人注意之處，可惜也沒有發現；另一方面他始終有種自己忽略什麼的感覺，這點讓他很煩躁，直到手機的鈴聲將他喚回現實。

「我是馬庫斯。」另一端的聲音說：「你爲什麼不在辦公室裡，卡爾？還有，爲什麼要搞得像你人就在那兒？地下室走廊裡不知道塞滿幾張桌子的零件，辦公室裡還貼滿黃色便利貼。你現在人在哪兒，卡爾？你難道忘了明天挪威的訪問團要來嗎？」

「媽的！」卡爾咒罵得有點大聲，他眞的把這件事情排擠得非常徹底。

電話那頭又傳來「好嗎？」，他聽得出組長這句話的含意。

「我正要回警察總局。」他看著手錶，已經四點多了。

「現在？不用，現在沒有事情需要你操心了。」馬庫斯的語氣聽起來沒有討論的餘地，他氣炸了。「明天的訪問團由我來接待，他們絕對不會去參觀下面那團混亂。」

「他們幾點來？」

「十點。不過你可以省省了，卡爾，我來處理。你只需要把自己準備好，免得到時候他們徵詢你的意見。」

在馬庫斯用力掛斷電話後，卡爾盯著手中的手機發愣。
見鬼了！組長竟然要將事情攬去做？怎麼可能！
他詛咒了幾句後望向天窗，陽光透過窗戶灑落下來，下班時間快到了，但他提不起興致回家，也還沒有準備好品嚐莫頓應該早已烹煮好的燉肉。
他凝望著投射在窗框上的清晰陰影，同時感覺到自己的眉頭緊皺在一起。
這種年代房子的斜頂牆上，窗框的深度通常是三十公分，但是這房間的窗框還要更深，至少深達五十公分。卡爾不禁猜測是後來幾年增加了隔溫牆的厚度，窗框才會變得這麼深。
他抬起頭往上看，注意到天花板和斜頂牆的連接處有一道縫隙，他隨著縫隙繞了樓梯間一圈後回到原來的地方。沒錯，斜切面有點下沉，隔溫牆顯然不是一開始就有的，爲了隔絕建材和石膏板至少多出了十五公分。雖然塗泥和油漆的工作做得很好，但是一段時間之後依然會形成這樣的縫隙。
然後他轉身打開通往房間的門，二話不說直接走向對外的牆壁研究房間裡的斜頂牆面，上面果然也有同樣的痕跡。
一定有個中空的地方，而且表面上看不出來能藏東西，至少從屋內看不太可能。
至少從屋內看不太可能。卡爾的目光落到通往陽台的門上，他走上前推開門走到戶外，看見屋瓦斜傾的寓所外觀，好一幅詩情畫意的景象！
「動動腦筋，已經是很久以前了。」他喃喃自語，眼睛掃過一排又一排的屋瓦。位於宅邸的北面，屋瓦上的青苔在雨水的滋潤下繁茂蔓延，覆滿整片屋簷，然後卡爾轉向另一邊的屋瓦，這時他立刻發現不規則之處。

這一邊的屋瓦整齊排列，同樣也長滿了青苔，但有一片屋瓦相較之下位置稍有不同。這種以波形瓦搭建的屋頂，瓦片下方會稍微抬高，以免從木條上掉落，而那片位置有異的屋瓦看起來就像要掉下去，彷彿有人拆掉了底下的支撐物，使得瓦片鬆垮垮的躺在木條上。

因此要抬起那片磚瓦毫不費力。

卡爾深深吸入九月冷冽的空氣，一種正面對著某種獨特事物的異樣感在全身擴散開來，那感覺就像霍華德．卡特（注）成功打開墓室大門，下一秒便置身在圖坦卡門最後的安息地一樣。卡爾眼前的屋瓦底下出現了一個空間，裡頭放著用透明膜包裹住的金屬箱，約莫鞋盒大小。

卡爾心跳劇烈加速，趕緊把女傭叫來。

「請妳來看一下，這兒有個箱子。」

她不情願的往前傾身，瞧著屋瓦下方。「是的，裡頭有個箱子。那是什麼？」

「我不清楚。妳可以作證親眼看見箱子的確放在這兒嗎？」

她不高興的瞪著他。「現在頭上沒長眼睛也會挨告嗎？」

卡爾用手機對準那個洞拍下好幾張照片，然後把照片給她看。

「我們彼此都同意這些照片和這個洞有關吧？」

她雙手扠腰，顯然非常厭惡他提出的問題。

注 Howard Carter，一八七四～一九三九，英國考古學家，發現了埃及圖坦卡門王的「黃金面具」。

「我現在要把箱子帶回警察局。」這不是個問句，而是種聲明，否則她很可能會跑到樓下搖

醒卡桑德拉，那只會讓事情更棘手。之後她搖搖頭轉身把他一個人留下，顯然不太信任專家的智商。

他思量了一下，本想打電話請鑑識人員前來協助，不過一想到要拉起好幾公里的封鎖線，一堆穿著白色工作服的人忙進忙出便打消了念頭。鑑識人員有一堆需遵守的程序，而他無法等待。

他戴上手套，小心取出金屬箱，再把磚瓦放回原位。進屋後，他脫下手套將箱子放在桌上，解開包在外面的塑膠膜，順利打開箱子。整個流程完全不需思考，一氣呵成。

箱子最上面是隻小泰迪熊，差不多火柴盒大小，毛色接近金黃，臉上和手部的軟毛已經磨損，它或許曾經是琦蜜的最愛以及唯一的朋友，不過也有可能是屬於另一個人的。然後他翻起壓在泰迪熊下面的《貝林時報》，一九九五年九月二十九日的報紙，上頭沒有啓人疑竇的新聞，只有一列列求職廣告。

卡爾滿懷期待看著箱子內部，希望能找到日記或者信件，解開琦蜜的思想脈絡與行爲模式之謎，但他只看到六個一般用來保存郵票或是邀請卡的小塑膠套。他本能的摸進外套內袋戴上白色手套後，才從金屬箱中將塑膠套取出。

爲什麼要把這些東西藏得如此隱密？他心中忖度。但看到最底下兩個塑膠套就知道答案了。

「他媽的眞該死！」他大聲喊道。

兩個塑膠套中各自放著一張棋盤問答遊戲的卡片。

卡爾集中精神，花了整整五分鐘研究盒中的東西，接著拿出筆記本，詳細記錄各個塑膠套的擺放順序，隨後又逐一拿起來仔細檢查。

有個塑膠套裝著男士手錶，另一個裡頭有只耳環，第三個裡面是某種橡膠手環，最後一個擺著一條手帕，最後再加上兩個裝著卡片的塑膠套。

他緊咬下唇。

總共是六樣東西。

第二十二章

狄雷夫四個大步就跨過了樓梯走到上面。

「他在哪裡？」他朝祕書喊道，下一秒便衝向她食指比的方向。

法蘭克．赫爾蒙獨自躺在病床上，胃裡空空如也，準備進行第二次手術，當狄雷夫走進病房時輕蔑的瞪視著他。

狄雷夫的目光從床單往上游移到綁著繃帶的臉龐。這個白痴躺在這兒竟還鄙夷的望著我，他難道還沒搞懂嗎？不知道是誰把他給打得稀巴爛又修補完整的？

根據兩人先前達成的共識：治療赫爾蒙臉上多處割傷時，必須幫他拉皮，去除頸部與胸膛的皺紋。狄雷夫提供了抽脂、外科病房與靈巧的雙手，若是考慮到還要加上妻子和財產，這筆交易完全不合理也不便宜，因此赫爾蒙即使沒有感激之意，至少也應該要遵守協議，表現出謙恭一點的態度。

但是赫爾蒙並未遵守協議，而是四處碎嘴，儘管他躺在病床上神智不清，訊息仍然傳遞開來：一切都是狄雷夫．普朗和鄔利克．杜波爾．顏森幹的！而那樣的內容絕對會讓院內的護士感到震驚。

狄雷夫不願廢話，開門見山切入主題。赫爾蒙雖然模樣悽慘，仍可聽得到別人說話。

「你知道要在麻醉過程中殺死一個人而不引起他人注意有多容易嗎？」他問道：「不知道？唉！你現在正準備接受下一個手術。赫爾蒙，我只希望麻醉師的手不要忽然發抖，畢竟我花錢僱用他們，就是希望他們能稱職完成工作，不是嗎？」狄雷夫指向床上的男人。「還有一件微不足道的小事。從現在起，我會認爲我們已經取得共識，你將遵守我們的協議，閉緊狗嘴，否則你的身體就會成爲其他年輕病患的器官來源，而那樣令人很生氣，對吧？」

狄雷夫撞了一下裝好的點滴瓶。「我不會給你加料的，赫爾蒙。你也不應該如此，聽清楚了嗎？」離開時又狠狠補踹了床架一腳，如果這樣做還沒有用，這個失敗者就得自行負責了。

他使勁甩上門，聲音大得讓附近一個救護人員停下腳步察看怎麼回事，待狄雷夫走遠後，他還進去看了赫爾蒙一眼。

狄雷夫直接走到樓下洗衣區，打算去平息體內的厭惡感，這回他需要的高潮可不是一次就能了事。

一個來自民答那峨的年輕姑娘是他的最新收藏，在她的家鄉若女孩上了別的男人的床可是會被砍斷脖子的。雖然狄雷夫尚未試過她的滋味，不過已對新的獵物越來越中意，這個女孩擁有他喜愛的特質：目光閃躲，清楚意識到自己卑微的價值，此外再搭配上手到擒來的嬌軀，頓時讓他慾火焚身。如今這道欲望之火渴望被熄滅。

「赫爾蒙在我掌控之中。」那天後來他這麼告訴鄔利克。鄔利克駕駛著汽車，滿意的點點頭，誰都看得出來他鬆了口氣。

狄雷夫望向窗外，映入眼簾的森林令他冷靜下來，原本可能失控的一個星期終於有了圓滿的結果。

「警察那邊怎麼樣？」鄔利克問。

「也沒有問題，那個卡爾．莫爾克已經無權辦案了。」

兩人到達托斯騰的莊園，在還距離約五十公尺的地方把車停下，臉轉向攝影機，十秒後設置在冷杉之間的大門開啓。他們駕車駛進庭園，狄雷夫按下手機裡的托斯騰號碼。「你人在哪裡？」

「把車開到農舍，我在動物園裡。」電話那頭的托斯騰如此回答。

「他在動物園裡。」狄雷夫對鄔利克說，並且感受到體內湧起的興奮，這是儀式中最令人緊張的一部分，他敢說托斯騰也同樣感到亢奮刺激。

托斯騰因爲工作經常穿梭在半裸的模特兒之間，被熾熱的舞台燈光照射，受到名流的圍繞與推崇，但都比不上在狩獵前到動物園這件事讓他樂在其中。

下次的狩獵將會在某個工作天舉行，確切日期尚未決定，不過應該就在下個星期。此次參加者僅限於曾經參與過他們狩獵並取得物質利益的人士，是他們可以信賴的同道中人。

鄔利克才停好他那台路寶，托斯騰便走了出來，身上穿著血跡斑斑的圍裙。

「來得正好。」托斯騰臉上露出大大的微笑，看來他已經開始屠宰了。

距離他們上次來過之後，托斯騰又擴建了這裡的空間，不僅內部變得寬敞，大面積的玻璃窗也讓採光更加明亮，必須由四十位左右的拉脫維亞與保加利亞籍員工合力維持環境。杜霍特莊園和托斯騰在十五年前規畫的私人療養院越來越像，當年他才二十四歲，帳戶裡便已經有了人生的第一個一百萬。

大廳內約莫儲放了五百個裝滿動物的籠子，上方裝設著鹵素燈加以保溫。

小朋友若到托斯騰的動物世界遊玩，八成會覺得這裡具有有別於一般的動物園的異國風味，但對大人來說，此處的所見所聞肯定會令他們瞠目結舌。

「等一下。」托斯騰說：「這兒有隻科摩多巨蜥。」

托斯騰著迷的看著巨蜥，狂喜的神態幾乎有點走火入魔。狄雷夫可以理解他的心情，在這裡的動物並非普通的獵物，而是受到保護的危險猛獸。

「下雪時我們會把牠帶到薩克森霍德的莊園，他的獵人小屋擁有絕佳的視野，你們絕對想像不到這些動物有多麼會躲藏。」

「我聽說牠的毒液比其他動物還要毒，會讓傷口感染。」狄雷夫說：「在這隻動物咬上來之前得立刻擊中牠才行。」

他們看得出來托斯騰一想到那個畫面就渾身戰慄。就算是他精挑細選的獵物，被射殺也是必然的結果。他是打哪弄來那爬蟲的？

「下次打獵有什麼貨色？」鄔利克好奇問道。

托斯騰微微聳起肩，那表示他心中已有定數，但是他們得自己去找答案。

「答案就在那邊。」他手指一揮，比向一大堆籠子，棲息在裡頭的小動物們眼睛睜得晶亮。

托斯騰的動物園像醫院一樣乾淨，由一群黑皮膚的員工負責清理動物排泄物，不讓籠子發出像黑死病般的惡臭，另外還有三個索馬利亞家庭負責清掃環境、準備飼料等，不過客人來的時候總不見他們的人影，以防流出不必要的流言蜚語。

最後一列並排著六個高大的籠子，可以看見蹲踞在裡頭的動物身影。

狄雷夫看了前面兩個籠子，不禁微微一笑。黑猩猩雖然姿態平和，眼睛卻惡狠狠的盯著隔壁籠子裡的野生澳洲犬。那隻澳洲犬夾著尾巴在籠子裡抖動，口水從露出牙齒的嘴角滴淌下來。

托斯騰的創意眞的沒有話講，只是往往超過一般世俗可以接受的範圍。動物保護協會若是發現他的動物王國，他將有吃不完的牢飯和數百萬的巨額罰款，他的帝國也將毀於一旦。不過眞正的現實卻是：世界上的名流貴婦至今仍毫無忌憚穿著他設計的毛皮大衣，但要是有隻黑猩猩被澳州犬嚇死，或者在闊葉林裡失措狂叫飛奔的話，動物保護協會的人就會挺身而出了。

最後四個籠子裡關的是較爲一般的動物，一隻丹麥猛犬、一隻大公羊、一隻獾和一隻狐狸。除了狐狸之外，其他動物全都躺在乾草上瞧著他們，好似已屈服於命運的安排，狐狸則是站在角落發抖。

「你們一定在想這是怎麼回事，對吧？現在仔細聽好了。」他把雙手插在圍裙口袋，朝丹麥猛犬點了點頭。「那隻狗花了我一大筆錢，買下牠的價格共是二十萬克朗，牠的祖譜可以追溯到一百年前。不過，我覺得牠的眼神病態可憎，所以不應該讓牠有機會將那恐怖的基因遺傳給下一代。」

鄔利克放聲大笑，彷彿那話正中下懷。

「而這邊這隻動物你們一定要知道，牠相當特別。」托斯騰朝第二個籠子抬了抬下巴。「你們應該還記得我心目中的偶像是魯道夫．桑德律師，他花了將近六十五年的時間詳細記錄下他打獵的經過，是個不折不扣的傳奇殺手。」然後出神的點點頭，一邊用手敲著籠子柵欄。裡頭的動物低垂著頭後退，往前抵出雙角表示威嚇。

「桑德殺死五萬三千兩百七十六隻野生動物，其中這隻捻角公羊是他最重要、最大的戰利品。桑德花了將近二十年的時間在阿富汗山區捕獵這種山羊，終於在一次長達一百二十五天的密集追捕中，成功捕殺到一隻威猛的老山羊。我建議你們上網查詢他的事蹟，要找到能與之相比的致命殺手可不容易。」

「這隻就是捻角山羊？」鄔利克臉上的笑容宛如惡魔般邪惡。

托斯騰似乎沉溺在幸福的酣喜中。「是的，媽的，而且只比桑德那隻少幾公斤，準確來說是少了二公斤半。眞是了不起！我和阿富汗那邊不斷接觸，才能拿到這樣一隻動物。戰爭萬歲！」

他們揚聲大笑，然後轉向獾。

「這一隻在莊園南方棲息了好幾年，最近被我們設下的陷阱捕獲。你們要知道，我和這隻魔鬼一直以來有著私人情誼。」

也就是說我們不能射死牠，狄雷夫心想。因爲托斯騰要自己親手解決牠。

「接下來是我們的狐狸列那(注)。你們知道牠爲什麼如此特別嗎？」

注 Reineke Fuchs，此名借用自歌德一七九三年完成的同名史詩作品。

他們審視著發抖的狐狸好一會兒，這隻狐狸雖然一副受到驚嚇的模樣，但頭始終沉穩的朝向前方，直到鄔利克靠近獸籠。

眨眼間，牠的下顎已經咬住鄔利克的鞋尖，動作迅雷不及掩耳。狄雷夫和鄔利克著實嚇了一跳，但後來兩人發現狐狸口吐白沫，瘋狂的眼神中隱藏著死亡訊息，這隻動物已經陷入死神的魔爪了。

「媽的，太爽了！托斯騰，是牠嗎？列那是我們下次狩獵的目標？我們將要釋放出一隻患有急性狂犬病的狐狸！」鄔利克驀地哈哈大笑，狄雷夫也興奮的說：「一隻對森林瞭若指掌的動物，再加上狂犬病，我等不及你把這件事告訴狩獵隊了，托斯騰。媽的，爲什麼我們沒有早點想到？」

三個人又是一陣大笑。大廳裡，動物的呼嚕聲和咕咕聲此起彼落，所有的動物都縮進牠們監牢中最陰暗的角落。

「幸好你穿了雙堅固的皮靴，鄔利克。」狄雷夫指著鄔利克腳上的狼獾訂製鞋，鞋尖上清楚可見狐狸的一排齒痕。「否則我們就得把郊遊的地點改在希勒洛的醫院，到時候要解釋受傷原因可傷腦筋了。」

「還有東西給你們看。」托斯騰把他們帶到大廳燈光最明亮的區域，「站在這兒。」

他指著設置在大廳擴建處的靶場，那是一個大約兩公尺高、至少五十公尺長的管形空間，每一公尺都標示得清清楚楚。最深處擺放著三種標靶，一種是弓箭射擊用，一種獵槍專用，最後是大口徑武器用的強化鋼靶。

他們打量著牆壁，將近四十公分的隔音設備讓人印象深刻，若有人能在外頭聽到聲音，頂多是蝙蝠所發出的音量。

「四處都設有出風口，可以在管形空間內製造出任何想像得到的強風。」托斯騰按下一個按鈕。「射箭時，風力會影響二到三個百分比的方向誤差，你們看這圖表。」他指著牆上的迷你電腦。「這裡列出了所有可能的武器與風力模擬。」接著走進閘門。「不過必須先用皮膚感受一下，畢竟我們無法把設備帶到森林去！」托斯騰笑道。

鄔利克同樣也靠了過來，濃密的頭髮分毫未動，看來托斯騰的頭皮偵測器運作得比較好。

「現在回到正題。」托斯騰繼續說：「我們會把罹患狂犬病的狐狸放入林子裡，你們已經看到牠的攻擊性有多狂暴，因此圍獵者鼠蹊部以下必須穿上護甲。」解說時一邊用雙手比畫。「此次暴露在危險之中的反而是我們這些獵人，雖然我準備了疫苗，但還是有被這隻發怒的魔鬼咬死，或是大腿動脈斷裂的可能，你們應該清楚會發生什麼事。」

「你打算何時告訴其他人？」鄔利克的聲音亢奮到帶著顫抖。

「狩獵開始前再講。不過，重頭戲來了，老友們，過來看看。」

他走到一大捆稻草後頭拿出武器，狄雷夫頓時感到興奮激動，一把上面附有狙擊鏡的十字弓！這種武器殺傷力大而且命中率神準，自從一九八九年丹麥修改武器法之後就被嚴格禁止使用。對獵人來說，十字弓是一種需要特別小心看待的武器，因爲裝箭需要時間，基本上只有一次的射擊機會，而這也爲狩獵帶來許多意外的可能與極大的危險，但也正因爲如此，他們才更渴望擁有它。

「這把十字弓叫作Relayer Y25。王者之劍明年春季的紀念款，只生產了一千把，而這兒就有兩把！沒有比這個更棒了。」他又從收藏處拿出第二把，遞給兩人一人一把。

狄雷夫把弓接過來，拿到手中感覺輕盈無比。

「我先把十字弓拆解後才偷偷運進來，剛裝配好沒多久。我本來以爲部分零件在運送過程中遺失不見，但是昨天又找到了。」他開懷大笑。「整整在外流浪了一年，夠厲害吧！」

鄔利克彈彈弓弦，豎琴般的聲音輕輕揚起，清脆響亮。

「據說這把弓有兩百磅的拉力，但我相信不僅於止。Bolzen 2219十字弓就能在八十公尺處射死一隻體型龐大的動物了，遑論這把。你們看。」

托斯騰拿走一把十字弓，將弓臂放在地板上用鞋子踩壓，再將弓弦用力拉到緊繃後放開，動作熟練的程度證明他已經做過很多次了。接著他從箭筒中拿出一把箭放在弓上，然後緩緩拉緊，整個過程綿長柔韌，幾近無聲。隨後箭身爆發出驚人的力量射出，不過幾秒便抵達四十公尺外的標靶。

他們早預期托斯騰會一箭中的，卻沒料到箭的射擊軌跡會畫出那麼大的曲線，也沒想到箭不僅射穿標靶，竟然還把標靶整個打爛。

「你們必須站在高處瞄準狐狸，如此一來箭射穿時才不會殃及一旁的圍獵者！除非你們將箭射進牠的肩膀，但最好不要這麼做，因爲這樣也殺不死牠。」

他遞給他們一張紙。

「你們可以在這個網站上找到十字弓的裝配與使用方法，我建議你們仔細看一下上面的教學影片。」

狄雷夫看著紙條發問：「爲什麼？」

「因爲你們兩個將會抽中籤王。」

第二十三章

卡爾回到地下室的時候，一張桌子已經組裝完畢，但桌腳仍然搖搖晃晃，而蘿思則蹲在旁邊嘴裡咒罵著十字螺絲起子。她的屁股又圓又翹。卡爾心想，然後不發一言的大步跨過去。

桌面上至少貼了二十張黃色便條紙，上面寫滿阿薩德具有個性的筆跡。他把其中五張馬庫斯來電的便條紙揉成一團，其他收好放進褲子口袋，然後看了阿薩德的辦公室一眼，跪毯仍鋪在地上，但辦公椅上是空的。

「他人呢？」他問蘿思。

她完全不想費神回答，只是比了比卡爾背後。

卡爾轉身看見阿薩德坐在他的辦公室裡埋首閱讀，徹底遠離現實世界，雙腳跨在桌上一堆文件之間，隨著耳機裡傳出的神祕樂聲激烈的搖頭晃腦，冒著煙的茶杯擺在卡爾名之爲「類別一：無凶手」的成堆文件上，一派舒適自在，而且認眞工作的模樣。

「見鬼了，你在這裡幹什麼？」卡爾大叫一聲，把阿薩德嚇得像個傀儡玩偶來回抖動，手中的紙張飄到空中，還翻倒了茶杯。

他尷尬的用著套頭毛衣的袖子充當抹布，擦拭桌上翻倒的飲料，但當卡爾一隻手放在他肩膀上，阿薩德臉上受驚的表情隨即換上平時調皮的笑容，彷彿在說：我很遺憾，但那不是我的錯，而且我發現了很有意思的新訊息。

「卡爾，不好意思坐了你的椅子，只是在我辦公室老是會聽到那些聲音。」

他的大拇指比向走廊。蘿思的詛咒聲匯集成源源不斷的噪音洪流，宛如地下室裡有條數公里長的下水道。

「阿薩德，你不是應該幫忙她組裝嗎？」

阿薩德舉起一根手指放在嘴邊，示意卡爾不要再往下說。「我問過了，但她要自己來。」

「蘿思，過來一下。」卡爾叫道，然後將被茶浸濕的紙張丟到角落。

她不情願的站在他們面前，憤怒的眼神彷彿能噴出火焰，手裡緊緊抓著十字螺絲起子，指節都泛白了。

「給妳十分鐘把這裡清出空間放妳訂的椅子，蘿思。」卡爾說：「阿薩德，你也得幫忙。」

他們兩個像個小學生坐在他面前，情緒全寫在臉上，雖然卡爾個人不會選擇綠色的鋼桌，不過椅子還算過得去，早晚會習慣。

他簡短報告了自己在歐德魯區的發現，將已經打開的金屬箱放在他們面前。

蘿思似乎事不關己，但阿薩德的眼珠子卻睜大得好像隨時會掉下來。

「我們必須採證這兩張棋盤問答遊戲卡片上的指紋，看看是否與洛維格命案某個受害者或是兩個受害者相符。比對後若是符合，我們便可以假定在其他物品上也能採集到那些暴力攻擊事件受害者的指紋。」

他停頓了一會兒，讓蘿思和阿薩德有時間消化他剛剛說的話。

接著，他把小泰迪熊和六個塑膠套並排放在他們面前，手帕、手錶、耳環與橡膠手環，隨後是裝著兩張棋盤問題遊戲卡片的塑膠套。

蘿思的眼睛露出「哼，還眞有趣啊」的訊息。不然她以爲自己會看到什麼東西？

「你們看得出來這些透明塑膠套引人注意之處嗎？」他問道。

「兩個塑膠套裡各裝著一張棋盤問答遊戲的卡片。」蘿思脫口而出。沒想到她仍然心繫此案，這點倒是出乎他意料。

「沒錯，蘿思。所以意思是？」

「邏輯上來看，每個塑膠套各代表一個人，而不是一個事件。」阿薩德說：「否則那兩張棋盤問答遊戲的卡片就會放在一個袋子裡，是吧？洛維格案中有兩名被害人，所以有兩個塑膠套。」他雙手大大環繞一揮，臉上的笑容又大又燦爛。「所以說，一人一個塑膠套。」

「正是如此。」卡爾說。不可否認阿薩德有時眞能讓人信賴。

這時蘿思雙手合十，慢慢把手放到嘴邊。但這舉動表示理解還是受到驚嚇？抑或兩者都有？只有她自己知道了。

「也就是說你們認爲可能有六樁謀殺案囉？」她問道。

卡爾桌子一拍，大叫道：「六樁謀殺案，就是這個！」三個人心裡想的都一樣。

蘿思盯著可愛的小泰迪熊，想不出它和其他東西的關聯性。

「是的。」他說：「這個小東西肯定另有所指，畢竟它不像其他東西放在塑膠套裡。」

他們一言不發望著泰迪熊。

「我們當然不能確定每一個物證是否指涉一樁謀殺案，但不能忽略這個可能性。」卡爾把手伸過桌面。「阿薩德，把約翰．雅各博聖的名單給我一下，就貼在你後面的白板上。」

他把名單在桌上攤平，讓三個人都能看見內容，然後指著約翰．雅各博聖列出的二十起攻擊事件。

「目前無法確認這些攻擊事件是否與洛維格謀殺案有關，很可能彼此一點關聯也沒有。不過，若是有系統的一步步檢視資料，或許會有所發現，而且只要找到一件攻擊事件和其中一個物品有關就夠了。換句話說，我們要找出另外一件能夠連結到寄宿學生的罪行，如此一來，這個案子就能繼續辦下去。這件事交給妳辦，妳覺得如何，蘿思？」

她慢慢把手放下來，忽地臉色一沉。「卡爾，你的指示眞是混亂得令人難以想像。一開始要我們彼此不要交談，然後又把我們拉進來辦案；一下子我應該要組裝桌子，一下又不用。這兒究竟有什麼事能讓人有心理準備的啊？十分鐘後你又會說出什麼？」

「嘿、嘿，妳誤會了，蘿思。妳是應該把桌子組裝好，因爲那是妳要訂的。」

「你們兩個大男人放手不管，讓我一個人做，實在非常惡劣。」

阿薩德立刻打斷她的話。「喂，我不是說過我想幫忙嗎？」

但是蘿思緊咬著嘴唇。「卡爾，那些鐵條老夾到我的手，你知不知道有多痛？」

「是妳訂了桌子。無論如何，明天之前得全部組好放在外面走廊！我們有來自挪威的訪客，難道妳忘了嗎？」

她迅雷不及掩耳的把頭往後一縮，彷彿他有口臭。「看吧，我就說嘛。挪威的訪客？」她四下張望後又說：「太棒了！這裡看起來就像放舊貨的倉庫。不過話說回來，他們看見阿薩德時也會嚇一大跳。」

「想點辦法吧，蘿思。」

「拜託！該想點辦法的人是我嗎？工作還眞是如雨後春筍般同時冒出來啊。你想怎麼樣，難道要我們一整晚加班嗎？」

卡爾把頭從一邊轉到另一邊。嗯，這辦法或許可行。

「也許不須熬夜加班，我們可以明天早上五點過來。」他回答說。

「五點！」這要求對她來說有點過分。「辦得到嗎？你的精力已經沒那麼充沛了吧，眞該死。」在蘿思罵聲不斷的同時，卡爾內心思考著，市警局裡有誰可以告訴他爲什麼他們能忍受這個討厭的女人待在那兒超過一個星期？

「別這樣，蘿思，」阿薩德想要出面緩頰。「眞的只是因爲那個事情現在有了進展。」

蘿思整個人跳起來。「阿薩德，你現在是存心來干涉我們吵架嗎？別再老是『眞的』和『那個』，不要再這樣說了，可惡。你根本就知道怎麼正確說話，我聽過你講電話，沒有半點問題。」

然後她轉向卡爾，指著阿薩德說：「讓那位先生去組裝桌子，剩下的事情我來處理。我明早五點半進辦公室，再早沒有公車可搭。」說完便從卡爾手中拿走泰迪熊，塞進他胸前口袋。

「你去找出熊是誰的，可以嗎？」

她走出辦公室，留下阿薩德和卡爾雙雙看著桌子。看來這裡出現和《奧森三人幫》中的伊凡娜（注）勢均力敵的女人了。

「那個我們……」阿薩德故意頓了一下，八成在心裡評估「那個」的意義。「那個我們又可以正式調查此案了嗎，卡爾？」

「不可以，還不行。等明天看看。」他舉高那堆黃色便條紙。「我從這些便條紙上看得出來你做了很多事，阿薩德。你說找到了寄宿學校中可以和我們談的人，那個人是誰？」

「那正是之前你進來時我坐在你位置上的原因，卡爾。」他傾身從桌上抽出一疊影印紙，那是舊校刊的影本。

「我打電話到學校，不過對方聽到我想詢問琦蜜和其他相關人士的事並不是很高興，應該是和謀殺案有關。我認爲當初學校因爲狄雷夫．普朗、托斯騰．弗洛林和鄔利克．杜波爾．顏森受到調查，也曾打算將他們退學。」搖搖頭後續道：「所以我沒有獲得太多訊息，但是我腦中浮現一個念頭——去找在布拉霍伊區摔落身亡的死者同學。結果讓我因此找到一個和琦蜜及其他當事人同時間在學校的老師，或許他有興趣和我們談談當年的事情。」

卡爾抵達哈迪的脊椎中心醫院時已經將近晚上八點，但床上空無一人。

注 Olsenbande，丹麥在一九六八到一九八八年出產的系列偵探影片，描述一群拒絕使用暴力的黑幫分子的事蹟，伊凡娜是影片中愛慕虛榮又天眞愚蠢的女主角，某一黑幫分子的妻子。

他心裡一陣驚慌，立刻拉住第一個經過的護士惴惴不安問道：「他在哪兒？」

「你們是親戚嗎？」

「是的。」他記取教訓回答。

「哈迪．海寧森出了點問題，他肺部積水。我們已經將他移到那裡，以便給他較好的照護。」護士指著一道標有「加護病房」的門。「請不要在裡頭待太久，他還非常虛弱。」

哈迪的病情毫無疑問變得更加嚴重，他在病床上半坐著，上身赤膊，手臂伸放在棉被外面打點滴，臉上的面罩遮住了大半的臉，身上插滿管子。

哈迪睜開眼睛看見卡爾，但是已疲累得笑不出來。

「嗨，老友。」雖然哈迪沒有感覺，但卡爾說話時仍小心翼翼將手放在他的手臂上。「怎麼回事？他們說你的肺部裡面有水？」

哈迪說了些話，但聲音被面罩和嗡嗡作響的機器聲蓋住，卡爾把耳朵貼近哈迪的臉龐後說：「再說一次。」

「我的胃酸跑到肺裡了。」面罩底下響起低沉的聲音。

啐，見鬼了。卡爾心想，但手仍按壓著哈迪鬆弛無力的手臂。「你要趕快恢復健康，聽到了沒，哈迪？」

「上臂的感受擴大了。」他低語。「有時候它就像火一般燒灼著，但是我誰也沒說。」

卡爾知道原因何在，並且對此非常苦惱。哈迪一直希望能夠拿起綳帶剪往自己的頸動脈刺下去，有誰能和他分享這個希望呢？

「我有個問題，哈迪，你一定要幫我。」卡爾拉過一把椅子放在床邊。「以前在羅斯基勒時你就比我了解羅森．柏恩，或許你可以告訴我局裡是怎麼排擠我的？」

他約略說明自己被人抽掉案子，一切調查行動遭到禁止，也提到巴克說羅森涉入其中，而且警察總長全力支持他們。「他們把我的警徽拿走了。」他最後這麼說。

但哈迪只是瞪著天花板，若是以前的他早已點起菸開始吞雲吐霧。

「羅森還繫著深藍色的領帶，對嗎？」過了一會兒哈迪費勁開口。

卡爾閉上眼睛回想。沒錯，領帶是羅森身上不可或缺的一環，而且確實是藍色的。

哈迪想要咳嗽，卻只發出水快煮沸所發出的聲響。

「他也是寄宿學校的學生，卡爾。」他虛弱的說：「領帶上有四個扇貝圖案，那是寄宿學校的領帶。」

卡爾一聲不響的坐著。

幾年前學校曾經發生幾乎毀掉校譽的暴力事件，如果這件案子重啓調查又會爲學校帶來什麼樣的後果？

他媽的眞要命！原來羅森是那兒的學生。他在這事件中扮演什麼樣的角色？推波助瀾者還是前哨部隊？不是有人說過，一日爲寄宿學生，終生皆爲寄宿學生。

他緩緩點頭。沒錯，就是這麼簡單。

「哈迪，」他敲打著被單說：「你眞是太神了！誰會懷疑到這點上呢？」他摸摸前同事的頭髮，感覺濕黏又扁塌。

「你沒有生我的氣吧，卡爾？」面罩底下傳來軟弱無力的聲音。

「爲什麼這麼說？」

「你心裡有數。就是關於釘槍事件，我對心理醫師講的那些話。」

「眞該死，哈迪。你趕快恢復健康，讓我們聯手解決這案子，好嗎？我完全能夠理解，你躺在這兒多少會有些奇怪的念頭。」

「不是奇怪的念頭，卡爾。其中一定有鬼，而且和安克爾有關，這點我越來越肯定。」

「你快點好起來，我們一起偵辦此案，如何？」

哈迪好一會兒躺著不講話，只是讓呼吸器持續運作。卡爾除了看著他的胸膛隨之起伏，什麼也不能做。

「你想幫我的忙嗎？」哈迪率先打破沉默。

卡爾坐回椅子上。這正是他每次來看哈迪時所恐懼的時刻，卡爾也但願能協助自己的前同事尋死，滿足他永恆的心願。他不害怕被判刑入獄，也不畏懼倫理道德，純粹就是辦不到。

「不行，哈迪。別要求我做那件事，不要再說了。你一定不相信我考慮過這個可能性，但是很遺憾，老友，我下不了手。」

「不是那件事，卡爾。」哈迪舔著乾涸的嘴唇，彷彿如此一來要說的話比較容易溜出口。

「我想問你是否可以讓我住你家？而不是一直待在這兒。」

一陣令人難以忍受的沉默迎頭罩下，卡爾覺得此刻癱瘓的人換成了自己，一字一句全卡在喉頭。

「我想了很多。」哈迪輕聲說下去。「住在你家的那個人不能照顧我嗎？」哈迪走投無路的絕望狠狠的捅了自己一刀。要莫頓．賀藍當看護？住在他家？眞是讓人欲哭無淚。

「卡爾，我詢問過了，申請家庭照護可以拿到許多補助，護士也會到家裡察看狀況。不會很麻煩的，你無須爲我煩心。」

卡爾盯著地板。「哈迪，我的居住環境不是很理想，房子不大。莫頓就住在地下室，而那基本上是不被允許的。」

「我可以睡在客廳，卡爾。」哈迪的聲音有點嘶啞，聽起來似乎正想壓抑眼淚奪眶而出，又或許他的狀態一直以來都是如此。「客廳夠大了。只要讓我待在角落就好，不會有人知道地下室和莫頓的事情。上面不是有三個房間嗎？你們只要在其中一個房間放張床，他還是可以繼續住在地下室。」一個大塊頭的人愼重其事的懇求他，如此龐大卻又如此卑微。

「唉，哈迪。」卡爾終於開口回應。一想到客廳裡要放下那麼大的病床和所有可能的儀器，實在讓人無法點頭答應，這一切會將最後碩果僅存家的感覺破壞殆盡。莫頓應該會爲此搬出去，賈斯伯則會什麼事都看不順眼，然後嘮叨不停，雖然卡爾理論上希望這麼做，但現實狀況就是不可行。

「你的病情太嚴重了，哈迪。若不是這麼嚴重的話……」他停頓了許久，衷心希望哈迪能自己打退堂鼓，不再是他的煩惱，但是哈迪始終不發一語，於是卡爾說：「哈迪，你仔細想一下，你手臂上的感覺範圍好不容易擴大了，我們再等等看吧。」

他看著老朋友的眼睛慢慢闔上，從那雙眼睛裡冒出的希望之火轉眼間又熄滅了。

我們再等等看吧，卡爾這麼說。

彷彿哈迪還有其他選擇。

即使卡爾當年剛進凶殺組還是菜鳥時，也沒這麼早就進辦公室。今天是星期五，但高速公路上還沒什麼車，而地下停車場裡，人們用遲鈍不靈活的動作關上車門。他走過值勤室時聞到一陣咖啡香，時間還早。

在地下室裡等待他的是一個大驚喜。懸案組的走廊上安放著一整排組裝好的桌子，桌腳全都拉開架好，桌面調整到手肘高度，大量文件與檔案分門別類的置於桌上。卡爾猜想，這般井井有條應該是經過一番抱怨和批評才換來的。三塊告示板按照順序固定在牆上，貼滿洛維格命案相關剪報，最後一張桌子上鋪著跪毯，阿薩德正蜷縮著身子躺在那兒呼呼大睡。

蘿思的辦公室飄來樂聲，卡爾必須非常專注才依稀能辨認出是巴赫的《G弦之歌》，因爲音樂被肆無忌憚的口哨聲給淹沒，那口哨旋律大概只有資深樂迷才聽得懂。

十分鐘後，卡爾置身於懸案組的辦公室內，兩名助理拿著熱氣騰騰的杯子坐在他面前，整個空間煥然一新，簡直讓人認不出來。

他把脫下來的外套放在椅背上時，蘿思一直打量著他。「襯衫很帥，卡爾。」她開口說道：「我看見你把泰迪熊塞進去了，很好！」她指著他凸出來的襯衫口袋。

他點點頭。這隻泰迪熊會提醒他，一有機會就要把蘿思趕到讓她無力反抗的其他部門去。

「頭兒，你怎麼說？」阿薩德一邊說，手一邊誇張揮動，將地下室所有房間比了一圈。這兒再也沒有礙眼的東西了，就連對風水迷信的人也會感到欣慰，整間辦公室井然有序，一塵不染，就連地板都清掃得一乾二淨。

「約翰昨天回來上班，我們說服他到下面一起幫忙。」蘿思說明。「畢竟整件事情是他起的頭。」

卡爾努力讓臉上冰冷的笑容看起來誠懇一點，其實他喜出望外，只是當中夾雜著驚訝的情緒，而一時之間反應不過來。

四個小時後，三人各自坐在座位上等待挪威參訪團大駕光臨，每個人都很清楚自己要扮演的角色。他們已經討論過那份攻擊事件名單，另外指紋鑑定報告也顯示，棋盤問答遊戲卡片上有兩枚容易辨認的指紋爲梭崙．約耿森所有，還有一枚較模糊的屬於妹妹莉絲貝。現在問題來了，究竟是誰拿走現場的卡片？是畢納．托格森？若是如此，爲什麼卡片會出現在琦蜜位於歐德魯區房子的金屬盒裡？除了畢納．托格森之外，其他嫌疑者中還有誰曾出現在那棟夏日別墅？若是能證明另有他人，就有可能在法庭上翻供。

一股亢奮的情緒在蘿思的辦公室裡蔓延開來，折磨人的巴赫如今換上挖掘克利斯汀．吳爾夫死因資料的積極氣氛；阿薩德這邊則是要找出琦蜜那夥人的丹麥文老師，那個叫耶朋盛（K. Jeppesen）的現今下落與工作地點。

挪威人踏進此處之前，事情已經做得夠多了。

但是過了十點二十分仍未見人影，卡爾立刻明白出了什麼事。

「如果我沒去接人，他們不會下來這兒。」他一把抓起檔案夾。

經過圓形建築的石階後直上三樓，整段路卡爾都用跑的。

「他們在裡面嗎？」他朝一些疲態盡露的同事大聲問道。他們點點頭。

會議室裡至少聚集了十五個人，除了凶殺組組長外，他的副手羅森和拿著筆記本的麗絲也在場，另外還有幾個一臉呆滯的年輕人，卡爾將他們歸之為司法部的人員，最後是五個衣著繽紛的男子。與其他同事的表現大相逕庭的是，他們全對卡爾綻放親切笑容，光是這點，就已經替這群來自奧斯陸的客人加了許多分。

「嗯，這位是卡爾・莫爾克，多麼美好的驚喜啊！」凶殺組組長高聲介紹，但很明顯是言不由衷。

卡爾一一和他們握手，連麗絲也沒漏掉，在向挪威人自我介紹時，他特意講得字正腔圓，但是對方的回答沒有半句聽得懂。

「待會先去參觀我位於地下室的辦公室。」卡爾說，故意忽略羅森陰鬱的神情。「不過，我希望先向各位簡短說明，新成立的懸案組的主要工作事項。」

他站在白板前說出先前演練過的內容，然後問道：「各位聽得懂我的丹麥話嗎？」

他注意到在場的挪威人點頭如搗蒜，還有羅森深藍色領帶上的四個扇貝。

接下來二十分鐘，卡爾簡單解釋了梅瑞特案的辦案經過，從挪威人的表情研判他們相當了解這件案子，最後提及了懸案組目前正在進行的案件。

司法部那幾個人的神態顯示他們對此案一無所知。

卡爾轉身面向凶殺組組長。

「在偵查此案的過程中，我們已經取得重要的關鍵證物，至少可以說明那群寄宿學生中一位名叫琦蜜．拉森的人，直接或間接涉及凶案。」他解釋整個狀況，保證自己在取得金屬盒時，旁邊有位可靠的證人，同時發現羅森臉上的表情愈變愈陰沉。

「她或許是從同居人畢納．托格森那兒拿到金屬盒的。」馬庫斯插話問道。

這個可能性他們已經在地下室討論過了。「有可能，但我並不認爲是如此。請各位注意放在金屬盒裡那張報紙的日期，根據畢納的說法，那天琦蜜正好搬去和他同居。我相信是琦蜜把東西包好藏起來，因爲她不希望畢納看見那個盒子，但我們也不排除其他可能的解釋，所以目前首要之務就是找到琦蜜．拉森的行蹤。有鑑於此，我們請求展開搜尋行動，並且增加兩名人力，派人巡邏中央火車站周遭，監視毒蟲蒂娜，以及加強注意狄雷夫．普朗、托斯騰．弗洛林和鄔利克．杜波爾．顏森等三位男士。」說話時他瞪視著羅森，隨後又轉身向挪威人解釋：「此三人也屬於寄宿學校那幫學生，當時涉有洛維格雙屍命案的嫌疑。如今他們在丹麥是名流之士，是社會頂層受人尊崇的好公民。」

馬庫斯組長眉頭深鎖，擠出深刻的皺紋。

「請各位想想。」卡爾又回頭看著挪威人。他們喝咖啡的模樣彷彿搭了六十個小時的飛機卻沒有獲得應有的機艙服務，抑或是自從德國人入侵他們國家後，從此再也沒喝過摩卡咖啡。「從各位以及挪威警察出色表現不難發現，這種關鍵證物往往可以發掘其他犯罪事實，那些犯行至今若非尚未查明，就是未被歸類爲犯罪行爲。」

這時有位挪威客人舉手，用有如吟唱聲調的挪威語提出問題。卡爾不得不請他重複一次，後來由司法部一個官員幫忙翻譯。

「托內斯警長想知道，是否有份可能的犯罪清單與洛維格命案有關。」他翻譯說。

卡爾禮貌的點頭，心裡想的卻是：這個人是如何從嘰嘰喳喳的聲音中聽出一段有邏輯的話？他從檔案夾裡拿出約翰·雅各博聖的名單，將它固定在白板上。「凶殺組組長馬庫斯在這部分的調查工作助益良多。」他給了馬庫斯一個感激的眼神。馬庫斯向坐在左右兩旁的人親切微笑，但表情看起來一頭霧水。

「這是組長底下的一位正直同事，他將親手調查到的結果提供給懸案組使用。如果沒有這般優秀的手下及跨部門的齊心合作，絕對無法在短短時間內有如此進展。別忘了，這件案子已經長達二十年，但是在十四天前才引起我們的關注。因此，非常謝謝你，馬庫斯。」

卡爾舉起假想的酒杯向他致敬，但心裡其實有數那早晚會變成飛鏢射回來。

雖然羅森試圖攪局破壞，但是卡爾仍然沒花太多力氣就說服挪威參訪團來到地下室參觀。先前幫忙翻譯的官員負責向卡爾轉達挪威人的看法。他翻譯說，參訪團對丹麥人的謙遜感到欽佩，激賞他們進行任務時毫不猶豫的態度，而無須爭論財政與人力資源方面的問題。

「有個人跟在我後頭問東問西，但我根本聽不懂他在說什麼，妳會說挪威話嗎？」他低聲向蘿思問道。阿薩德這時正沉醉在挪威人對丹麥警察與其政策的讚美言詞中，一邊向訪客解釋他們像奴隸般做牛做馬的原因，全面性的觀點著實令人驚訝不已。

「這兒是優先調查的關鍵資料。」蘿思說，然後簡單敘述了她整夜歸納整理的案件內容，整個過程皆以簡單易懂、清脆悅耳的挪威語說明。卡爾從未聽過她如此親切有禮的語氣。

雖然他不太願意承認，但蘿思的功勞確實不小。

一行人走入卡爾辦公室，液晶電視正播放著荷曼高蘭山閃耀在陽光下的影片。播放奧斯陸旅遊景點DVD是阿薩德的主意，片子是他十分鐘前從書店買來的，所有訪客看到影片後大受感動。當司法部長在一小時後與他們共進午餐時，看到挪威人如此滿意一定非常開心。

其中一位顯然是主管的挪威人誠摯邀請卡爾前往奧斯陸，還特別強調：若是他無法說服卡爾，那麼他希望卡爾無論如何一定要賞光和他們吃頓飯，倘若這樣仍不行，那麼至少讓他們握手致謝，因爲那是卡爾應得的敬意。

所有人離開之後，卡爾看著兩位助手的眼光可以解讀爲感激之意，不是因爲他們好好招待了挪威人參觀了地下王國，也不是因爲三樓的人很有可能會因此要他上樓進一步說明案情，而且把警徽還給他。當然，若是能拿回警徽，表示停職處分在生效之前便已走入歷史；一旦停職成了歷史，他便無須再接受夢娜．易卜生的治療；若不必接受治療，那麼他們就能出去約會吃飯。先是吃飯，嗯，接下來就不知道了。

他想要好好讚美兩人，就算沒有大肆誇獎，至少也讓他們早點下班度周末，但這時一通電話破壞了他立意良好的計畫。

阿薩德曾經在洛德雷中學留下訊息，促使某個叫克拉夫斯．耶朋盛的教師拿起話筒聯絡懸案組。

是的，沒錯，他已經準備好和卡爾見面。是的，他曾經在八〇年代中期於寄宿學校任教，那時候的事情至今仍栩栩如生。

而且並不是段美好的時光。

第二十四章

琦蜜發現她時，蒂娜正蜷縮在杜伯斯街，距離恩赫夫廣場不遠的某個公寓樓梯底下，不但被毆打得遍體鱗傷，還因爲沒有毒可吸而難受不已。她已經縮在那兒將近二十四小時，不要別人碰她一根寒毛。廣場上有個流浪漢這麼說。

她盡可能蹲在樓梯底下最深處，完全被黑暗吞沒，以致於當琦蜜把頭探進去時，嚇了她一大跳。

「啊，是妳啊，琦蜜寶貝。」蒂娜彷彿鬆了口氣喊道，然後撲到琦蜜胸前。「琦蜜，我最想見的人就是妳。」她像被風吹過的白楊柳不住發抖，就連牙齒也不停打顫。

「發生什麼事了？」琦蜜問：「妳爲什麼坐在這裡？看看妳成了什麼樣子？」她撫摸蒂娜腫脹的雙頰。「是誰打妳的，蒂娜？」

「妳收到我的紙條了嗎，琦蜜？」蒂娜縮回角落，用一雙紅腫充血的眼睛望著她。

「嗯，我看過內容了，妳做得很好。」

「那我現在可以拿到一千克朗了嗎？」

琦蜜點點頭，拭去她額頭上的汗珠。蒂娜的臉被揍得慘不忍睹，一隻眼睛完全腫起，嘴也歪了，到處青一塊、紫一塊。

「琦蜜，妳不可以亂跑，不能像以前那樣。」她在胸前盤起顫抖的雙手，想讓身體穩定下來，但是徒勞無功。「那些人找上我家了，實在很糟糕。不過現在我人在這裡了，對不對，琦蜜？」

琦蜜正想詢問發生什麼事，公寓門邊忽然傳來聲響，一名住戶帶著裝在塑膠袋裡的戰利品叮噹作響走回家，這個人絕對不屬於最近才佔據此一區域的人，兩隻手肘上布滿刺青。

「妳們不可以留在這裡。」他躁怒的說：「快滾，骯髒的賤貨給我滾回街上去！」

琦蜜站起身來。

「我想你最好到樓上去，別來煩我們。」她一個箭步上前。

「要不然妳要怎樣？」他把袋子放在雙腿間。

「要不然就給你好看！」

但是這句威脅顯然引起他的興致。「喂！說啥蠢話，爛貨。滾，拿狗繩牽著那個蕩婦滾出去！還是妳想和我上樓去？妳若和我上去，這個賤貨想爛死在哪裡都隨便她。」說完便伸手想碰琦蜜，但下一秒她已一拳重重打在他肥胖的肚子上，緊接著又再補上一拳。男子露出詫異扭曲的表情，隨即跪倒在地，在樓梯間發出轟隆巨響。

「啊！」他痛得呻吟哀叫，額頭抵在地上。

琦蜜又蹲回樓梯底下。

「妳說誰去找妳？好幾個人嗎？他們是哪兒來的？」

「從火車站。他們找到我家，把我打個半死，因爲我打死也不會說出妳的事，琦蜜。」蒂娜試圖擠出笑容，但是腫脹的左臉讓她笑不出來，然後屈起雙腿。「我要留在這裡，我才不會讓他們得逞。」

「妳說的是誰？警察嗎？」

她搖搖頭。「那些人嗎？不是啦，那個警察還可以，但那些人全是混蛋，拿錢辦事打聽妳的下落，妳要特別小心他們。」

琦蜜抓住蒂娜細瘦的手臂。「那些人竟把妳打成這樣！妳說了什麼？還記不記得？」

「琦蜜，我得來一針！」

「沒問題，妳會得到妳的一千克朗。妳有沒有告訴他們關於我的事？」

「我不敢上街，妳得把我要的東西弄來，琦蜜。妳會答應我的吧？我要巧克力牛奶、幾包香菸，還要幾瓶酒，妳知道的。」

「好的，好的，我全部都會幫妳張羅。不過現在回答我，蒂娜，妳說了什麼？」

「妳不能先弄來嗎？」

琦蜜注視著蒂娜，這女人顯然非常害怕一旦說出了事情經過，就得和她渴望的東西說再見。

「蒂娜，出來吧！」

「妳答應過的，琦蜜！」她們相視了一會兒，然後彼此點點頭。「好吧，他們一直打我，一直打我。我告訴他們，我們有時候會在長椅那邊碰面，也說我常在英格斯雷街看到妳，所以我認爲妳應該住在那附近。」她哀切的望著琦蜜。「妳不會幫我把東西弄來了，對吧？」

「妳還說了什麼？」

蒂娜的聲音含糊不清，身體抖得越發厲害。「沒有了，琦蜜。我發誓沒有了。」

「然後他們就閃人了嗎？」

「嗯。他們很可能再回來，不過就像剛剛說的，我不會再說任何關於妳的事了，反正我什麼也不知道。」

兩人的目光在昏暗中相遇，蒂娜試圖取得琦蜜的信任，只可惜她最後那句話聽起來一點信服力也沒有，她知道的事情絕不止如此。

「蒂娜，還說了什麼？」

她蹲下來，雙腳在地上蹭跳，看起來有讓步的意思。「好吧，只有恩赫夫公園那件事，就是妳會坐在公園看小孩玩遊戲。就這樣而已。」

看樣子蒂娜比琦蜜想像得還要敏銳，而且她攬客的範圍也不僅限於火車站和卡思維克路之間的思克貝或英格斯雷街，也許她會在公園裡進行交易，那兒有的是樹叢。

「那之後呢？妳打一劑之後會再想起其他和我有關的事情嗎？」她微笑看著蒂娜。

「嗯，當然沒有問題。」

「妳會想起我都在那兒晃蕩，在哪兒看過我？想起我的樣貌？我什麼時候去哪裡買東西？我不喜歡啤酒？我注視著照映在斯楚格大街上櫥窗裡的自己？我一直待在城裡？諸如此類的事情嗎？」

琦蜜態度似乎稍微軟化，這令蒂娜鬆了一口氣。「是啊，就這些。這些事我都沒說。」

琦蜜的行動比往日還要謹愼，她走在有許多地方可以躲藏的伊斯德街，沒人可以確保不會有人站在不到十公尺的地方窺視著自己。

如今她知道那些人出手有多狠了，很可能現在就有一群人正虎視眈眈的監視著她。基於這個理由，此刻對琦蜜而言宛如天地未開之際，她又回原點，不得不另闢蹊徑。在她生命中，這種狀況已經不是第一次，她必須改變才能置之死地而後生。

你們別想抓到我，她心想，然後攔下一輛計程車。

「請載我到達能布羅街。」

「妳說什麼啊？」計程車司機的深膚色手臂伸向後座打算開車門。

「下車。」他打開門。「妳以爲我會載妳到三百公尺外的地方嗎？」

「這裡有兩百克朗，你不需要照表收費。」

這招總是能奏效。

她在達能布羅街下車，以迅雷不及掩耳的速度閃進列特蘭街，確認沒人在看她。然後她走到立陶宛廣場後面，再沿著牆回到伊斯德街，站在對街觀察一家蔬果店。

「再走幾步就到了。」她對自己說。

「哈囉，妳又來了？」蔬果店老闆看到琦蜜打招呼說。

「馬莫德在嗎？」她問說。

他和他哥哥蹲在門簾後面觀看某個阿拉伯節目，畫面上總是同一個攝影棚，同樣單調的表演。

「妳引爆手榴彈了嗎？還有那把槍，很好用吧？」馬莫德問。

「不知道，槍送人了。我需要一把新的槍，這次要裝上消音器。此外，我還需要幾包海洛因，要上等的，懂嗎？」

「馬上就要？嘿，妳瘋啦？妳以爲大剌剌從街上拐進來，就能拿到那些東西？消音器！妳究竟知不知道自己在胡扯什麼？」

她從褲子裡拿出一捆紙鈔，她很清楚那筆錢絕對超過兩萬克朗。「我在外頭等你，二十分鐘。之後你就看不到我了，聽清楚了嗎？」一分鐘後電視被關上，男人們離開辦事。

店裡爲她搬了張椅子，奉上冰茶和可樂，但是她兩者都沒興趣。

半小時後一個男人走進店裡，是馬莫德的親戚，他似乎不願意隨便冒險。

「過來這兒，我們談談。」他命令道。

「我給了其他人至少兩萬克朗，你把東西拿來了嗎？」

「還要一點時間。」他說：「但是我不認識妳，所以把手舉起來吧。」

她照著他的話做，直直盯著他的眼睛。男人從雙腳開始搜身，手先往上移到大腿內側在褲襠停了一會兒，然後又熟練的從恥骨摸到臀部，接著回到前面上滑到胸部下方，同樣又停了一下，隨後才繼續觸摸胸部、頸部和頭髮。最後他愼重檢查過琦蜜的口袋和衣服，整個過程結束後，他直接把手放上她的胸部。

「我叫作卡利德。」他說：「妳身上沒問題，沒有藏麥克風。不過，他媽的，妳的身材可眞性感惹火。」

早在他們在森林裡毆打那個男孩，甚至早在琦蜜引誘模範生以及和老師傳出不倫師生戀被逐出學校之前，克利斯汀是第一個看出她的潛能而且讚美她身材性感惹火的人。他舔嘗過琦蜜，也撫弄過她，因此了解琦蜜是如何不費吹灰之力，便將童年時期的無感轉換成強烈的性釋放。

他只需撫摸她的脖頸，訴說他有多渴望她，就能換來法式深吻和其他十六、七歲青少年夢想的東西。同時，克利斯汀很清楚若想和琦蜜上床，不必要開口詢問，直接動手就對了。

托斯騰、畢納和狄雷夫很快就複製這個技巧，只有鄔利克始終不得其門。他一如往常彬彬有禮，衷心認爲在那之前必須要先追求她，因此注定永遠得不到她。

琦蜜對於這一切了然於心，也很清楚當她後來開始擄獲圈外人時，克利斯汀有多麼氣憤。有些女孩說克利斯汀在監視、打探她的狀況，琦蜜對此並不意外。

模範生和老師離開學校之後，琦蜜在奈斯維德市擁有了自己的房子，碰上星期三小周末，五個人經常窩在她家，不外觀賞暴力片、哈草、談論突襲攻擊。周末來臨時，理論上他們應該回到各自冷漠的家庭，但卻選擇坐上琦蜜的淺紅色馬自達汽車，漫無目的行駛至陌生的遠方，然後選擇一座公園或林地，戴上手套和面具，抓住第一個遇見的人就開扁，年齡與性別不拘。

若是抓到的對象是個有能力反抗的男人，琦蜜就會脫下面罩往前一站，解開大衣和襯衫鈕扣，用仍戴著手套的雙手搗住乳房。誰有本事不被迷惑而住手呢？

經過一段時間後，他們便很清楚什麼樣的獵物會自己閉上嘴巴，哪種獵物又必須讓他住嘴。

蒂娜看著琦蜜的眼神，彷彿琦蜜救了她的命。「這是好貨嗎，琦蜜？」她點起一支菸，然後用手指沾了點白粉。

「太棒了。」她在舌尖嚐了一口後說，又看了袋子一眼。「三公克，對吧？」

琦蜜點點頭。

「先告訴我那個警察找我做什麼？」

「是妳的家人。琦蜜，說眞的，那個警察和別人不太一樣。」

「什麼？我家人？」

「哎喲，聽說妳父親生病了，還說妳若是知道的話，不會願意打電話給他。琦蜜，我很遺憾必須告訴妳這樣的事情。」蒂娜想伸手碰琦蜜的手臂，但是沒有成功。

「我父親？」光是聽到這個名詞，她的體內就像被注射了一劑毒藥。「那個人還活著？不，不可能。若是眞的還活著，就叫他去死吧。」如果剛才拿著塑膠袋的大胖子還在這兒，她絕對會狠狠踩上他的肋骨算是向她父親致敬，然後再補一腳。

「那個條子要我不能說，反正我已經這麼做了。抱歉啦，琦蜜。」她盯著琦蜜手上的袋子。

「妳之前說那個條子叫什麼名字？」

「我不記得了，琦蜜。那應該無所謂吧？我不是給妳寫了張紙條？」

「妳怎麼知道他是條子？」

「我看過他的警徽，琦蜜。我跟他要來看的。」

琦蜜體內的聲音又開始七嘴八舌，要不了多久她將再也聽不到其他聲音。她該相信什麼？她父親生病了，所以派警察來找她？打死都不可能。警徽又能代表什麼？那種東西誰都可以輕易弄到手。

「琦蜜，妳是怎麼只花一千克朗就買到三公克的？會不會是貨沒那麼純？不是，當然不是，我眞是笨蛋。」蒂娜全身顫抖又疲倦不堪，半睜著眼睛對琦蜜發笑。

琦蜜也回了蒂娜一個微笑，然後把巧克力牛奶、薯條、啤酒、裝著海洛因的袋子、一瓶水和注射器交給她。

剩下的事情她可以自己完成。

她一直等到天色朦朧才行動，天色一暗就從DGI-BY健身中心快速跑向柵門，她很清楚接下來會發生什麼事情，所以整個人激動又狂躁。

回到小屋後，她將洞裡的現金和信用卡全部拿出來，兩顆手榴彈放在床上，另一顆收進袋子裡。然後隨便收拾一下行李，撕下門後的海報蓋在物品上面，再抽出床底下的小箱子把它打開。這幾年來，那個布包幾乎變成棕色，拿在手裡輕若無物。琦蜜拿起威士忌瓶，一口氣灌完瓶裡的酒，但這一次體內的聲音仍然靜不下來。

「好啦、好啦，我已經盡快了。」她大聲說著將布包小心翼翼放在行李箱最上面，再用床單遮住裡面所有的東西。她撫摸了床單好幾次後，才砰的一聲蓋上箱子，把它拖到英格斯雷街上。那兒距離小屋應該夠遠了。

然後琦蜜又折回小屋，站在敞開的門口徹底察看一次，希望將人生中這段陰鬱晦暗的插曲牢牢記住。

「謝謝讓我住這裡。」說完便往門外退，同時拉開手榴彈的保險，朝床上另外兩顆扔去。

小屋炸開時，她已經離柵門有一段距離了，若是她沒有成功退到安全距離外，四散的磚瓦將會是琦蜜此生最後感受到的東西。

第二十五章

在馬庫斯的辦公室裡，爆炸聲像記敲在玻璃上的悶響。

卡爾和他面面相覷，那聲響絕非來自提早施放的跨年煙火。

「喔，眞該死。」馬庫斯說：「希望沒有人喪生。」

眞是個悲天憫人的和善之士，不過比起可能的受害者，他現在或許更應該考慮人事問題。

他轉向卡爾。「鄭重警告你，今早是你最後一次演出那齣該死的戲碼，懂了嗎？我可以理解你這麼做的原因，但是你他媽的應該先來找我，而不是讓我像個白痴一樣站在那兒。」

卡爾點點頭，組長說得沒錯。然後他向馬庫斯報告了自己對羅森・柏恩的懷疑，以及羅森基於私人理由而干涉調查的可能性。

馬庫斯重重嘆了口氣。「我們必須把他找來問話。」

他或許知道紙包不住火，也或者仍以爲能夠逃得掉。總之，這是卡爾第一次看到羅森沒有繫上藍色領帶。

凶殺組組長並未拐彎抹角，直截了當開口說：「羅森，我聽說你在此案中扮演聯絡司法部長和警察總長的窗口，你要不要告訴我究竟是怎麼回事，免得我們亂猜一通？」

羅森沒有吭聲，靜靜坐了一陣子，手在膝蓋上來回磨擦。凶殺組副組長進入警察體制前便擁有完美無瑕的傑出履歷——哥本哈根大學法律系畢業。更別說他正值壯年，行政能力優秀，交遊廣闊，警察工作經歷穩固又扎實，如今卻出了這種紕漏！在職場中搞政治手段，在同事背後放冷箭不說，還妨礙了和他無關的調查工作，理由何在？基於對他八百年前就離開的寄宿學校的向心力？爲了老朋友的緣故？他媽的，現在他還有什麼話說？只要說錯一個字，他就吃不完兜著走。這點他們三個全都心知肚明。

「我純粹想避免人力浪費。」他一開口，便已後悔自己如此辯解。

「如果你找不到更好的推托之詞，就退出此案不可再插手，聽清楚了嗎？」卡爾看得出來這些話讓凶殺組組長不太好過，而且不得不承認，無論羅森有多討人厭，凶殺組組長和副手之間確實完美互補，合作無間。

羅森嘆了口氣。「你們想必已經注意到我繫的另一條領帶。」

兩人點頭承認。

「是的，當年我也是那所寄宿學校的學生。」

羅森還沒搞清楚，這點他們早就想到了。

「幾年前，學校因爲一起強暴案而飽受負面報導，如今不需要這個案件再來令校譽雪上加霜。」

此事他們也再清楚不過。

「除此之外，狄雷夫．普朗的大哥是我的同學，他現在是寄宿學校理事會裡的一員。」

這點卡爾倒是忽略了。

「而他妻子是司法部裡一位司長的妹妹，那位司長在警察總長的改革之路上是與她並肩作戰的親密戰友。」

眞是亂七八糟的表親關係，卡爾心想。要是羅森接下來說他們全是菲英島上一位大領主的私生子，他也不會意外。

「另外，我也受到寄宿學校兄弟會的壓力。我承認自己做得不對，不過，我以爲司長是傳達司法部長的命令，自己應該不算錯得離譜，而司法部長之所以對重啓此案不感興趣，一方面是因爲當初相關人士雖有嫌疑但未被起訴，二來是此案已判刑定讞交付執行，刑期也即將屆滿，更何況那些相關人等並非一般市井小民。這讓我有種感覺，不管當年辦案程序是否有瑕疵，有人極力想避免重新調查。無論如何，我都沒有親自向司法部長證實此事，不過今天與她見面時，可以看出她完全不知情，而且絕對沒有干涉調查。現在我已經明白了。」

馬庫斯點點頭。他已做好心理準備要踏出艱難的一步。「羅森，這一切你從未向我報告。你說警察總長下令懸案組必須停止調查此案，就我對你的了解，應該是你在呈報警察總長錯誤的訊息後，向她建議下達這樣的命令吧？你究竟對她說了什麼？告訴她根本沒有這回事嗎？卡爾．莫爾克純粹因爲好玩才去四處挖掘線索？」

「我是和司長一起去見她，由他向她報告的。」

「又是寄宿學校的老同學？」

羅森狼狽的點頭。

「天啊，狄雷夫他哥哥來求你！還有司長可疑的遊說！難道你沒發覺到狄雷夫和他的同夥大有可能主導整件事嗎，羅森？」

「是的，我知道。」

凶殺組組長將手中的原子筆重重丟到桌上，火冒三丈。「你現在馬上停職，即刻生效，但記得寫份可以呈給總長的報告過來，還有，加上那個司長的名字。」

卡爾從未看過羅森的表情如此悲慘，雖然他一直將他視爲屁股上的爛瘡，現在卻不禁有點同情他。

「馬庫斯，我有個建議。」卡爾打斷馬庫斯的話。

羅森眼睛一亮，他和卡爾之間始終存在著一股微妙的敵意。

「別搞停職這種屁事了，馬庫斯，我們還是需要人手。如果把事情搞大，引來媒體和一堆接踵而來的麻煩事，你會被那些記者煩死。他們最擅長的就是大肆喧譁，哭喊謀殺，而且還會引起我們正在調查的那些人的注意，這個我可是一點也不需要喲。」

羅森不由自主頻頻點頭。眞是可悲的蠢蛋。

「我希望羅森共同參與此案，不過是爲了確保我們能順利完成接下來幾天的工作。光憑懸案組的人力們無法消化搜捕、監視等所有需要執行的差事，更別說還有許多尚待釐清的事項。馬庫斯，你不這麼認爲嗎？只要再多投入一點，很可能會偵查出一系列的命案。」他敲敲約翰．雅各博聖列出的攻擊事件清單。「我堅信不疑，馬庫斯。」

英格斯雷街上的火車站腹地並未傳出有人受到爆炸波及而傷亡。不過即使如此，TV2電視台的直升機仍飛抵火車站上空，彷彿這起爆炸事件是恐怖組織在此宣示自己的實力。

卡爾從地下室的液晶螢幕上追蹤這起新聞，那些事情和他無關讓他鬆了口氣。

蘿思走進來。「羅森負責調度哥本哈根警察局的偵查小組協助調查，我已把琦蜜的照片給他們，阿薩德也清楚解釋了監視時應該注意的事項，他們同時會一併尋找蒂娜·克爾森的下落，她現在可說是身處暴風眼裡了。」

「妳在說什麼？」

「哎喲，偵查小組將他們的中心設在思克貝街，那兒不是蒂娜·克爾森居住的街道嗎？」

他點點頭，又回頭看他的筆記。任務清單長得讓人沮喪，確定優先順序是唯一可行的方法。

「這是妳負責的任務，蘿思，一件一件照次序完成。」

她拿起紙張，大聲念了出來：

1.找出一九八七年曾參與洛維格命案調查的警察。

2.找出狄雷夫·普朗那幫人的同學，以及親眼目擊過他們所作所爲的人。

3.畢斯普傑格醫院。找出琦蜜住院時曾於婦產科服務的醫生或護士。

4.詳細調查克利斯汀·吳爾夫的死因。

請於今天完成！

他認為那個「請」字應該有安撫人心的功用，事實顯然並非如此。

「老天爺啊，我今早應該四點就來上班而不是五點半！」她發牢騷說：「你真的是徹底瘋了，可惡。今天不是應該讓我們提早下班嗎？」

「正好相反，我正要問妳周末是否有什麼計畫。」

「幹嘛？」

「蘿思，現在妳終於有機會展現自己的實力，並且能夠學習如何正確架構調查工作。何況妳想想，就算加班，之後還是可以補休。」

她嗯哼兩聲，要唬人她自己來就行了。

阿薩德踏入辦公室時，電話正好響起，是組長打來的。

卡爾大發雷霆：「你原本要抽派四個人駐守機場，現在卻弄不到人？」

電話那端的馬庫斯又向他證實了一次。

「我們弄不到人手監視嫌疑人，這讓人怎麼忍受！若是調查工作仍持續進行的消息洩漏出去的話怎麼辦？你覺得狄雷夫、托斯騰和郇利克那幾位先生明天會在哪兒？保證絕不會在哥本哈根，很可能跑到巴西逍遙去了。」

他深吸口氣搖搖頭。「他媽的！我很清楚我們沒有明確的證據能證明他們涉案，但是我們握有有力的線索啊，馬庫斯！那些事實清楚擺在眼前！」

掛上電話後卡爾坐在辦公椅上，對著天花板吹鬍子瞪眼，嘴裡咒罵個不停。

「馬庫斯究竟說了什麼，卡爾？現在有人手可以支援我們了嗎？」阿薩德問。

「他說了什麼？他說等他們釐清史托．喀尼克街的攻擊事件後，就有多餘的人力了。除此之外，他們還要增加人員調查火車站附近的爆炸案。」卡爾嘆了口氣，他把事情想得太美了，老是會冒出比他的調查工作還重要的事情。

「過來坐下，阿薩德。」他說：「我們必須再檢視一遍約翰．雅各博聖的名單，看是否能得出新訊息。」

他站在白板前寫下：

一九八七年六月十四日：凱爾．布魯諾，寄宿學校學生，從十公尺跳台上跌落身亡。

一九八七年八月二日：洛維格發生命案。

一九八七年九月十三日：尼柏格海灘攻擊事件。有人在附近看過五個男孩和一個女孩，女性受害者由於驚嚇過度，無法做筆錄。

一九八七年十一月八日：雙胞胎，塔本諾耶遊樂場。兩根手指被砍斷，遭受嚴重毆打。

一九八八年四月二十四日：朗格蘭一對夫婦失蹤，他們的個人物品出現在魯克賓鎮。

他列完二十件後，看著阿薩德。

「阿薩德，你認爲所有攻擊事件的共同點是什麼？你怎麼看？」

「發生的日期全在星期日。」

「沒錯，這一點剛剛也閃過我腦中。你確定嗎？」

「是的！」

這點十分合乎邏輯。事件當然只能發生在星期日，不會有其他可能，因爲寄宿學生全都得住校，學校在這方面管制得非常嚴格。

「而且從琦蜜位於奈斯維德市的住處，開車到各個案發現場都不超過兩個小時。」阿薩德說：「例如在于特蘭就一件攻擊事件也沒發生過。」

「你還注意到什麼，阿薩德？」

「一九八八至一九九二年間沒有受害者失蹤。」

「你的意思是？」

「就像我說的。這段時間內只發生暴力攻擊事件，例如拿棍棒打人之類的，但是沒有人失蹤或是死亡。」

卡爾盯著那份名單許久，這是警察總局裡，一名情感上與此案有所牽扯的同事整理出來的，他們怎麼能確定他列舉攻擊事件時沒有參雜主觀的意見呢？畢竟每年光是在丹麥發生的暴力事件就有上千起。

「叫約翰下來，阿薩德。」卡爾邊說邊翻閱文件。

他則利用空檔與琦蜜曾工作過的動物交易所取得聯繫，希望從那兒能夠獲得一些資訊推演出琦蜜的大概樣貌，例如夢想、價值觀等，也許他可以和他們約明天一大早前往拜訪，或者至少在上午見個面。

因爲之後他和那位洛德雷中學的老師有約。據說學校傍晚將爲以前的學生舉辦一個叫作「九後六」的活動，意思是「九月最後的星期六」，其實正確日期是二〇〇七年九月二十九日，但那位老師說，這個活動純粹只是好玩，讓大家娛樂一下罷了。

「約翰要下來了。」阿薩德說，然後又埋首研究白板上的名單。

「那段時間琦蜜人正好在瑞士。」他確認了一次後點點頭。「沒錯，琦蜜待在瑞士時沒有人被殺害，也沒有人失蹤。至少不在這份名單上。」

約翰一臉憔悴。以前的他像頭春天裡的小牛，因草原的寬廣與肥沃在警察總局跑上跑下，如今的他卻讓人聯想到被繫在畜欄裡的牛一般了無生氣。

「你去看心理醫師了嗎，約翰？」卡爾問他。

他去了。「她有點料，不過我還是沒辦法覺得好過一點。」

卡爾望向白板上兩兄妹的照片，他之所以如此並不令人意外。

「約翰，你是根據什麼標準挑選那份名單上的攻擊事件？」卡爾問。「我要怎麼判斷是否還有幾百起的事件沒列在名單上？」

「我挑選的暴力犯罪全部發生在星期日，而且不是受害者自己報的案，案發現場距離奈斯維德市也不超過一百五十公里。」他望著卡爾，必須確定自己獲得他百分之百的支持。

「我閱讀過很多這類寄宿學校的相關資料。在寄宿學校中，學生受到強大又僵化的束縛，個體的需求與願望完全不被重視，課業與義務永遠擺在第一位，而且做每件事都要遵守時間，整個星期都是如此。據說之所以這麼嚴格，是爲了培養紀律與群體精神，而我便根據這些條件，排除了在上課期間，以及周末的早餐前和晚餐後所發生的暴力事件。簡單來說，那幫人在這段時間有其他事情要做，這即是我選擇攻擊事件的原則，攻擊事件一定是發生在星期日的早餐和晚餐之間的時段。」

「你認爲他們是從星期日上午開始犯罪行爲？」

「沒錯，這是我的想法。」

「所以在這段時間內，他們頂多能開車到兩百公里遠的地方，畢竟他們還要尋找被害人加以凌虐。」

「學期內是這樣沒錯，但是放暑假時情況又不同了。」約翰望著地面。

卡爾翻開他的萬年曆。「但是洛維格的謀殺案仍然發生在星期日，是意外或者是那幫人的特有習慣？」

「我相信那是意外，只是正好是開學前的最後一個星期日，或許他們覺得暑假放得還不過癮吧，那些人根本腦子有病。」約翰一臉愁容的說。

關於接下來幾年的案子，約翰承認他在選擇上比較仰賴直覺，雖然這份名單沒有可以讓卡爾明確指出錯誤的地方，然而若要根據直覺來進行調查，也必須是他自己的直覺才行。最後他們決定要先集中偵查琦蜜去瑞士之前的那幾年。

約翰離開辦公室後，卡爾又盯著名單好一陣子，試圖評估狀況。然後他拿起話筒打電話到塔本諾耶，結果對方說，一九八七年在遊樂場被人毆打的雙胞胎兄弟，多年前繼承了一大筆遺產移民加拿大，並在那裡創立農具機租借公司。至少這是警方所能掌握的消息，畢竟事隔已久，目前無人知曉兩位男孩進一步的生活情況。告訴卡爾這些的值班員警，聲音聽起來也像個八十歲老頭。

隨後卡爾看到朗格蘭那對老夫妻的失蹤日期，開始瀏覽阿薩德整理給他的檔案夾。那是兩位從德國基爾駕帆船到魯克賓鎮的老師，兩人投宿了當地民宿，最後一次被人目擊是出現在史托瑟。

根據警方的報告，失蹤那日的白天有人在魯克賓鎮的碼頭看見他們，研判最有可能的狀況是兩人駕船出海後翻覆。但是，同一天在林德塞諾爾有個男人也注意到了那對夫妻，後來在碼頭有人看見一群青少年徘徊於基爾夫妻的船邊。引人注意的是，那些青少年衣著體面，不像當地人戴著嘉實多或是ＢＰ的帽子，而是穿著熨燙過的襯衫，一頭乾淨清爽的髮型。有些人認爲那些青少年駕駛了不屬於自己的船出海，不過一切純屬當地人的揣測。

報告中提到，在林德塞諾爾海邊發現這對夫婦的用品，家屬認爲很有可能是屬於兩人所有，但是無法百分之百確定。

卡爾檢查物證清單：一個沒有廠牌的空保溫瓶、一條圍巾、幾雙襪子和一只耳環。那是一只耳針式耳環，以銀勾取代了扣鎖，材質是紫水晶和銀，中間以鍊子相連。雖然報告中不是描述得特別詳細，看樣子大概是位男警員做的紀錄，但是仍足以讓卡爾立刻聯想起琦蜜金屬箱裡的那只耳環。

卡爾正處在那項發現帶來的震驚之中，阿薩德忽然衝進辦公室，表情彷彿剛中了樂透頭彩。

「我剛剛得知，布拉霍伊區的人會爲了測量在水裡的時間配戴橡膠手環。」

卡爾思緒飄渺，費了點神才回到現實。拜託，有什麼東西能和他發現的耳環相比啊？

「這種橡膠手環到處有人使用，阿薩德，大家都是如此。」

「有可能。」他說：「不過凱爾．布魯諾粉身碎骨躺在磁磚上被人發現時，他的手環不見了。」

第二十六章

「他已經在樓上警衛室。」阿薩德說：「他下來時，需要我人在這兒嗎？」

「不用了。」卡爾搖搖頭。阿薩德還有很多事情要處理。「不過你可以幫我們泡咖啡，記得不要太濃。」

靜謐的星期六時光，地下室裡排水管的水聲比平常安靜了一半。阿薩德一個人獨自吹著口哨，卡爾則飛快翻閱丹麥的《名人錄》，了解正下樓來的客人背景。

曼佛列·史洛特，四十歲。與死亡的模範生凱爾·布魯諾在寄宿學校時是室友。一九八七年畢業後服務於皇家衛隊，預備少尉，企管碩士畢業。三十三歲之後陸續成為五家企業的負責人，五間公司的董事，一所國際公法機構的理事，並多次策畫、贊助葡萄牙藝術的展覽。一九九四年後與亞古斯提娜·佩索結縭，曾在葡萄牙與莫三比克擔任過丹麥領事。

他除了獲頒十字勳章之外，還得過不同的國際勳章。

「我只有十五分鐘的時間。」他握手時劈頭就說，然後逕自在卡爾對面坐下，手將長褲上熨燙出的摺痕稍微拉高，以免膝蓋太過侷促，外套則隨意甩向旁邊。想像這個男人身處寄宿學校那種環境，比想像他和孩子們在沙堆裡玩沙要簡單多了。

「凱爾·布魯諾是我最好的朋友，我知道他不喜歡公共游泳池，純粹就是不喜歡。因此在布拉霍伊發現他著實不尋常，那兒什麼樣三教九流的人都有，全在身邊來來去去，你知道的。」他打從心底如此認為。「何況我從來沒看過他從跳台上跳下來，更別說是十公尺的跳台了。」

「你的意思是，那不是椿意外？」

「怎麼可能是意外？凱爾是個聰明的傢伙，每個人都知道若是從上面掉下來必死無疑，他更不可能跑到上面蹦蹦跳跳。」

「所以也不可能是自殺了？」

「自殺！為什麼？我們才結束畢業考耶！他父親還送了他一台別克尊爵限量車款當畢業禮物，雙門轎車。」

卡爾慎重的點點頭。他知道別克是輛汽車就夠了。

「他很快就要前往美國念法律。哈佛。他有什麼理由做出這種蠢事？一點意義也沒有。」

「感情困擾呢？」卡爾小心翼翼丟出風向球。

「唉，只要是凱爾看中的女人沒有追不到手的。」

「你還對琦蜜．拉森還有印象嗎？」

曼佛列．史洛特的臉垮了下來，顯然不樂意想起這個人。

「他是否因為被她拋棄而悲傷難過呢？」

「悲傷難過？他是氣炸了。凱爾根本不像是那種會被人拋棄的人，話說回來，誰又喜歡被甩呢？」他咧嘴微笑，露出一口漂亮的白牙，手撥開落到額上剛染、修剪過的頭髮。

「他是否打算採取什麼行動？」

曼佛列聳聳肩，動作細微得幾乎難以察覺，然後又拍去領子上的灰塵。「我今天之所以來此是因爲我認爲我們的看法一致，也就是凱爾是被謀殺的，否則你不會在二十年後花那麼大的力氣來找我。我說得沒錯吧？」

「這點我們目前無法斷定，不過我們重啓調查自然有一定的理由。你認爲凱爾有可能是被誰推下去的嗎？」

「不清楚。琦蜜和她班上一群有病的怪胎混在一起，那幫人就像小嘍囉圍繞在她身邊，受她堅挺豐滿的胸部所操控。乳房統治，你說是吧？」說完爆出一陣大笑，完全不適合他的身分。

「凱爾是否想重修舊好？你知道嗎？」

「她那時候已經和一位老師陷入師生戀了。郊區來的教書匠，一點品格也沒有，否則他應該知道自己必須與女學生保持距離。」

「你還記得他的名字嗎？」

他搖搖頭。「他在學校的時間不長，我想他教了幾班丹麥文，如果不是自己班上的老師，一般人應該不會注意到他。他……」然後舉起一隻手指，專注的眼神看來想起了一些事。「不對，我想起來了，他叫作克拉夫斯，我的天啊。」光是這個名字就讓他呼吸沉重！

「你剛說的克拉夫斯，是克拉夫斯．耶朋盛嗎？」

他抬起頭，然後點了點。「是的，耶朋盛，沒錯。」

掐我一下吧，卡爾心想，我在作夢嗎？他今晚就要和這個男人碰面啊！

「請將咖啡放在那兒，阿薩德。謝謝你。」

他們等到他離去後才又開口。

「我得說，」卡爾微微一笑，「我們這兒有點簡陋，不過還是有員工可以使喚。」曼佛列又爆出那種不討人喜歡的笑聲，卡爾完全能夠想像他在莫三比克對待當地人的態度。

曼佛列嚐了一口摩卡咖啡，顯然光喝一口就已夠他受了。

「好吧。」他接著說：「凱爾仍然很喜歡那個馬子，和很多人一樣。她被學校趕出去後，他很想一個人獨自擁有她，當時她住在奈斯維德市。」

「我想不通為什麼凱爾是在布拉霍伊區出事？」

「畢業考結束後他搬到祖父母家，以前他就住過那兒。他們住在恩德魯，是對可愛和善的老夫婦，當年我常去他們家玩。」

「他雙親不住在丹麥嗎？」

他聳聳肩。曼佛列的孩子一定也上寄宿學校，才能讓他專心投入工作。

「你知道琦蜜2G班上那群朋友裡有人住在游泳池附近嗎？」

曼佛列的目光掃過卡爾身上，在辦公室內逡巡，最後凝視著白板上的照片、攻擊事件的受害者名單，看到他最好的朋友名字就列在第一行，才明白事態嚴重。

卡爾順著他的目光轉過頭一看，心裡不禁咒罵一聲。

「那是什麼？」曼佛列手指著名單，頓時一臉凝重問道。

「那個啊，那些事件彼此沒有關聯，我們只是根據時間順序整理檔案罷了。」

眞是白痴的解釋，卡爾心想。如果檔案已經在架子上歸位，為什麼還要將它們寫在白板上？

不過曼佛列並未繼續追究。對不需要從事基層工作的人來說，也許根本不熟悉這種細微末節的程序。

「你們需要調查的事件眞多。」

卡爾雙手誇張一揮。「所以你若是能回答我的問題，對我們眞的非常重要。」

「你剛才問了什麼？」

「我只是想知道在琦蜜那幫朋友裡，是否有人住在布拉霍伊附近。」

他毫不猶豫立刻點頭。「有的，克利斯汀．吳爾夫。他父母在海邊有棟包浩斯風格的房子，非常壯麗，他把自己的父親趕出公司後接收了那棟房子。嗯，我想他的妻子目前仍和第二任丈夫居住在那兒。」

除此之外從曼佛列身上挖不出什麼訊息了，不過多少有點收穫。

「蘿思。」曼佛列的腳步聲一消失，卡爾便開口喚道。

「關於克利斯汀．吳爾夫妳了解多少了？」

「拜託一下，卡爾！」蘿思拿筆記本敲敲自己的頭。「你是得了阿茲海默還是什麼嗎？你派給我四項任務，根據你的優先順序，那件事排在第四位，你以爲我能了解多少？」

「那麼照妳的意思，妳何時才能報告相關資料？難道妳不會調動一下順序嗎？」

她雙手猛然扠腰，就像個義大利媽媽打算開口臭罵懶洋洋窩在沙發上的搗蛋鬼，但卻驀地笑了出來。「哎喲，我還眞沒辦法繼續裝下去。」她舔舔手指，翻開筆記本。「你眞以爲這裡所有事情都隨你心意行事？我當然是先解決了這項任務，畢竟那最容易完成。」

雉雞殺手
Fasandraberne

克利斯汀·吳爾夫死亡時才三十歲，身價富可敵國，之前一手將父親趕出他所建立的船運公司，使他破產，據說那是為了懲罰父親對兒子實行冷硬無情的教育所使出的合理反擊。

富有加上黃金單身漢的身分，這樣的組合讓克利斯汀六月迎娶瑪利亞·薩克森霍德時成為轟動一時的話題新聞。瑪利亞是薩克森霍德伯爵的第三個女兒，但他們的幸福生活維持不到四個月，克利斯汀便於一九九六年九月十五日在一場狩獵中喪生。

意外發生在他位於羅蘭島的周末度假莊園。那天他一大早出門，應該在半小時後與打獵的朋友會合，但兩個多小時後卻被人發現大腿上有個可怕的槍傷，因為出血過多死亡。根據驗屍報告，他死亡的速度很快。

卡爾在以前的案件中也碰過類似的情形。

然而令人訝異的是，一個經驗豐富的獵人怎麼會發生這種事？他的打獵同伴曾不止一次提及，克利斯汀曾經在格陵蘭島遇到北極熊，卻因為手指凍僵無法拉開武器保險而未能將其捕獲，為了不讓這種情況再次發生，他從此都讓槍處在隨時可擊發的狀態。

即使如此，仍無法釐清一個疑點——他是如何射傷自己大腿的？根據後來的調查顯示，應該是他在溝裡踩了一下，不小心扣下掛在手指上的霰彈槍造成，重建案發現場後證明這個解釋的確足以採信。

由於意外發生後，年輕的伯爵小姐並沒有特別激烈的反應，因此多少傳出她早就後悔結這個婚的傳言，畢竟兩人年歲差距懸殊，個性迥異，更何況繼承的遺產也絕對足夠撫慰她的傷痛。

雄偉的宅邸俯瞰著湖泊，周圍一片遼闊，放眼望去具有此種規格的房子並不多，而如此形式的建築顯然連帶提高了附近房產的價值。

卡爾估計在房屋市場疲軟之前，這棟建築的價值應該高達四千萬克朗，而如今這樣的房子幾乎不可能賣出去。人民是否用選票選出了導致目前處境的政府呢？在向買主大獻殷勤，刺激市場需求後，又有誰關心經濟結果？

開門的男孩頂多八、九歲，身上穿著浴袍和室內拖鞋，看起來因爲患了重感冒而鼻水直流。卡爾完全沒料到會在數十年來經常出入著企業家與金融鉅子的雄偉門廳中看見這光景。

「我不可以隨便讓人進來。」他說：「我媽媽不在家，不過很快就回來了。」

「你可以打電話告訴她警察希望和她談談嗎？」

「警察？」男孩疑惑的打量卡爾。他身上要是穿的是像巴克或馬庫斯一樣的黑色長皮衣，一定多少有助於取得信任。

「你看，這是我的警徽，去問一下你母親我是否可以到裡面等她。」卡爾說。

但男孩卻只是啪一聲關上門。卡爾站在門前階梯上苦等半個小時，注視著在湖另一邊漫步的人們，在好天氣的星期六上午，丹麥慈善機構的捐款箱爲了某種立意良好的目的全部出籠了。

「你找誰？」剛步出汽車的女子問道。

她的警覺性很高，似乎只要一個錯誤的動作，就會將手中購買的物品丟在階梯上，跑向後門。

卡爾在半小時前學到了教訓，於是趕緊拿出口袋裡的警徽。

「卡爾．莫爾克，特殊懸案組。你兒子打過電話給你了嗎？」

「我兒子生病躺在床上。」她忽然一臉擔憂。「難道不是嗎？」

所以他並沒有打電話，這個小搗蛋鬼！

卡爾重新自我介紹。女子雖然明顯不太樂意，最後仍然請他進屋。

「弗列德利克！」她朝樓上大喊。「有小香腸喔！」她不做作的和藹可親模樣，和一般伯爵之女給人的印象截然不同。

樓梯上傳來小碎步聲，但男孩一看見卡爾站在大廳中便停下腳步，臉上露出害怕的表情。他天真的小腦袋一定正在想像沒有服從警察的指示會受到什麼樣的懲罰。

卡爾朝他眨眨眼，表示不會有問題。

「喂，弗列德利克，你有乖乖躺在床上嗎？」

男孩點頭，然後拿著熱狗一溜煙跑掉。他一定希望從卡爾眼前和腦海中永遠消失。狡猾的男孩！

卡爾隨即切入正題。

「我不確定自己能否對你有所幫助。」她友善的望著他。「克利斯汀和我基本上並不是那麼了解對方，因此我也不知道當時他腦子裡在想什麼。」

「然後你又再婚了？」

她粲然一笑。「是，克利斯汀過世的那年我認識了現在的先生安德魯，我們有三個小孩，弗列德利克、蘇珊娜和琦絲坦。」

眞是非常普通的名字啊！或許他應該重新斟酌一下自己對貴族的成見了。

「弗列德利克是老大嗎？」

「不是，是老么。雙胞胎已經十一歲了。」她回話的口吻好像已經知道卡爾下一個問題就會問年齡似的。「是的，克利斯汀是他們的親生父親，不過我現任丈夫對她們很好，對她們的關心並不比自己的孩子少。我公婆在伊斯特本有座莊園，兩個女孩目前就讀那附近一所聲譽良好的寄宿學校。」

她說得還眞隨意、自然，一點也不覺得丟人。一個家財萬貫的年輕女人，生活無憂無慮，竟忍心將才十一歲的孩子送到英國去接受長期又嚴格的教育？

這讓卡爾又站在自己所屬階級的位置上重新審視她，他之前對貴族的成見可見不無道理。

「你當時嫁給克利斯汀時，他是否曾經提過一位琦絲坦—瑪麗．拉森？你的一位令千金的名字和她一樣，眞是有意思。總之，克利斯汀與這位琦絲坦—瑪麗．拉森交往甚密，而且他們就讀同一所寄宿學校。你有印象嗎？」

她的臉上蒙上一層陰影。

他看著她，等待她開口，但是她依舊一語不發。

「好吧，發生什麼事了？」他問。

她伸出雙手做出拒絕的手勢，即使沒有開口說出：我沒興趣談這件事，就是這麼簡單。也能讓人明顯感覺得到她的意思。

「或許你認爲兩人之間有外遇，是這樣嗎？雖然你那時候已經懷孕了。」

「我不知道他和她之間的關係，而且我一點也不想了解。」她把雙手扠在胸前，也許下一秒就會請他走人。

「她如今流落街頭。」

但這個消息也沒有讓她好過一點。

「克利斯汀每次和她談過話之後就會打我，這樣你滿意了嗎？我不知道你爲何上門，但是你最好馬上離開。」

他原本沒有打算說明來意，但還是吐露了此行目的。「我是爲了調查一樁謀殺案而來的。」

她不加思索脫口而出：「若你認爲是我殺了克莉斯汀，可以省省別費心調查了，雖然我不是沒有這個想法。」她搖搖頭，眺望著窗外湖泊。

「你先生爲何要毆打你呢？他是虐待狂嗎？他酗酒嗎？」

「他是不是虐待狂？」她望向走廊，確定沒有小腦袋會突然出現。「這點我可以打包票。」

離開後，卡爾仍然站在屋外一會兒，仔細觀察四周後才坐進汽車裡，在瑪利亞·薩克森霍德講完那些事情後，讓整間大房子的氣氛頓時變得可怖駭人。她在婚後經歷到所有三十歲的男人能夠施加在二十二歲的柔弱女子身上的事，蜜月期很快就變成了夢魇，一開始是用髒話辱罵、威脅，最後變成肢體暴力。他毆打她時還會小心不在她身上留下明顯的傷痕，因爲傍晚她仍然要盛裝出席各式宴會，那是他娶她的唯一理由。

克利斯汀．吳爾夫，一個讓她一秒鐘就愛上的傢伙，卻要花一輩子的時間去遺忘。忘記他這個人、他的行爲、他的存在以及圍繞他身邊的人。

卡爾坐在車裡嗅聞是否飄散著汽油味，然後才打電話回懸案組。

「喂。」阿薩德就只說了這麼一個字，沒有「特殊懸案組副警官助理哈菲茲．阿薩德」或者其他說明，單純只有「喂」！

「阿薩德，接電話時必須報出姓名與部門。」他劈頭就說，沒有報上自己的名字。

「嗨，卡爾！蘿思把她的錄音筆給了我，實在是太棒了。然後她想和你說話。」

「蘿思？她在你旁邊？」

電話那頭傳來沉重的腳步聲。「我爲你找到一個畢斯普傑格的護士了。」她同樣沒打招呼開口便說。

「哈囉，妳好啊。幹得好。」

話裡嘲諷的意味，讓蘿思必須強忍住才沒有出言反譏。

「她目前任職阿瑞索一家私人醫院。」卡爾隨後拿到了醫院地址。「因爲知道她的名字才順利找到人。話說回來，那個名字眞的很特別。」

「妳從哪兒拿到名字的？」

「當然是從畢斯普傑格醫院，我去翻了舊的檔案櫃。琦蜜住院時，這個護士也在婦產科服務，我打電話給她，她馬上就想起這件事，還說在那邊工作過的人全部記得一清二楚。」

「丹麥最秀麗的醫院。」蘿思引用醫院首頁的宣傳標語如此描述。

卡爾看著眼前雪白的建築，也不由得心生認同。一切都經過精心照顧，即使在蕭瑟的秋日，草坪也維護得可與溫布頓球場媲美，四周的景致壯麗優雅，幾個月前女王還和夫婿來此享受美景。只有弗雷登斯堡可與之比擬！

然而護士長茵卡德・杜夫納與整個環境卻是大相逕庭，她滿臉笑容，身型魁梧，當這艘戰艦迎面而來時，四周的人都悄悄避到一旁。她留著短髮，雙腳如象腿粗壯，鞋子大得像艘貨船。

「我想你就是莫爾克先生！」她一臉粲笑，握手時晃動的幅度像是想把他的口袋清空。她的記憶力也如外表一樣結實強健，那是所有警察的夢想。

她是琦蜜在畢斯普傑格醫院護理站的住院護士，琦蜜失蹤那天她正好沒當班，然而因爲情況實在太特殊、太悲傷，所以「沒人能忘得掉」。

「那位女子送進醫院時，整個人被毆打得體無完膚，我們估計應該保不住小孩了，可是她卻撐了過來，而且恢復良好。她非常渴望生下孩子，事實上在醫院住了一個星期後，我們已經打算讓她出院。」

她噘起嘴唇續道：「可是後來在某個我值完夜班的早上，事情突然發生了。她流產了，醫生說看起來是她自己動手墮胎，因爲在她的下腹部有一大片嚴重的瘀青，但這實在讓人難以信服，畢竟她曾經對生下孩子充滿期待，但是沒人知道究竟發生了什麼事。不過話說回來，懷孕時若是自己一個人獨處，確實會湧現各種不同的情緒。」

「她使用了什麼東西才會造成這麼大的瘀傷？你還記得嗎？」

「有人推測是病房那把椅子，她把椅子拿到床邊，往自己的肚子大力敲下去。總之，衝進病房的醫護人員發現她失去意識，胎兒也浸在雙腿間的大量血泊之中，椅子則翻倒在地。」

卡爾眼前浮現出那幅悲哀的景象。

「胎兒已經大得可以認出形狀了嗎？」

「當然可以，十八周的胎兒約莫有十四到十六公分高，差不多成形了。」

「手和腳呢？」

「都有了。肺部尚未發育完全，眼睛也是，不過基本上其他器官都長全了。」

「那個胎兒……掉到她的雙腿之間？」

「她把孩子和胎盤都生了出來。」

「你會這麼說，表示事情不尋常嗎？」

她點點頭。「這種事情任誰也無法忘記，更何況她還把胎兒給帶走。我同事幫她止血時，把胎兒包在布裡，之後等他們回到病房就發現病人和胎兒都不見了，只剩下地上的胎盤。有個醫生可以證實胎盤是裂開的，從中裂成兩半。」

「墮胎時是否會發生這種事呢？」

「有可能，但是機率很小，或許是加諸在她腹部上的外力導致。不管怎麼說，墮胎後若沒有把子宮刮乾淨，對女人來說非常危險。」

「你是說可能受到感染嗎？」

「沒錯，以前感染的問題很嚴重，如果沒有妥善處理，病人死亡的風險很大。」

「我可以向你保證並未發生這種事。她還活著，只是過得不太好，成了街上的遊民，不過仍然活著。」

護士把她兩隻粗壯的大手放在腿上。「眞可憐，女人永遠擺脫不了這種事。」

「你是指失去孩子造成的創傷讓她從此徹底脫離社會嗎？」

「唉，你也知道，那種情況下什麼事情都可能發生，類似的案例屢見不鮮，女人終其一生都會被罪惡感啃蝕，而且不論用什麼方式也無法將其消滅。」

「我們應該從頭到尾把整個案件簡短走一遍，你們覺得如何，朋友？」卡爾看著蘿思和阿薩德，他知道他們兩人心裡有話不吐不快，不過時機未到。

「過去曾有一群青少年，他們年輕力壯，隨心所欲，其中的五位少年各有自己的性格，而一位年輕女孩顯然是那幫人的核心人物。

「這位女孩天眞又美麗，和學校的模範生凱爾・布魯諾談了一段短暫的戀情。我猜測凱爾的死十之八九是因爲那幫人的緣故，在琦蜜・拉森藏起來的金屬盒中，有個證物可以支持這項看法。肇因很可能是因爲嫉妒或者在打鬥中不愼跌下，不過也不排除是椿尋常的意外，而橡膠手環或許是種戰利品，至少從這起案件來看，無法明確看出是因爲罪惡感的關係。

「雖然琦蜜三年級時被退學，那幫人還是繼續廝混，據推測，最後導致了洛維格兩兄妹的災難。畢納・托格森坦承犯下這起謀殺案，但是他自首的原因說不定只是爲了袒護某個朋友甚至是那群人，而且種種跡象顯示他很可能因此獲得一大筆錢。由於畢納出身一個經濟狀況相對較差的家庭，與琦蜜的關係也已結束，對當時的他來說，那不啻是一個可以解決所有困境的方法。無論如何，我們現在知道那幫人中至少還有一人牽涉在內，因爲在琦蜜的物品中發現了被害者的指紋。

「由於有人懷疑畢納．托格森的判決有問題，開啓懸案組涉入調查此案的契機，其中當屬約翰．雅各博聖整理給我們的被攻擊者與失蹤者名單，以及暗示寄宿學校那幫人涉及攻擊事件的線索最爲關鍵。根據這份名單，我們歸納出一個結論：琦蜜在瑞士這段期間所發生的攻擊事件僅限於身體上的傷害，受害人並未被殺害或失蹤，雖然這份名單仍有些問題尚待釐清，但基本上約翰的分析很有道理。另外那些嫌疑人不知從何得知我正在調查此案，有可能是透過阿貝克，並且試圖妨礙調查工作。」

這時阿薩德抬起一根手指。「妨礙？你剛才是說妨礙嗎？」

「是的，也就是有人出手阻止，阿薩德，『妨礙』是阻止、反對的意思。這讓我們了解，在這起案件中，不單純只是幾個有錢人擔心自己名譽受損的問題。」

阿薩德和蘿思對他點點頭。

「我多次受到威脅，有人潛入我家，還在我車上動手腳，甚至連工作也差點不保，而來自寄宿學校的朋友很有可能是種種威脅背後的幕後黑手。他們利用以前的同學作爲中間人，試著將懸案組踢出此案，不過如今聯繫他們之間的鍊子已經斷了。」

「意思是他們沒有中間人了。」解釋的人是蘿思。

「沒錯。我們現在可以安心調查，但是不能讓那幫人知道。當務之急是找到琦蜜來問話，釐清當年那幫人究竟做了什麼。」

阿薩德這時插話，「從她在中央火車站看到我的反應判斷，她什麼也不會說的，卡爾。」

卡爾努起嘴。「好，考慮到琦蜜．拉森很可能精神恍惚，這部分或許可以先等等，話說在歐德魯區擁有豪宅卻自願流落街頭的人，精神又怎會正常呢？她在可疑的情況下受到強大外力攻擊後流產，想必是導致今日下場的重要原因。」卡爾斟酌著是否要點根菸來抽，但是在蘿思如烏鴉般漆黑的睫毛膏底下，有雙眼睛緊緊盯著他的手。「我們知道克利斯汀在琦蜜消失不到幾天後死亡，但不清楚兩起事件彼此是否相關，不過我從克利斯汀的遺孀那兒得知他有虐待傾向，她同時還指出他和琦蜜有過婚外情。」說完卡爾伸手去拿菸盒，目前爲止還算順利。

「除了洛維格謀殺案之外，那幫人還要爲多起暴行負責，這也是本案最重要的線索。琦蜜藏起來的證物中，有三件可以肯定來自攻擊致死的事件，另外三個塑膠套中的物品讓人懷疑還有更多謀殺案。因此我們必須設法找到琦蜜，密切注意那幫人的所作所爲，並且完成其他任務。你們還有要補充的嗎？」說完便點燃香菸。

「我看到你還一直把泰迪熊放在胸前口袋。」蘿思死盯著香菸。

「是的。還有其他的嗎？」

阿薩德和蘿思搖搖頭。

「那好。蘿思，妳那邊有什麼發現？」

她瞪著往她飄去的煙，要不了多久她就會開始搧了。「進展不多，但是有找到一些東西。」

「聽起來很曖昧，說來聽聽。」

「除了克拉艾斯‧湯瑪森之外，我找到了一名當年曾參與調查的警察，名字是漢斯‧博格史騰，當初隸屬機動小組，但如今從事完全不同的行業。還有，要找他聊聊是不可能的。」她終於動手把煙揮走。

「找人來問話沒有什麼不可能。」阿薩德打斷她。「他是因為生妳的氣，誰叫妳罵他白痴屁眼。」她急忙辯解不是如此，讓他笑得合不攏嘴。「才怪，蘿思，我都聽到了。」

「我用手摀住話筒了，對方根本聽不見，如果那個人不想談，不是我的問題。除了查到他後來靠專利權致富，我還發現一些有趣的事情。」她又伸手搧去眼前的煙霧，眉頭逐漸深鎖。

「發現了什麼？」

「他以前也是同一個寄宿學校的學生，從他身上我們什麼話也套不出來。」

卡爾閉上眼，不太滿意的皺起鼻子，如果說同甘共苦是美德佳行，那狼狽為奸就是瘟疫惡疾了。

「那幫人的其他同學也一樣三緘其口，沒人願意和我們談。」

「妳聯絡上多少人了？如今這些人一定分散四處，女學生結婚嫁人後姓氏也會不同。」

蘿思現在揮手的動作更加明顯，阿薩德還把身體往後挪了一些。「除了住在地球另一邊因為時區不同仍在睡夢中的人之外，大部分都被我逮到了，所以我想這項調查算是告一段落。即使少數有些人願意開口，也只是說他們沒什麼好說的，只有一個稍微不那麼神祕的人透漏了訊息。」

這次卡爾不再故意往她那邊噴煙。「喔？他說了什麼？」

「他們那幫人總是捉弄別人，鄙夷一切，跑到學校的林子裡哈草，不過他認為他們沒有那麼壞。聽著，卡爾，我們在這兒開會時，你不能把這包荒謬的尼古丁弄走嗎？」

看來最好不要抽了。

「如果我們能和那幫人中的某個人談就好了。」阿薩德說：「不過那完全不可能。」

「我擔心案件會被抽走。」卡爾在咖啡杯裡將菸捻熄，蘿思依舊用責備的眼神瞪著他。「我們靜觀其變吧。話說回來，阿薩德，你那邊查到了什麼？你不是打算進一步詳細研究約翰·雅各博聖那份名單嗎？」

阿薩德揚起濃黑的眉毛，看樣子他確實查到東西了，不過卻故意賣關子吊人胃口。

「得了，快說吧，你這個小薑餅人。」蘿思眨了下烏黑的睫毛向他示意。

阿薩德微微一笑，看著自己的筆記本。「好吧。我找到一九八七年九月十三日在尼柏格遭人攻擊的女子。她名叫葛蕾特·宋納，五十二歲，目前在維斯特街經營一家服裝店，店名是『大尺碼小姐』，我尚未和她聯絡，因爲我覺得我們最好直接過去。這裡是警方的調查報告，上面所記錄的內容並不比我們已了解得多。」

不過從他的表情判斷那些資料也夠了。

「案發時葛蕾特三十二歲，那天她帶狗沿著海邊漫步，不過半途中狗突然掙脫主人的束縛，跑向爲糖尿病孩童所舉辦的活動，因此葛蕾特連忙追過去——我覺得那隻狗應該會咬人，有點危險。那時旁邊有幾個青少年幫忙，將狗牽回去給她，他們大約有五、六個人。她記得的內容差不多就這些了。」

「討厭，眞噁心。」蘿思啐道：「她想必被虐待得很慘。」

是的，但這女子也可能是因爲其他理由而喪失記憶，卡爾暗自尋思。

「事實的確如此。」阿薩德接下去說：「報告中記載那女人全身被脫光鞭打，多根手指骨折，狗就死在她旁邊。現場有許多腳印，但是找不到主要跡證，據說海邊附近一棟棕色的夏日別墅前停放著一輛紅色中型房車。」阿薩德看著自己的筆記。「車號是五〇，有人看見那台車停在那兒好幾個鐘頭，也有人看見幾個青少年在案發時間走在那條街上。後來警方當然也去確認了渡輪的航班狀況與船票，不過這些調查終究沒有持續下去。」

他遺憾的聳聳肩，彷彿自己是主導當年調查的警探。

「受害女子在歐登瑟大學醫院的精神病房住了四個月，在她出院後便中止了調查，並未破案。這是我所查到的全部內容。」

卡爾雙手撐著頭。「你調查得很詳細。不過話說回來，阿薩德，這案子爲什麼讓你這麼開心啊？」

他又聳了聳肩。「因爲我找到她了，而且二十分鐘後就可以到她那兒，那家店還沒打烊。」

斯楚格大街距離「大尺碼小姐」不過六十公尺，那是家爲服務體型龐大的顧客，以塔夫綢和絲等高級布料量身訂作漂亮禮服的精品店。葛蕾特·宋納是精品店內唯一中等身材的人，她的姿態優雅，頂著一頭紅髮，生氣勃勃的置身在裝飾華麗的環境裡。

當卡爾和阿薩德走進店裡時，她頻頻望向兩人。她時常和許多大尺碼的扮裝皇后和變裝癖打交道，但那個身材標準的男人和另一個較矮小的同伴絕非此道中人。

「你好。」她看錶說：「我們正要打烊，不過如果需要什麼服務，請別客氣。」

卡爾站在兩排掛滿衣服的衣架之間說：「如果你方便，我們很樂意等到打烊，有幾個問題想要請教你。」

她一看到卡爾遞過去的警徽，臉上頓時出現腦海中閃現種種回憶的嚴肅神色，彷彿長久以來一直都在那兒隨時準備湧現。「好的，那麼我現在就打烊。」她指示兩位身材圓滾的店員星期一的工作事項，然後道了聲「周末愉快」。

「星期一我必須到德國弗倫斯堡採買，如果……」她表面上想擠出個微笑，內心則恐懼接下來會發生的事情。

「我們沒有事先聯絡就唐突上門，還請見諒。不過一來事態緊急，二來我們只有幾個問題想請教。」

「若是與這地區的竊賊有關，你應該去找拉思．畢雍街的店家，他們更加了解狀況。」她嘴裡這麼說，其實心裡有數對方上門並非爲了此事。

「我可以理解二十年前攻擊事件的陰影始終糾纏著你，你也一定不希望再節外生枝。因此，你只需要回答是或不是就可以了。這樣可以嗎？」

女人的臉色刷白，但仍然站得筆直。

「你只需點頭或是搖頭。」卡爾見她仍不吭一聲打算繼續往下說，然後看向阿薩德，他早已備妥筆記本與錄音筆了。

「攻擊事件發生之後，你記得的過程並不多，至今依舊如此嗎？」

經過一個短暫卻顯得漫長的停頓後她點了點頭，阿薩德低聲將她的動作記錄在錄音筆內。

「我認為我們知道凶手是誰，是六個來自西蘭島一所寄宿學校的學生。葛蕾特，你能確認對方是否為六個人嗎？」

沒有任何回應。

「五個男生和一個女生，年齡從十八到二十歲不等，我想他們的衣著講究，光鮮亮麗，這邊有張那女生的照片。」他將《八卦緋聞》上面的照片影本遞給她，就是琦蜜．拉森和那幫人一起在咖啡廳前拍的那張。

「照片距離案發已經過了幾年，那些人的穿著打扮多少有些改變，不過……」他邊說邊打量著葛蕾特的反應，但是對方完全沒把他的話聽進去，只是盯著照片，目光在那群哥本哈根的富二代之間不停來回。

「我什麼也記不得，也不願意再去想那件事。」她終於開口，控制自己的語調。「如果你們不要來打擾我，我會非常感激。」

這時阿薩德朝她走近。「我從以前的稅務資料查到你於一九八七年秋季忽然間獲得一大筆錢，而你當時只是個乳品業的員工……」阿薩德低頭看著筆記本。「在黑塞拉格區工作。之後戶頭多出了一筆錢，足足七萬五千克朗，這件事沒錯吧？接著你便開了自己的店，先是在歐登瑟，隨後搬到哥本哈根。」

卡爾驚訝的睜眼挑眉。該死的阿薩德葫蘆裡賣的是什麼藥？今天是星期六，他從哪兒弄來資料的？為什麼來的路上他隻字未提？時間明明綽綽有餘！「宋納女士，你能告訴我們錢是從哪裡來的嗎？」卡爾轉身問道，眉毛挑高的看著她。

「我……」她絞盡腦汁想記起之前說過的理由，但是眼前那張從雜誌影印下來的照片令她思緒中斷，無法思考。

「他媽的，你從哪兒得知錢的事，阿薩德？」當兩人走回警察總局時，卡爾開口問道：「你今天根本沒有時間察看稅務資料。」

「不是的，我只不過是想起一句俗語：『若要知道駱駝昨天偷吃了什麼東西，不需要剖開牠的肚子，只要扒開屁眼就好。』」臉上還露出大大的笑容。

卡爾思索了好一會兒，最後不得不放棄。「那是什麼意思？」

「也就是幹嘛把事情弄得更複雜呢？我只不過是上網查了一下尼柏格是否有姓宋納的人。」

「於是你打了電話過去，要相關單位盡快提供葛蕾特．宋納所有的財務往來資料？」

「不是的，卡爾。你沒搞懂那句話的意思，我們得把事件造成的影響也考慮在內。」

卡爾仍然一頭霧水。

「好吧。首先我一一聯絡那些姓宋納的人的鄰居，你猜有什麼結果？如果不是我們要找的宋納，就是後來才搬來，並不認識什麼叫宋納的新鄰居。」他兩臂往旁一攤。「拜託，卡爾！」

「所以你找到了某個認識我們要找的宋納的老鄰居？」

「是的！沒有你想的那麼容易。不過我最後還是查出宋納當時住在一棟出租公寓裡，那時我還有五個號碼沒打。」

「我聯絡上住在三樓的巴爾德太太，她說她住在那兒已經四十年了，打從葛蕾特還在穿白褶裙時就認識她了。」

「所以？」

「是百褶裙，阿薩德，百褶裙。然後呢？」

「然後巴爾德太太說出自己知道的一切，毫無保留。她說那個女孩運氣眞好，從某個住在菲英島、同情她遭遇的無名氏手中得到了一筆錢，一共是七萬五千克朗。她一直想擁有自己的店，而那筆錢能夠支付她開店所需的開銷。巴爾德太太說自己很替她開心，整棟公寓的人都爲她高興，因爲之前那樁可怕的暴行讓人爲她心疼不捨。」

「很好，阿薩德，做得很好。」

這項發現開啓了一個重要的新切入點。

那群寄宿學生虐待完他們的受害者之後，結果顯然朝兩種截然不同的方向發展：一類是葛蕾特這種聽話的受害者，一輩子噤若寒蟬不敢張揚，便能因爲沉默而獲得一筆補償金。另一類不聽話的受害者則是一無所得。

而且就這麼消失無蹤。

第二十七章

卡爾嘴裡咀嚼著蘿思先前啪一聲放在桌上的千層餅，液晶電視正播放著關於緬甸軍政權的新聞報導，僧侶的紫色僧袍宛如鬥牛士用來逗弄公牛的紅布，吸引了所有的注意力，至於丹麥派駐阿富汗的士兵所遭遇的苦難則滑落到優先名單的最後一位，但國防部長絕對不會因此感到遺憾。

幾個小時後卡爾就要到洛德雷的中學和寄宿學校以前的老師克拉夫斯·耶朋盛碰面，根據曼佛列·史洛特的說法，他就是當年和琦蜜傳出師生戀的老師。

卡爾心生一種荒謬的感覺，在他辦案生涯中經常出現類似的情形。

他從未感覺琦蜜像現在這麼接近，就連之前從她繼母口中了解她小時候的樣貌時也沒那麼親近。

他出神沉思。她如今在哪兒？

電視畫面切換，這是新聞第二十次插播火車站小屋爆炸案，由於一些纜線被扯壞造成火車交通因此中斷，不遠處停著兩輛黃色維修車，因爲部分鐵軌也遭到爆炸波及。

電視畫面切換到警長說話，卡爾把音量調大。

「目前我們只了解到有位女遊民曾住在這棟小屋內，火車站人員最近幾個月曾多次看見她偷偷進出，不過尙未發現此案和她或者是其他人有關的跡象。」

「此次爆炸是犯罪行爲嗎？」女記者故意用特別誇張的聲調發問，顯然是希望藉此替平淡的報導增添驚悚的氛圍。

「我只能說，根據火車站的資料，可以排除小屋裡存放了會導致爆炸物品的可能性，我們所面對的是一起令人費解的爆炸事件。」

女記者接著轉向攝影機說：「軍隊的爆破專家已經在此調查了好幾個鐘頭。」然後又轉向受訪者。「目前爲止有什麼發現嗎？現階段是否掌握了什麼線索？」

「這個嘛……我們目前找到了手榴彈的碎片，而且是我們軍隊配備的手榴彈，但還無法就此針對案情提出解釋。」

「所以是手榴彈造成這起爆炸事件？」

媽的，女記者還眞會拖延時間。

「是的，很有可能。」

「關於那個女人，有掌握到更多訊息嗎？」

「是的，她在此地出沒，上阿迪超市買生活必需品。」受訪者指著英格斯雷街，接著轉過身指向DGI-BY健身房又說：「有時候到那裡洗澡。我們希望呼籲所有觀眾若是有任何關於那名女子的消息，請向警方通報。我們手邊尚無她的確切外貌描述，不過我們相信對方是一名白人女子，年紀介於三十五至四十五歲之間，身高約莫一百七十公分，中等身材，穿著不定，但是因爲她在街上生活，所以大多時候衣衫襤褸。」

卡爾由於太過專注觀看電視新聞，嘴裡的菸早已熄掉而不自知。

「他是我的人。」卡爾穿過封鎖線，和阿薩德從一堆警察和軍方的鑑識人員中開出一條路。

火車站附近有許多人員忙進忙出，爆炸案中還有許多尚待查明的疑點，例如是否有人計畫炸飛一輛火車？若是如此，是否選擇了特定的車站？是因爲有某個知名人士經過此處嗎？此類流言蜚語此起彼落，而記者們則是豎起耳朵四處打探消息。

「你從那邊開始。」卡爾指向屋後吩咐阿薩德。那裡散落著大大小小的磚瓦、門板與屋梁的木材碎片、支離破碎的屋頂油氈與水管、鐵絲網圍籬也有部分毀損，而攝影師與記者正透過鐵絲網上的破洞虎視眈眈，深怕會突然發現屍體殘骸。

「看見女遊民的火車站人員在哪兒？」卡爾詢問警察總局的同事。對方指向一群男人，他們身上穿著反光背心看起來像跟軍方調度來的人手。

他才亮出警徽，其中兩人就爭先恐後的發言。

「停下來！等等！」卡爾指著其中一位，「你先說。請大致描述一下那個女人長相。」

男人似乎很享受眼下的狀況，今天對他來說眞是豐富精采，而且再過一個小時他就下班了。

「我沒有看清楚她的臉。她通常穿件長裙和羽絨外套，但是有時候也會穿別種衣服。」

他的同伴點頭附和。「沒錯。還有，她在街上遊蕩時身後總會拖著一個行李箱。」

「喔？什麼樣的行李箱？黑色？棕色？有輪子的嗎？」

「是的，就是那種箱子，而且容量很大，我想箱子顏色不是每次都一樣。」

「對。」第一個男人呼應：「我就看過黑色和綠色的。她走路的時候一直四下張望，好像有人在跟蹤她。」

卡爾點點頭。「有沒有人知道，在你們發現她之後，她究竟是怎麼拿到許可繼續住在那兒的？」

第一個男人朝腳底的鵝卵石吐了口痰。「見鬼了，根本不需要那東西。國家被治理成這樣，你必須接受有人日子過不下去。」他搖搖頭。「爲什麼應該提醒他們那兒不能住人？能得到什麼好處嗎？」

另外一個猛點頭贊成。「從這兒到羅斯基勒至少有五十間這種房子，你猜有多少人住在裡面？」

卡爾不願去算。只要幾個醉醺醺的鄉巴佬在鐵軌上遊蕩就會造成混亂了。

「她是怎麼進來的？」

那兩個男人哈哈大笑。「哈，開門進來的。」其中一個指著曾是柵門的地方。

「好吧。那麼她如何拿到鑰匙的呢？有人的鑰匙遺失了嗎？」

他們聳聳肩，其他人也被那兩人的笑聲逗笑了。他們怎麼會知道？怎麼會有人認爲這地方受到監管。

「還有其他可疑的事嗎？」卡爾環視眾人問道。

「有的。」有個人說。「我最近曾在迪柏斯橋站看到她，那時天色很晚了，我正搭運輸車回來。」他指向一輛列車。「她站在月台上面對著鐵軌，像是要分開紅海的摩西。我一度以爲她試圖自殺，不過她並沒有那麼做。」

「你看見她的臉了嗎？」

「看見了。我也告訴了警方我估計她的大概歲數。」

「三十五至四十五歲，對吧？」

「是的。不過我現在回想，比較接近三十五歲而不是四十五。她看起來非常悲傷，通常悲傷的人總是顯得比較老，不是嗎？」

卡爾點點頭，從衣服內袋掏出琦蜜的照片影本，如今這張照片已經出現磨損，尤其是在對折的地方。「是她嗎？」他把照片遞到男人面前。

「沒錯，媽的，就是她。」男人萬分震驚。「照片和本人不太一樣，不過我可以拿我的頭保證就是她。你看她的眉毛，很少女人的眉毛像這樣又粗又濃。嘖嘖，照片上的她好看多了。」

那群人全部過來圍觀，紛紛對著照片品頭論足。

卡爾的注意力轉移到被炸壞的房子。這兒究竟發生什麼事了，琦蜜？若他早個二十四小時發現她的蹤跡，事情就會大有進展。

「我知道住在那兒的人是誰了。」過了一陣子後他告訴其他同事，他們穿著黑色皮衣杵著的樣子就像正在等某個人告訴他們這句話。

「打電話到思克貝街告訴偵查小組住在這兒的人叫作琦絲坦—瑪麗．拉森，又叫琦蜜．拉森，他們有她的身分證字號和其他個人資料。如果你們有新的發現，先打電話給我，聽清楚了嗎？」他正要邁開步伐離開，忽然又想起什麼。「還有一件事，一個字也不要告訴那些禿鷹。」他指向那群記者。「看在老天的份上，千萬別讓他們得知那名女子的姓名，聽到了嗎？否則將會嚴重干擾正在進行的調查工作。也請這麼交代其他同事，好嗎？一個字也不可以洩漏。」

卡爾望向蹲在斷垣殘壁之間的阿薩德，那畫面有點突兀，不過鑑識人員並未阻止他進入現場，看來那些人已經懂得評估情勢，並且放棄往恐怖主義的角度思考，現在只剩說服那些唯恐天下不亂的媒體也一同跟進。

卡爾爲那不是他的責任感到慶幸。

他一腳跨過某個又寬又平的墨綠色物體，從上面有一半畫滿了白色塗鴉判斷那曾經是道門，然後穿過柵門上的洞口來到街上，發現那面仍掛在電鍍支架上寫著「固力保、呂基斯托普柵欄與門公司」，底下還有一大串電話號碼的告示牌。

他拿出手機撥了號碼打算碰碰運氣，沒人接。可惡的周末！他從來就不喜歡周末，老是找不到人，要如何進行重大的調查工作？

讓阿薩德星期一打電話過去，他心想。或許有人能告訴他們琦蜜是如何拿到鑰匙。

鑑識人員已經把現場徹底翻遍，應該也不用奢望阿薩德能有所斬獲，卡爾正打算招手要助理過來，突然聽見一陣煞車聲。那輛車才開上人行道還未停妥，凶殺組組長就從裡面跳出來，他和其他人一樣也穿黑色皮衣，只不過他的較長、較亮，應該也比較昂貴。

要命，他到這兒來幹嘛？卡爾看向馬庫斯如此心想。

馬庫斯朝其他站在毀損柵欄後面的同事點頭。卡爾朝他喊道：「沒有人死亡。」

「喂！你能不能馬上和我一起離開？」兩人目光交會時，馬庫斯問道：「我們發現你之前找到的那個女毒蟲了。她死了，死狀悽慘。」

早已司空見慣的狀況。樓梯底下躺著沒有血色、縮成一團的屍體，蒂娜的頭髮糾結油膩，人就攤在錫箔紙和一堆垃圾上，身體被毆打得慘不忍睹，整張臉浮腫變形，一個在世上還存在不到二十五年的生命就此終結，一旁的巧克力牛奶盒翻倒在白色的塑膠袋上。

「注射過量。」法醫說，然後拿出錄音筆記錄現場狀況。屍體當然必須再進一步解剖，不過法醫很了解馬庫斯的個性，因此先說明初步勘驗結果，布滿針孔的踝骨上還插著施打的針頭。

「我看也是，不過……」馬庫斯說。

卡爾向他點頭，馬庫斯心裡想的和他一樣。注射過量，這點毫無疑問，問題是爲什麼？怎麼會發生在像她這麼機伶的老手身上？

「卡爾，你之前去過她家，那是哪一天？」

卡爾轉向臉上帶著一貫沉穩笑容的阿薩德，他竟然完全沒有受到樓梯間裡的沉鬱氣氛影響。

「是星期二，頭兒。」他現在竟然不需要查閱筆記本了，眞是可怕。「九月二十五日的星期二下午。」阿薩德補充道。再過不了多久，他應該就能講出精確的幾分幾秒，這男人是機器人還是諸如此類的東西嗎？不，卡爾看過他的身體會流血。

「已經有段時間，其間可能發生了許多事情。」凶殺組組長說完蹲下來把頭側向一邊，檢查蒂娜．克爾森臉部和脖子上的瘀青。

沒錯，瘀青是在卡爾找上她之後才出現的。

「這些傷痕是在死者死前形成的，對嗎？」

「我判斷應該是死前一天形成的。」法醫回答說。

樓梯上傳來吵鬧聲，巴克以前的手下帶著一個傢伙下來，那個傢伙連鬼見了也想退避三舍。

「這是維果・漢昇。他剛才告訴我一些事情，你們一定也會想聽聽看。」

粗壯如牛的男人看著阿薩德的眼神滿是猜疑，阿薩德不甘示弱的回敬鄙夷的一眼。「這個人一定要在這兒嗎？」維果大膽問道，一邊秀出手臂上的刺青：兩支錨、納粹十字和三K黨的記號。還眞是個和善的證人啊！

他經過阿薩德身邊時故意拿肥肚撞他，卡爾頓時張大眼睛，他的同伴發起飆來可是恐怖得像惡魔一樣。但阿薩德只是點點頭，隱忍不發，那個水手今天走了狗屎運。

「昨天我看見這個賤貨和另一個爛人在一起。」

他描述那個人的樣子，卡爾拿出折壞的照片影本讓他指認。

「是她嗎？」他保持呼吸平淺的問道。那傢伙身上散發的陳年汗味、尿騷味，就和從爛牙間呼出的口臭一樣噁心。

男人揉揉混濁的惺忪睡眼，然後點點頭，雙下巴隨之左右搖晃。「那爛人把這個賤貨痛毆了一頓，後來我冒著被咬的危險出手干涉，把她扔了出去。」他想要挺直身軀，但只是白費力氣。眞是個愚蠢的傢伙！爲什麼要編派這種謊言？

一個同事走過來在凶殺組組長耳邊低語。

「好。」馬庫斯說，雙手插在口袋打量那傢伙，那副模樣只代表一種意思：他隨時可能拿出手銬。

「維果．漢昇，我剛聽說你是個老朋友，因爲嚴重性侵多位女子而服刑十年。你說自己看見那位女子毆打死者，但就你對警察熟悉的程度，難道沒有學聰明點，知道不應該對我們胡說八道嗎？」

維果深吸口氣，想要將對話導回比較有利的起點。

「現在坦白說出事情經過。你只不過看見那兩個人在一起講話，我說得沒錯吧？還有其他要補充的嗎？」

維果望著地板，空氣中瀰漫著一股罪證確鑿的屈辱感，或許阿薩德在場更加深了這樣的氣氛。「沒了。」

「那是幾點的時候？」

他聳聳肩，酒精蒙蔽了他的時間概念，這情形一定持續好幾年了。

「你之後有喝酒嗎？」

「只是消遣罷了。」他想露出微笑，眞不是幅美觀的景象。

「維果．漢昇承認他帶走樓梯底下幾罐啤酒。」把他從家裡帶下來的警員插嘴說道：「幾罐啤酒和一包洋芋片。」

可憐的蒂娜應該不會高興東西被人拿走。

最後警方要求他待在家裡，少喝點酒，之後從其他住客那兒也沒再打聽到其他有用的資訊。

簡言之，蒂娜．克爾森死了，推估是孤伶伶死去的，並且除了那隻名叫拉索，有時候也叫琦蜜的飢餓老鼠，可能也沒有人會想念她。蒂娜只是統計資料上的一個數字，若是警察沒有進一步調查，她明天就會被遺忘。

鑑識人員翻過僵硬的屍體，發現底下有片尿漬。

「眞希望知道她會想告訴我們什麼。」卡爾喃喃自語。

馬庫斯點點頭。「嗯，至少我們要持續尋找琦蜜．拉森的下落。」

但問題在於現在這麼做是否還有幫助。

卡爾將阿薩德留在爆炸現場四下稍微打探，以便得知最新的發現與進展。等這兒結束後卡爾要他回警察總局幫忙蘿思，至於爆裂物專家與警方鑑識人員仍會在現場忙碌。「我先去動物交易所，之後會去洛德雷中學。」卡爾朝阿薩德喊道，一邊快步離開。

鸚鵡螺貿易公司坐落在蜿蜒的巷弄中，此處日後應該會蓋滿豪華建築，但目前動物交易所宛如置身戰後建築群的一塊綠洲，公司規模比卡爾想像得還大，勢必也比當初琦蜜在這兒上班時大得多。

星期六的寧靜籠罩著這裡，百葉窗的窗葉全拉了下來。

卡爾在建築物四周繞了一圈後發現一處入口，門並未鎖住，上面寫著「供貨區」。他打開門走進屋內，才走了大約十公尺，便感覺自己置身在濕氣重重的熱帶地獄，身上飆出斗大的汗珠。

「有人在嗎？」他沿著一排排水族箱和保育箱前進，二十秒就喊一次，最後來到約莫中型超市大小的大廳，幾百個籠子堆疊排列，四處傳來啁啾鳥鳴。

他在第四個擺滿大大小小哺乳動物籠子的房間裡終於發現人類的蹤跡，那個人正奮力清洗獸籠，籠子大得可以關一到兩隻獅子。卡爾朝他走近，察覺到有猛獸正在啃嚙東西的動靜，也許某處眞的有獅子也說不定。

「很抱歉。」卡爾客氣的說，但顯然還是把男人嚇得水桶和刷子掉落在地。

男人穿著及膝的橡膠靴站在一攤肥皀水中，看著卡爾的樣子彷彿他是來敲竹槓的。

「很抱歉。」卡爾又重複了一次，同時向男人遞出警徽。「我是卡爾．莫爾克，警察總局特殊懸案組組長。我知道自己未事先通知便前來拜訪，實在很唐突，不過我人剛好在附近，於是想過來碰碰運氣。」

男人約莫六十至六十五歲，白髮蒼蒼，眼睛四周布滿明顯的魚尾紋，大概是多年來看著可愛的毛茸茸小動物，流露出喜悅之情時所鑄刻下的，現在他似乎沒那麼驚嚇了。

「這麼大的柵籠清洗起來想必很費力。」卡爾撫摸光滑的柵籠鋼條，故意先開口聊天，讓對方有時間鎭定一下心神。

「是的。不過非清洗乾淨不行，明天得送到老闆家。」

卡爾被請到另一個房間，這兒的動物感覺沒那麼多，然後他說明了來意。

「嗯，我確實還記得琦蜜，可以說是印象深刻。這間公司在她來上班時已經建置完成，我想她大概工作了三年左右，那段時期我們也擴大成爲進口商與仲介中心。」

「仲介中心？」

「是的。若是哈墨有個農場主人想要脫手四十頭美洲駱駝和十隻鴕鳥，或者有人本來養貂，但後來想改繁殖栗鼠，我們就會出面處理。除了和一些小型的動物園有往來，公司本身也僱用了獸醫和動物學家。」他一邊說，笑得魚尾紋都出現了。「此外，我們是北歐最大的批發商，經手各式各樣附帶保證書的動物，並且採購各種動物，從駱駝到水獺都有，從琦蜜在這裡工作時就開始了。當年她是唯一爲所有動物製作鑑定書的人。」

「她念過獸醫，沒錯吧？」

「唉，她沒有完成學業，不過對於商業交易很有概念，不僅能夠評斷動物的產地，還會經營通路，甚至一手解決了所有的文書工作。」

「她爲什麼離開？」

男人搖頭晃腦思索了一下。「時間有點久遠了。不過那時候發生一些事，加上托斯騰．弗洛林買下這裡。他們兩個顯然很久以前就認識，她透過托斯騰的關係又遇見了另一個男人。」

卡爾看著動物交易商好一會兒，對方刻意表現得值得信賴、記憶力佳，並且擁有優秀的組織能力。「托斯騰．弗洛林？你說的是那個時尚圈的人嗎？」

「是的，就是他。他對動物有著令人難以想像的興趣，事實上，當初他是我們最好的客戶。」他的頭又從一邊歪向另一邊。「嗯，這些年來他逐漸握有鸚鵡螺的多數股票，不過當年只是個客戶，一位魅力十足的成功年輕人。」

「啊哈！這個人的確很喜愛動物。」卡爾的目光穿梭在成排的籠子上。「你說那兩個人以前就認識，爲何會這麼認爲呢？」

雉雞殺手
Fasandraberne

「托斯騰第一次來時我正好不在，他可能想要結清帳款，而當時那屬於琦蜜負責的工作範圍。琦蜜對於兩人再次相遇似乎不是特別興奮，後來發生什麼事我就不清楚了。」

「你還記得托斯騰認識的那個男人是誰嗎？名字是不是畢納．托格森？」

他聳了聳肩，看樣子是不記得了。

「據我所知，她那時候其實已經和畢納．托格森同居一年，而那段時間她就在這兒工作。」

「嗯，也許吧。她這個人絕口不談自己的私生活。」

「從來沒講過？」

「沒講過。我不知道她住在哪兒，她的個人資料也都由她自己處理，所以我恐怕無法提供你更多訊息。」

男人站在一個籠子前，一雙骨溜溜的黑色小眼睛信賴的看著他。「這是我的心肝寶貝。」他拿出一隻只有拇指大小的袖珍猴。「我的手就是牠的樹幹。」他把手豎直，小猴子就在他兩隻手指間爬來爬去。

「她是否提過離開鸚鵡螺的理由？」

「我想沒有什麼特別的理由，純粹只是想去做點別的事情。」

卡爾重重呼了口氣，把袖珍猴嚇得躲到主人的手指後頭，心裡暗咒自己提出的問題眞蠢，一點審問技巧也沒有，隨即臉色一沉正色問道：「我相信你絕對非常清楚她爲何離職，麻煩請你告訴我。」

男人把手伸進籠子裡，袖珍猴頓時不見蹤影，然後轉過身看著卡爾。男人雖然一頭白髮，滿臉白鬍鬚，但是親切和善的感覺已經不再，白色的毛髮在他周圍築起一道引人反感的光暈，或許面容依舊溫柔敏感，但是眼神卻透出精光。「我想你現在最好離開。我盡其所能提供協助，你不應該反而誣賴我在說謊。」

果然如他所料，卡爾心想，臉上故意換上一個施人恩惠的笑容。

「我忽然想起一些事情。」他說：「這家公司最近一次接受檢查是什麼時候呢？籠子會不會排得過於緊密？通風設備有沒有問題？在運送過程多少動物因此死亡？在這兒又死了多少？」他逐一看著籠子，膽怯的小動物躲在角落裡急促的呼吸。

交易商咧嘴一笑，露出整齊潔白的假牙。卡爾看得出來他想說什麼，鸚鵡螺貿易公司顯然資金雄厚且利益得到保障。

「你想了解她離開的原因？那麼我建議你去問托斯騰，畢竟他是這兒的老闆。」

第二十八章

這是個黯淡無光的周末夜，車上的收音機裡先是傳來于特蘭的蘭德斯動物園誕生了一隻小貘，接著是關於地區改革的新聞，極右派主席希望撤銷他之前要求進行的變革。

卡爾凝望著水面上的光影心想，謝天謝地，世上仍有些東西是他們無法干涉的。然後拿出手機輸入號碼。

阿薩德接起電話。「你人在哪兒，卡爾？」

「我剛駛過西蘭橋，正要前往洛德雷中學。關於克拉夫斯·耶朋盛這個人有我應該了解的事情嗎？」

聽得出來阿薩德正在思考。「我只能說他很悶，卡爾。」

「悶？」

「是的。他講話吞吞吐吐，好像有話說不出口。」

有話說不出口？阿薩德接下來八成會胡扯什麼無法暢所欲言的句子。

「他知道我要去拜訪的原因嗎？」

「嗯，大致上知道了。蘿思和我花了一個下午研究名單，她現在想和你談談。」

卡爾才要阻止，但阿薩德已經把話筒轉給蘿思然後閃人了。

當蘿思那耗人心神的嗓音響起時，卡爾也很想閃人，至少思緒上迴避一下。

「喂，我們還在辦公室。」她的聲音把卡爾拉回現實。「我們整天都在這兒研究名單，我想我們整理出一些有用的資訊。你想聽嗎？」

他媽的，否則她以爲呢？

「是的，請說。」他差點錯過了往伏立黑分方向的左轉車道。

「你還記得約翰·雅各博聖那份名單上有對在朗格蘭失蹤的夫妻嗎？」

她以爲他老年癡呆嗎？

「記得。」他回答。

「很好。那對夫妻來自基爾，有一天就這麼不見了。後來有人在林德塞諾爾發現應該是屬於他們的物品，不過並未經過證實，於是我稍微深入挖掘後，結果有所發現喲。」

「發現什麼？」

「我找到他們的女兒了，她就住在她父母位於基爾的房子。」

「然後呢？」

「別心急，卡爾。有人漂亮完成工作時，總要給他時間好好說明，不是嗎？」

他希望蘿思沒聽見自己沉重的嘆氣聲。

「那位女兒名叫吉賽拉·尼穆勒。她對丹麥警方處理此案的態度非常震驚。」

「這是什麼意思？」

「那只耳環，你還記得嗎？」

「拜託，蘿思！我們早上才討論過這件事。」

「十一或十二年前她曾經與丹麥警方聯絡，告訴他們她確定當初在林德塞諾爾找到的耳環是她母親的。」

「什麼？」他緊急踩下煞車大吼說。這句話讓卡爾差點撞毀一輛標誌一〇六，上面載著四個大聲喧譁的年輕人。

「等等。」然後他把車開上人行道上後停下。「她當年無法確認那是她母親的耳環，爲什麼後來又可以了？」

「因爲她到施勒維西－赫斯坦邦的亞伯村參加家庭聚會時，看見父母在另一次家庭聚會中拍下的照片。你猜她母親耳朵上戴著什麼？要不要來個小小的有獎徵答啊？」聽筒那端傳來開心的嗡嗡笑聲。「沒錯，正是那耳環！」

卡爾閉起眼睛，緊緊握住拳頭。太棒了！他心裡如此吶喊著。那種感覺就和試飛員查克．耶格第一次突破音障時一樣。

「眞是太瘋狂了！」他不禁搖搖頭，這是很大的突破。「太棒了，蘿思，簡直令人難以置信，妳有那張母親戴著耳環的照片嗎？」

「沒有。不過尼穆勒說她大概在一九九五年就把照片寄給魯克賓鎭警方，我向那兒的人詢問過，以前的資料現在全部存放在史芬博格的檔案室。」

「她該不會把正本寄過去了吧？」

「沒錯。」

哎呀，眞要命。「她還有照片嗎？或者底片？還是其他人會有？」

「沒有。這就是她爲什麼火冒三丈的原因，她後來沒有收到任何消息。」

「妳馬上打電話到史芬博格去！」

她說話的語氣忽然變得尖酸嘲諷。「你還眞不了解我，副警官大人。」接著電話就掛了。

十秒後卡爾又撥了電話過去。

「喂，卡爾。」阿薩德的聲音響起。「你剛才對她說了什麼啊？她的表情好奇怪。」

「算了，阿薩德，你只要告訴她我以她爲榮就好。」

「現在嗎？」

「就是現在。」他把話筒放在一旁。

如果能在史芬博格的檔案室找到那張失蹤婦女戴著耳環的照片，如果專家能夠證實在林德塞諾爾發現的耳環和琦蜜金屬盒裡的耳環屬於同一副，而且又與照片上一致的話，他們在法庭上就有足夠的證據。現在他們處於優勢，實在他媽的棒透了！儘管托斯騰、鄔利克和狄雷夫等幾位尊貴的先生拖了一段漫長又骯髒的時間，但現在終於有機會將他們送去受審。當務之急是先找到琦蜜，畢竟他們是在她那兒找到了金屬盒，只是說的比做的容易，女毒蟲之死讓事態變得更加複雜。不過，他們一定會找到她的。

「喂。」電話那端傳來阿薩德的聲音。「她很高興，還稱呼我是她的小沙蠶。」他爽朗的笑聲在話筒裡擦擦作響。

除了阿薩德還有誰會如此樂意接受這類公然的侮辱？

「卡爾，我這邊的消息就沒有蘿思的那麼樂觀。」他止住笑聲後說：「你無法期望畢納．托格森再和我們談話了。現在怎麼辦？」

「他拒絕和我們會面嗎？」

「是的，而且意思表達得非常明確。」

「無所謂，阿薩德。告訴蘿思去弄到那張耳環照片，明天我們休息一天，就先這樣。」

卡爾轉進亨利克弘大道時看了一眼手錶。時間還早，不過耶朋盛這個人應該比較介意遲到而非早到，現在過去找他並不失禮。

洛德雷中學就像一堆從柏油路面冒出來的平坦箱子，從亂無章法的建築形式可以看出學校經過多次改建，大概是那幾年畢業校友與工人階級的交情不錯吧。這兒一處通道，那兒一棟體育館，新舊磚造建築雜陳並列，企圖證明來自哥本哈根西郊的青少年也應享有北區小孩早已擁有的特權。

卡爾跟著指標來到「九後六」的會場，在禮堂前找到耶朋盛，他正拖著餐巾紙和幾位有點年紀的甜美女校友聊天，看樣子是個親切和氣的傢伙，不過他穿著絲絨外套加上滿臉落腮鬍，從專業角度來看有點無趣。

耶朋盛向那些女校友道別的聲調，儼然在暗示自己是個「無拘無束」的單身漢，之後他將卡爾帶到教師休息室，休息室前也聚了幾位校友，正沉浸在往日的回憶中。

「你知道我來訪的目的嗎？」卡爾問道。耶朋盛回答說那位講話帶有口音的同事已經事先告知了。

「你想要知道什麼呢？」耶朋盛請卡爾坐在教師休息室裡一張老舊的設計師椅子上。

「我想了解與琦蜜有關的所有事情，以及她那些同伴的狀況。」

「據你同事說，洛維格案又重啓調查了，是否掌握了什麼關鍵訊息？」

「是的，而且我們有充分理由假設琦蜜那幫人中，至少有一個甚至更多人要爲其他暴力事件負責。」

耶朋盛撐大了鼻翼，好像因吸不到空氣而爲缺氧所苦。

「暴力事件？」他顯然因爲這句話恍然出神，連同事進來也沒察覺。

「音樂交給你負責好嗎，耶朋盛？」

他看著同事一會兒後終於點點頭，彷彿這時才回過神來。

「我那時瘋狂愛上琦蜜。」兩人再度獨處時耶朋盛開口說：「我從未如此渴望一個女人，以前沒有，後來也沒遇過。她完美融合了天使與魔鬼的特質。年輕稚嫩卻又盛氣凌人、掌控欲強。」

「你和她交往時，她大概才十七、八歲，和自己的學生談戀愛，你不覺得很不恰當嗎？」

耶朋盛沒有抬頭，只是注視著卡爾說：「我一點也不覺得驕傲，但我無能爲力啊，到現在我還能想起她肌膚的觸感，你可以理解嗎？而那已經是二十年前的事了。」

「沒錯。她和那幫朋友涉嫌謀殺也有二十年了。你認爲他們會動手殺人嗎？」

耶朋盛把臉歪向一邊。「每個人都有可能殺人，難道你不會嗎？或許你已經這麼做過了？」

他移開目光壓低聲音，「但有幾樁事故的確讓我百思不解，我和琦蜜交往之前和之後都發生過。我記得有一位男學生，那是個傲慢自大的小白痴，或許正因爲如此才會挨揍。他有天突然申請退學，說自己在林子跌倒了，不過我很清楚被人毆打的傷痕是什麼模樣。整件事情疑點重重。」

「和那幫人有關嗎？」

「我不確定是否和他們有關，只知道男學生離校後，克利斯汀．吳爾夫每天都來打探他的狀況，問他人在哪裡、學校有沒有他的消息、會不會再回來。」

「不是出於眞正的關心嗎？」

「克利斯汀眼中只有自己，根本不懂得關心別人。」耶朋盛字字句句透露出鄙夷。「那個人什麼事都幹得出來。我想他是因爲害怕男學生和他對質，才會一再確認。」

「你說他什麼事情都幹得出來，可以舉例嗎？」

「請相信我，他可是把那幫學生組織起來的人，是個一旦被邪惡點燃怒火就會迅速燃燒的火爆浪子，告發我和琦蜜的人就是他，不論是我離開學校、琦蜜被退學都是他的錯。他甚至慫恿琦蜜去接近那些他想教訓的男生，等他們落入她的情網，他再出面把她帶走。如果琦蜜是蜘蛛精，克利斯汀就是布下天羅地網的始作俑者。」

「他已經死了，相信你一定知道吧？出自一場狩獵意外，他被自己的槍射傷了大腿。」

他點點頭。「你認爲我會因此感到高興，其實差遠了，那種死法完全便宜他。」

走廊傳來的笑聲將耶朋盛拉回現實，他忽然臉色一變，讓那張和善的臉孔頓時變得陌生。

「他們在林子裡襲擊了那個男學生，所以不論用盡各種手段，都不能讓他留下來。你可以親自去問他，或許這個人你也認識？他叫作奇勒．巴塞特，目前住在西班牙，不過要找到他輕而易舉，因爲他是西班牙最大建築公司ＫＢ建設的老闆。」卡爾把名字記下，耶朋盛點了點頭。「此外，他們還殺害了凱爾．布魯諾，請相信我。」

「我們早就相信是他們幹的。不過，你爲什麼如此確定呢？」

「學校把我解僱後，凱爾來拜訪過我。我們一開始是情敵，但後來成了同志，一同對抗克利斯汀和他的同黨。他向我吐露過自己畏懼克利斯汀這個人，他們很久以前便認識了，克利斯汀住在他祖父母家附近，一逮到機會就恐嚇凱爾。」耶朋盛點點頭，臉上又現出恍惚的神情。「我知道沒有足夠的證據，但其實也夠了，克利斯汀威脅凱爾，就是這麼回事，然後有一天凱爾就莫名其妙死了。」

「從你的語氣聽起來似乎非常有把握，不過凱爾與洛維格兄妹死亡時，你不是已經與琦蜜分手了嗎？」

「是的。不過在那之前，我曾親身經歷過那幫學生迎面走來時，其他學生是如何紛紛避開，也見過他們是如何惡整同學。但他們絕對不會對付自己的同班同學，因爲在他們在學校學到的第一件事就是團結一致，所以別班同學就成爲了霸凌的對象，而且我就是知道他們毆打了那個男孩。」

「從何得知？」

「周末時，琦蜜曾幾次在我那邊過夜，她睡得很不安穩，好似體內有東西讓她不得安寧，她在說夢話的時候提到了他的名字。」

「誰的名字？」

「那個叫奇勒的被毆男學生。」

「她受到驚嚇了嗎？還是飽受痛苦？」

他放聲大笑，那笑聲發自肺腑，卻傳遞出防備的意味而非眞心想幫忙。「不是，她不是因爲痛苦。琦蜜壓根兒不是那種人。」

卡爾考慮是否要拿出小泰迪熊，注意力卻被桌上一排咕嚕作響的咖啡機吸引過去，如果他們打算將咖啡保溫到用完餐，到時候肯定會燒焦。

「可以喝杯咖啡嗎？」他完全不打算等待耶朋盛回應，希望一杯摩卡咖啡可以彌補幾百個小時以來沒有好好進食的飢餓。

「我不需要。」耶朋盛的手比了個拒絕的手勢。

「琦蜜是個……惡毒的人嗎？」卡爾倒了杯咖啡，喝了一口。

沒有回答。

他把咖啡杯舉到嘴邊轉過身，看見耶朋盛的椅子已經空了。

接見結束。

第二十九章

琦蜜在湖邊繞著不同的路走，先從天文館走到佛德洛夫路，然後又折回來，在銜接湖與老國王路和佛德洛夫路的階梯和小路上上下下。她不斷來回，但從不接近戲劇院對面的公車站牌，她推測那邊應該有人監視。

中間她有一度在天文館的樓梯上坐了一會兒，背靠著玻璃注視著陽光在湖面噴泉嬉戲閃耀，站在她身後的人對眼前美景發出讚嘆，然而琦蜜已經沒什麼感覺了，多年來她早已習慣這幅景色，現在她唯一在乎的是找出害死蒂娜的人，然後跟蹤他們，揪出究竟誰是該死的幕後豬玀。

她相信那些人會再回來，並且對此深信不疑。蒂娜之所以嚇得魂飛魄散，自有她的道理，如果他們想要逮到她，一定不會這麼輕易放棄。

蒂娜是連接琦蜜和那群人之間的環節，可是，如今蒂娜已經不在世上了。

當鐵道旁的小屋發出巨大的爆炸聲響，屋內所有的東西灰飛煙滅之際，琦蜜迅速離開了現場。在她從室內游泳池那棟建築旁邊急忙跑過時，只有幾個孩子看見了她，行蹤應該沒有曝光。在建築物對面、魏托斯街另一邊，她脫下大衣塞進行李箱，並且換上麂皮外套，披上黑色頭巾。

十分鐘後，她站在寇畢安森街上的安斯佳旅館的櫃台前，拿出幾年前從偷來的行李箱裡找到的葡萄牙護照，上面的照片和她本人不太像，不過那已是六年前的事，而誰能保證在這段時間內容貌不會產生變化呢？

「你講英語嗎，泰西拉女士？」櫃台人員親切問道，接下來又講了一堆形式上的客套話。她在旅館中庭的瓦斯暖爐旁坐了一個小時，小酌一、兩杯，製造人在此處的印象，然後琦蜜回到房間睡了將近二十個小時，手槍就放在枕頭下，而蒂娜全身哆嗦的影像一直在她睡夢中出現，久久不去。

睡醒後，她感覺自己蓄勢待發，於是從旅館走到天文館，並且在經過八小時的等待後終於發現目標。

那個男人身材瘦削，甚至可說是瘦骨嶙峋，他的目光在蒂娜房間窗戶和面對劇院通道的大門入口往來掃視。

「你慢慢等吧，沒用的蠢蛋。」琦蜜坐在天文館前的長椅上喃喃自語。

深夜十一點左右，那男人和另一個人換班，來接班的人毫無疑問地位比離開的那個要低，從走路的方式就可以看得出來，他就像隻想衝向食盆卻又必須先注意自己也被監控著的狗，所以周末夜晚必須來守無聊夜班的人不是先前那個而是他。琦蜜因此決定緊盯著第一個瘦子。

她保持適當的距離尾隨那個男人，在公車車門關上前的最後一秒閃進車內。

這時她才發現他臉上的傷疤。男子的下唇裂開，眉毛上方也縫了一道，耳邊髮際有一大片延伸到脖子的瘀腫，彷彿在頭髮染成棕紅色後，多餘的染髮劑沒有沖乾淨而殘留不去。

她跳進公車時，男子正好望向車窗外的人行道，看能否在最後一刻發現獵物，直到公車開到彼得·旁斯路後才稍微放鬆。

他現在下班了，不需要趕著去別的地方，她心想。從無關緊要的態度看得出來男子的家裡沒人等著他回去，若是有個女孩或可愛的小狗，或者有個能和家人握著雙手、開懷暢笑的舒適客廳，他的呼吸會更深、更自在。但是沒有，沒有他可以去的地方，沒有事情需要趕時間。

這種感覺琦蜜非常熟悉。

男子在丹胡斯舞廳下車。進入舞廳後，他並未詢問今晚表演節目的內容，顯然知道自己來的時間相當晚了，許多人早已找到另一半，至少是能發生一夜情的另一半，準備一起離開這裡。瘦子將大衣寄放在衣帽間，似乎不抱什麼期待，長那副德性又怎麼敢奢望？然後坐在吧台點了瓶啤酒，眼光注視著一大群客人，或許裡頭有個女子最後會願意和他一起離開？

琦蜜解開頭巾，脫下麂皮外套，要求衣帽間的女服務生好好保管她的袋子，然後胸部一挺，自信滿滿的步入舞池，向那些尚未找到獵豔目標的人發射訊號。一對對男女在樂隊輕揚的樂聲中搖擺愛撫，音樂不怎麼樣美妙，但是聲音很大，在玻璃燈管交織錯落的水晶天頂下，那些在舞池裡擺動的人沒有一個像是找到了生命中真正的另一半，只是彼此共度一夜的對象。

她感覺到聚集在身上的目光，以及從吧台高腳椅和其他桌子傳來的騷動。

她飛快掃視了一圈，馬上察覺到自己臉上的妝比其他女人要淡得多，肋骨上的肉也比較少。他會認出我來嗎？她在心裡自問，目光緩緩掃過一雙雙懇切的眼睛，最後落在這個骨瘦如柴的傢伙身上，只要一點微弱的暗示，他馬上就會和其他男人一樣一躍而起。他微微抬起頭，一副滿不在乎的模樣，手肘靠在吧台上，用專業的眼神探測著她是隻身前來，抑或有人正在等她。

她隔著桌子對他綻放笑容，令他不禁倒抽口氣。男子難以置信，但是又如此渴望。

不到兩分鐘，琦蜜已經和第一個男子在舞池裡一起隨著悠緩的節奏輕擺搖動，不過她始終讓那個瘦子感受到她的目光，最後他終於起身將領帶扶正，盡量讓自己那張傷痕累累的瘦臉在朦朧燈光下顯得迷人有魅力。

一曲尚未結束，他便走進舞池接過她的手，笨拙的扶住她的背拉近自己。她發現他的手指不太熟練，也感覺到從肩膀傳來的劇烈心跳。

眞是容易到手的獵物。

「嗯，這就是我的住處。」他不好意思的點頭說。從六樓的客廳望出去，洛德雷電車站、幾條街道和幾處停車場盡收眼底。

樓下大門進來後有扇淡紫色電梯門，他指著「芬·阿貝克」的名牌，然後向她解釋這棟大樓不久後會拆除，但是依舊穩固安全。他牽著她來到六樓陽台，彷彿自己是一名騎士，領著她安全走過河流湍急的吊橋。他緊緊貼著獵物，不讓她有機會後悔轉頭走人，他的想像力早已伴隨著新升起的愉悅自信馳騁在毯子底下的風光。

他建議她稍微在陽台停留一會兒，欣賞美麗的夜景，他則抓緊時間整理沙發，點亮熔岩燈，播放音樂，快速打開一瓶琴酒。

琦蜜想起自己上次和男人在鎖上門的房間裡獨處已經是十多年前的事了。

「你發生了什麼事嗎？」琦蜜將手伸向他的臉問道。

他腫脹的雙眉高高挑起，這表情應該在鏡子前面練習很多次了，是他對異性釋放魅力攻勢的一部分。

「唉……我值勤時遇到幾個挑釁的傢伙，不過他們並未如願。」他微笑時故意將嘴巴往旁一歪。老套的表情證明這個人在說謊，就是這麼簡單。

「你究竟在做什麼工作啊，阿貝克？」頓了一會兒後，她又開口問。

「我？我是私家偵探。」他說話的語氣令人厭煩，反而不具他試圖傳達的神祕感與危險性。

她看著他拿在手上的酒瓶，可以感覺到酒滑過喉嚨的滋味。冷靜點，琦蜜。體內的聲音說。保持自制力。

「琴湯尼？」他問。

她搖搖頭。「你有沒有威士忌？」

他似乎愣了一下，但並非不開心。喝威士忌的女人經得起重擊，絕非敏感的含羞草。

他看她一口氣乾掉手上的酒笑道：「喂，妳還眞渴啊。」然後又幫她斟了一杯，也替自己倒了一杯，以免讓她覺得不上道，失了興趣。

三杯下肚後，阿貝克已經醉了。

但琦蜜卻一點事兒也沒有。她一邊詢問他目前的委託任務，一邊觀察他，酒精顯然讓男子毫無顧慮的卸下了心房，他在沙發上緩緩移動，手指最終爬上了她的大腿，然後朝她露出一個僵硬的笑容。

「我在找一個會傷害很多人的女人。」他回答。

「哇，聽起來真刺激。她是商業間諜還是應召女郎，或者什麼人物？」她裝出興奮的表情，還故意拉起他的手往大腿內側撫摸。她望著他的嘴心想，若他要親她的話，她應該會嘔吐。

「那女人是誰啊？」她又問。

「那是業務機密，親愛的，我不能透露。」

親愛的！她希望自己不會更早吐出來。

「可是誰會委託你做這種工作呢？」她讓他的手再往內移一點，呼在她脖子上的氣息不只有酒味，這男子早已慾火焚身、蠢蠢欲動。

「那些人可都是上流社會的人。」他低聲呢喃，彷彿這項任務能讓他在性交階級中也位居上層。

「要不要再來一杯？」她問。他的手指撫摸著她的恥骨。

他稍微停了一下，滿臉賊笑注視著她，連帶讓腫脹的半邊臉更加扭曲。他顯然打算讓她喝到掛，才能攤在那兒準備好與他做愛。至於她有沒有意識，是否從中得到滿足都不干他的事，這點琦蜜心知肚明。

「我今天沒辦法做。」她說。這句話令男子的眉毛倏忽挑起，嘴角往下垂。「我的月經來了，不過，我們還是有其他彌補的方法，對吧？」

謊言毫無阻礙從雙唇溜出，雖然琦蜜衷心期望自己說的話是真的，但她最後一次月事是在十一年前，如今只剩腹部偶爾發作的痙攣抽痛。那不僅是肉體上的痛楚，也是對於夢想被粉碎的憤怒，曾經渴望孕育一個完整生命的夢想。

那次墮胎差點讓她失去生命，也導致了不孕。

否則事情的發展會截然不同。

她小心翼翼拿食指觸摸他斷裂的眉毛，但是無法安撫他逐漸高漲的憤怒與挫折，男子的心思全被她看在眼裡。他把這個反常的賤女人拖回家，又得勉強自己接受對方無法做愛這件事。他媽的，月經來的女人幹嘛去芳心寂寞者的舞廳呢？

琦蜜審視著他陰晴變化的表情，然後拿起袋子起身走到通往陽台的落地窗前，目光眺望著遠方成排房舍與大樓，四下一片漆黑，只有不遠處的街燈撒下冷冽的燈光。

「你殺死了蒂娜。」她用冷靜的語氣說出這句話，手伸進袋子裡。

她聽見男子從沙發上站起來的聲音，下一秒他就會撲過來了，雖然他的腦袋混濁不清，但是體內深處的狩獵本能已經被喚醒。

她緩緩轉過身，同時抽出裝上消音器的槍。

他站在茶几後面一語不發的瞪著武器，阿貝克實在不敢相信身為專業人士竟然被擺了這一道，臉上顯露出怪異的表情，而她正好喜歡這種混合著說不出話來的震驚與恐懼。

「是啊，事情眞是進行得很不順利。你竟然把任務目標帶回家，卻一點也沒察覺有異。」

他頭側向一旁，仔細打量著她的臉，比照腦中那個無家可歸、憔悴不堪的遊民形象，並對自己的記憶力感到困惑。他怎會錯得這麼離譜？爲何會被耍得團團轉，沒看破這種僞裝？他怎麼會覺得這種在街上生活的人魅力十足?

上吧,琦蜜體內的聲音再度響起,上去逮他,他不過是個走狗罷了。快動手吧!

「若不是你,我的朋友不會死。」琦蜜說,感覺到體內的酒精燒灼著橫膈膜,忍不住望向那瓶酒和裡面的金黃色液體。還有半瓶,只要喝一口,那些聲音和燒灼感就會消失了。

「我沒有殺死任何人。」他的眼光緊盯著她放在扳機與保險栓上的手指,想要說服她搞錯了。

「喔?你現在感覺像隻籠中老鼠了嗎?」這個問題是多餘的,他也無意回答,可以想見身為男人的自尊絕對痛恨爲這種問題背書。

阿貝克痛毆了蒂娜一頓,在她身上留下創傷與傷害,也讓她變成了琦蜜的威脅。沒錯,或許琦蜜是那把武器,但阿貝克卻是導致她出手的幕後黑手,他必須爲此付出代價。

他,還有在他背後下達命令的人。

「我知道狄雷夫、鄔利克和托斯騰就是始作俑者。」她說,逐漸被酒瓶和裡面可以療癒人心的液體吸引。

不可以,體內一道聲音說,但是她仍然朝酒瓶伸出手,而這動作讓阿貝克有機可乘。她才感覺到他的身體在空氣中引起一陣震盪,手和衣服便隨即撲了上來。

他勃然大怒迅速將她撲倒在地。琦蜜曾經學過一個教訓:踐踏男人的性欲,便等於替自己樹立了終生宿敵。果不其然!現在她就必須爲他的飢渴目光與卑躬屈膝的糾纏付出代價,也要因爲讓他攤開脆弱的自我而受罰。

他把她抓去撞暖氣爐，使她的頭發出匡啷一聲，然後一把攫過地板上的木雕狂毆她的臀部，又抓住她的肩膀將她的上半身壓倒在地，一邊制伏那隻拿著手槍的手反壓在身後，不過琦蜜始終死抓著槍不放。

他一直順著她的上臂往下挖，但她的生命中遭受過許多痛楚，要讓她痛得大叫還差得遠。

「妳以爲能大剌剌上門來挑逗我？把我騙得團團轉嗎？」他重重擊打她的骶骨，將終於到手的手槍猛然扔到角落，然後手伸到洋裝底下粗暴拉下她的褲襪和內褲，衣物瞬間被強大的力道撕破。「妳他媽的賤人，我絕不會讓妳得逞！」他咆哮道，用力把她翻過來，朝著她的臉又是一陣痛毆。

他用雙膝緊緊把她夾住，不停打她，兩人雙眼狠狠對視著，壓在琦蜜身上那兩隻穿在磨損褲子裡的大腿結實有力，不斷揮動的手腕上青筋暴露，血脈賁張。

直到她不再反抗後男子才住手，多餘的抵抗也只是枉然。

「妳夠了嗎？」他大吼，舉起拳頭作勢再打下去。「妳結束了沒？還是妳想變成妳好友那副模樣？」

結束了沒？他這樣問？

只有停止呼吸才是結束了。

這點沒人比她了解得更深刻。

克利斯汀是最了解她的人，知曉她何時感受到亢奮的漩渦，從下腹擴散到全身細胞的性快感何時讓她想要弓起身子。

在他們坐在黑暗中一起觀看《遊戲橘子》時，他帶領她探索情欲的世界。克利斯汀經驗豐富，和好幾個女孩上過床，深知進入她們內在想法的通關密語，了解解開貞操帶的鑰匙置於何處。在電視螢幕恐怖畫面的跳動光線下，那幫人貪婪的盯著她的裸體，克利斯汀就在大家面前讓她和其他人了解，如何從不同的體位中得到快感，以及暴力與性欲有多密不可分。

若不是克利斯汀，她不會懂得如何用自己的身體去引誘男人，然而他沒有料到的是，琦蜜也透過這種方式，學會掌握生命中發生的事情，或許不是一開始便如此，但後來卻成了不爭的事實。

她從瑞士回國後，這方面的技術更臻完美。

她與誰都能發生一夜情，想做就做，想結束就結束，過著荒唐的夜生活。白天的生活就比較制式了，面對冷冰冰的繼母、到鸚鵡螺貿易公司上班，平日和顧客接洽，周末和那幫人廝混，偶爾搶劫襲人。

直到後來畢納和她走得比較親近，喚起了她心中全新的感受。畢納說她具備深度內涵，是懂得爲他和其他人付出的人，不僅強調她的所作所爲都是無辜的，還說她父親是個豬玀，並要她提防克利斯汀。最重要的是，他令琦蜜感覺過去種種譬如昨日死。

阿貝克確認她屈服不再反抗後，隨即開始磨蹭自己的褲頭。她短促的對他一笑，他可能以爲這個笑容代表她愛這種方式，以爲一切都在他的掌控中，也許她不像自己所想，或許毆打是她不可或缺的儀式。

然而琦蜜之所以微笑是因爲她知道他露出了破綻。她笑他把老二掏了出來，碰到她赤裸大腿的老二還不夠硬挺。

「躺著別動，我們等會兒就做。」她輕聲低語，眼睛勾魂似的看著他。「那不是眞正的槍，只是模型罷了，我只是故意嚇嚇你。你應該知道吧？」她微啓朱唇，讓嘴唇看起來更豐滿。

「我想你會喜歡我的。」她邊說邊磨蹭著他。

「我也這麼想。」男子目光呆愣的望著她胸前低領。

「你好強壯喔，是眞正的男子漢。」她用肩膀抵著他，感覺到箝制住她的大腿已經不再那麼用力，她的手也能自由行動，於是她把他的手拉向自己雙腿之間，最後他終於放開了她，她用另一隻手去愛撫他的生殖器。

「這件事你不會告訴狄雷夫和其他人，對吧？」她不斷來回摩挲，令他亢奮的大口吸氣。若是有什麼不能報告的，絕對就是這兒發生的事。

即使是他，也很清楚不該向他們挑釁。

琦蜜和畢納在一起住了半年，直到後來克利斯汀嚥不下這口氣。

在某天大家一起結夥打人時察覺到他的異樣。那次攻擊事件與往常不同，克利斯汀在失去主導權後煽動其他人反抗琦蜜，試圖取回自己在團體中的地位。

最後狄雷夫、克利斯汀、托斯騰、鄔利克和畢納連成一氣，幾個人彷彿休戚與共。

阿貝克無法再等待，準備以武力逼她就範，而琦蜜此時卻清楚回憶起以前的一切。

她心裡燃起既愛又恨的情緒，其中仇恨賦予的力量最爲強大，沒有什麼比報復更能清楚整頓規則、更快釐清概念。

她用盡力氣抽出身靠在牆邊，把阿貝克剛才丟在角落的手槍偷偷移近，然後又搓揉起他半軟不硬的老二，直到他興奮得幾乎飆淚。

他終於如願進入她的身體，卡在肺裡的空氣幾乎讓他喘不過氣。此刻，他只是個今晚受到多次驚嚇的男人；是曾經擁有好日子而逐漸將之淡忘的男人；也是深切體悟孤單自慰與有個女人在身邊之間差異有多大的男人。他的皮膚濕潤，眼睛卻乾涸的瞪著天花板某一點，但是那兒沒有答案能告訴他：爲什麼她能眨眼間就從他底下滑出來，雙腳分叉站在他上方，手槍對準他仍在抽動的下體？

「好好享受你剛剛感受到的吧，因爲那是最後一次了，你這隻豬！」他的精液從她腿上流下來，但輕蔑與被玷汙的感覺卻充盈她體內。

就像每次被自己信任的人背棄時的感受一樣。

就像她舉止不佳時父親毆打她；就像她眉飛色舞講某件事情時繼母突如其來的叱喝與巴掌；就像早已被遺忘的生母在沒有爛醉如泥時，捏她、打她，叨念著要她端莊、矜持、守規矩等等的字眼，讓一個小女孩在識字之前，便已深刻體認那些字眼的意義。

甚至就像當初克利斯汀、托斯騰和其他人對她的所作所爲，而那些是她最信任的人。是的，她十分清楚被玷汙、被褻瀆的感覺，但另一方面她卻又渴望那種感覺。她的生命仰賴於此，那是一條她可以操控、處理的道路。

「站起來。」她打開陽台的落地窗。

這是個寧靜、潮濕的夜晚，對面那排房屋傳來的外國語交談聲在水泥風景之間迴盪。

「站起來！」她特地將手中的槍晃了晃。笑意在阿貝克腫脹的臉上蔓延開來。

「那不是把模型槍嗎？」他拉起拉鍊，慢慢走向她。

她轉身對準地上的木雕開了一槍，子彈射入木雕背部時只有發出極爲細微的聲響。

阿貝克被嚇得瞠目結舌，他想後退，卻被迫走到陽台。

「妳想做什麼？」他站在陽台上一臉正經問道，玩笑的語氣已然消失，並且緊抓住欄杆扶手。

她越過欄杆往下望去，底下一片黑暗恍如能吞噬一切的洞穴，阿貝克對接下來發生的事顯然心裡有數，不禁渾身打哆嗦。

「把所有事情交代清楚。」她隱身到牆邊的陰影中。

他將一切和盤托出。說話的速度不快，卻順序清楚、條理分明，現在還有什麼好隱瞞的呢？不過是份工作罷了，目前的情況更爲緊急。

正當阿貝克爲了生命搏鬥時，琦蜜眼前浮現出老朋友的影像：狄雷夫、托斯騰和鄔利克。不是說權力強大的男子只會操控其他人的軟弱無能嗎？並不是，他們同樣也被自己的無能操控，人類歷史上處處可見類似的例子。

男人報告完一切之後，她說：「給你選擇，看是要跳下去或者一槍斃命。這兒是六樓，你若跳下去或許仍有生還機會，你應該知道底下就是樹叢，把樹叢種得離建築物那麼近不就是爲了這個原因嗎？」

他搖搖頭，不敢相信這是眞的，他一生中出生入死的次數多得數不清，全都撐了過來，不會那麼簡單就發生這種事。

阿貝克臉上擠出可憐兮兮的苦笑。「下面根本沒有樹叢，只有水泥地和草坪。」

「你期望我放你一馬嗎？你大概也好心放過蒂娜了吧？」

他沒有回答，只是僵直的杵著不動，安慰自己這女人不是認眞的，她才剛和他睡過，或者諸如此類的內容。

「跳下去吧，我打爛你的老二你一樣也活不了，這點我向你保證。」

他往前走了一步，然後驚慌的看著槍口往下移，她的手指彎了起來。

如果血液裡沒有那麼多酒精作祟，或許他會選擇讓她一槍解決自己的性命。

但阿貝克跨過欄杆，猛然墜入深淵。若不是琦蜜拿槍托用力敲擊他的指骨，導致骨頭碎裂的話，他有可能趁往下墜時攀住下一層住戶的陽台。

男子墜地時傳來一記悶響，沒有發出慘叫。

琦蜜轉身跨過陽台落地窗步入屋內，迅速瞄了一眼剛才那座木雕，那雕像臉上依舊掛著微笑躺在地上，琦蜜也回以嫣然一笑，然後心滿意足的撿起空彈殼放進袋子裡。

她花了一個小時徹底清洗杯子、酒瓶還有其他可能留下指紋的物品，並將木雕擺好在暖氣爐上，用條擦碗巾漂亮的包好。

最後，她像個高級餐廳裡的廚師步出大門，準備迎接下一組客人。

第三十章

家裡傳來咚咚作響的聲音，好像一群大象正重重踐踏著使用過度的宜家家具，看來賈斯柏正在開舞會。卡爾揉揉太陽穴，已經做好準備好好訓斥他一頓，但他一推開客廳門，震耳欲聾的噪音立刻迎面攻來，黑暗中，畫面不斷閃動的電視是唯一的光源，莫頓和賈斯柏則各自窩在沙發的兩端。

「天殺的，這裡發生什麼事了？」卡爾喊道，對無所不在的喧騰與空蕩蕩的客廳感到錯愕。

「立體聲音響。」莫頓用遙控器將音量關小後自豪的說。

賈斯柏指著隱藏在單人沙發後面與書架上的一組音響，眼神說著：「酷吧？」

屋裡的寧靜從此成了過去式。

他們把一瓶有點溫掉的啤酒推向他，解釋那套設備是莫頓一個朋友的父母送的禮物，因爲他們用不上，試圖撫平卡爾怏怏不樂的表情。

那對父母是聰明人。

卡爾忽然靈機一動，決定以其人之道還治其人之身。「我有事情要問你，莫頓。哈迪有個主意，想問你有沒有可能在家照顧他，當然會支付費用。他的床就放在低音喇叭現在的位置，喇叭可以放在床下，上面還可以放護理用品。」

他好整以暇的喝口酒，期待自己講的話可以在周六傍晚，侵入他們疲憊的大腦裡慢慢發酵。

「支付費用？」莫頓重複說。

「哈迪要住在這兒？」賈斯柏嘴裡嘟囔著。「我沒差啦，如果我沒辦法在舊官路找到青年住宅，就搬回去老媽的花園小屋。」

等這件事眞的發生了，卡爾才會相信。

「你覺得會有多少錢可拿？」莫頓繼續問道。

但這一刻，卡爾感覺自己的腦袋猛烈敲擊了起來。

兩個半小時後卡爾在床上甦醒，收音機上的電子鬧鐘顯示「星期日一點三十九分九秒」，腦袋裡充斥著紫水晶耳環、奇勒．巴塞特、凱爾．布魯諾和克拉夫斯．耶朋盛等名詞。

牆壁另一頭，賈斯柏房裡的紐約幫派饒舌歌手再度復活，卡爾覺得自己被高劑量的突變型流感病毒入侵，不僅眼眶像跑進沙一樣乾燥，頭部與四肢也有如千斤重般疲累。他在床上躺了很久，掙扎了好一會兒才坐起身，考慮或許沖個熱水澡可以驅趕走那些惡魔。

但他只是打開收音機。收音機正在播報一名女子遭到嚴重毆打，被人發現丟在垃圾箱裡。這次發生在史托．琮德福街（Store Søndervoldstræde），不過整個案發狀況和史托．喀尼克街分毫不差。

眞是滑稽，兩處現場的街名皆是兩個詞組成的，卡爾心想，並且皆以「史托」開頭，在警局的A部門轄區裡還有登錄著其他史托開頭的路名嗎？

無論如何，羅森．柏恩打電話來時他已經清醒了。

「我想你最好趕快換好衣服到洛德雷來找我。」話筒那頭說。

卡爾本想果斷回覆他說洛德雷不是他轄區，或是佯稱自己得了傳染型感冒，但是當羅森告訴他私家偵探阿貝克被人發現陳屍在他家樓下的一樓草坪時，那些話全卡在喉嚨裡出不來。

「頭部還可辨認，不過身高短了五十公分，他應該是雙腳先著地，然後脊柱刺入了頭顱。」羅森講話何時變得這麼簡潔明確？

這項消息讓卡爾的頭又痛了起來，又或許頭痛一直都在，只是被他遺忘罷了。

卡爾在大樓的山牆那一邊找到羅森，他背後牆上畫著與人同高的塗鴉：殺了你媽，強暴你的狗！這些話沒有讓他心情好轉。

羅森在這裡瞎攪和什麼？他不是應該爲自己的過錯贖罪嗎？

「你在那邊做什麼，羅森？」卡爾問道，眼光則掃過阿維朵爾．哈納路上一棟通火燈明的建築物，就位於幾株葉子落盡的樹木後方，距離此處不到一百公尺。那兒是他早先才拜訪過的洛德雷中學，爲校友舉辦的活動八成還在進行中。

卡爾感覺很怪異。六個小時前他才到那兒和耶朋盛談話，現在阿貝克卻躺在街道另一邊，老天爺，這兒究竟發生什麼事了？

羅森陰沉的看著他。「你或許還記得，某位警察總局的同事前不久才被人告發值勤時傷害了躺在這兒的死者，因此馬庫斯和我認爲當務之急是前來勘驗現場，察看是否和傷害案有關。這點你應該清楚吧，卡爾？」

在冷颼颼的九月漆黑深夜，那是什麼語氣啊？

「你們若是依照我的要求好好監視阿貝克，或許就可以獲得更多線索，不是嗎？」卡爾口裡嘀咕，同時一邊察看十公尺外被重力撞出洞的草坪，以及已爛成一團的屍體。

「發現屍體的是那些人。」羅森指著一群穿著白條紋短褲的青少年移民和幾個一襲緊身牛仔褲，臉色蒼白的丹麥少女，顯然不是所有人都覺得這兒發生的事情很酷。「他們想到附近去閒晃，但卻發現了屍體。」

「死亡時間是什麼時候？」卡爾詢問準備包裹屍體的法醫。

「今晚溫度很低，不過這兒有房子屏障，所以約莫兩個小時或兩個半小時前吧？」他眼睛裡帶著睡意，想必非常渴望被窩與老婆溫暖的背部。

卡爾轉向羅森說：「昨晚七點左右我曾到洛德雷中學一趟，和琦蜜以前的一個朋友談話。這事純屬偶然，請在筆錄裡註明這件事是由我親自陳述說明的。」

羅森手伸出口袋，把領帶調整拉高。「你去過上頭嗎，卡爾？」

「沒有，我沒去過。」

「你確定嗎？」

夠了，卡爾心想，感覺頭痛又開始喧囂歡呼。

「別太過分了！」他想不出更好的話。「你們檢查過屋內了嗎？」

「格洛斯楚普警局的人和薩米爾在上面。」

「薩米爾？」

「薩米爾．迦齊，來接替巴克的人，來自洛德雷警局。」

薩米爾．迦齊？說不定現在有個意識形態與阿薩德相似的人，可以和他一起分享黏糊糊的濃湯了。

「你們有發現遺書嗎？」卡爾握了一個男人粗糙的手後問道。

隸屬西蘭島警局而且有幾年資歷，卡爾一握了手馬上認出對方是安東森警官。他握手的勁道是出了名的強勁，不到幾秒就讓人受不了，日後若有機會卡爾會告訴他的同事最好省下觸碰這道液壓系統的程序。

「遺書？沒有，連個鬼影也沒有。我敢保證絕對有人在旁推他一把。」

「什麼意思？」

「屋裡幾乎找不到指紋，門把上沒有，櫥櫃裡擺在最前排的杯子上也沒有，茶几邊緣一樣沒有。然而，我們在外頭陽台欄杆上找到一組清晰的指紋，應該是阿貝克的。他若是決定要跳樓，爲什麼又要緊緊抓著欄杆？」

「或許他在最後一秒後悔做了這個決定，沒有力氣再爬上來了？這種情況不是第一次。」

安東森咯咯笑了起來，每次只要碰到非自己轄區的調查人員，他就會用此種笑法釋放善意——若有必要的話。

「欄杆上黏有微量的血跡。我敢打賭，阿貝克手上絕對有被毆的痕跡。喂，你過來！」

他指揮幾個從浴室走出來的鑑識人員，一個皮膚黝黑、面貌和善的人走向卡爾和羅森。

「這是我最優秀的人，偏偏被你們拐走。看著我的眼睛告訴我，你們對得起自己的良心嗎？」

「薩米爾。」那男人向羅森伸出手自我介紹，看來這兩個人之前還未碰過面。

「我告訴你們，若是對薩米爾不客氣，我就和你們沒完沒了。」安東森邊說，邊用力拍他同事的肩膀。

「卡爾・莫爾克。」薩米爾和羅森握完手之後，卡爾緊接著伸出手自我介紹。

「沒錯，就是他。」安東森點點頭回答薩米爾詢問的目光。「那個偵破梅瑞特・林格案的人，聽說也是將阿貝克海扁一頓的人。」說完哈哈大笑。看來芬・阿貝克在丹麥西邊沒有受到特別的喜愛。

「地毯上有碎片，」一個鑑識人員指著陽台落地窗前一個非常細小的東西說：「看起來像前不久才掉落的樣子，底下還有一些噁心的髒東西。」然後咚一聲就跪下去貼近觀察。這些鑑識人員都是怪人，不過做事很仔細，所以必須放手讓他們工作。

「會不會是球棒的碎片？」薩米爾問。

卡爾環視屋內，沒有發現不尋常的物品，但他後來注意到那尊放在暖氣爐上，戴著大禮帽且肚子包覆擦碗巾的胖人偶木雕藝術品。那是勞萊與哈台（注）的雕像，肚子被包起來的是勞萊，哈

注 Laurel and Hardy，美國三〇年代的雙人喜劇演員，勞萊與哈台的形象分別是一胖一瘦。

台則立在角落，臉上表情沒有那麼活潑。似乎哪裡不對勁。

卡爾蹲下來拿掉上面的擦碗巾，用手指輕敲木雕，感覺大有希望。

「麻煩把它轉過來，依我的判斷，木雕背後應該有毀損。」

之後所有人全部聚攏過來圍著木雕，計算著他們在木雕背後發現的彈孔大小，以及這座遭到射擊的木雕尺寸。

「根據比例來看是把小口徑的手槍，子彈並未射穿木雕，還卡在裡面。」安東森說，一旁的鑑識人員頻頻點頭。

卡爾也持同樣的想法。一定是二十二口徑的槍，但仍可他媽的置人於死。

「有鄰居聽到聲音嗎？我是說尖叫聲或是槍聲？」卡爾問道，然後嗅了一下彈孔。

其他人搖搖頭。

情況眞不尋常，但乍看之下又找不到怪異之處。大樓裡人煙稀少，這一層住戶只有小貓兩三隻，樓上和樓下想必也沒住人，似乎只要一場風暴，這棟紅色廂型建築就會被夷爲平地。

「聞起來像剛射進沒多久。」卡爾把頭退回來說道：「開槍距離大概一公尺左右，時間是今天晚上。你們的看法呢？」

「沒有錯。」一位鑑識人員說。

卡爾走到陽台，越過欄杆往下望，多理想的墜落高度！

他望向對面燈火通明的平房，每扇窗戶都有人探出頭來，即使是烏黑黯淡的深夜也驅散不了好奇心。

此時，卡爾的手機響了。

她完全沒有打算報上姓名，何必需要呢？

「你一定不會相信，卡爾。」蘿思的聲音響起。「史芬博格的夜班員警找到那只耳環了。他沒花太久時間就找出耳環存放在哪裡，你說是不是太不可思議了？」

他看向手錶。比起這件事，她竟然認爲可以在這種時間找他報告新進展更加不可思議。

「你還沒睡覺吧？」她雖然開口問，卻完全不打算等他回答。「我等下就到警察總局去，史芬博格會用電子郵件寄一張照片給我們。」

「這種事不能等到天亮再報告嗎？或者等到星期一上班？」他的頭又開始抽痛了。

「關於把死者逼到跳樓的嫌疑人，大家有什麼想法？」安東森看到卡爾掛上電話後發問。

卡爾搖搖頭。會是誰呢？一定是因爲阿貝克導致生活被毀掉的人，或是發現他知道內情的人。嗯，不能排除這種可能性。不過也有可能是那幫人所爲，卡爾腦中有一堆想法，卻苦無證據可以拿出來大聲嚷嚷。

「你們調查過他的辦公室了嗎？」他問：「客戶資料、行事曆、電話答錄機、電子郵件？」

「我們已經派人過去。他們說那兒是個老舊的小倉庫，只有一個信箱。」

卡爾眉頭緊蹙著走到牆邊的書桌，從寫字墊上拿起阿貝克的名片撥了事務所的號碼。不到三秒，大門口走廊就響起手機鈴聲。

「有了！我們現在知道他眞正的辦公室在哪兒了。」卡爾環視一圈說：「就在這兒。」

雉雞殺手
Fasandraberne

此處完全看不出來辦公室的樣子，沒有活頁簿、帳單、資料夾之類的文具，只有一般普通的書籍、小擺飾，以及幾片海爾姆．洛蒂和其他同類瘋子的音樂CD。

「給我徹底搜查這間屋子。」安東森說。這將花上一段時間。

流感症狀又再度找上卡爾，但他躺下床還不到三分鐘，蘿思的電話又來了，話筒轟隆隆傳來她的聲音。「卡爾，果然是那只耳環！與林德塞諾爾發現的耳環完全相符！現在我們可確定琦蜜塑膠套裡那只耳環和朗格蘭兩名失蹤人口有關。太棒了，對不對？」

是很棒沒錯，但是現在要能跟上她的節奏不是件容易的事。

「還不僅如此，卡爾。星期六下午我發出的一些電子郵件也收到回覆。你可以去找奇勒．巴塞特談話了。很酷吧？」

卡爾吃力的半坐起身。

奇勒．巴塞特？曾經在寄宿學校被那幫人刁難的男孩？是的，眞的……很酷。

「他今天下午可以見你，我們運氣眞好，因爲他通常不在辦公室，不過星期天下午會在。我安排你們在下午兩點見面，這樣你就可以搭四點二十分的飛機飛回來。」

他的身體猛地在床上坐直。「飛回來？天殺的，蘿思，妳在講什麼啊？」

「哎喲，他人在馬德里呀，你不是早就知道他的辦公室在馬德里了嗎？」

卡爾頓時雙眼圓睜。「馬德里！我打死也不要飛到馬德里。妳自己去！」

「我已經訂好機票了，卡爾。上午十點二十分的北歐航空，之前一個半小時我們先見個面，我會幫你辦好登機手續。」

「不、不，我哪兒也不會去。」他試著吞嚥口水。「做夢都別想！」

「哇塞！卡爾，難不成你有飛機恐懼症？」她哈哈大笑，再有說服力的回答遇到那種笑法也沒轍。就卡爾所知，他應該是有非常嚴重的飛機恐懼症，他只搭過一次飛機去參加奧爾堡的慶典，爲了以防萬一，他去程和回程都喝得爛醉，最後還是維嘉拖著他下飛機，並且之後有十四天他在睡覺時都要緊緊抱著她，但這次他能抱著誰呢？

「我沒有護照，蘿思，所以無法成行，把機票取消吧。」

她又放聲大笑。

頭痛，對飛行的恐懼，再加上她嗡嗡的笑聲，這種組合實在要命。

「我已經請航警局解決護照的問題。」她說：「出發前東西就會準備好。別擔心，卡爾，我會給你一些服利寧，你只要在起飛前一個半小時前出現在第三航站就好，有直接搭到那兒的地鐵。你甚至連牙刷都不用帶，不過最好別忘了信用卡，好嗎？」

然後她便掛上電話。

卡爾獨自坐在黑暗中，無能爲力去回想是從何時開始失控到如此地步的。

第三十一章

「吞下兩顆服利寧就對了。」她把兩顆丟進卡爾嘴裡，另外兩顆回程要吃的就塞在胸前口袋和小泰迪熊放在一起。

他站在機場大廳手足無措的四下張望，最後盯著一排櫃台，期待有個權威人士出面指責他穿錯服裝、沒有吸引力，隨便什麼理由，重點是能保護他不要搭上該死的手扶梯直接前往地獄。

蘿思將印有奇勒·巴塞特公司地址的紙塞進他手裡，上面同時列出了詳細路線圖，另外再加上一本迷你語言指南，並且耳提面命提醒他，要等辦理完回程登機手續才能服下那兩顆服利寧。此外她還嘮嘮叨叨講了一大串事情，但五分鐘後卡爾應該連一半也複述不出來，他整晚沒有闔眼，身體越來越不舒服，有種要狂瀉肚子的徵兆。

「你可能會感到昏沉想睡。」她最後說：「不過相信我，那藥很有效，吃了藥後，你完全不會感到害怕，就算飛機墜落也不會有感覺。」

看得出來她很氣自己說了最後那句話，終於，卡爾拿著短期護照與登機證踏上了手扶梯。

飛機不過駛進跑道準備起飛，卡爾已經大汗淋漓，襯衫顏色因爲被汗水浸濕而變深，雙腳也在皮鞋裡滑動。雖然他感覺到藥效慢慢發揮作用，但是心跳依舊猛烈，差點以爲自己要心肌梗塞了。

「你還好嗎？」一旁的女士問道，同時伸手碰他。

他覺得自己在一萬公尺的高空上彷彿停止了呼吸，腦子裡只意識到機身晃動和機艙內發出無法解釋的嘎擦作響聲。他一下打開出風口，一下關上，又把椅背豎直，用手檢查救生衣是否就在椅子下方，看到空服員出現在座位附近便說不用、謝謝。

然後他就昏睡過去了。

「你看，下面就是巴黎了。」鄰座的女士冷不防冒出一句，這聲音從遠處穿進他的耳裡。他睜開眼睛，想起了惡夢、疲累和流感徵兆，最後看著指向某個陰影的手，那隻手的主人說那應該是艾菲爾鐵塔和星形廣場。

卡爾點點頭，他根本不在乎那是什麼狗屁。對他而言，巴黎和其他地方沒兩樣，他只想趕快下飛機。她看出他的想法，於是一路握著他的手，卡爾沒多久又沉沉睡去，直到飛機降落在跑道上猛然驚醒。

「你應該很累吧。」她說，然後指著地鐵指標。

他敲敲胸前口袋裡的小吉祥物，又摸摸外套內袋裡的皮夾，過了好一會兒才想起在這種鳥不生蛋的地方信用卡派得上用場嗎？

「你去的地方不難找。」那位女士說：「在這兒買地鐵票，然後搭乘手扶梯到下面樓層坐到市區的新內閣站，再轉乘六號線坐到四路站，之後接二號線到歌劇院站，最後換五號線搭一站到卡拉歐站，從那兒走個一百公尺就會到達你要去的地方。」

雉雞殺手
Fasandraberne

卡爾環顧四周，試圖找尋可以讓沉重的大腦和雙腳休息一下的長椅。

「我給你指路，我要去的地方跟你差不多。在飛機上我看你似乎不太舒服。」卡爾目光落在一個親切的男子身上，他操著一口標準丹麥語，卻明顯有著亞洲血統。「我叫作文生。」他說完後便拖著行李往前走，步履緩慢。

十小時前他躺在床上時，完全不曾預料自己會擁有這麼一個寧靜清心的星期天。

搭了半個小時昏昏沉沉的地鐵後，他終於走出迷宮般的卡拉歐站得以重見天日。格蘭維亞大道上雄偉的建築物櫛次鱗比，建築風格含括新印象派、古典主義、實用主義等，他這輩子從沒看過類似的東西。在吵雜、喧鬧聲、高溫和熙來攘往趕路的人群中，有個人特別引起卡爾的注意——一個坐在路旁牙齒掉光的乞丐。他面前擺了一堆彩色的塑膠罐，每一個都清楚寫明捐錢用途，裡面已經裝著許多來自世界各地的鈔票和硬幣。卡爾看不太懂那些文字，難不成是要人捐錢給他買香菸、紅酒、啤酒和燒酒？「替自己挑一個吧。」乞丐的眼裡閃爍著嘲諷的眼神，似乎這樣說著。替自己挑一個吧。

四周的人紛紛露出微笑，有個人拿出照相機問他能否拍張照。乞丐嘴巴一咧，露出沒有牙齒的笑容，然後將一個牌子高高舉起。

照相，二百八十歐元。

這招令圍觀的人群爆出一陣笑聲，卡爾疲勞困頓的內心和僵硬的笑肌也放鬆了下來，他被自己的爽朗笑聲嚇了一跳，但同時又有種釋放的感覺。這種自我嘲諷的方式出人意料，乞丐甚至塞了張寫著www.lazybeggars.com網址的名片給他。卡爾搖頭哈哈大笑，通常他不會給乞丐錢，不過這次手伸進了外套內袋。

這舉動令卡爾陡然回到了現實世界，身體的每一根纖維都恨不得將懸案組那個女的炒魷魚。他置身一個完全陌生的國家，呑下了讓大腦無法正常運作的藥物，四肢因爲流感徵兆在體內肆虐而酸痛不已。在警察生涯中，他多次面露微笑傾聽粗心旅客的故事，然而現在事情竟發生在自己身上！他這個能嗅出危險、看出可疑人物的副警官。眞是笨得可以，他心想，而且還發生在星期天。

皮夾不見了，外套口袋裡的毛線頭也沒了，八成是在摩肩擦踵的地鐵裡和人群擠了三十分鐘所付出的代價。沒有信用卡、沒有短期護照、沒有駕照、沒有閃亮亮的五十分硬幣、沒有地鐵票、沒有電話清單、沒有保險證、沒有飛機票。

沒有比這更悲慘的狀況了。

卡爾被請進ＫＢ建設的某間辦公室裡，接待人員奉上一杯咖啡後便讓他獨自在裡面等待，坐在髒汙模糊的窗戶前終於讓他忍不住打起盹來。十五分鐘前，他因爲沒有可以證明自己身分的證件在樓下大廳被格蘭維亞三十一號的門房擋了下來，警衛拒絕確認卡爾所言是否屬實，是不是眞的和老闆有約。那傢伙滔滔不絕講個不停，卡爾一個字也聽不懂，最後他氣得猛搖頭，朝他用丹麥話至少連番大喊了十次「紅莓奶油布丁」（注）。紅莓果然很有幫助。

「奇勒・巴塞特。」所以當這個聲音彷彿從數公里之遙鑽進卡爾耳裡時，他幾乎睡著了。卡爾慢慢張開眼睛，感覺自己從煉獄走了一遭，頭和四肢痛得要命。

終於，他坐在巴塞特寬敞的辦公室裡，祕書又爲他端上了一杯咖啡，卡爾看著面前三十中旬的男子，他顯然非常清楚自己此行的目的，渾身散發富有、權力與無堅不摧的自信。

「你同事向我說明了整個狀況。」巴塞特說：「你正在調查連續殺人事件，而那很可能與當年在寄宿學校攻擊我的人有關。對嗎？」

他的丹麥話已有西班牙口音。卡爾環顧四周，這間辦公室華麗寬敞，底下格蘭維亞大道上的人潮從史菲拉和萊富提斯等商店蜂擁而出。巴塞特身處這樣的環境中竟還能聽得懂丹麥話，眞是個奇蹟。

「這件事很有可能與連續殺人事件有關，但我們還無法確定。」卡爾一口喝下咖啡，那味道非常濃烈，不太適合他有點發酵腐壞的內臟器官。「你提到那些人攻擊了你，當年他們受審的時候，你爲什麼不出面說明呢？」

巴塞特仰頭一笑。「我早就說了，而且是向有力人士說明的。」

「是誰？」

「我父親，他是琦蜜父親在寄宿學校時的同學。」

「哦，是嗎？有達成結果嗎？」

他聳聳肩，打開銀製菸盒。原來這種東西還存在啊！他請卡爾抽支菸。「你有多少時間？」

「我的飛機四點二十分起飛。」

他看看錶。「喔，那麼我們時間並不多，你應該是搭計程車吧？」

卡爾深吸口菸，人終於清醒了一點。「我遇到了個小問題。」他覺得非常難堪。他向巴塞特解釋自己的處境：在地鐵遇到扒手，所以身上沒有錢、沒有短期護照、也沒有機票。

巴塞特按下話機按鈕，下指令的語氣不是很友善，顯然他對下屬說話的方式一貫如此。

「我長話短說。」巴塞特望向對面的白色建築，眼神中依稀浮現舊痛的回憶，不過他的表情一直嚴峻又僵硬，所以很難說得準。

「我父親與琦蜜的父親達成一個協定：在適當時間會給琦蜜應有的懲罰，但是在那之前不可張揚。關於這點我沒意見，我知道她父親威利．K．拉森的爲人，甚至現在仍很清楚他的狀況，他在摩納哥有棟房子，走路到我家只要兩分鐘。這個人向來不輕易讓步，也不可被挑戰，至少以前是如此，可憐的老惡魔如今已病入膏肓，來日不多。」說完臉上露出了微笑，很不尋常的反應。

卡爾嘴唇緊抿。所以琦蜜的父親眞的病得很嚴重，就和他當初對蒂娜說的一樣，這事實眞是令人啞口無言，不過他早該明白現實與想像之間經常相去不遠。

「爲什麼是琦蜜？」他問道：「你只提到她的名字，其他人不是也參與了嗎？鄔利克．杜波爾．顏森、托斯騰．弗洛林、狄雷夫．普朗、克利斯汀．吳爾夫和畢納．托格森？他們不是全都

注 *Rodgrød med fløde*，二戰期間，丹麥邊界士兵爲了避免德國人滲透入境，遂要求進入丹麥者念出此通關密語，確認是正港的丹麥口音和丹麥人後才會放行。

在場嗎？」

巴塞特雙手合十，啣在嘴裡的香菸煙霧飄揚。「你或許認爲他們是故意挑上我的？」

「這點我不清楚，我對整件事所知不多。」

「那麼讓我告訴你，那六個人會毆打我純屬意外，這點我非常肯定。而那次的毆打最後會失控，同樣也是偶然。」他將一隻手放在胸前，整個人往前傾。「斷了三根肋骨、鎖骨骨折，血尿了好幾天，他們毫不猶豫就能殺死我，結果卻放我一條生路也是意外。」

「這是什麼意思？你仍然沒有說明爲什麼你只報復琦蜜一個人。」

「你知道嗎，莫爾克？那群豬玀襲擊我的那天，我學到了一件重要的事情，某種程度上我甚至非常感謝他們。」接下來他每說一個字，就在桌上敲一下。「機會來時，你要猛力出手，這就是我學到的教訓。不管是不是偶然，也不要顧慮是否恰當或是其他人有罪或無罪的問題，這也是我今天能位居商業界核心的原因，選擇適當的武器出手就對了。在這件事中，我的武器就在於我能夠左右琦蜜的父親。」

卡爾做了個深呼吸，那些話聽在出身鄉村的男人耳裡眞不是滋味。「我想我還不是很能理解這種情況。」

巴塞特搖搖頭，他並沒有期待卡爾理解，畢竟兩人來自不同的星球。

「我要說的是：我只報復琦蜜的原因在於我能毫無顧慮打擊她。」

「你就輕易放過其他人了嗎？」

他聳聳肩。「一有機會我會要他們付出代價，只是目前時機未到。」

「也就是說，琦蜜並未比其他人更積極參與其中囉？你認爲那幫人的主事者是誰？」

「當然是克利斯汀．吳爾夫。不過，若是這些來自地獄的魔鬼又出現在我面前，我絕對會和琦蜜保持距離。」

「你的意思是？」

「事情剛發生時她保持中立，下手的人主要是托斯騰、狄雷夫和克利斯汀三人，但是看到我一隻耳朵流血讓他們三個嚇了一跳，變得有點退卻，這時琦蜜出手了。」

巴塞特的鼻翼賁張，彷彿感覺琦蜜就在現場。

「他們慫恿她，你明白嗎？尤其是克利斯汀．吳爾夫，他和狄雷夫用激將法拍她、戳她，最後甚至把她推到我面前。」他雙手緊緊交握續道：「她先是輕輕賞了我一個耳光，然後一下，又一下。在她發覺那有多痛後，眼睛越瞪越大、呼吸越來越急促、出手也越來越重，最後她還用鞋尖一腳深深刺進我的肚子。」他把菸在菸灰缸裡捻熄，菸灰缸的造型和對面建築物屋頂上的銅雕非常類似，在透進窗戶的陽光照耀下，卡爾發現巴塞特的臉上布滿皺紋，對還算年輕的男人來說稍嫌多了點。

「若是克利斯汀沒有出手干預，她最後可能會把我打死，這點我深信不疑。」

「其他人呢？」

「其他人？哼。」他出神的點點頭。「我相信他們巴不得下一個扁人機會趕快出現，就像欣賞鬥牛的觀眾一樣。絕對是這樣！」

剛剛端咖啡給卡爾的祕書走進辦公室，她身材苗條、服裝講究，配色和她的秀髮與眉毛很搭，她把手中的小信封遞給卡爾，面帶微笑、態度親切的說：「這裡有些歐元，還有回程的登機證。」

然後她轉身遞給老闆一張小紙條。巴塞特花了幾秒閱讀內容後勃然大怒，那副怒容讓卡爾聯想起他剛剛描述琦蜜瞪大眼睛的樣子。

巴塞特毫無遲疑把紙條撕掉，對著祕書一陣破口大罵。他的面部扭曲，臉上的皺紋變得更加明顯，而祕書則被老闆極端激烈的反應嚇得發抖，一臉羞愧的望著地板。真是讓人不舒服的畫面。

祕書關上門離開後，巴塞特又一臉笑容看著卡爾，彷彿剛才什麼事也沒發生。「只不過是個蠢蛋職員，請你別擔心。你回丹麥所需的一切都有了嗎？」

卡爾不發一語的點點頭，雖試圖想要表達謝意，卻開不了口。奇勒．巴塞特是個絲毫沒有同理心的上流人士，一點也不比當時傷害他的人高尚，他剛剛在卡爾面前清楚示範了這點，他和那些人全是一丘之貉。

「那麼懲罰呢？」卡爾終於問道：「給琦蜜的懲罰最後怎麼樣了？」

巴塞特縱聲大笑。「哈，基本上那也是個意外。她不但流產還被打得半死，而且病得很嚴重，所以才去找她父親幫忙。」

「如果我沒記錯的話，她沒有得到幫助。」卡爾眼前浮現在最艱困時被父親拒絕的年輕女子身影，在那張家庭合照中，站在父親與繼母之間的小女孩所缺乏的不就是愛嗎？

「我聽說情況更令人倒胃口。她父親當時住在丹雷特勒旅館，他只要人在丹麥就會住那兒，有天琦蜜忽然在旅館櫃台出現，眞是見鬼了，她究竟奢望什麼？」

「他把她趕出去了嗎？」

「而且還是頭先出去的。」他哈哈又笑。「不過在那之前她先趴在地上撿起他丟下的千元鈔，所以她還是拿到了點錢，不過之後就永遠珍重再見。」

「歐德魯那棟房子不是她的嗎？你知道她爲什麼不回那兒嗎？」

「她去了，得到同樣的對待。」巴塞特搖搖頭，對此完全不關心。「莫爾克，如果你想了解更多訊息就得將班機延後，在南方國家必須提早到機場去辦理登機，如果你的飛機是四點二十分起飛的話，現在就得出發了。」

卡爾深吸了口氣，內心深處的恐懼中樞彷彿已經可以感受到飛機的振動。他忽然想起胸前口袋裡的藥片，當然現在已經掉到最底下了，於是他把小泰迪熊拿出來放在桌上，然後喝了一口咖啡準備吞藥。

他從咖啡杯上緣看向辦公桌上亂成一堆的紙張，接著目光掃到握成拳頭且指節泛白的雙手，於是猛然抬頭望著巴塞特臉上的表情。眼前的男人很可能是這輩子第一次在別人面前，顯露出自己屈服在錐心刺骨的回憶之中，臉上表情痛苦萬分。

巴塞特直愣愣盯著無辜的小泰迪熊，那副神情好似以前被壓抑的種種如雷電般擊中了他。

然後他坐回椅子上。

「你看過這個泰迪熊？」卡爾問道，感覺藥片黏在咽喉和聲帶之間某處。

巴塞特點點頭，轉眼間憤怒又再度掌權。「是的。在寄宿學校時，熊就掛在琦蜜的手腕上，沒人知道爲什麼，它的脖子上有條用來固定的紅絲帶。」

有一秒鐘，卡爾覺得巴塞特似乎會崩潰大哭，不過最後他板起臉來，坐在卡爾面前的男子又是那個咒罵兩句就能壓垮蠢蛋職員的人。

「沒錯，我記得一清二楚。琦蜜打我的時候那隻態就在她手上晃動，你從哪裡拿到它的？」

第三十二章

琦蜜星期天上午在安斯佳旅館醒來時已經將近十點，床邊的電視仍開著，正在重播前晚的爆炸事件。迪柏斯橋站爆炸案雖然投入大批警力，調查卻陷入僵局，因此不再是頭條新聞，目前新聞關注的議題是美軍轟炸巴格達叛軍和蓋瑞．卡斯帕洛夫（注）在俄羅斯參與總統選舉的消息。不過此時穿插了一則快報，是關於洛德雷一棟紅色高樓前的墜樓死亡事件。

警方發言人指出，根據種種證據顯示，此案極有可能是椿謀殺案，最重要的關鍵在於死者曾經緊緊抓著陽台欄杆，而他的手指卻遭到鈍器擊打，據推測，應該是當天晚上射擊屋內木雕的那把槍。不過由於目前仍無法鎖定作案嫌疑人，無法透漏太多訊息。新聞報導的內容大致如此。

琦蜜緊緊抱住布包。

「他們知道了，蜜樂。那些男孩現在知道我在後面虎視眈眈了。」她擠出一絲微笑。「妳覺得他們現在會不會聚在一起呢？媽媽一步步逼近狄雷夫、托斯騰和鄔利克，他們會不會正在商討下一步該怎麼做？他們是否會感到害怕？」她輕輕搖晃手裡的布包說：「我覺得在他們對我們做

注 Garry Kasparov，俄羅斯人，西洋棋世界冠軍，一九九六年與IBM開發的超級電腦「深藍」對奕，取得勝利。

了那種事情之後，的確應該感到害怕，對不對？妳知道嗎，蜜樂？他們會派人尋找媽媽是有理由的。」

攝影師試圖拉近鏡頭拍攝救護人員運送屍體的畫面，只是天色實在太暗了。

「妳知道嗎，蜜樂？我不應該告訴其他人金屬盒的事，那是個錯誤。」她拭去眼中突然湧現的淚水。

她搬去和畢納同居成了一種褻瀆，她若是要性交，要不是得暗地裡來，就是應該和那幫人雜交，除此之外沒有其他可能性。和畢納同居違反了這項規則，也導致後來嚴重的結果，因爲那不只表示她特別喜歡其中一個人，而且偏偏選了階級最低下的一個。

這種事一點也不讓人欣賞。

「畢納？」克利斯汀暴跳如雷。「他媽的妳和那窩囊廢在一起幹嘛？」他希望一切維持原樣，大家一起外出滋事，而且興致一來隨時可以和琦蜜做愛。

然而即使克利斯汀威脅恫嚇、大力施壓，琦蜜仍不爲所動。她就是要和畢納在一起，其他人就靠回憶滿足自己吧。

有段時間一幫人仍然繼續聚會，大概每四個星期碰面一次，吸古柯鹼、看暴力電影，然後坐上托斯騰或克利斯汀的大吉普車尋找可以折磨、毆打的獵物。有時他們會和受害者事後達成協議，付點錢賠償他們所受到的羞辱和傷害；有時他們從背後攻擊受害者，在對方看到施暴者的臉之前把他們打到不省人事。至於他們明白不能讓受害者活著離開的狀況相當少有，就像當初在伊斯魯姆湖畔發現那個釣魚的孤單老頭子。

只要情況允許他們貫徹整個計畫，讓六個人恣意發揮各自的角色的話，這種人是最合適的偷襲對象。但那次在伊斯魯姆湖畔，事情卻走了樣。

克利斯汀在他們面前失控，他平常總是狂暴激動，但那次他的臉部線條緊繃，臉色晦暗陰沉，緊抿著嘴。他將挫折深埋在心底，過分安靜的站在一旁沒出手，只是觀察其他人將老頭子壓入水中的動作，以及琦蜜衣服緊貼在身上的曲線。

當琦蜜蹲在蘆葦間注視著那具屍體漂進湖心沉入水中，身上的夏日洋裝還淌著水，克利斯汀忽然大喊一聲：「抓住她，鄔利克！」鄔利克眼睛一亮迸出火花，卻擔心自己這次又會搞砸。琦蜜到瑞士念書前，他就常常因爲沒有辦法強迫她就範而不得不放棄，而其他人卻找機會一一上了。性與暴力的組合不太適合他，他無法像別人那麼容易駕輕就熟，就像脈搏的跳動總是要一上才有一下，無法同時並存一樣。

「上啊，鄔利克。」其他人跟著起鬨。

畢納咒罵著他們大喊住手，但狄雷夫和克利斯汀立刻把他架住拉到後面去。琦蜜看著鄔利克脫下褲子，他似乎勃起了，但卻沒注意到托斯騰從身後撲上來，將她推倒在地。那天若是畢納沒掙脫開來，鄔利克男性雄風也沒有馬上洩氣的話，琦蜜就會在蘆葦叢中被幾個人強暴。

自從那次後，克利斯汀開始定期去探望他們，有事沒事給畢納或其他人找麻煩，只要能夠掌控他們，他就感到心滿意足。

漸漸的，畢納變了，和琦蜜聊天時總是心不在焉，也不像以前那樣回應她的溫柔體貼。她下班後他大多不在家，甚至揮霍超乎他財力的金錢，常常在以爲她睡著後偷偷講電話。

而這段期間克利斯汀變本加厲的纏著她，到鸚鵡螺貿易公司找她、下班回家途中堵她，或是趁其他人讓畢納打零工把他絆住時，在他們家裡自由出入。但琦蜜一再譏諷克利斯汀，嘲笑他除了依賴別人什麼也不會。克利斯汀因爲這些話怒火中燒，眼神也越發凶狠剛硬，宛如一把劍將她刺穿。

可惜琦蜜毫不畏懼克利斯汀，從以前他就沒讓她好過，現在還能再對她怎樣？

在那個百武彗星在丹麥夜空熠熠閃耀的三月天夜晚，事情終於爆發。克利斯汀、狄雷夫、托斯騰和鄔利克計畫讓畢納帶著足夠讓他喝到掛的啤酒，儼然像個名流待在湖上觀星，所以托斯騰給了畢納一支天文望遠鏡，狄雷夫則將帆船借給他出航，等他不在家便侵入他的房子。

琦蜜不知道他們怎麼拿到鑰匙的，眨眼間他們全部站在面前，個個因爲古柯鹼瞳孔縮小，鼻孔撐大。他們一句話也沒說直接朝她動手，將她壓在牆上，撕掉她身上的衣服，準備讓她就範。但是他們沒辦法讓她吭個半聲。琦蜜知道哀號只會讓他們更狂暴，畢竟攻擊別人的場面她看得夠多了，她和這些男人同樣痛恨哭哭啼啼的麻煩事。

他們把她推倒在茶几上，甚至沒有費心先將茶几整理乾淨，鄔利克先跨坐在她的肚子上，粗大的手抓住她的膝蓋將雙腿分開。一開始琦蜜還搥打他的背，不過他的亢奮感和脂肪抵銷了她的力道，更何況打他有用嗎？她很清楚鄔利克最愛羞辱、毆打、暴力脅迫等挑戰道德的一切事物，對他而言沒有所謂的禁忌，各種的花招他也都嘗試過，不過即使如此，他仍然無法像其他人那樣

「站」起來。

克利斯汀站在她雙腿之間，男性雄風刺入她體內最深處，直到滿足感在他所有的毛細孔中炸開。第二個上的人是狄雷夫，他一眨眼就結束了，在和往常一樣怪異的痙攣中抖動了幾下。接著是托斯騰。

骨瘦如柴的托斯騰才進入她體內，畢納忽然出現在門口，她直直看著同居人的臉，但是這一刻畢納明白自己的無能爲力，而且男人間的團結摧毀了他的骨氣，他甚至也被眼前的情景吸引。

琦蜜大叫要他離開，但是畢納一動也不動。

托斯騰完事之後，幾個男人的氣喘吁吁的呼吸聲接著轉變成尖聲吆喝，後來畢納也上了。

琦蜜瞪著他那張漲成紫紅色內向的臉，她終於明白自己的人生走往哪個方向。

於是她放棄了，閉上眼睛任由事情發生。

在鄔利克又試了一次卻不得不放棄時，一群人哄堂大笑，那是琦蜜最後聽見的聲音，隨後便昏了過去，沉入重重的保護霧中。

那也是琦蜜最後一次同時看見這幫人。

「小寶貝，媽媽讓妳看看他們送了什麼來。」

她解開包裹小孩的布包，柔情蜜意凝望著它。眞是上帝的傑作啊，看看那小手、細小的腳趾頭和袖珍的指甲。然後打開一個包裹，拿起裡面的東西放在已經乾掉的小身體上方。

「看，蜜樂，妳以前看過這種東西嗎？像今天這樣的日子不正需要這東西嗎？」

她用手指觸碰小手。「媽媽是不是很溫暖啊？沒錯，媽媽眞的很溫暖。」然後仰頭笑了起來。「媽媽只要一緊張就會變得很溫暖，這個妳早就知道了吧。」

她望向窗外。時序進入了九月底，正是十二年前她搬去和畢納同居的時節，只是當年沒有下雨。

她記得的就這麼多了。

他們強暴完琦蜜就把她丟在茶几上，一幫人散成半圓形癱坐在地，然後吸了好幾排古柯鹼亢奮酣醉成一團。克利斯汀好幾次用力拍大琦蜜赤裸的大腿，引得其他人尖叫大笑。

「起來吧，琦蜜。」畢納叫道：「別蠢了，是我們啊。」

「結束了。」她低聲嘀咕。「全部結束了。」

沒有人相信琦蜜的話，因爲他們知道琦蜜離不開他們，過一陣子她又會回頭。但是琦蜜說到做到，她在瑞士時沒有他們也過得很好。

她花了一點時間才站起身來，感覺腸子在燒灼，髖關節也脫臼了，後腦勺刺痛不已，全身被屈辱感重重籠罩。但回到歐德魯的家後，卡桑德拉劈頭就是一陣冷嘲熱諷：「妳在這世界究竟能幹些什麼正經事啊，琦蜜？」濃重的屈辱感再度湧上心頭。

隔天她被迫接受托斯騰買下鸚鵡螺貿易公司，讓她丟了工作此一事實。有個一直以來她以爲是朋友的職員給了她一張支票，很遺憾她必須馬上離開公司。對方說這是由托斯騰下達的人事命令，她若要抱怨，必須直接去找托斯騰。

她到銀行去兌換支票，才發現畢納早把她的錢提光，還取消了戶頭。

他們就是不打算讓她脫離手掌心。

接下來幾個月她窩在歐德魯的寓所，白天睡覺，晚上才到廚房拿點東西塡肚子。當她蜷曲身子拿著小泰迪熊躺在床上時，卡桑德拉時常走到她的門口大聲怒罵。不過琦蜜完全充耳不聞，因爲她不需要對別人負責。

幾周後，琦蜜發現自己懷孕了。

「發現自己懷孕讓我開心得要命，所以我決定要把妳生下來。」她笑著對小東西說：「而且我立刻知道妳是女孩，甚至連名字都取好了喔，蜜樂。這個名字一開始就決定了，很奇特吧？」

她又嘟嘟囔囔和小東西講了一會兒話才用布把它包好，蜜樂躺在裡面就像裹著白布的小耶穌。

「我非常期待妳的誕生，我們可以住在房子裡過著正常的生活。妳出生後，媽媽就會趕快去找工作，等媽媽下班從托兒所把妳接回來，我們會一直在一起。」

她壓凹枕頭將布包放在上面，看起來既溫暖又安全。

「是啊，妳和我，只有我們兩個人住在歐德魯的房子，要卡桑德拉滾蛋。」

克利斯汀結婚前那個星期不斷打電話給琦蜜，他一想到有家室羈絆簡直要瘋了，琦蜜拒絕他們這事也同樣令他抓狂。

那個夏天雖然灰濛濛的，但是卻充滿歡樂，琦蜜的生活逐漸步上軌道，以前做過的可怕事情全被她拋在腦後，現在的她要為一個即將降臨的新生命負責。

過去種種譬如昨日死。

直到那天托斯騰、狄雷夫和卡桑德拉站在客廳等她，她才明白那是不可能的，一看到他們打量著她的眼神，她不由得憶起他們有多危險。

「妳的老朋友來看妳了。」卡桑德拉穿著半透明的洋裝諷刺的說，後來當她被請出去時口裡還不斷抗議。他們要談的事情不適合讓她知道。

「我不知道你們來這裡做什麼，但是我希望你們馬上離開。」琦蜜說，其實她心裡清楚此次見面的目的，那句話只是決定誰將抬頭挺胸離開戰場，誰又將被掩埋在荒煙蔓草中。

「琦蜜，妳知道太多內情了。」托斯騰說：「我們不會讓妳就這樣抽身，誰知道妳是不是在打什麼鬼主意。」

她搖搖頭。「你們到底想說什麼？是怕我有自殺的念頭，然後留下醜陋的遺書嗎？」

狄雷夫點點頭。「諸如此類的事。我們也想像得到妳會做出其他事情。」

「例如什麼？」

「那不重要吧？」托斯騰回嘴，一邊向她逼近。

如果他們又想抓住她，她會拿起擺在角落的沉重中國花瓶反擊。

「我們只想確定是否可以信任妳。來吧，琦蜜，別離開我們，否則妳自己也會覺得空虛的，承認吧。」他繼續說。

她強作微笑。「也許父親是你，托斯騰，或者是你，狄雷夫。」她原本不打算說，但看到他們錯愕僵硬的表情忽然覺得值得了。「我爲什麼要跟你們走？」她一手撫摸著肚子。「或許你們認爲那對嬰兒很好？才怪。」

看到兩人彼此對視，琦蜜就知道他們腦子裡打什麼主意。他們兩個都有孩子，也都離了婚，甚至還傳出過醜聞，再多加條醜聞對他們來說沒有影響，他們介意的是琦蜜的背叛行徑。

「妳必須把那個孩子拿掉。」狄雷夫冷酷的說。

*妳必須把那個孩子拿掉。*一聽到這句話，她馬上明白肚裡的孩子有危險，於是舉起一隻手試圖和他們保持距離。

「你們管好自己就好了，別來煩我，聽清楚了嗎？永遠別來吵我。」

看著他們被自己堅定的思想嚇到眼睛瞇成一條縫，讓琦蜜覺得很滿意。

「如果你們不照著我的話做……你們要知道，我有個小盒子足以摧毀你們的生活。那盒子是我的護身符，我要是有個三長兩短，保證裡面的東西會曝光。」其實琦蜜只是在虛張聲勢，她根本沒有這種安排，雖然她藏了個盒子，卻沒打算給別人看。裡頭單純放著她的戰利品，每個小東西都代表被他們那幫人解決掉的生命，就像是印地安人的頭皮、鬥牛士的牛耳，或印加戰俘被挖起來的心臟。

「什麼樣的盒子？」托斯騰問說，那張狐臉上的皺紋越來越深。

「我從現場拿了點東西回來，我們的所作所爲會因爲盒子裡的東西而披露於世。你們要是膽敢動我或我的孩子一根寒毛，絕對保證讓你們在監獄裡老死。」

狄雷夫顯然上勾了，但是托斯騰仍滿腹懷疑。

「舉例來說。」

「朗格蘭那個女人的耳環，還有凱爾·布魯諾的橡膠手環。你們還記得克利斯汀是怎麼把他推下去的吧？要不然也應該記得他隨後拿著手環微笑的樣子？不過當他聽到橡膠手環和兩張從洛維格拿來的棋盤問答遊戲裡的卡片一起放在盒子裡，八成就笑不出來了。你們不相信嗎？」

托斯騰望著另一個方向，好像要確認門的另一邊沒有人偷聽。

「琦蜜，我當然相信。」他說。

克利斯汀半夜潛入琦蜜房間，卡桑德拉早已醉得不省人事，完全無須顧慮她。

他站在琦蜜床前，屈身彎向她，說的一字一句都深深嵌刻在她的記憶裡。

「告訴我盒子在哪裡，琦蜜，否則我會立刻讓妳沒命。」

他不斷殘忍的毆打她，拳頭如雨點落在她腹部、肚子、胸部，打得她骨頭斷裂，直到自己的手舉不起來才停止，但是她死也沒透露自己存放盒子的位置。

最後克利斯汀終於離開了。因爲他的攻擊欲望徹底宣洩，而且百分之百確定裝著證物的盒子根本是琦蜜杜撰的。

琦蜜從昏迷中醒過來後，自己打電話叫了救護車。

第三十三章

琦蜜醒來時肚子空空如也，但是一點胃口也沒有。現在是星期天下午，她人還待在旅館裡，剛才的夢境向她預示著一切終將昇華至更高的境界，而她在那裡哪還需要吃東西呢？她轉向放在身旁那個裝著布包的袋子。

「小蜜樂，今天我要送妳一個禮物。妳有權利擁有我生命中最好的東西，我要給妳小泰迪熊。」她說。「媽媽常常想起它，而今天就是那個日子了。妳開不開心？」

她感覺到體內的聲音正伺機欲動，打算乘虛而入，不過她把手擺在袋子裡的布包上，讓心中湧現慈愛的感受。

「我的小寶貝，我們準備出發了。要心平氣和的離開，不讓任何事或任何人來傷害我們。」

她因爲大量出血被緊急送到畢斯普傑格醫院，護士不斷詢問她發生了什麼可怕的事，有個主治醫生甚至建議報警。不過琦蜜說服了他打消念頭，她說自己身上的瘀青是從又長又陡的樓梯上跌下來造成的，長久以來她都有昏眩的毛病，所以一個重心不穩跌了下來。她安撫醫生和護士，保證沒有人企圖要謀害她，她和繼母兩人住在一起，只是因爲運氣不好造成遺憾的結果。

隔天，護士告訴她胎兒應該保住了，她相信他們說的話，但是有個護士轉達寄宿學校的朋友捎來祝福，於是琦蜜知道自己該當心了。

第四天畢納來看她，他們挑選畢納來當跑腿的嘍囉絕非偶然。一來畢納不像其他人那麼出名，二來是他的臨場反應最快，隨口就能講出詞藻華麗的語言或編出一套謊言。

「琦蜜，妳說自己握有能揭發我們的證據，是眞的嗎？」

她沒有回答，一逕瞪著窗外堂皇闊氣的老舊建築。

「克利斯汀因爲自己對妳做了那種事感到很抱歉，他問妳要不要轉入私人病院。胎兒一切無恙，是嗎？」

她鄙夷的盯著他，直到他垂下目光，知道自己沒有資格開口詢問任何事情。

「告訴克利斯汀那是他最後一次碰我，聽清楚了嗎？」

「琦蜜，妳也知道克利斯汀那個人，他不是那麼容易擺脫的。他說妳沒有律師，不管握有什麼對我們不利的證據，也找不到可以委託信任的人。他還說他改變想法了，眞的相信妳手裡有那個裝著證物的盒子，那就像是妳會做的事情，他這麼說時甚至還笑了。」畢納想模仿克利斯汀哼哼的笑聲，卻學得走樣難聽。不過反正琦蜜也不買帳，她很清楚克利斯汀從不會對威脅他的事物一笑置之。

「克利斯汀說，妳若是找不到律師的話，誰又能幫妳呢？妳沒有朋友啊，琦蜜。妳只有我們了，這點大家心知肚明。」他碰觸她的手，但她如迅雷般抽回。「我想妳應該告訴我們盒子藏在哪裡。在妳家嗎，琦蜜？」

「你以爲我沒有那些東西嗎？」她忽然大發雷霆。「回去告訴克利斯汀，只要他不來惹我，你們要幹什麼勾當都不關我的事。我懷孕了，畢納，難道這還不足以讓你們心軟嗎？如果盒中的東西曝光的話，我也自身難保，我的孩子要怎麼辦？盒子只是護身符，如果你們逼我的話，那是我手裡能玩的最後一張牌。」

她說了最不該說的話。

玩牌。如果有什麼能讓克利斯汀感受到威脅的話，就是這兩個字。

畢納來看過她後，她再也夜不成眠。在黑暗中，琦蜜神智清醒的躺在病床上，一手放在肚子上，另一手拉著呼叫繩。

八月二日深夜，克利斯汀穿著白罩衫出現。

她入睡不過才幾秒，就感覺到他的手摀在她嘴上，膝蓋用力壓著她的胸部。他劈頭就說：「妳若是離開這裡，有誰會知道妳去哪兒去了啊，琦蜜？我們雖然監視著妳，但誰知道會有什麼意外呢？說，盒子在哪裡？只要說出盒子的下落，我就放妳一馬。」

她沒有回答。

於是他使盡全力毆打她的腹部，看她仍然一聲不吭便打得更用力，打到她腹部刺痛、雙腳抽動，整張床匡啷搖晃。

若非旁邊那張椅子倒下時發生巨響；若非一輛停在醫院前的救護車的燈光閃進病房，照亮克利斯汀泯滅人性的冷酷表情；若非她後來休克昏了過去，他老早將打死她了。

還有，若不是他以為她已經死掉的話。

她沒有辦理退房，行李就留在旅館房間，只帶了裝著布包的袋子和兩三件東西便走向火車站。時間將近下午兩點，現在她要兌現諾言去幫蜜樂拿小泰迪熊，而且還有其他計畫尙待完成。

這是個清朗的秋日，電車站擠滿出遊的家庭，也許是家長帶著小孩參觀完博物館正要回家，也許是祖父母想和孫子去動物園度過幾個鐘頭的時光。臉頰紅通的小孩，以及那些染上繽紛色彩的葉子所留下的鮮明印象，種種情景都讓人感受到美好的幸福時光。

但是當她和蜜樂一起在天上的時候將會比現在更幸福。她們將整日彼此凝望，一同開懷大笑，直到永遠。

她點點頭，望向窗外的目光越過史凡納莫營區，凝視畢斯普傑格醫院方向。

十一年前她離開醫院病床時，拿走了放在鋼桌上蓋在布下的小孩。由於有位婦女分娩時引發併發症，醫護人員把她們單獨留在病房裡一會兒。

她穿上衣服，將孩子包在布中，當一個小時後，父親在丹雷特勒旅館羞辱完她，她就搭著現在這班車回歐德魯。她非常清楚自己不能留在歐德魯的房子裡，因爲其他人會上那兒找她。只要再一次，她就別想逃離他們的魔掌。

不過她也知道自己絕對需要幫助。她仍流血不止，腹部陣陣劇痛，已經痛到幾乎有點不太眞實了。

因此她去找卡桑德拉要錢。

但是就在那一天，她又經歷到名字是K開頭的人究竟有多惡劣。

卡桑德拉在她手裡塞了可笑的兩千克朗。她的兩千加上她父親的一萬克朗，這就是卡桑德拉和威利・K能夠給她的錢。眞是可笑！那些錢當然不夠用。

之後琦蜜被趕出門，無助佇立在高級住宅區的街頭，手裡挾著布包，雙腿間流淌著血，心裡只有一個念頭：總有一天，她會要所有虐待過她、羞辱過她的人付出代價。

多年後，她再度站在科克路這棟宅邸前，教堂那座召喚市儈凡夫參加星期天禮拜的鐘、厚顏無恥矗立的豪宅，以及通往她家仍顯得難以親近的門階，這些舊日景物一概如昨。

當卡桑德拉打開門時，她不僅立刻認出那張疲困勞累的臉，還有每次看到琦蜜出現時的舉止姿勢也一樣沒變。

琦蜜不知道兩人之間何時產生敵意的，也許早在卡桑德拉對琦蜜的教育方式是把她關在陰暗的櫃子裡，用小女孩仍一知半解的言語痛斥她的時候就開始了。卡桑德拉因爲屋子裡冷冰的氣氛而感到痛苦是一回事，某種程度上或許可以體諒，但卻不是藉口。在琦蜜心裡，卡桑德拉無疑就是一個賤人。

「妳不准進來，不可以！」她大吼大叫，打算摔上門讓她吃閉門羹，就像她流產那天一樣。

那天她落入了地獄，雖然那正是她所冀盼的。克利斯汀的痛毆導致她流產，但卻比不上她一整天在街上徘徊，沒有人敢靠近、伸手幫忙悽慘。

大家只看到她裂開腫脹的嘴和黏成一綹綹的頭髮，紛紛避開那雙血液乾涸後斑駁的手和抱著布包的臂膀。他們沒看到一個處境艱困的人，沒看到一個逐步走向毀滅的生命。

她認爲那是給自己的懲罰，是她個人的煉獄，是爲了她的罪行贖罪。

走到維斯特布洛時終於有個毒蟲救了她，蒂娜是唯一不介意布包發出的臭味以及琦蜜嘴角乾掉唾液的人，她看過更糟的狀況。蒂娜將琦蜜帶到窮人區裡的一條小巷，那兒蹲著另一個毒蟲，他曾經是個醫生。

琦蜜吃了他的藥後，發炎情況終於控制下來，那人還幫她子宮止住了血，然而卻也是一輩子不會再有月經了。

休息了一個星期，就在布包大概不再發臭的那段時間，琦蜜已經準備好開始一個全新的生活，一個浪跡街頭的生活。

從此以後，以前的種種全部走進了歷史。

這麼多年過去，這棟宅邸宛如凝固在夢魘裡，房間依舊飄散著卡桑德拉的濃郁香水味，象徵往昔時光的怪物也還在牆上對她咧嘴邪笑。一切都沒有改變。

卡桑德拉拿支菸湊進唇邊，唇膏的顏色早就沾在之前的菸屁股上，她的手微微顫抖，但是目光卻透過煙霧緊緊觀察琦蜜將布包放在地上的一舉一動。卡桑德拉覺得很不舒服，沒料到會在這種情況下和琦蜜見面。

「妳來這兒想做什麼？」她說的話和十一年前一模一樣。

「卡桑德拉，妳應該很想繼續住在這棟房子裡吧？」琦蜜將角色調換了過來。

她的繼母把頭往後一抬，靜靜坐著陷入沉思，煙霧在髮色已斑白的頭上飄盪。

「妳是爲此而來的嗎？來把我掃地出門？」

看看她努力要保持冷靜的樣子。太精采了！這個人曾經有機會接納一個小女孩，將她從親生母親的冷血陰影中解救出來，但這個悲慘、自我中心的女人蹂躪了琦蜜的感受，踐踏她的信任，一次次卑鄙的拋下她，甚至用她對自我的痛恨來形塑琦蜜的生活，最後導致她今日的下場：猜疑、仇恨、沒有感情、缺乏同情心。

「我有兩個問題要問妳，卡桑德拉。如果妳夠精明的話，簡單扼要回答就好。」

「然後妳就會離開嗎？」她替自己倒了杯波特葡萄酒，看來在琦蜜出現之前，那瓶酒已經快被她喝光了。她將酒杯拿到嘴邊喝了一口，竭力保持鎮定不讓手洩漏不安。

「我什麼也不會承諾的。」琦蜜回答。

「妳想知道什麼？」卡桑德拉用力吸了口菸，但因爲吸得太深，沒有半點煙霧可以吐出來。

「我母親在哪裡？」

「天啊！這就是妳想問的問題？」她嘴唇微啓，把頭擺正，接著驀然盯著琦蜜。「琦蜜，她已經死了，死了三十年啦，可憐的女人。難道我們沒告訴妳這件事？」她把頭撇開，嘴裡順勢逸出一聲驚嘆，但等她轉回來看著琦蜜時，已板起嚴肅無情的臉孔。「妳父親給了她錢攆她走，因爲她酗酒。妳還要聽更多嗎？我們竟然沒向妳提過，眞是不可置信。不過妳現在已經知道了，高興了吧？」

「高興」這個詞語在琦蜜體內嗡嗡作響。高興？

「我父親怎麼了?妳有他的消息嗎?他現在人在哪兒?」

卡桑德拉早就知道這個問題會出現，光是聽到「父親」一詞，她的體內就湧現一股厭惡感。若有人問世上誰最痛恨威利．K．拉森的話，非她莫屬。

「我怎麼也無法理解妳爲什麼想知道他的狀況，難道對妳而言他受的煎熬還不夠嗎?還是說妳要親自確定他過著水深火熱的生活?那我就讓妳開心一點吧:很遺憾，妳爸爸確實身處地獄中。」

「他病了嗎?」那個警察告訴蒂娜的話或許是眞的。

「生病?」卡桑德拉把菸捻熄，伸出手將五指分開。「就像剛剛說的，他受到地獄之火的焚燒，全身骨頭裡都是癌細胞。我沒親自和他講到話，不過聽旁人說他非常痛苦。」她重重嘆了口氣，彷彿藉此能將體內的惡魔釋放出來。「他應該撐不過聖誕節，但我一點也無所謂，完全沒感覺。」她撫平身上的衣服，然後又拿起桌上的酒杯。

所以現在就剩下琦蜜、蜜樂和卡桑德拉了，又是兩個該死的K（注）和一個守護小天使。

琦蜜拿起腳邊的袋子放到桌上，就擺在卡桑德拉的酒杯旁邊。

「當初我住在這兒期待小孩出生時，是妳讓克利斯汀進來的嗎?」

卡桑德拉看著琦蜜將袋子打開。

「老天爺啊!妳該不會把那個……那個……放在袋子裡吧?」她從琦蜜的神情得知她確實這麼做了。「妳腦筋有毛病，琦蜜!把它拿走!」

「妳爲什麼要讓克利斯汀進屋來?爲什麼讓他上去找我，卡桑德拉?妳又不是不知道我懷孕了。我說過要安心養胎。」

「爲什麼？我根本不在乎妳和那個雜種。妳到底奢求什麼？」

「所以他毆打我時，妳就坐在這兒喝酒？妳一定聽到了聲音，知道他把我打得多悽慘，爲什麼妳不報警？」

「因爲妳活該，就是這麼簡單。」

因爲妳活該，就是這麼簡單。琦蜜腦內的聲音開始大肆鼓譟。毆打、陰暗房間、嘲諷、指控，全部在她腦子裡興風作亂，現在該是好好收拾的時候了！

琦蜜跳起來一把抓住卡桑德拉高高挽起的頭髮，將她的頭往後壓，然後拿酒灌進她喉嚨裡。卡桑德拉一臉迷惑又驚愕的瞪著天花板，流進氣管的酒讓她咳嗽不止，但琦蜜將卡桑德拉的嘴摀緊，像個老虎鉗似的緊緊箍住她的頭，隨著咳嗽越來越劇烈，琦蜜掐住她的力道也越來越強。

卡桑德拉抓住琦蜜的手腕，想把她的手拽走，但是經歷過在街上討生活的日子，讓琦蜜的肌肉變得強壯，至少比終日對人發號施令、而且年事已高的老女人強壯。卡桑德拉的眼睛布滿驚懼，感覺胃部糾成一團，胃酸逆流到氣管與食道之間的危險區域。

卡桑德拉幾次激烈反抗全都徒勞無功，老朽的身體內湧現更多驚慌，鼻子不斷吸氣，但是琦蜜完全阻斷了氧氣進出的通道。剛開始卡桑德拉全身痙攣，胸部不斷顫抖，但一會兒後她的睫毛漸漸不再抖動。

注 琦蜜和卡桑德拉名字都是K開頭。

雉雞殺手
Fasandraberne

最後整個人再也靜止不動。

琦蜜讓這女人倒在她人生最後一役的舞台上，一旁的紅酒杯破裂，茶几移位，而卡桑德拉嘴裡流出的液體道盡了一切。

卡桑德拉．拉森生前享盡優渥的生活，最後也讓酒這種美好的人生佐料爲她帶來了滅亡。

有些人會說這是起不幸意外事故，或許還有人說那是預料中的事情。

有個一起打獵的好朋友，也如此說明了克利斯汀在羅蘭島莊園上射傷自己大腿身亡的事件。不幸的意外，但也是預料中的事。那個朋友說克利斯汀總是對自己的霰彈槍漫不經心，早晚會發生事情。

然而，那並非不幸的意外事故。

克利斯汀第一次與琦蜜見面就把她玩弄在股掌之間，壓榨她和其他人加入他的遊戲。對於琦蜜，他充分利用了她的肉體，要她去誘惑別人，之後又將她從那些男女關係中硬拖回來。他教唆她把凱爾．布魯諾引誘到布拉霍伊，假意承諾和他重修舊好，然後再不斷煽動她，讓她喊出要克利斯汀將他推下去的話。克利斯汀甚至強暴了她，並且先後痛毆她兩次，導致她失去小孩，這男人多次改變了她的生命——而且是越變越糟。

她在街上生活了六個星期後，有天在雜誌封面看見他面帶微笑的照片，報導上說他做成了幾筆漂亮的交易，之後要到羅蘭島的莊園休息幾天。「沒有一隻野生動物能在我的土地上感到安全無虞。」他如是說。

琦蜜偷了遊民生活的第一個行李箱，將自己打扮光鮮入時，然後搭上前往羅蘭島的火車。她在所勒斯登站下車後，又在薄暮中步行了五公里來到克利斯汀的莊園。

她在樹叢中窩了一夜，聽見克利斯汀在屋子裡大吼大叫，嚇得年輕的妻子最後不得不躲到樓上去。他人就睡在客廳裡，準備幾個小時後要好好將他深沉的攻擊性與挫折發洩在放出的雉雞上，將出現在他霰彈槍前的所有生物殺得精光。

那晚寒冷刺骨，但是琦蜜絲毫沒有受凍，光是想到克利斯汀很快就會見血，她便感到如夏日般的溫暖，內心振奮愉悅，生氣勃勃。

打從在寄宿學校那段日子，她就知道克利斯汀因為被內心的不安糾纏折磨，總是比別人早起。在狩獵活動開始前幾個小時，他習慣自己先巡過獵區一圈，以便正式狩獵時讓圍獵者和獵人能合作無間。即使在克利斯汀死亡後多年，琦蜜仍能清楚憶起那天早晨看見克利斯汀終於出現的畫面，一切彷彿歷歷在目。她看見他穿過莊園大門走向田野，身上的服裝帥氣合身，裝備齊全，完全符合上流社會對殺手形象的想像。那雙靴子多麼時髦、乾淨又閃閃發亮啊！但是上流社會又對真正的殺手了解多少呢？

她隱身在樹叢裡與克利斯汀保持一定距離，不時被自己腳下踩到的小樹枝發出的聲響嚇得停下來，一旦克利斯汀發現她的身影，琦蜜將馬上成為他的槍下亡魂，而他則會對外宣稱那是擦槍走火的意外，是他判斷錯誤，以為是鹿弄出了那些聲音。

不過克利斯汀沒聽見她的聲音，因此琦蜜最後得以從後面撲上他，用刀刺進他的生殖器。他整個人往前傾，瞪著雙眼蜷縮在地，心裡明白眼前那張臉將是自己人生最後看見的景物。

她拿過霰彈槍，眼睜睜看著他流血不止，不一會兒就斷氣了。

後來她翻過克利斯汀的屍體，用袖子拭淨霰彈槍上的指紋，將槍塞進他手中，槍管對準他的下身後扣下扳機。

根據事後案發現場重建，推敲這起不幸事件應該是死者不經意擊發了槍枝，打爛自己大腿根部失血過多致死。那一年，此樁不幸事件喧騰轟動，鋒頭壓過了其他意外。

就在琦蜜難得感受到寧靜時，其他那些老朋友正如坐針氈惴惴不安。自從克利斯汀那天從醫院回來後，琦蜜就像被地表吞沒般不見蹤影，這讓他們知曉克利斯汀之死絕對非比尋常。

大家都說克利斯汀的死令人費解。

但是狄雷夫、托斯騰、鄔利克和畢納個個心裡有數。

事件發生後沒多久畢納便自動出面投案。

他可能知道下一個就會輪到自己，也或者和其他人達成協議。無所謂。

琦蜜追蹤媒體消息，了解畢納坦承犯下洛維格謀殺案，因此知道自己從此可以和過去生活和平共存了。

她打電話給狄雷夫，脅迫他們若是也想好好過日子，就匯一大筆讓人滿意的錢給她。

雙方最後達成協議，那幾個男人也遵守了諾言。

他們接受她的條件是聰明的做法，因為在命運之神降臨前，至少還能過幾年安靜的生活。

琦蜜望著卡桑德拉的屍體好一會兒，但是卻沒有感受到解放的快慰，心裡不由得覺得驚訝。

因爲妳做得還不夠，有個聲音說。透過這種方式上天堂的人沒有一個能感受到喜悅，另一個聲音說。

第三個聲音則是沉默不語。

她點了點頭，從袋中拿起布包慢慢走上樓，一邊告訴小寶貝自己在沒人看見時是如何從樓梯欄杆上滑下去；父親和卡桑德拉沒聽見時，她又是如何哼唱同一首歌曲。

那些是屬於一個女孩生命中的小小幸福時刻。

「妳先躺在這兒，小寶貝，媽媽去拿泰迪熊。」她將布包輕輕放在枕頭上。房間的擺設分毫未變。她曾在此躺了好幾個月，感受肚子日漸凸起，而現在是她最後一次在這兒了。

她打開陽台的門，在薄暮中摸找那個鬆掉的磚瓦。沒錯，它就在記憶中的位置，但是她卻沒料到磚瓦一下子就被弄開，彷彿新上了油的鉸鍊般順手，不禁有點訝異。一股恐慌不安的預感在琦蜜心裡升起，皮膚也變得冰冷，但等到手一深入底下的空洞摸不到東西時，那股冰冷又倏忽轉變成陣陣熱浪。

她急切搜尋附近的磚瓦，但是她很明白自己什麼也找不到。

因爲就是那塊磚瓦，也正是底下的洞沒錯，但裡面的盒子卻早已不見蹤影。

她生命中那些名字K開頭的可怕之人現在在她面前一字排開：奇勒、威利．K、卡桑德拉、凱爾、克利斯汀、克拉夫斯，以及其他和她生命道路交錯的人。是哪個和她有交集的人把盒子拿走了呢？是她想拿盒子裡的證物堵住嘴的那些人嗎？那幾個倖存者？狄雷夫、鄔利克和托斯騰？

難道他們真的找到盒子嗎？

她察覺到腦中紛雜的聲音逐漸統合，手背上的脈搏劇烈跳動，全身直打哆嗦。

多年來那些聲音首次達成共識：絕對要取走那三個人的性命。

她感覺虛脫的躺在布包旁邊的床上，往日的羞辱與屈從感又占據心頭：父親的嚴厲毆打、從火紅雙唇吐出濃烈酒氣的母親、尖銳的指甲拉扯琦蜜柔軟的頭髮。

每當琦蜜被他們痛扁之後就會找個角落躲起來，手裡緊握著小泰迪熊。那是她的慰藉，泰迪熊雖然小小一隻，卻能說出撫慰人心的話語。

保持冷靜，琦蜜。他們都是壞人，總有一天會消失不見，隨時會滾蛋。

等她年紀較長後，小熊的聲調也隨之改變。它告訴她別再容忍被人毆打，不要讓他們稱心如意，若是要打人，動手的人也應該是她。

如今泰迪熊不見了，那個唯一能連結她童年幸福時光的物品。

她轉向布包溫柔的撫摸，訴說著自己對無法遵守承諾感到震驚：「妳現在沒有泰迪熊了，我的小寶貝。我真的覺得很抱歉。」

第三十四章

就像往常一般，鄖利克永遠是第一個獲得消息的人。就如同他在周末時花時間練習十字弓，只要能達成目標，他通常會寧可讓自己走的路舒服一點。這點他和他的朋友們非常不同，而且一直以來都是如此。

手機鈴聲響起時，面對著厄勒海峽的狄雷夫已一連好幾次射中標靶。剛開始練習時，仍有幾支銅箭會飛過標靶像打水撇兒的落入水中，不過最近兩天只要箭一離開弓，沒有不命中目標的。星期一這天他先試射了幾箭玩玩，正要認眞瞄準紅心時，鄖利克驚慌的聲音大大掃了他的興。

「琦蜜殺死了阿貝克。」他說：「新聞正播報這樁命案，我一聽就知道是她幹的。」

這個訊息如雷般擊中了狄雷夫，像是種死亡的徵兆。

他專心聽鄖利克敘述阿貝克不幸墜樓的狀況。警方的說明簡略又模糊，但根據媒體的詮釋，此案不完全排除自殺的可能性。換句話說，警方正在往謀殺方向偵查。

這些消息眞是他媽的要命。

「我們三個人現在一定要團結，你明白嗎？」鄖利克低聲說，彷彿琦蜜已經發現他的行蹤。「我們若不團結一致，她會將我們各個擊破。」

狄雷夫注視懸掛在手腕上搖晃的十字弓。鄖利克說得沒錯，事態確實嚴重。

「好的。」他說：「我們還是暫時按照之前的決定，明天一早先到托斯騰那兒去打獵，之後再好好從頭商議。冷靜下來，鄔利克，十多年後她才第二次出手，我認爲我們還有時間。」

他眺望厄勒海峽，但眼中看見的並非美麗的海景，排擠或奉承如今都已失去作用，目前唯一的解決方式不是琦蜜死，就是他們三個人亡。

「聽著，鄔利克，」他停頓了一會兒後又說：「我負責打電話告訴托斯騰我們的決定，這段時間你盡量去打聽消息，例如聯絡琦蜜的繼母告訴她這個狀況，或者請有她的消息的人盡快向你報告。任何消息都可以。

「還有，鄔利克，」他鄭重其事的說：「我們見面之前盡量留在家裡，聽清楚了嗎？」然後便掛斷了電話，但狄雷夫還沒把手機放進口袋，鈴聲再次響起。

「我是荷伯特。」聲音聽起來非常疏離。

狄雷夫的大哥從來不會打電話給他。當年警方調查洛維格案時，荷伯特一眼就識破了狄雷夫也參與其中，不過他並未提起此事，沒說出他的猜疑，也沒想要插手干涉。不過他這麼做並非出於兄弟之情，他根本不把狄雷夫當作手足看待，感情這種東西不存在於普朗一家。

然而必要時荷伯特仍會出手，原因不外乎害怕出現醜聞，玷汙了他的名聲。

因此狄雷夫幾個星期前並不是偶然嗅到機會，才去找荷伯特干預懸案組進行調查。

荷伯特也正是爲了此事來電。

「我只是要告訴你，懸案組又全力進行調查了，而我已經聯絡不上警察總局裡的內線，所以也掌握不到可以透露給你的消息，唯一可以告訴你的是，懸案組的組長卡爾．莫爾克已經知道是我出面阻止了此案調查。很遺憾，狄雷夫，別沉不住氣，好嗎？」

這一刻，狄雷夫整個人已被驚慌攫獲吞噬。

狄雷夫和托斯騰聯絡上時，這位時尚之王正從自己的停車場倒車出來，托斯騰也剛得知阿貝克死亡的消息，和狄雷夫與郞利克一樣，他馬上推測是琦蜜下的手，不過他還不知道卡爾和懸案組又對洛維格案全力以赴。

「他媽的要命，這件事越來越讓人不舒服。」電話那頭傳來聲音說。

「你要先暫停狩獵活動嗎？」狄雷夫問。

電話線那一端陷入漫長的沉默，答案已不言自明。

「我不願意這麼做，狐狸撐不了太久。」托斯騰終於說。「昨天早上牠亢奮到徹底失控了，讓我再考慮看看。」

狄雷夫眼前清楚浮現托斯騰在周末時，欣賞那隻患有狂犬病的狐狸受苦的畫面。

狄雷夫了解托斯騰，眼下這一刻，他的嗜殺欲望正與力量同樣強大的理智捉對廝殺，也正是這兩股力量讓托斯騰在二十歲之後領導日漸茁壯的帝國。狄雷夫猜測要不了多久就會聽見他祈禱的聲音，一個小小的祈禱。他就是這種人，若是遇上自己無法解決的事情，就會召喚某個神尋求幫助。

狄雷夫將手機的耳機塞進耳裡，擰緊十字弓的弦，再從箭袋裡取出一支新的箭，架上弓後對準舊棧道上某個繫繩柱，有隻海鷗正停在上面整理羽毛。狄雷夫估算距離與風速後輕輕一放，動作輕柔得彷彿撫摸小嬰兒臉頰的指頭。

海鷗完全不察有異，整支箭穿身而過，接著身體猛然一震落入水中。狄雷夫看著海鷗掙扎之際，托斯騰正喃喃自語禱告。

那箭射得眞漂亮，狄雷夫不禁開心得手舞足蹈。

「我們用不著取消狩獵，托斯騰。」他說：「今晚你將所有的索馬利亞人集合起來，指示他們密切注意琦蜜是否出現，派他們在獵場附近巡邏，就說發現任何蛛絲馬跡必有重賞。」

托斯騰短暫考慮之後同意了提議。「好。」他說：「獵場怎麼辦？不能讓克倫和那些笨蛋到處亂闖吧。」

「你在講什麼？只要想來的人都歡迎！若是琦蜜找上我們，有目擊者在一旁最好，他們可以見證我們將她一箭穿心。」

狄雷夫拍拍十字弓，看著在浪花上載浮載沉的白色小點。接著又說：「琦蜜能大駕光臨是求之不得的事，這點我們的想法是一致的吧，托斯騰？」

不過他沒有聽托斯騰回答了什麼，因爲他的祕書正站在露台上大喊，在這樣的距離之下，他只能隱約看出她把雙手放在耳朵旁。

「我想有人在找我，托斯騰，我得掛電話了。明天一早見，小心爲上。」

兩人幾乎同時掛上電話，而幾乎在同一刻，狄雷夫的手機鈴聲又響起。

「你把插撥功能關了嗎，狄雷夫？」

是他的祕書，如今站在醫院露台上的女人已不再比手畫腳。

「最好不要這麼做，否則我沒辦法聯絡上你。醫院這兒有點麻煩，有個自稱是副警官卡爾．莫爾克的男人跑來到處窺探，我們該怎麼做？你要和他談談嗎？他沒有出示搜索令，我相信他根本沒有帶來。」

狄雷夫感覺到一股鹽味很重的水氣撲面而來，除此之外沒有其他感受。距離他們第一次攻擊別人至今已二十多年，這些日子以來他始終能事前感覺到騷動、不安與一股潛藏的憂慮，那是他的能量來源，但這一刻他什麼也沒感覺到，不是個好兆頭。

「我不見他。」他說：「告訴他我人在外面。」

被射中的海鷗這時已完全消失在陰暗的浪潮底下。

「告訴他我人在不辦公室，並且確認他離開了醫院。那可惡的傢伙。」

第三十五章

對卡爾來說，這個星期一非常早就展開了，大概就在他星期天晚上躺下床不到十分鐘後。

整個星期天他如同行屍走肉一般，在回程飛機上睡了一路，空服員根本叫不醒他，最後又推又扶才把他拖出飛機交給機場人員，用電動車送到救護車上。

「你說你吞了幾顆服利寧？」救護人員問。但是卡爾沒回答就昏睡過去。

荒謬的是，他的頭才一碰到自己床上的枕頭，人就清醒了。

「你今天到哪兒去了？」當他跌跌撞撞走進廚房時，莫頓劈頭問道。他還來不及說「謝謝，不用了」，一杯馬丁尼就這麼放在桌上，讓這一夜因此變得漫長。

「你應該幫自己找個女朋友。」莫頓突發奇想這麼說。此時鐘敲了四下，賈斯柏恰好踏進家門，貢獻了一堆關於女人與愛情的建議。

卡爾頓時了解到，若要讓服利寧發揮最佳效用，劑量應該要少一點，至少此刻他可以沉沉睡去，不需要在這兒聽十六歲的龐克小子自吹自擂，或是沒有出櫃的同志講一堆愛情的大道理。現在就缺賈斯柏的母親維嘉也來湊一腳發表高論，他可以想見她會說：「怎麼回事啊，卡爾？你新陳代謝系統的警報已經嗶嗶作響了，應該多吃點紅景天，那對很多疾病都大有幫助。」

在星期一上班途中，卡爾在警衛室遇見羅森，他看起來也是一副死氣沉沉的樣子。

「還不都是因爲該死的垃圾桶事件。」羅森說。

他們對警衛室玻璃後面的同事點點頭，然後一起走過拱廊。

「你們有考慮到史托．喀尼克街和史托．琮德福街名字間的關聯性，對其他命名類似的街道加強巡邏嗎？」

「是的。不僅是史托．史坦街，連史托．科克街也都加派了便衣警察監視，防止犯罪者再次行動。也因爲如此，我正打算告訴你，我們沒有多餘人手供你調派，不過這點你應該很清楚了。」

卡爾點點頭，他已經沒有力氣在乎了，時差會讓人睡不飽、變笨、頭腦不清嗎？人爲什麼要從事什麼冒險旅行啊？做個惡夢還比較好一點。

他在地下室的走廊遇到笑容燦爛的蘿思。哼，他保證那笑容等下就會消逝。「在馬德里收穫如何？」那是她說的第一句話。「你去欣賞佛朗明哥舞了嗎？」

他沉默不語。

「說啊，卡爾。你看到了什麼風景嗎？」

他抬起疲憊的雙眼瞪著她。「我看到了什麼？除了艾菲爾鐵塔和我自己的眼皮之外，什麼也沒看見。」

她眼神透露出「那不是眞的吧？」的訊息，正要開口反駁。

「蘿思，我直截了當告訴妳：這種事如果再搞第二次，妳將成爲懸案組的前同事。」

卡爾說完逕自走向自己的椅子，那張放在最深處的座椅正等待著他，只要把雙腳翹在桌上睡個四、五個鐘頭又會是一尾活龍，這點他相當確信。

「怎麼回事？」卡爾正要墜入夢鄉時，耳邊響起阿薩德的聲音。

他聳聳肩，除了一腳踏進墳墓之外沒有怎麼回事，阿薩德是眼睛瞎了還是什麼嗎？

「蘿思表情好消沉喲。你對她說了難聽的話嗎，卡爾？」

他一股火氣上來正想開口罵人，卻因爲瞥見阿薩德夾在腋下的文件而忍住沒發作。

「你要給我看什麼嗎？」他精疲力盡問道。

阿薩德在蘿思訂購的可怕金屬椅上坐下。「還沒發現琦蜜．拉森的下落，不過我會持續搜捕，找到她是早晚的問題。」

「爆炸案現場有什麼新發現嗎？有沒有找到什麼？」

「沒有，什麼也沒找到。就我所知，那邊的調查工作已經結束了。」他拿起文件翻閱。

「我聯絡上呂基斯托普柵欄公司。對方很幫忙，他們調查了整個部門，才找到知道鑰匙事情的人。」

「啊哈。」卡爾眼睛再度閉上。

「有位員工派鎖匠到英格斯雷街，協助一名自稱在丹麥國家鐵路局服務的女士，那位女士額外多訂了幾把鑰匙。」

「你知道那位女士的模樣了嗎，阿薩德？很有可能是琦蜜．拉森。」

「沒有，因爲他們找不到當時送鑰匙過去的鎖匠，所以我不知道那個女士長什麼樣子。我把這件事告訴了樓上部門，他們想知道究竟有誰能進入發生爆炸案的小屋。」

「好，阿薩德，幹得不錯，進展勢如破竹。」

「什麼竹？」

「算了，阿薩德，這不重要。你的下一個任務是：找齊我們三個寄宿學校朋友的所有官方紀錄。狄雷夫、托斯騰與郞利克三人，我要他們的一切資料，包括稅務關係、公司結構、居住地、家庭背景、個人資料等。蒐集資料時要小心，不要太明目張膽。」

「我要先從誰開始？每個人的資料我手邊都已經有一些了。」

「很好，阿薩德。關於他們，你掌握了什麼資訊？」

「我從樓上的凶殺組得知阿貝克和狄雷夫聯絡頻繁。」

不令人意外。

「很好，阿薩德。那麼他們和這件案子之間的關係就很明確了，我們可以拿這件事當托詞馬上去找他們。」

「托詞？」

卡爾張開眼睛，看見阿薩德兩道眉毛高高挑起，一臉困惑的模樣。說眞的，這種溝通方式還眞累人，或許可以考慮讓他去上幾堂丹麥語，降低一下語言障礙？但又怕阿薩德突然之間變得像商人一樣信口胡謅。

「然後，我找到了克拉夫斯．耶朋盛。」阿薩德看卡爾沒有回答問題，乾脆繼續往下說。

「很好，阿薩德。」卡爾試著回憶自己講了多少次「很好」，這個詞用得眞浮濫。「他人在哪兒？」

「在醫院。」

卡爾坐直身體。「怎麼回事？」

「你也知道的。」阿薩德在手腕上比畫了一道。

「該死，阿薩德！爲什麼會這樣？他還活著嗎？」

「還活著。我去看過他了，就在昨天。」

「好，然後呢？」

「沒什麼，不過就是個沒有脊椎骨的男人。」

脊椎骨？那又是什麼鬼東西？

「他說多年來一直有這種消極的想法。」

卡爾搖搖頭。是的，從沒有一個女人對他有那麼大的影響，眞的很遺憾。

「他還說了什麼？」

「我想沒有了，之後護士就把我趕出來。」

卡爾虛弱一笑，看來阿薩德會漸漸習慣這種事。

但是轉眼間阿薩德臉色驀地一變。「我在樓上看到一個新來的人，我想他應該是伊拉克人，你知道他在這兒幹嘛嗎？」

卡爾點點頭。「那是來接巴克職位的人，他之前在洛德雷服務，我前晚在阿貝克的住處見過他。你認識他嗎？他叫作薩米爾，我一時想不起他的姓氏。」

阿薩德抬起頭，微微張開豐滿的嘴唇，眼周泛起屬於笑紋以外的細紋，有好一段時間就像靈魂出竅一樣。

「好。」然後緩緩點頭低聲說：「接巴克職位的人，所以他之後都會待在這兒囉？」

「是的，我想應該是如此。有什麼不對勁嗎？」

但阿薩德又一改神色，臉部肌肉放鬆，看著卡爾的目光又回復平日那種無憂無慮。

「看看你和蘿思，你們兩個變成了好朋友，卡爾。她勤奮努力，而且……那麼可愛。你知道她今早叫我什麼嗎？」他滿懷希望的停頓了一下，但是卡爾一聲也沒吭。「親愛的貝都因人，是不是很棒？」阿薩德緊咬著下唇猛搖頭。

嘲諷真的不是這個男人的強項。

卡爾將手機插在插座上充電，然後盯著白板陷入思考。下一步應該要直接找狄雷夫、托斯騰和鄔利克談話了，他會帶阿薩德一同前往，以防幾位先生在閒談過程中洩漏了什麼，才能有目擊者可以作證。

此外，名單上還有那三人的律師。

卡爾摸著下巴，在班特．克倫妻子前面演那齣戲真是有夠白痴，竟然胡謅她先生和自己的老婆有染！人究竟能笨到何種地步？律師先生如今會願意見他嗎？但卡爾最後還是找出克倫的電話號碼撥打過去。

「安涅特·克倫。」一個聲音說。

卡爾清了清嗓子故意提高音調，畢竟因聲名遠播而被人認出來是件好事，但若是因爲聲名狼藉而被認出來，只會導致悲慘的結果。

「不在。」她說：「他已經不住這兒了。你若想找他，請打電話到他的手機。」她把手機號碼給他，聲音聽起來參雜著哀傷。

他馬上打電話過去，卻只聽到語音留言說他人在外面備船，有事的話請明天九點到十點再打這個號碼找他。

眞是愚蠢，卡爾心想。他又打電話詢問那位女士，得到他的船停靠在倫斯登遊艇碼頭的回覆。

嗯，這點不讓人意外。

「我們得出發了，阿薩德，你可以趕快把事情做完嗎？」卡爾對著走廊大喊。「我只要再打個電話就出門，聽到了沒？」

他打電話給市警局以前的同事與競爭對手布朗度·伊薩克森，他有一半格陵蘭人、一半法羅人血統，不論精神還是行爲都帶著濃郁的北大西洋風格，又被稱爲「哈爾托夫冰柱」。

「你要幹嘛？」

「我想向你打聽一個叫作蘿思·克努森的祕書，從你們那邊轉來的。我聽說她在市警局給自己惹了點麻煩，可以告訴我是什麼樣的事？」

卡爾沒料到對方會轟然大笑，在伊薩克森身上，笑容就像友善一樣稀罕。

「所以你接收了她？」伊薩克森的笑聲彷彿停不下來，聽得卡爾渾身不舒服。

「簡單來說，她先是在回家的時候毀壞了三個同事的私家轎車；然後將波頓咖啡壺放在主管花了一周準備的報告手寫稿上，而且咖啡壺沒關緊；對助理和所有調查員頤指氣使，干涉他們的工作；最後，我聽說她還在聖誕派對中和兩個同事亂搞。」伊薩克森聽起來就像笑到快掉下椅子似的。「而你卡爾竟然接收了她？那麼我給你個忠告，別讓她喝太多。」

卡爾倒抽了口氣，又問：「還有嗎？」

「她有個雙胞胎姊妹，不是同卵雙胞胎，不過那個人一樣怪異。」

「喔，怎麼說？」

「只要蘿思打電話給她，你的耳朵就有得受了。總之一句話，她這個人頑固、粗魯、大嘴巴，有時候還很容易生氣不耐煩。」

除了喝酒這件事，其他的事卡爾早就知道了。

掛上電話後，卡爾豎起耳朵傾聽蘿思辦公室裡的動靜，最後他甚至站起身悄悄溜到走廊上。她果然在講電話。

他在門旁站了一下偷聽她講話的內容。

「是的。」她靜靜的說：「是的，應該是這樣。喔，沒錯，你認爲……嗯，然後……」這樣的對話內容持續了一陣子。

終於，卡爾決定在敞開的門口現身，狠狠盯著她，希望能產生點嚇阻作用。

兩分鐘後她掛上電話，或許這表示他的眼神產生作用了？

「妳坐在這兒和朋友聊得還愉快嗎？」他挖苦問道，不過這句話並沒有對她造成影響。

「朋友？」她吸了口氣說：「是啊，或許可以這麼說。電話是司法部一個司長打來的，他想告訴我們，他們收到奧斯陸來的一封電子郵件，對方的刑事警察大力誇獎懸案組，認為我們是北歐警察史近二十五年來最有趣的組織，司法部的人還問說你為什麼不考慮升為警官。」

卡爾嚥了口口水。又來了！他才不想乖乖坐在辦公室裡，打死也不幹。他和馬庫斯早就討論過這件事！

「妳怎麼回答？」

「我？我就轉移話題囉，不然你期待我怎麼回答？」

酷女孩，他心想。

「喂，蘿思，」卡爾鼓起勇氣，道歉不是件容易的事，對來自布朗德斯勒夫的男人來說尤其困難。「我今天有點暴躁，別介意。馬德里之行其實還可以，認真來說，這次出差的結果甚至超乎預期得好，不過我遇到了一個無牙乞丐，所有的證件都被偷了，然後被某個陌生女士一路握著我的手大概握了兩千公里。所以下次若還有這種事，至少早點告訴我，好嗎？」

她回以嫣然一笑。

「還有，蘿思，我剛想到一件事。妳是否和卡桑德拉·拉森家一個女傭講過電話？我那次身上沒帶警徽，所以她打電話到辦公室確認我的身分。」

「沒錯，是我接的電話。」

「她要求知道我的樣貌，妳是怎麼描述的？可以請妳重複一次嗎？」

蘿思的臉頰出現奸詐的酒窩。

「嗯，我只是告訴她，如果對方繫著棕色皮帶，腳上穿著磨損的四十五號黑色便鞋，那麼八九不離十是你。若她還看到太陽穴上有個像屁股肉的光禿，毫無疑問絕對是卡爾．莫爾克本人。」

說得眞是毫不留情面啊，他心想，然後忍不住撥了撥頭髮。

他們在遊艇碼頭十一號棧橋找到班特．克倫，他正坐在一艘遊艇後甲板的軟墊椅上，那艘遊艇保證比班特．克倫本人還要値錢。

「那艘是V42遊艇。」站在林蔭道旁一家泰國餐廳前的男孩說。識貨的年輕專家。

當克倫看到有個執法者踏上他的白色天堂，身旁還跟一身黝黑的另類人種時，顯然得努力克制自己才沒有表現出驚嚇，但卡爾並未讓這位律師有抗議的機會。

「我和瓦爾德瑪．弗洛林談過。」卡爾劈頭就說：「他指點我來找你。他認爲若要答覆家庭事務，你是最恰當的人選，可以耽誤你五分鐘嗎？」

克倫將太陽眼鏡推到頭頂上，基本上眼鏡一直放在頭上也無所謂，因爲今天根本不見陽光照耀。「那麼就五分鐘，頂多如此。我太太在家等我。」

卡爾笑開了臉，露出「哦，最好是喲」的表情，克倫這種見多識廣的老手當然不可能沒注意到，他接下來或許會提防避免再次說謊了。

「一九八七年，那群年輕的寄宿學生因為涉嫌犯下洛維格命案而被帶到霍貝克警局時，瓦爾德瑪與你也在場。瓦爾德瑪暗示我，那幫學生中有兩個人與其他人不同，不過他說你可以解釋得更為詳盡，你知道他指的是什麼嗎？」

克倫的臉色比一般人蒼白，不是因為缺乏色素，而是缺血，因為那些血全被他多年來擺平案件的卑劣行徑給吸光榨盡。卡爾當警察多年來越來越確定：沒有人的臉色，會比心中有懸案未解的警察和解決太多案件的律師還要蒼白。

「不同點嗎？我認為他們全都非比尋常，是非常優秀的年輕人，他們之後的經歷在在證明了這點，你不這麼認為嗎？」

「這個我不太了解。不過他們其中一個被自己手中的霰彈槍射中大腿根部；另一個靠肉毒桿菌和矽膠填滿女人身體來賺錢；第三個被營養不良的女孩簇擁其中；第四個身繫囹圄；第五個人的專業是剝削無知的小存款人，讓有錢人更加有錢；最後一個則在街頭生活了十一年。所以說，我不是很了解你的意思。」卡爾說。

「我建議你最好別公開發表剛才那段長篇大論。」克倫一邊回答，一邊用手把領結調高。

「公開發表？」卡爾不禁陷入思量，然後環顧四下由玻璃纖維、鉻和拋光柚木搭建而成的空間。「還有比這兒還要公開的地方嗎？」他微笑著用手臂比了一圈，要說那是種恭維也無妨。

「琦蜜．拉森發生了什麼事？」卡爾接著又問：「難道她和你的客戶不同？她不是那幫人的中心人物嗎？或許狄雷夫、鄔利克和托斯騰希望她從地球表面消失？」

克倫太陽穴旁的魚尾紋垂直抽動了一下，不是很賞心悅目的景象。「請容我提醒你，她已經消失了，而且，那完全出於她本人的意願。」

卡爾轉向阿薩德。「你聽到了嗎，阿薩德？」

他舉起鉛筆表示聽到了。

「謝謝。」卡爾說：「大致差不多了。」

他們站起身。

「什麼？」克倫困惑問道：「聽到什麼了？怎麼回事？」

「你剛提到那幾位先生有興趣讓琦蜜在世界上消失。」

「沒有，根本沒有這回事。」

「他有提到，對吧，阿薩德？」

小個子猛點頭附和，非常忠心。

「我們手中握有證據顯示那幫人殺害了洛維格那對兄妹。」卡爾說：「我指的當然不只是畢納·托格森。我們會再見的，克倫先生，另外，你也會見到其他你曾聽說過的人，那些人擁有極佳的記憶力而且非常關心此案，例如凱爾·布魯諾的朋友曼佛列·史洛特。」

克倫對這個名字沒有反應。

「還有位當年曾在寄宿學校服務的老師，克拉夫斯·耶朋盛。更別提昨天才與我在馬德里談過話的奇勒·巴塞特。」

克倫有反應了。

「等一下。」他抓住卡爾的手臂說。

卡爾皺著眉不以爲然看了他的手臂一眼，克倫迅速把手放開。

「好的，克倫先生。我們知道你非常關心那幾位先生的利益，你本身也是卡拉卡斯私人醫院的理事，光是這點，或許便可說明你爲何能置身於如此美麗的環境了。」卡爾的手大大一揮，指著防波堤一旁的餐廳與厄勒海峽。

等他們一離開，克倫毫無疑問會火速致電狄雷夫、鄔利克和托斯騰三人。

如此一來，等卡爾找上門時，他們至少能做好準備，但是也可能變得更加軟弱。

阿薩德和卡爾像前來諮詢整容的顧客走進卡拉卡斯醫院四處張望，彷彿在決定進行抽脂手術之前想先了解一下環境，結果當然被接待人員擋了下來，不過卡爾仍然逕自走向看起來像是辦公大樓的建築物。

「狄雷夫．普朗人在哪裡？」當他終於找到「狄雷夫．普朗總裁」的名牌時朝一位穿著打扮類似祕書的女人問道。

她手裡拿著電話正要打給保全人員，卡爾趕緊亮出警徽，臉上露出連他那個實際的母親也會傾倒的微笑。「很抱歉突然來訪，我們希望與狄雷夫．普朗談一談，可以麻煩你轉達嗎？我們不會耽誤太久的。」

但是她沒有上當，完全不爲所動。

「他今天不在。」她說得很堅決。「不過我可以幫你約個時間，十月二十二日你方便嗎？」

看來他們無法馬上和狄雷夫見面。眞蠢。

「謝謝，我們會再打電話過來。」卡爾拉著阿薩德離開。

祕書絕對會向狄雷夫送出警告，這點毋庸置疑，他們離開時她已經轉身拿著手機走向露台。能幹的祕書。

「我們到那邊看看。」卡爾在經過接待櫃台朝手術大樓走去時這麼說。

一路上大家好奇的盯著兩人，他們則友善點點頭回應注視。

卡爾在經過手術大樓的時候停下腳步等了一會兒，想看看狄雷夫會不會出現，然後才又邁開步伐走過裡頭飄揚著古典音樂的單人病房區。最後他們抵達醫院的廚房與洗衣部，這些員工身上的工作服雖然寒酸，卻是不折不扣天生自然的人。

他們朝廚師點點頭後走向洗衣區，看見一排露出驚恐神色的亞洲女子。

狄雷夫若是知道他們到過醫院樓下，卡爾打賭，不到一個小時那些女子就會被送走。

回程路上阿薩德不像平日那樣多話，一直到柯蘭彭堡附近才開口。「如果你是琦蜜．拉森的話，你會去哪裡？」

卡爾聳聳肩。

誰知道呢？她的行蹤捉摸不定，顯然擁有一種比誰都懂得處理生活中突發意外的天分，任何地方都可能出現她的蹤影。

「琦蜜肯定是想阻止阿貝克進行調查，換句話說，她已經不再是那幫人的親密紅色知己了。」

「紅顏知己，阿薩德，是紅顏知己。」

「凶殺組的人說阿貝克星期六晚上去了一家叫作丹胡斯的舞廳，我告訴過你嗎？」

「沒有，不過我也聽說了。」

「他走時是和一個女人一起離開的，對吧？」

「這我就沒聽說了。」

「也就是說，卡爾，如果是她殺了阿貝克，絕對會引起那幫人的不快。」這話說得含蓄。

「如果是眞的，如今兩方將會開戰了。」

卡爾疲累的點點頭，這幾天焚膏繼晷的奔波勞累不僅讓他的大腦活動變得遲鈍，也讓運動神經如鉛般沉重，光是踩個油門就耗掉許多氣力。

「你不認爲琦蜜會回到你找到盒子的那個家嗎？去拿走可以指控其他人的證物？」

卡爾緩緩點頭，這個可能性非常大，當然另一個可能性是把車開到路肩稍微打個盹。

「我們要不要開車過去看看呢？」阿薩德做出結論。

他們抵達琦蜜的舊家，卻看到大門被鎖得嚴嚴實實，按了好幾次電鈴也無人應門。找出電話號碼撥打過去，雖然聽見房子裡傳來電話鈴聲，卻不見有人接聽。似乎白來一場。卡爾沒有力氣堅持下去，就算是如琦蜜繼母那般的老婦人，也擁有在自家之外生活的權利。

「來吧。」他對阿薩德說：「我們走吧。由你開車，我趁這段時間睡一會兒。」

卡爾和阿薩德回到警察總局，蘿思正要收拾東西回家，預計後天才現身。經過星期五晚上、星期六一整天和星期天幾個小時的長時間工作後，她已經沒有力氣再做下去了。

卡爾的狀態同樣也好不到哪兒去。

「除此之外，」她說：「我聯絡上伯恩大學一個女士，她費了很大的勁才找到琦蜜．拉森的資料。」

看樣子蘿思完成所有工作清單上的項目了，卡爾心想。

「她說琦蜜品學兼優，沒有出過事，只在一場滑雪意外中失去了男朋友。否則就資料來看，她停留在瑞士期間表現良好。」

「滑雪意外？」

「是的。那位女士說那場意外有些奇怪，甚至還因此出現了流言蜚語，因爲她男朋友是個滑雪高手，此外，也沒人會在未受管制而且布滿岩石的斜坡上滑雪。」

卡爾點點頭，危險的運動。

卡爾在警察總局外頭碰見肩上背了個大皮包的夢娜，他尚未開口，夢娜的目光便已透露出「不用，謝謝」的意味。

「我認眞考慮過把哈迪接到我家住的事。」他用僅存的一點體力說道：「不過我還不太清楚那在心理上對他和我們會造成什麼影響。」

他虛弱無力的凝望著她，那樣的眼神顯然有其必要，因爲當他後來問她能否一起吃飯，以便討論此一重大決定對所有人可能產生的影響，答案竟然是肯定的。

「有何不可呢？」夢娜粲然一笑，那笑容讓他下身一緊。「反正我也餓了。」

雉雞殺手
Fasandraberne

卡爾訝異得說不出話來，他原本只期望自己看著她的雙眼可以散發點沉靜的魅力。在兩人一起用餐一個小時後，夢娜逐漸敞開心房，伴隨著這股微醺的氣氛，卡爾知道自己終於可以放鬆好好睡一覺了。

就睡在盛裝著牛肉和花椰菜的盤子上。

第三十六章

星期一上午房子裡安靜無息。

琦蜜緩緩醒過來，困惑的看著以前的房間，恍然以為自己才十三歲，而這天又睡過頭了。她有多少次早上被趕出門時，除了卡桑德拉與父親的責罵之外什麼也沒吃？又有多少次飢腸轆轆坐在歐德魯的學校教室，沉溺在自我世界中？

接著她想起了前一天發生的事，想起了卡桑德拉那雙睜得大大的，了無生氣的雙眼。於是，她哼起那首古老的旋律。

她穿好衣服拿起布包走到樓下，快速瞄了一眼客廳裡卡桑德拉的屍體，然後坐在廚房對小寶貝低聲呢喃說這兒有什麼好吃的，當電話鈴聲響起時，她正坐著講話。

她被嚇得肩膀抖了一下，有點遲疑的接起電話。「喂？」她故意裝出沙啞的聲音，「我是卡桑德拉．拉森，請問你哪位？」

對方才講第一個字，她便已認出聲音的主人。是鄔利克。

「喂，不好意思，我是鄔利克．杜波爾．顏森，你還記得我嗎？」他說：「拉森太太，我們認為琦蜜很有可能往你那兒去，所以想請你小心安全。她若是過去的話，請馬上通知我們。」

琦蜜透過廚房窗戶往外望，如果他們從那兒過來，她只要躲在門後就不會被看見，更何況卡桑德拉廚房裡的刀銳利無比，不管是切老肉或嫩肉都毫不費力。

「你看到琦蜜時一定要特別小心，拉森太太。不過請你讓她進屋去，把她抓住後打電話給我們，我們會盡快過去幫你。」郞利克笑得小心翼翼，特意讓自己說的話聽起來有說服力，可惜琦蜜比他更了解狀況：一旦琦蜜現身，世界上沒有一個男人幫得了卡桑德拉，這種事不是沒發生過。

他給她三支手機號碼，狄雷夫、托斯騰還有他自己的，那些號碼琦蜜以前並不知道。

「謝謝你特地打電話來提醒我。」她記下號碼時用衷心感謝的語氣說道：「請問你現在人在哪兒呢？如果眞的發生緊急狀況，是否能及時趕到歐德魯？我直接打電話報警不會比較好嗎？」她眼前清楚浮現郞利克那張臉，他只有在華爾街崩盤時才會出現擔憂的神色。警察？多麼醜陋的字眼啊！

「不用了，我不認爲這麼做比較好。你知道警察很可能要花上一個小時才趕得到現場嗎？而且還是他們眞的採取行動的時候。世道就是如此，拉森太太，現在已經和以前不同了。」他發出一些嘲諷的聲音，想說服她執法者無法讓人信任的效率。「我們離你的住處不遠，拉森太太。今天我們還要工作，但是明天就會到托斯騰位於艾究史普特的莊園，一起前往他名下的喀里斯可夫森林打獵。我們三個人的手機都會開著，你隨時可以打電話過來，我保證到你那兒的速度會比警察快十倍。」

原來是到托斯騰的艾究史普特莊園去啊，她非常清楚那地方的位置。

而且三個人一次到齊，沒有比這更好的事了。

她不需要趕時間。

她沒聽到開門的聲音，所以當她聽到女子的叫喚聲時全身一僵。

「早安，卡桑德拉，是我。起床囉！」

玄關大廳連著四道門，一道通往琦蜜所在的廚房，一道門後是廁所，一道連接餐廳，往內走就是躺著卡桑德拉僵硬身體的客廳，最後一道則通往地下室。

那女子若是想活命的話，除了通往餐廳和客廳的那道門之外，其他門都可以選。

「嘿！」琦蜜叫道。

琦蜜聽到腳步聲停了下來，把門打開後，看見一張女子困惑的臉正盯著她。

她從沒看過對方，但根據她身上的藍色罩裙判斷應該是女傭。

「早安，我是琦絲坦—瑪麗．拉森，卡桑德拉的女兒。」她朝那女子伸出手說：「卡桑德拉不太舒服，我已經把她送到醫院去了，所以妳今天不用上班。」然後主動握住女子猶豫不決的手。

她毫無疑問聽過琦蜜的名字，因爲她只是淺淺回握了琦蜜的手一下很快抽走，眼神警醒戒備。「夏洛特．尼爾森。」女子的回應冷淡，眼睛越過琦蜜的肩膀望向她身後的客廳方向。

「我母親應該星期三或星期四會回到家，到時我會再打電話請妳過來。這段時間家裡就由我來照顧。」當琦蜜說出「母親」時，感覺到這個語詞燒灼著嘴唇，那個字她從沒用在卡桑德拉身上，但是現在的狀況情非得已。

「我看這兒有點淩亂。」女傭望向大廳路易十六風格的椅子，上面披掛著琦蜜的衣服。「我稍微收拾一下，反正我本來整天就應該待在這兒。」

琦蜜擋住通往餐廳的門。「哦，妳人眞好。不過今天不用麻煩了。」她把手放在對方肩膀上，拉著她到衣帽間拿外套。

女傭沒有把罩裙脫掉，也沒說再見，只是眉毛挑高、一臉愕然離去。

得趕快把那個老女人處理掉，琦蜜心想。但是她不確定該把屍體埋在花園裡還是運到其他地方，如果她有輛車，倒是知道北西蘭島有座湖，裡面就算再多放具屍體也不成問題。

然後她站住不動，傾聽腦子裡的聲音，忽然想起了今天是星期幾。

幹嘛要這麼費事呢？有個聲音問道。明天就是所有一切將昇華到更高境界的日子了。

她正要起腳走上樓，卻聽到客廳傳來玻璃碎裂聲。

眨眼間，她已經衝進客廳，但頓時又想起如果侵入者是女傭的話，自己很可能不到幾秒就會躺在卡桑德拉身邊，臉上帶著同樣驚慌與已定結局的表情。

果不其然，客廳裡女傭手裡拿著用來敲碎露台玻璃的鐵棒在她面前揮舞。「妳把她給殺了，妳這個瘋婆子竟然殺了她！」眼裡噙著淚水不斷大吼。

那個可惡的卡桑德拉怎麼能引起她那樣的情感？眞是令人丈二金剛摸不著頭腦。

琦蜜退到壁爐和花瓶旁，這個人想打架嗎？她心想。那可找對人了，沒人比琦蜜還了解暴力與意志有多麼不相容，但她可是非常擅於操控兩者。

她拿起一座青年風格（注）的黃銅雕像，在手裡掂了掂重量，若是擲得準，對方的頭再怎麼堅硬也會被那雙優雅伸展的雙臂敲成兩半。她對準目標丟出，沒想到女傭卻出乎意料用鐵棒將銅雕擊開，掉落在地的銅雕的雙臂立刻把地毯鑽出一個洞。

琦蜜退到玄關大廳，想要跑到樓上拿那把已經打開保險隨時可擊發的手槍。那個臭女人自己找死。

可是女傭沒有追著她上樓，反而從客廳傳來一陣啜泣。

於是琦蜜又溜了回去，透過門縫偷看客廳的動靜，女傭蹲在沒有生命跡象的卡桑德拉身邊。

「那個怪物究竟幹了什麼？」她聽見女傭哽咽呢喃。

琦蜜雙眉緊蹙。

這些年來她和朋友虐待別人時，從未看過如此悲傷的景象。那些人會有恐懼，驚駭也沒少過，但是這種悲傷的情感她只在自己身上經歷過。

琦蜜稍微把門推開，想要看得更清楚一點，卻不小心發出聲音讓女傭猛地把頭一抬。

下一秒，女傭已從地上躍起，拿著鐵棒打算朝琦蜜發動攻擊。琦蜜大吃一驚，連忙摔上門往樓上跑。槍就躺在房間裡，得趕快用它把這兒的事解決了，她不想置她於死地，只想把她綁起來讓她冷靜一下，並沒有打算射死她。

女傭大聲咆哮追上來，將鐵棒一扔擊中了她的腿。琦蜜栽向階梯平台，在倒下前穩住了身

注 Jugenstil，二十世紀初期興起於奧地利而後流行於歐洲一帶的一種藝術風格。

體，但是已經來不及了，女傭拿起鐵棒壓在她脖子上。

「卡桑德拉時常提到妳。」她說：「怪物，她就是這麼叫妳的。妳以為我看見妳出現在玄關大廳時會開心得手舞足蹈嗎？妳以為我會相信妳願意照顧卡桑德拉嗎？」

她把手伸進罩裙口袋拿出刮痕斑斑的手機。「有個叫作卡爾．莫爾克的警察在找妳，妳知道嗎？我把他的電話號碼存在這裡，他人很好，給我他的名片。或許我們應該給他個機會和妳聊一聊。」

琦蜜搖搖頭，故意裝出受驚不安的表情。「不要。妳聽好，卡桑德拉的死和我無關，她是在我們坐著聊天的時候被波特酒嗆死了，真的很可怕。」

「哈，是啊！」聽得出來女傭根本不買帳，反而用膝蓋殘暴的壓住琦蜜的胸部，然後將鐵棒一端刺在她喉嚨上，一邊在手機螢幕上尋找卡爾的電話號碼。

「妳這個卑鄙的失敗者絕對不可能做出對她有益的事。」女傭繼續說：「我很肯定警察迫不及待想聽妳怎麼說，但別以為我會幫妳，就算不在旁邊我也知道妳幹了什麼事。」她哼了一聲。「說什麼她在醫院，妳真該看看自己的嘴臉！」

女傭找到了卡爾的號碼，但就在同一時刻，琦蜜一腳踢中她的褲襠，隨後又補上一腳。女傭被踢得目瞪口呆，鬆開了制伏，像一把折疊刀痛得彎下身體。

琦蜜一語不發，只是用腳後跟踢她的小腿，打掉她手上的手機，從她已經拿不緊的鐵棒底下掙脫，然後起身奪過女傭手中的鐵棒。

不到五秒，一切又恢復了平衡。

琦蜜站了好一會兒讓自己喘口氣鎮定心神，女傭用充滿仇恨的目光瞪著她，試圖掙扎起身。

「我不會對妳怎麼樣。」琦蜜說：「只是把妳綁在椅子上。」

但女傭搖頭，一隻手摸著身後的階梯扶手似乎想要撐起自己，從炯炯閃耀的眼神可以看出她仍打算負隅頑抗。然後女傭一個箭步衝上前，雙臂一伸往琦蜜的脖子掐去，指甲陷入她的肉裡。

琦蜜靠在牆上，努力將一隻腳往上縮，試圖阻擋在兩人身體中間，這是個很好的脫身姿勢，因爲她腳一蹬，女傭就被踢開身體掛在扶手上，這高度距離大廳地面約有五公尺。

女傭不死心再度趨前，琦蜜大叫要她住手，但是對方始終頑強抵抗，於是她頭向後一縮猛然往前重重撞在女傭頭上，自己頓時也眼前一黑，猛冒金星。

過了一會兒她終於能張開眼睛，越過扶手往下看。

女傭躺在大廳的大理石地板上，雙手伸向兩旁，雙腳交叉的姿勢宛若被釘在十字架上，瞪大眼睛靜靜死去。

她在玄關大廳的織布椅上約莫坐了十分鐘，一直盯著四肢扭曲的軀體，這是琦蜜生平第一次將受害者當作有自我意志和生存權利的人看待，她很訝異自己從前沒有過類似感受，這樣的體悟讓她覺得很不舒服，然而在她腦中的聲音卻齊聲叱喝這種想法。

此時電鈴聲忽然響起，門外傳來兩個男人的聲音，他們猛敲大門似乎很急切的樣子，過沒多久電話就響了。

如果他們繞著房子走，就會看見被打破的玻璃！

動作快，快去拿手槍。她的心臟劇烈跳動。

她沒有發出任何聲響，悄悄的走到樓上取來手槍，然後站回階梯平台將槍口對準大門。如果那兩個傢伙闖進來，絕對別想活著走出去，但是當她從階梯平台上的狹長玻璃窗往外觀察狀況時，卻看見那兩個男人走回他們的汽車。

其中一個高大男子邁開大步走在前面，另一個深色皮膚的矮個小跑步跟在後頭。

第三十七章

前一天悲慘的結束情景還在卡爾腦中縈繞揮之不去：夢娜因爲他臉上沾滿煮軟的綠色花椰菜顯露出驚慌的表情，並且笑到抽筋。那種難堪就像第一次拜訪有可能成爲情人的女孩家，卻因爲拉肚子而借廁所一樣。

天啊，接下來怎麼辦？卡爾心想，並點起了一支菸，後來他決定打起精神，集中心思在案子上，因爲今天或許就是關鍵的一天，會發現決定性的重要資訊，說服檢察署開出逮捕令。林德塞諾爾的耳環、金屬盒裡的東西應該夠了，何況還有阿貝克與狄雷夫彼此聯絡的證明，卡爾不在乎以什麼依據傳喚他們到警察總局來問話，只要能讓他們過來，他就有辦法要他們開口。

能夠釐清洛維格謀殺案和其他又臭又長的犯罪事實，實在令人感到滿意。

他目前缺少的僅是與那幾位高尚的先生正面對質的機會，他必須一針見血的提出讓他們神經緊張的問題，最好還能在幾個人之中挑撥離間。

比較棘手的是，卡爾必須先從他們當中找出較爲脆弱的一環，集中火力揮出第一擊。畢納原本應該是最適合的人選，不過他坐監多年，早已學會閉緊嘴巴，更何況他在牢中幾乎與外界隔絕，也沒有必要在自己定讞服刑的事情大費唇舌，如果想讓他開口，必須針對其他案件拿出天衣無縫的證據才行。

所以他很快就明白不必將畢納考慮在內。那麼要找誰呢？托斯騰？鄔利克還是狄雷夫？他們之中誰最容易下手？要知道這個問題的答案，必須親自會會那三個人，雖然昨天在狄雷夫的醫院碰了釘子，但這不表示沒有希望，某種程度上狄雷夫有可能第一時間就知道警察到醫院去了，或許他人根本就在附近，只是躲起來不讓人看見。

不行，若要找這幾位先生問話，必須另出奇招才行。因此卡爾在和阿薩德討論過後決定先去見托斯騰，因爲從各方面來看他絕對是三人中最弱的一個。瘦削的臉龐、較爲女性化的職業，在媒體上發表對於時尚的感性言論讓人感覺他較爲敏感。至少比其他兩人要敏感。

兩分鐘後，他將到特立昂林接阿薩德，經過半小時的車程便能到達艾究史普特，這兩位不速之客的來訪將令托斯騰．弗洛林措手不及。

「我手邊有我們三個朋友的資料，這份是托斯騰的檔案。」阿薩德坐在副駕駛座上從袋子拿出檔案夾說，他們正往林比路的方向駛去。

「我發現他的莊園就像座碉堡一樣。」阿薩德接著說：「一道巨大的鐵欄杆隔開了建物與街道，碰上舉辦宴會的時候，客人的汽車必須分別駛入。」

卡爾瞥了一眼阿薩德遞來的彩色影本，要想全面監控那條蜿蜒穿過喀里斯可夫森林的狹隘街道並不太容易。

「你看這個，卡爾。從空拍圖上很清楚可以看出這裡就是托斯騰的產業，除了他本身居住的老宅邸之外，這兒還有座新蓋的木造房舍。」他敲著圖上的一塊黑影。「一九九二年才增建的，還有這棟龐大的建築物和後面數棟小房舍也是。」

看起來眞的很怪異。

「那不是坐落於喀里斯可夫森林中嗎？他拿到了建築許可？」卡爾問。

「不是的，並非坐落在森林中，而是位於喀里斯可夫森林與托斯騰家的小林子之間，這兒有條防……防火？是這樣說嗎，卡爾？」

「有條防火道嗎？」

他感受到阿薩德驚訝的目光。「嗯，在空拍圖上看得一清二楚，你看，那條狹長的棕色紋路。此外他還築起一道籬笆，將包括湖和小山丘在內的所有土地都圍了起來。」

「眞好奇他為什麼這樣做，是害怕狗仔隊還是另有原因？」

「可能和他是個獵人有關。」

「是啊，沒錯，他不想讓他的動物離開莊園跑到城市裡，我認識這種人。」在卡爾的家鄉于特蘭北部的凡徐塞這麼做會被人取笑，不過在北西蘭島顯然不是如此。

從車窗外的風景變化得知他們即將到達目的地，眼前景致遼闊，視野一望無際，從森林的空地延伸到遠方寬闊的耕地與收割後的田地。

「你看見那棟瑞士風格的木造房舍了嗎，阿薩德？」卡爾指著北方一棟房子，並未期待聽到回答，那棟房舍矗立在冰雪融化流經的山谷底下。「那後面就是火車站卡格魯普，我們曾在那兒發現一個死掉的小女孩，她因為害怕父親帶回家的狗而跑到鋸木廠躲起來。」

卡爾陷入沉思中搖搖頭。果眞是如此嗎？忽然間，當初的調查似乎錯得離譜。

「卡爾，你得在這裡轉彎。」阿薩德指著通往馬盧的路牌說。「我們得在這兒右轉，然後再上去兩百公尺就到大門口了，要先打電話給他嗎？」

卡爾搖頭不贊成，那樣一來，他就和狄雷夫昨天一樣有機會溜掉。

托斯騰果然將他的宅邸用籬笆管制得相當森嚴，而高於籬笆的鍛花大門旁有個花崗石板，上面用特殊字體寫著「杜霍特」。

卡爾靠向與駕駛座窗戶同高的對講機說：「我是卡爾．莫爾克副警官，昨天與克倫律師談過，今天有幾個問題想請教托斯騰．弗洛林先生。我們不會耽誤太久時間。」在他說完這句話後，約莫經過兩分鐘大門才滑開。

駛過一段矮樹籬後，莊園的景觀在眼前拓展開來。右手邊靜靜躺著湖泊與山丘，油綠的草坪在應枯黃季節裡始終翠綠，草坪盡頭矗立著一座小樹林，其後沒入森林融成一片，最遠方則是一排排已有數百年的古老高大橡樹，樹冠上的葉子幾乎落盡。

老天爺啊，光是要欣賞完至少就需要一個星期吧，卡爾心想。這兒的地產想必價值好幾百萬克朗。

當他們最後彎進緊鄰林邊的眞正宅邸時，富可敵國的印象更加強烈。「杜霍特．侯佛莊園」宛若燦爛的珠寶，飛簷經過精心修繕，磚瓦屋頂漆上了黑釉閃閃發光，四下錯落著好幾間玻璃溫室——或許每個方位各建造了一間，而不論是莊園或庭院皆維護得美輪美奐，即使是照顧皇室花園的園藝師可能也會對此致上最高敬意。

主屋後頭有間漆成紅色的房子，很可能是座古蹟，與其後一座龐大的鋼筋建築形成強烈的對比。玻璃與閃亮的金屬巨大而華美，就像在機場旅遊文宣上的馬德里橘園介紹一樣。

一座位於艾究史普特的水晶皇宮。

此外，林邊還散落幾間小房舍，附有花園和迴廊的設計儼然像一座小型村莊，外邊圍繞著種植著蔬菜的農地，上頭可看見青蔥與甘藍。

哎呀，這裡眞是大得驚人，卡爾心想。

「好漂亮啊！」阿薩德不禁出聲讚嘆。

但是他們一直沒有看見人影，直到按了電鈴，托斯騰親自來開門爲止。

卡爾伸出手自我介紹，但是托斯騰只是盯著阿薩德，像塊大理石板擋在門口不讓他們進屋，不過仍舊可以看見他身後那座從圖畫與水晶吊燈間穿梭而上的樓梯，對以良好品味維生的男士來說這布置眞是庸俗得很。

「我們希望能與你談談幾件我們認爲與琦蜜．拉森有關的意外事件，你能協助我們嗎？」

「什麼樣的意外事件？」

「周末夜晚發生的芬．阿貝克謀殺案。我們知道阿貝克與狄雷夫曾經聯繫，也很清楚阿貝克正在找尋琦蜜的下落，是你們其中一位委託他這項任務嗎？請問理由是什麼？」

「我最近幾天才聽過這名字，否則我不認識什麼芬．阿貝克，若是狄雷夫和他談過，你最好去找他問話。再見了，兩位。」

卡爾將腳伸進門內讓他無法把門關上。「請見諒，只要再一會兒時間。另外，在朗格蘭與布拉霍伊區的意外或許也與琦蜜有關，很可能牽扯到三條人命。」

托斯騰瞇起眼睛，但是表情仍堅硬如石。「關於這一點我幫不上忙，你如果想知道這些應該去找琦蜜·拉森。」

「你知道她人在哪裡嗎？」

托斯騰搖搖頭，臉部露出奇特的表情。卡爾一生中看過許多奇特的表情，但是眼前這個他完全看不懂。

「你確定嗎？」

「絕對確定。一九九六年以後我就沒見過琦蜜了。」

「我們手中掌握一系列證據顯示她與那些事件有關。」

「是的，我聽律師提過。然而不管是他或者是我，都不清楚你剛才提到的事件。我趕時間，所以請你離開，如果下次要再過來的話，請將搜索令一起帶著。」

他的笑容十分挑釁。卡爾原本還想繼續詢問其他問題，卻只見托斯騰退往旁邊，三個黑人往前一站，看樣子他們一直守在門後。

卡爾和阿薩德火冒三丈，但只能悻悻然開車離去。

如果卡爾還認爲托斯騰·弗洛林這個人容易下手的話，最好要再仔細斟酌一下了。

第三十八章

獵狐活動那天一大早，托斯騰一如往常在古典樂聲與輕巧優雅的腳步聲中醒來，上身裸露的年輕黑人女子站在他面前伸長雙臂托著銀盤，臉上露出不情願的僵硬笑容，但是托斯騰並不在乎。他不需要她的愛慕也不需要她的忠誠，只求生活符合秩序，可以一絲不苟完成整個過程。數十年來他始終如一，將來同樣會持續下去，他知道有些富翁需要這種程序來凸顯自己的重要，但對托斯騰來說純粹是日常生活所需。

他將散發香味的餐巾圍在胸前，取過盛著四個雞心的盤子，他深信要是沒有食用這些剛宰的器官，自己將會久病不起。

他先一口吃下第一個雞心，咀嚼完祈禱打獵順利，接著才津津有味的吃掉其他三個，最後讓黑人女子拿著飄散樟腦味道的毛巾熟練的拭淨他的臉與雙手。

他手一揮，女子便退出房間，後面跟著在房間守了一夜的警衛，留下托斯騰獨自享受著清新的早晨，欣賞第一道閃耀樹梢的曙光。再兩個小時狩獵活動便要展開，獵人們將在九點鐘集合完畢，他們這次不打算在黎明拂曉時搜尋獵物，否則那隻狐狸會變得太狡猾、太瘋狂，必須等太陽普照大地後才能展開行動。

他想像狐狸被放出去時，怒氣與求生本能在牠體內抗爭的情景；想像牠蹲在地上等待最佳時機的模樣。一旦圍獵者近身，牠只消一個彈跳、咬上對方的腹股溝，便足以將那人送到彼岸去。

不過托斯騰很了解手下那批索馬利亞人，他們絕對不會讓狐狸有機會靠近自己，反而比較擔心那些獵人。哎呀，「擔心」兩字用得不對，因爲他們大部分都是有經驗的老手，也經常參加他舉辦的活動，早就預期會出現小小出界的驚喜。這些獵人全都有頭有臉，在國內舉足輕重，而且所擁有的財富並非一般升斗小民可與之比擬，這也是他們今日可以在此出現的緣故。他們和托斯是同一類的人。不，他不擔心他們，與其說是擔憂不如說是種亢奮的不安。

若不是琦蜜和那個找上克倫，此外顯然還挖出朗格蘭、奇勒．巴塞特和凱爾．布魯諾等陳年舊案的該死條子，今天應該是個完美的日子。那寒酸警察究竟是如何得知一切的？

托斯騰站在玻璃大廳盯著狐狸，四周動物發出此起彼落的騷動。索馬利亞人正把狐狸的籠子搬出來，在籠子裡的狐狸眼睛射出瘋狂的神色，不斷衝撞、嚙咬著鐵欄杆，彷彿欄杆是活生生的動物。尖銳的牙齒與逐漸危害這隻動物性命的病毒，讓托斯騰不由得打了一陣哆嗦。

他媽的警察、琦蜜和那些目光短淺的人全部去死吧！在他們面前放出這樣一隻動物，絕對可以驚天動地！

「再等一會兒，你便得面對自己的命運了，列那。」他邊說邊用拳頭敲了鐵欄杆，然後環顧四周，心裡非常滿意，或者應該說是太棒了！在這裡超過上百個籠子中，幾乎囊括了所有的動物品種，加上前幾天他從鸚鵡螺那兒弄來一個猛獸籠，裡頭那隻目光凶狠的鬣狗劍拔弩張，待會猛獸籠會挪到狐狸原來的位置，和其他特殊的獵物放在一起，如此一來到聖誕節前的獵物都便安排妥當，一切都在他的控制中。

他聽見汽車開進庭院的聲音，於是面對微笑轉身面向大門。狄雷夫和鄔利克已經到了，就和平常一樣準時，這點正是優秀與拙劣之間的區別。

十分鐘後，三人目光專注的站在靶場上，十字弓已經準備就緒。鄔利克又開始自怨自艾，談論到琦蜜的話題時激動得不停發抖，很難判斷是琦蜜失蹤一事讓他擔憂萬分，或者只是多嗑了點藥而顫抖不停。反觀狄雷夫卻是頭腦清楚，目光炯炯有神，手臂上的十字弓宛如身體器官的一部分。

「多謝詢問。我睡得很飽，非常期待能與善良的老琦蜜相見。」他回答托斯騰的問題。「我做好準備了。」

「很好。」托斯騰暫時沒提到煩人的副警官來訪一事，以免破壞兩位打獵夥伴的興致，等到試射練習完後再提也不遲。「很好，你做好準備了。這點絕對十分重要。」

第三十九章

他們把車停在路邊，坐在車裡檢討和托斯騰見面的狀況。

阿薩德認爲應該開回去讓托斯騰知道琦蜜的金屬盒在他們手中，那樣一定能動搖他的自信，但是卡爾主張拿到逮捕令再透露盒子的事。阿薩德在得知卡爾的看法後嘴裡嘟囔有詞，看來在拉拔他成長的沙漠中，耐性並非是普世價值。

卡爾看著前方有兩輛車從對向駛來，速度比公路速限還要快一點，兩輛都是全輪驅動車，並且裝著有色玻璃，和多數年輕人只能從型錄上看到的一模一樣。

「眞是要命！」第一輛車從旁呼嘯而過時卡爾叫道，接著便發動車子尾隨第二輛車追過去。當兩輛車開上只通往杜霍特莊園的道路，卡爾還落後他們二十公尺。

「我發誓坐在第一輛車裡的人是狄雷夫．普朗，你看得見另外一輛車裡是誰嗎？」這時那兩輛車轉進了通往托斯騰莊園的碎石子路。

「沒有，不過我記下了車號，現在就查。」

卡爾揉擦著臉。該死，這三個好朋友要聚在一起了，不過前提是眞的是他們三人，接下來會發生什麼事？

沒多少阿薩德就查到了資訊。「第一輛車登記在泰爾瑪．普朗名下。」

賓果。

「後面那輛車屬於UDJ股票分析公司。」

再次賓果。

「那麼三個人便全聚在一起了。」卡爾看了看錶，尚未八點，他們這麼早打算做什麼？

「卡爾，我們必須盯緊他們。」

「你覺得該怎麼做？」

「你知道的，潛進去看他們在玩什麼把戲。」

卡爾搖搖頭，有時候這小個子還眞有點異想天開。

「你又不是沒聽到托斯騰剛才怎麼說。」卡爾回道，阿薩德點了點頭。「我們必須有搜索令才能上門，而就我們手邊現有的資訊，沒辦法申請到搜索令。」

「但是我們若能知道更多內情就可以了，不是嗎？」

「是的，沒錯。不過即使我們偷偷潛入，也無法獲取更多訊息。阿薩德，我們未被授權這麼做，而且也於法無據。」

「如果是那三人爲了湮滅證據而幹掉阿貝克的話怎麼辦？」

「什麼證據？委託某人去監視一個女公民並沒有違法。」

「是沒有違法。但若是阿貝克找到了琦蜜呢？而琦蜜要是被那三人抓走了呢？機會近在眼前啊。這不是你最常愛掛在嘴邊的話嗎？一旦琦蜜被三人抓住，就只剩下他們自己知道阿貝克的死因，她是你最重要的證人，卡爾。」

卡爾察覺到阿薩德越來越執著這個念頭，不僅如此，他又丟出了一個疑問：「如果他們現在打算殺死琦蜜怎麼辦？我們必須進去！」

卡爾嘆口氣，太複雜了。阿薩德說得有理，但也有強詞奪理的地方。

他們將車停在尼馬倫路上的杜耶莫塞小火車站，然後從通往喀里斯可夫的鐵軌出發沿著林邊小徑來到防火道，他們所處的位置除了能眺望沼澤與托斯騰擁有的部分森林，在接近地平線的小丘上也依稀可見一道雄偉的大門。不過他們絕對不會走往那個方向，因爲一路上全裝設了監視攝影機。

比較有趣的是停在宅邸前面那兩輛大吉普車，整個視野一目了然。

「我想防火道上一定到處是監視器。」阿薩德說：「我們若想過去，就得從這兒走。」

他指著沼澤方向。那兒的籬笆幾乎全陷入沼澤中，不過他們若想潛入莊園而不被人發現，那顯然是唯一的入口。

眞是個令人振奮的狀況。

之後，兩個人穿著濕答答的褲子等了半個小時才看見他們出現，以及在他們身後那兩個拿著弓箭之類東西的瘦弱黑人。雖然依稀能聽見三人聊天的聲音，但是談話的內容被距離與清爽的微風給蓋過。

三個人走進主屋，兩個黑人則走向紅色小房舍。

大概十分鐘後，四周出現了更多黑人走進主屋，當不久後他們再度現身時，黑人抬出了一個籠子搬到小貨車上，然後駕車往森林駛去。

「好，去那邊看看。」卡爾拉著表示抗議的阿薩德沿防風林走向那幾間小房舍，一走近，就聽到操著陌生語言的談話聲和小孩的喊叫聲，這兒儼然像個與世隔絕的獨立小型社會。

他們溜到第一棟房舍旁，一塊寫滿外國名字的牌子引起他們的注意。

「那邊也有。」阿薩德指著隔壁房屋上的名牌低聲說：「你覺得他是不是在這兒畜養奴隸啊？」

雖然難以想像，但眼前該死的狀況看起來正是如此，這兒就像一座坐落在公園裡的非洲村莊，或者像是美國南北內戰爆發前，圍繞在一座南方宅邸四周的黑人房舍。

此時，兩人附近響起一陣狗吠聲。

「他們會不會放狗四處跑？」阿薩德雖然說得很小聲，但聽起來憂心忡忡，好似他們的行蹤已經被狗發現一樣。

卡爾看著他的同伴，用表情示意他保持冷靜。在平地長大的人都知道人可以操控狗，除非是一次面對十幾隻齜牙咧嘴的鬥犬，否則只要在正確的時機踹上一腳，通常能清楚讓牠們知道自己的階級地位，沒有必要大驚小怪。

他們跑過庭院，一路順利抵達主屋後方。

二十秒後，兩人的鼻子已經貼上窗戶。這間擺放著桃花心木家具的房間彷彿是間古典風格的辦公室，沉穩而低調，雖然四面牆上掛滿獵物標本，但沒有其他可疑的地方。

確認後兩人迅速轉過身，以確保一有任何動靜，就能在最短時間內弄清楚。

「你看見那個了嗎？」阿薩德指著一處從玻璃大廳往森林延伸過去的管狀建築低聲說，延伸距離大約長達四十公尺。

那是什麼鬼啊？卡爾心想，然後說：「來吧，我們到那邊看看。」

阿薩德站在寬敞大廳裡的表情，將使看過的人終生難忘，而卡爾的表情也不遑多讓。如果說鸚鵡螺是令動物愛好者瞠目結舌的一個地方，這裡給人的感受就是純粹的恐懼。大廳裡，一個個籠子緊挨在一起擺放，關滿嚇壞的、無精打采或歇斯底里的動物，牆上則掛著各種尺寸的血淋淋獸皮，從天竺鼠到小牛都有。攻擊力強的軍犬在一旁狺狺咆哮，他們之前聽到的應該就是這動物的叫聲，另外還有類似蜥蜴的龐然大物與呼呼喊叫的貂，所有可以想到的家畜與異國物種全處在這個巨大的空間裡。不過這兒不是挪亞方舟，因爲沒有動物能活著出去。

卡爾一下子就認出上面有鸚鵡螺公司商標的籠子，就立在大廳中央，裡面關著一隻怒吼狂吠的鬣狗，至於遠一點的角落除了有隻大猿猴在號叫，還聽得見疣豬的咕嚕聲與山羊的咩咩聲。

「你覺得琦蜜會在這兒嗎？」阿薩德問，繼續往裡面走了幾步。

卡爾的目光掃過籠子，大部分的籠子都小得裝不下人。

「這是幹嘛的？」阿薩德指著走道上一排冷凍櫃說，然後打開其中一個蓋子又赫然往後退。

「眞噁心！」

卡爾往冷凍櫃一看，裡頭成堆剝掉皮的動物正瞪著他。

「這些也是。」阿薩德把櫃子一個個打開。

「我想大部分是飼料。」卡爾眼睛望著鬣狗說。不管用什麼方式餵食，冷凍櫃裡的肉一拿出來，不消幾秒就會被這張大嘴吞進去。

待了五分鐘後，他們確定琦蜜絕對在別的地方。

「你看這個，卡爾。」阿薩德手指著他們剛才在外面看見的管狀物。「這裡是個靶場。」眞是瘋狂。兩人眼前無疑是最精密的科技產物，這個靶場不僅設有出風口，配備也相當齊全。警察總局裡若有這種東西，一定不分晝夜擠滿了想練習的警員。

「最好留在這兒。」卡爾制止阿薩德穿過管狀通道往標靶走去。「要是有人走過來的話，你沒地方可躲。」

但是阿薩德充耳不聞，眼裡只看到標靶。

「這是什麼東西啊？」他最後從另一端大叫說。

卡爾跟著阿薩德過去之前檢查了身後大廳是否出現動靜。

「那是箭還是什麼嗎？」阿薩德指著一個正中標靶紅心的金屬棍問道。

「是的。」卡爾回答：「是支銅箭，一般用在十字弓上。」

阿薩德的眼裡滿是困惑。「什麼？爲什麼要十個字？」

卡爾深深嘆口氣。「十字弓是弓箭的一種，用特殊方式拉緊弦後射出，力道非常強勁。」

「沒錯，看得出來力道很強，而且還準確命中目標。」

「是的，非常準確。」

此時他們回頭一看才發現自己成了甕中鱉。管狀建築另一端站著狄雷夫、托斯騰和鄔利克三人，其中狄雷夫正舉著箭在弦上的十字弓對準他們。

這不會是眞的吧，卡爾心想，下一秒便大叫一聲：「快跑，躲到標靶後面去，阿薩德！」

他從槍袋迅速抽出手槍，對準三人中射出箭的狄雷夫。

但卡爾耳邊才傳來阿薩德撲到標靶後面的聲音，那支箭就穿透他的右邊肩膀，手中的槍不由得掉落在地。

卡爾感覺自己被往後拋了半公尺，箭最後射中他身後的標靶，只剩箭翎露在流血的傷口外，奇怪的是傷口竟然不會痛。

「敬愛的先生，」托斯騰說：「你爲何偏要讓我們陷入此一困境呢？我們該拿你怎麼辦？」

卡爾竭力控制脈搏，因爲之後那三人將箭拔了出來，在傷口噴上某種液體，讓他痛得差點昏過去，但某種程度來說血已經止住了。

不過他仍然覺得噁心。那三人冷血又強硬，讓卡爾覺得自己像個白痴。

他們逼兩人回到大廳，背靠著一個籠子坐在地上，阿薩德這時火氣爆發。「你知道這樣對待警察會有何下場嗎？」

卡爾小心翼翼踢了阿薩德的腳，不過這只能讓他暫時緩和一下。

「基本上並不難。」卡爾每說一個字胸膛就跳動一下。「讓我們走，我們就從沒到過這兒，什麼都沒看見，沒有發現任何證據。但如果你們強制把我們留在這兒，一切免談。」

「哈！」發出聲音的人是狄雷夫，他已重新將箭上弓對準兩人。「你以爲自己在對誰說話？

你懷疑我們殺人、與我們的律師接觸、提到許多名字，並且發現阿貝克和我之間的關係。甚至以爲了解我們的一切，自認爲從中得出一個所謂的眞相。」他往前走近幾步，皮靴緊緊抵著卡爾的腳。「只不過，那眞相牽涉到的不只我們三人，你懂嗎？卡爾．莫爾克，我們身懷重任，要對數千名員工負責，對他們的家人負責，對我們的社會負責，倘若你們眞的成功說服法官，這些人將失去生路。你認爲的眞相並不單純，卡爾．莫爾克。」他用手環指一圈。「龐大的財富將被凍結，我們不希望發生這種事，別人也是。因此我的問題和托斯騰一樣：我們該拿你們怎麼辦？」

「我們必須做得乾淨，不可留下蛛絲馬跡。」胖子鄔利克聲音發抖，瞳孔放大，從一臉嚴肅的表情可看出他絕不是在開玩笑，不過卡爾感覺到托斯騰有點猶豫而且陷入沉思。

「我們給你們每人一百萬放你們走，就這麼簡單，你們覺得如何？但只要洩漏一個字，錢就沒了。」

光是思考這個選擇，就讓人無法忍受。

卡爾望向阿薩德，他點點頭。聰明的傢伙。

「你呢，卡爾．莫爾克？也會和我們這位穆思塔夫（注）一樣配合嗎？」

卡爾冷冷看著他，然後也點了頭。

「我覺得那金額似乎還不夠，所以再加碼：每個人兩百萬，一個字也不准洩漏。我們私下解決，懂嗎？」托斯騰問道。

注 Mustafa，此一姓名在回教國家相當常見，在此泛指一般回教徒。

兩個人又點點頭。

「不過還有件事必須先釐清，你們要據實回答。一旦讓我發現有人說謊，那麼交易馬上取消，聽清楚了沒？」他不等兩人回答又說：「今天早上你們爲何提到朗格蘭那對夫妻的事情？提到凱爾我還可以理解，但是那對夫妻和我們有什麼關係？」

「我們重新進行全面徹查。」卡爾回答：「警察總局有個同事多年來持續追蹤這類案件。」

「那和我們無關。」托斯騰斷然回答。

「你們要聽眞正的答案，答案就是全面徹查。」卡爾又重複了一次。「攻擊事件的模式、地點、犯案手法、時間，全都吻合。」

話一出口，狄雷夫手中的十字弓就往他傷口攻擊，卡爾馬上知道自己犯了大錯，這三個男人百無禁忌，什麼都幹得出來。

傷口的劇痛到讓卡爾咽喉一緊，反而叫不出聲。狄雷夫見狀又打了一下，然後再補一下。

「現在好好回答！鉅細靡遺，一個環節也不能漏掉！你們爲什麼認爲我們和朗格蘭那對夫妻有關？」

他手臂一揮，正欲再出手時，阿薩德開口制止了他的動作。

「琦蜜有個耳環，」他喊說：「與現場找到的耳環相符。她把耳環保管在一個盒子裡，和你們其他攻擊事件的物證放在一起，這點你們一定早就知道了。」

卡爾的身體若還殘留有一丁點力氣，一定會好好讓阿薩德明白他應該閉上狗嘴。

如今已經太遲了。

從托斯騰的表情看得出來，那三人恐懼的一切如今成爲現實，眞的有確實的物證能指控他們的所作所爲。

「我相信警察總局裡應該還有別人知道盒子的事。盒子在哪裡？」

卡爾不發一語，只是左顧右盼。

從他坐的地方到大門口有十公尺遠，而從屋子到森林邊緣至少還有五十公尺，之後還要再從托斯騰家的私人樹林穿越一公里才能到達喀里斯可夫國家森林。那兒或許是個理想的藏身處，但想要抵達那兒簡直是天方夜譚，何況他身上沒有可充當武器的東西，更別說有三個男人拿著隨時可射發的十字弓杵在面前，他們怎麼可能脫身呢？

完全沒有勝算。

「我們必須在這兒動手，把事情處理乾淨。」鄔利克嘴裡咕噥著。「我再說一次：我們不能信任他們，他們和別人不同。」

狄雷夫和托斯騰緩緩轉過頭看著自己的同伴，臉上露出「講什麼白痴廢話」的表情。

趁著他們三個人在討論，阿薩德和卡爾彼此交換了眼神，阿薩德眼裡盡是歉意，卡爾也立刻原諒了他，或許剛才在阿薩德走來這裡時的那一個踉蹌，就已預告他們會坐在眼前這三個瘋子準備的死亡候車室裡。

「好，就這麼辦。但是我們時間不多，其他人再過五分鐘就會到了。」托斯騰說。

鄔利克和狄雷夫冷不防撲向卡爾，托斯騰則站在幾公尺外拿著十字弓掩護他們的行動，剛才卡爾已經領教過十字弓突襲的效率。

他們拿膠帶將他的嘴黏住，雙手也用膠帶反綁在身後，再將他的頭一抬把眼睛黏住，不過卡爾這時蜷縮了一下，所以膠帶黏到一邊的眼皮時意外保留了約一公釐的縫隙。透過這道細微的縫隙，他看到阿薩德正在激烈掙扎，揮舞拳頭，其中一個人被打得砰一聲趴在地上，砍在脖子上的手刀讓他癱瘓不起，那個人就是鄔利克。托斯騰丟下十字弓跑過來幫助狄雷夫，正當兩人試圖制服阿薩德時，卡爾猛然一躍，跑向從大門口射入的光源。

他幫不了阿薩德，自己現在這副樣子等於失去雙手，所能做的事情只有趕快跑走。卡爾聽到他們在身後大叫他跑不遠的，早晚會被莊園裡的手下抓回來，到時候等著他的東西就和阿薩德一樣：鬣狗籠。

「好好期待那隻畜生吧！」他們大吼大叫說。

這些人完全瘋了！卡爾透過隙縫找路時閃過這個念頭，接著他聽見大門前傳來汽車駛近的聲音，就像有一整個步兵隊進駐。

汽車裡的人如果和大廳那三個人臭味相投，他可能馬上就會被抓進籠子裡了。

第四十章

火車緩緩啓動，隨著車子行進的噪音逐漸匯集成一種祥和的韻律，琦蜜腦中的聲音又開始吵鬧不休。音量不是特別強，但是持續不退令人無法忽略，多年來她已經習慣聲音的存在。

流線型的火車與過去的紅色有軌巴士完全不同，許多年前，她和畢納曾一起搭有軌巴士到喀里斯可夫去，從那次之後，很多事情都變了。

當年他們簡直玩瘋了天，又是酗酒又是嗑藥，醉生夢死。托斯騰自豪的帶著他們參觀他最新的收藏：林子、沼澤、湖泊、農田等，此處對獵人而言再完美不過，只要小心別讓放獵的動物跑進國家森林裡。

琦蜜和畢納大大取笑了托斯騰一番，因為沒有比一本正經穿著綠色繫帶膠靴的男人還要滑稽搞笑的了。但是托斯騰絲毫不以為意，這是屬於他的獵場，在這裡他是無上權力的統治者，決定此處放獵的一切生物。

他們花了好幾個小時獵殺赤鹿與雉雞，最後還射死了一隻她從鸚鵡螺幫他弄來的浣熊，隨後再遵循著一貫的儀式到托斯騰的戲院去看《發條橘子》。那天他們喝了太多酒、嗑了太多藥，後來沒有精力再出門找人虐待。

那是琦蜜第一次，也是最後一次到他的莊園。不過往事歷歷在目，宛如昨天才發生一般，而這都要歸功於她體內的聲音。

今天那三人全都在那兒，琦蜜。妳懂嗎？機會來了！體內的聲音大聲喧譁。

她快速打量身上的東西，然後將手伸進大帆布袋摸到手榴彈、手槍、小側肩包還有她最愛的布包。她需要的一切都在這裡。

琦蜜站在杜耶莫塞火車站前，等待其他早起的人被接走或是騎上放在紅色車棚的腳踏車離開，中途有輛車停在她身邊詢問要不要載她一程，但她只是回以微笑。若是必要，微笑也是可以被利用的工具。

等到月台人全數走光，路上也空無一人時，她走到月台盡頭跳下去，沿著鐵軌走到林邊，打算在那兒找個地方將帆布袋藏起來。接著她拿出裡面的小側肩包，將肩帶拉到另一邊斜背，再把牛仔褲塞進襪子裡，最後將大帆布袋推進樹叢底下。

「媽媽很快就回來，我的小寶貝，不要害怕喔。」她說。腦中的聲音又在催促她趕緊行動：只要沿著這條路往前走，經過一家工廠便能抵達托斯騰產業外的小路，要在國家森林裡找到路並不難。

即使聲音不斷施壓，她仍然不疾不徐欣賞著繽紛的樹葉，深深呼吸了好幾次，秋天的力量與色彩似乎全部聚集在空氣中的味道。琦蜜像這樣浸淫在大自然的美好是很多年前的事了，很多、很多年前。

當她來到防火道時，發現這條路比記憶中還要寬，然後趴在森林邊緣觀察分隔托斯騰產業與國家森林的籬笆。在哥本哈根街上討生活多年，琦蜜了解到即使是監視器能掃視到的視野也有限，她的目光順著樹木望去，依序確定了監視器的安裝位置：有四台監視器可以掃瞄到她的所在位置，其中兩台的鏡頭固定不動，另外兩台則是一百八十度來回攝影，而鏡頭固定不動的監視器中有一台就正對著她。

她躲回樹叢中估量情勢。

這條防火道約莫十公尺寬，附近的草坪看起來才剛除過草，高度不超過二十公分，視野平坦又開闊，而且兩邊的景致都是如此。看來要橫越防火道不被人看見只有一種可能，而且絕不能從草坪經過。

必須從樹與樹、枝幹與枝幹間過去。

她仔細思索。她這一邊的橡樹比對面的山毛櫸還要高一些，枝幹粗壯多節，約有五、六公尺高；另一邊的山毛櫸樹較為低矮，粗枝幹並不多。如果要從較高的樹跳到較低的樹，落差大概有幾公尺，同時還要往前蹬跳，才能離主幹比較近，否則小枝幹無法承擔她的重量。

小時候母親禁止琦蜜爬樹，免得她把身上弄髒，等到母親離家之後，樂趣也跟著消失了，爬樹向來不是她的強項。

好在那株高大優雅的橡樹節瘤嶙峋，樹皮粗糙，要爬上去不是問題，甚至還讓她爬出樂趣來。「妳一定要爬看看，蜜樂。」她輕聲低喃，然後繼續往上爬。

但當她爬上去坐在樹幹上卻不禁有點躊躇。距離地面的高度忽然顯得真實可怕，而得跳到對面山毛櫸平滑枝幹上的事實是如此眞切，她眞的辦得到嗎？如果掉下去一切就完了。別說全身的骨頭都會摔斷，托斯騰也會從監視器螢幕看見她的舉動，然後出面制止，奪走她擁有的一切。她非常了解那三個人，琦蜜並非自己生命競賽中的選手，而是他們三個人的棋子。

她坐著好一會兒，估算自己需要花費多大力氣，最後小心翼翼站起身，雙手攀著橡樹的枝椏蓄勢待發。

才縱身一跳，她心裡便知道自己用力過猛，人還在空中就判斷出落點離山毛櫸樹的樹幹太近，於是她在撞上樹之前伸手擋了一下，因此折斷一根手指。不過她沒放在心上，現在沒有時間喊痛，只要還有剩下的九根幫助她爬下去就行了，但這時她才發現山毛櫸樹位於底部的枝椏比橡樹少，最底下的枝幹距離地面還有四到五公尺。她攀到那根枝幹把身體吊掛在上面，儘管斷掉的手指痛得不得了，但最後她仍抓住了主幹，雙手環抱讓自己滑下去，手臂與脖子被樹皮刮得流血。

落地後，她察看手指的狀況，接著猛一用力將它推回原位，斷指的疼痛錐心刺骨，但是琦蜜一聲也沒吭，若有必要她也可以用槍將手指射斷。琦蜜擦掉脖子上的血走進樹蔭，她成功來到籬笆的另一邊了。

托斯騰的樹林屬於混合林，她還記得上次來時的景象。前方有一片栽種著赤松林、落葉樹種的林中空地，再遠處則是野生的樺木、山楂、山毛櫸與零星幾株橡樹。

空氣中飄散著強烈的腐葉氣味，琦蜜在街上過了十多年的生活，對於這種味道的感受特別強烈。

腦中的聲音又聲聲催促，要她加快腳步趕緊把事情做個了斷，並且必須按照他們的條件進行。不過琦蜜充耳不聞，她知道自己還有時間，一旦托斯騰、鄔利克和狄雷夫開始進行狩獵遊戲，在他們感到過癮前還需要一段時間。

「我要沿著林邊和防火道緩緩漫步。」她大聲說，腦中的聲音只得乖乖聽話。「雖然繞了點路，不過我們最後一定會走到主屋。」

也因爲如此，琦蜜才發現到有群黑人面對森林站著，看見關著那隻瘋狂動物的籠子，還察覺那些黑人在褲子外頭穿著遮蓋到腹股溝的護甲。

她默默退回林子裡等待接下來的事情發生。

接著她聽見有人大聲吆喝，五分鐘後第一聲槍聲響起，她已置身在獵人的國度。

第四十一章

卡爾仰著頭一直跑，透過細窄的視野看見灑落在地上的微光，以及枯葉與枝椏，剛開始起跑時身後還傳來阿薩德的咆哮聲，後來只有一片死寂。

他減緩速度，拉扯著背後束縛雙手的膠帶，鼻子因爲劇烈呼吸變得很乾燥，雖然把頭往後仰多少可以看到一些東西，但是無論如何還是得想辦法弄掉眼睛上的遮蔽物，畢竟不久後，獵人和天知道來自何方的圍獵者就會從四面八方聚攏。他四下警戒看向各個方向，在確認何處有可能會撞上樹木後邁步起跑，但還不到幾秒，就被頭頂上一支較低的樹枝打到，整個人往後翻倒在地。

「可惡！」

卡爾掙扎著站起身，仰頭尋找與頭部差不多高度的斷裂枝椏，找到後整個人緊靠著樹幹，將枝椏的前端插進鼻根處的膠帶下方，然後身體慢慢往下蹲低。雖然頭後面的膠帶因此鬆了一點，但是眼睛上的膠帶因爲緊黏著眼皮，仍然弄不掉。

他閉緊眼睛再試一次，卻只感覺到眼皮隨著膠帶的移動不斷被拉扯，那種疼痛眞是無法形容。

「操他媽的，該死！」卡爾詛咒個不停，頭部左右搖晃，結果反而讓眼皮被枝椏擦傷。

就在這時，他聽見了圍獵者的呼叫聲，而且聽起來的距離比他期望得還要近，也許還不到幾百公尺，不過身處樹林裡要準確判斷距離並不容易。他小心翼翼的從斷裂的枝椏掙脫，辛苦總算有點代價，因爲有隻眼睛的視野稍微開闊一點了。

四周林木繁茂，光線從林間落下，但他完全分不清東西南北。這一刻他心裡有數，卡爾．莫爾克應該很快就玩完了。

第一陣槍聲響起時，卡爾來到一處林中空地，感覺圍獵者已經非常接近，於是趕緊趴倒在地。他猜測自己應該距離防火道不遠，而防火道另一邊就是國家森林，從那兒到他停車的地方差不多只有七、八百公尺，但要是不知道方向，這些資訊就沒有半點用處。

有群鳥兒從樹梢上振翅飛起，而這代表下方樹叢似乎有動靜，圍獵者立刻發出吆喝拿著木棍沿路敲打，林中的動物們紛紛走避。

如果他們身邊帶著狗，一下子就能發現我的行蹤，卡爾心想。然後目光落到一大處落葉聚積而成的樹葉堆上。忽然間，一頭鹿從矮樹叢中大步躍出，把卡爾著實嚇得全身顫抖，他本能的撲向樹葉堆，一直滾到樹葉把他遮蓋住才停下來。

他提醒自己放慢呼吸，不可急促。操他媽的，他心裡咒罵著，托斯騰會不會讓圍獵者配備手機，指示他們搜索一個落跑警察，而且絕對不能讓他逃脫？想也知道一定會，托斯騰這種人絕對會使出一切手段，那些圍獵者老早知道自己的搜尋目標。

躲在味道濃密的樹葉中，卡爾被箭射中的傷口又裂了開來，被血浸濕的襯衫緊黏在身上。如過繼續這麼躺著，可能很快會失血過多而亡。哎，不會的，在那之前獵狗早就發現他的蹤跡了。

天殺的，他該怎麼救出阿薩德？要是阿薩德死掉，而他竟然不可思議的活了下來，他要怎麼面對自己？怎麼繼續活下去？尤其他是一個失去過同伴、拋棄過同伴的人？

他深深吸口氣在心裡暗自發誓，就算會鋃鐺入獄，就算會丟掉性命，或被打入十八層地獄，他也絕對不允許這種事情再次發生。

他先是聽見矮樹叢中傳來一陣嘶嘶聲，然後是喘息，最後成為微弱的吠叫聲。卡爾輕輕吹開眼前的樹葉，脈搏跳動加劇，傷口也隱隱作痛，如果站在他前面是一隻狗的話，一切馬上就結束了。

不遠處圍獵者的腳步聲已清晰可聞，他們大笑大叫，非常清楚自己該完成的責任。

此時矮樹叢中的氣息忽然止住，一隻動物驀地出現在卡爾眼前瞪著他看。

他的目光從膠帶的縫隙中對上一隻狐狸的頭。這隻狐狸眼睛充血，口吐白沫，大口喘氣，全身像瘧疾發作一樣顫抖。

卡爾透過樹葉看著狐狸，牠怒怒吼叫著，然後他屏住了呼吸，但牠仍然怒怒吼叫著。過了一會兒，牠突然露出牙齒低吼，一邊壓著頭爬向卡爾。

然後又突然僵住不動。狐狸彷彿嗅到了危險般猛然抬起頭轉向身後，接著宛如腦子會思考似的，壓低了身子爬向卡爾躺在他的腳邊，將嘴探進樹葉堆裡。

牠就這樣喘氣等待，身上遮蓋著樹葉，就像卡爾一樣。

稍遠距離外的光圈中，只見鷓鴣被圍獵者的吵雜聲驚得振翅高飛，緊接著馬上響起零星槍聲。槍聲每響一下，卡爾就驚嚇一次，全身不停打冷顫，而他腳邊的狐狸也一樣在顫抖。

不久後，圍獵者的狗聚集過來要叼走落下的鷓鴣，獵人的身影也出現在樹葉凋零的林木前。對方大概有九或十個人，全部穿著繫帶的靴子和燈籠褲，當那些人走近，卡爾馬上認出好幾個哥本哈根上流社會的名望之士。我要露臉嗎？這個念頭在他腦中一閃而過，但一看到莊園主人和他身後兩個拿著十字弓的朋友隨即打消念頭。托斯騰、狄雷夫或者郎利克若是看到他，絕對毫不猶豫舉弓就射，事後他們會對外宣稱那純粹是一場意外，而且不需多費口舌便能說服同行的獵友接受這個解釋。卡爾知道這些人非常團結，在他死後他們會撕掉他身上的膠帶，安排成意外事件。

卡爾的呼吸變得短淺急促，就和那隻狐狸一樣。阿薩德發生什麼事了？他自己又會有何下場？

獵人們站在距離樹葉堆只有幾公尺的地方，腳下狗兒不斷低吼，此時狐狸忽然一個箭步躍起，跳到最前面的獵人身上，使勁咬住他的腹股溝。年輕人的慘叫聲淒厲駭人，那是畏懼死亡而發出的呼救聲。數隻獵狗試圖攻擊狐狸，而牠口吐白沫憤怒反抗，但接著張開雙腳撒了泡尿後便拔腿逃命。狄雷夫早已架好十字弓瞄準牠發射。

卡爾沒聽到箭呼嘯而過的聲音，只聽到狐狸突然嘶吼一聲，然後是緩慢下來的垂死掙扎。

獵狗圍過去嗅聞狐狸的尿液，其中一隻把嘴探入狐狸剛剛躺過的藏身之處，但沒有察覺到卡爾的氣味。

看到獵狗們回到主人的身邊，卡爾心裡不禁對狐狸和牠的尿液滿懷感激。受傷的獵人還躺在幾公尺外的地上不停大叫，整個身體因為疼痛縮成一團，獵友們俯身查看他的傷勢，撕下布巾綁住傷口後將他抬起。

「射得漂亮。」狄雷夫拿著沾滿血的刀子和狐狸尾巴走回來時，卡爾聽見托斯騰這麼說。托斯騰接著轉向其他男人。「朋友們，很遺憾今天的活動已經結束了，你們可以盡快將薩克森霍德送醫嗎？我會叫圍獵者把他抬過去，請讓他接種狂犬病疫苗以免發生意外，到醫院之前最好用手指壓住他的動脈，否則很可能會出事。」

他朝著樹林方向喊了幾聲，一群黑人隨即從樹蔭中現身，他派遣其中四個隨著其他獵人離開，另外四個則留在原地，留下來的人當中有兩個和托斯騰一樣帶著獵槍。

獵友們帶著哀號的傷者一離開，那三個老朋友和四個黑人便湊攏在一起說話。

「你們應該很清楚我們沒有多少時間了吧？」托斯騰說：「我們絕對不能低估那個警察。」

「看見他的時候我們該怎麼做？」鄔利克問道。

「你們就假裝自己看見了狐狸。」

卡爾專心傾聽著動靜，直到確定他們散開來分別往森林後面移動。現在通往庭院的路應該沒有人了，得抓緊時間快跑，他心想。於是他站起身把頭往後仰，努力從有限的視野中穿越濃密的矮樹叢。

或許可以在大廳找到一把刀割斷膠帶，或許阿薩德還活著，但這個想法才在腦中湧現他又被樹叢卡住，導致傷口再度開始流血。

他渾身發冷，綁在背後的雙手也不停顫抖，不知道自己已流失多少血液，接著他聽到多輛吉普車踩下油門離去的聲音，這代表應該距離不遠了。

這個想法尚未消失，一支箭便緊挨著他的頭旁呼嘯射過，近得他能感受到空氣流動。那支箭射進他前面一棵樹的主幹，沒入樹幹之深，應該沒人能拔得出來。

他轉過身，但眼前沒半個人。他們在哪兒？接著又傳來一聲槍響，身旁的樹皮爆裂開來。圍獵者的聲音越來越清晰。跑、快跑、繼續跑，他心裡大叫著。小心不要跌倒。躲到灌木後面，然後再移往下一棵，遠離射程。我能躲到哪兒去？這附近沒有藏身之處嗎？

他們馬上就會逮住他了。這點卡爾心裡有數，而且他們不會那麼輕易就取走他的性命，那些豬玀一定會先好好享樂一番。

胸膛裡的心臟因爲劇烈跳動而疼痛。

他一個跨步跳過一條小溪，但鞋子卻陷在爛泥裡，腳底如鉛一般沉重，感覺雙腳再也走不動了。跑、快跑、繼續跑！

他隱約意識到另一邊有處空地，阿薩德和他就是從那兒進來的，從身後傳來小溪的流水聲判斷他必須往右邊跑。距離應該不遠了。

這次箭從與他有段距離的側邊飛過，不過卡爾也已來到庭院，四下只有他一個人，不到十公尺就是大廳大門了。

但他尚未跑到大廳，下一支箭已經飛過他射進面前的地上。箭沒射中他絕非偶然，他們是要藉此提醒他最好站著別動，否則另一支箭馬上緊接而至。

卡爾決定放棄抗爭。他站著不動，望著地面等待他們出現，這片漂亮的鋪磚地板很可能成爲自己的祭壇。他深吸口氣後回過身來，那三個男人和四個圍獵者靜靜站在那兒盯著他，旁邊還有一小群黑皮膚小孩也睜大眼睛看著。

「沒事了，你們可以離開了。」托斯騰下令，四個黑人離開庭院，同時也趕走圍觀的孩子。現在只剩下卡爾和三個男人了。一邊是大汗淋漓渾身髒汙，一邊是臉上帶著微笑，狐狸尾巴在狄雷夫的十字弓上擺盪不停。

狩獵結束。

第四十二章

他們把他推進大廳。

射入膠帶隙縫的人工光源非常刺眼，因此他望向地面不停眨著眼睛。卡爾不想在這種光線中看見阿薩德的屍體，不希望知道鬣狗能把人類身體摧殘成什麼模樣。他已經受夠了，他們想怎樣就怎樣吧，但他就是不想抬起頭來。

三個人中忽然有人爆出笑聲，發自肺腑的大笑感染了另外兩人，引發又一陣笑聲。刺耳的聲音引人反感，逼得卡爾本能瞇起膠帶後面的眼睛。

怎會有人看見他人面臨死亡與不幸時還能開懷大笑？這些人腦子要有多病態，才會覺得事情很有趣？究竟是什麼讓他們變得如此扭曲？

接著他聽見一連串阿拉伯語的咒罵聲，那熟悉的喉音難聽得要死，卻讓卡爾喜出望外。他馬上抬起頭。

一開始他無法分辨聲音從何處傳來，只認出籠子鐵欄杆在前方閃閃發亮，接著才看見凶狠瞪著他們的鬣狗。他稍微把頭抬高，發現阿薩德像隻猴子緊緊攀在籠子頂端，露出狂野的目光，手臂和雙腳都有傷口。

這時卡爾注意到鬣狗走路一跛一跛的，後腿似乎被打傷了，每走一步就嗚咽哀叫一聲，那三人的笑聲陡然停止。

「死雜種！」阿薩德從上面無禮罵道。

卡爾雖然被膠帶綁住也忍不住發笑，看來這男人始終本性不改，忠於自我。

「你早晚會掉下來，讓鬣狗好好伺候你一番。」托斯騰齜牙咧嘴說。阿薩德打殘了他的好貨讓他氣得眼睛冒火，但是他說得沒錯，阿薩德不可能永遠掛在上面。

「結果很難說，」狄雷夫的聲音響起，「上面那隻紅毛猩猩的體重也不輕，要是掉下來壓到鬣狗，牠未必有優勢。」

「去死啦！那隻狗還沒盡到牠在這世上的責任。」托斯騰激憤難耐急跳腳。

「我們現在要怎麼處置他們？」鄔利克也打岔問道，但是說話口氣與另外兩人不同，比較謹慎、比較壓抑，他已經沒有之前那麼恍惚，不像吸食過古柯鹼的人那樣沒有防備了。

卡爾轉身看著他們。如果他可以說話的話，會要求三個人讓他們離開，會說殺死他和阿薩德不僅危險而且毫無意義。此外蘿思要是隔天發現他們沒有進辦公室，將會採取一切可能的措施，很快會有人上托斯騰這兒來找人，而且不會空手而回。他也會警告他們，最好盡快逃到地球另一端躲起來度過餘生，那是他們唯一生存的機會。

但是黏在嘴上的膠帶讓卡爾一個字也說不出來。話說回來，反正那三人也不會上鉤，托斯騰絕對會不擇手段抹滅掉自己的惡行所留下的一切痕跡，就算要他放火燒掉這狗屎地方也在所不惜。這點卡爾現在非常清楚。

「把他們關在籠子裡，再來看看會發生什麼事。」托斯騰冷靜說道：「今晚好好看著。到時候如果還沒解決，就再把別的動物放進籠子裡，選擇很多。」

卡爾被這句話激得發出原始的怒吼，拚命掙扎。他不想再乖乖束手就擒了，不想再經歷一次這種被羞辱的感覺。

「喂、喂，怎麼回事啊，卡爾．莫爾克？你是哪裡不對勁了？」

狄雷夫走向卡爾，對他的掙扎舉動視若無睹，舉起十字弓瞄準卡爾看得見的那隻眼睛。

「安靜別動！」他命令道。

卡爾飛快思考了一下，衡量自己的脫身機會後決定放棄抵抗。狄雷夫伸出沒拿十字弓的那隻手，一把猛力扯下黏在卡爾頭與眼睛上的那條膠帶。

卡爾覺得自己的眼皮好像被撕了下來，眼珠子彷彿毫無遮掩的掛在眼眶中，突然其來的光線在他的視網膜上炸開，一時之間看不見任何東西。

但是他最後看見了。三個人一起映入他的眼簾，朝卡爾伸出雙臂好像要來個擁抱，從他們的眼神可以看出剛剛那是他最後一次反抗。爲了要擺脫掉這個認知，他不顧自己失血過多、虛弱不堪，火氣一下子又升上來。

此時猛然一道陰影倏忽掠過他身邊撲向地板，他發現托斯騰也察覺到了，大廳另一端持續傳來吱嘎聲響，一群貓兒經過他腳下往外頭走去，接著是浣熊、銀鼬和振翅飛向玻璃天花板鋼架的鳥兒。

「見鬼了，發生什麼事？」托斯騰大叫。鄔利克看著短腿的大肚豬在走道和籠子邊跑來跑去，而狄雷夫小心翼翼拿著十字弓，目光警醒。

雉雞殺手
Fasandraberne

卡爾默默往後退，大廳深處的吱嘎聲一直沒中斷過，被放出來的動物發出的噪音越來越多，小步疾走聲、咕咕聲、吠叫聲、嘶嘶聲、翅膀拍振聲。

他聽見攀在籠子鐵條上的阿薩德哈哈大笑，也沒漏聽那三人嘴裡的咒罵，但是當那個女人現身時，他卻完全沒聽到她的聲響。

她就這麼憑空出現，牛仔褲塞在襪子裡，一隻手拿著一把槍，另一隻手拎著冷凍肉塊。斜背著小肩袋站在那兒的女人看起來柔弱秀氣，甚至長得很漂亮，臉上表情平和，還有一雙水汪汪的眼睛。

托斯騰和另外兩個男人一看見她頓時啞口無言，像痲痺似的呆站著，徹底忘了到處亂跑的動物。然而奪走他們行爲能力的不是手槍、也不是她那副顯然讓三人愕然的模樣，而是她出現在此的目的：算帳。

「你們好啊。」她一一對他們點頭。「把那個丟掉，狄雷夫。」她指指十字弓，然後要他們後退一步。

「琦蜜！」應聲的人是鄔利克，語氣又是害怕又是傾慕，也許傾慕比害怕的成分還高。

琦蜜露出微笑。兩隻水獺在托斯騰的腳旁磨蹭嗅聞了一陣，然後就跑開了。

「今天我們終於聚在一起了。」她說：「很棒的一天，不是嗎？」

「喂！」她看著卡爾說：「把皮繩踢過來給我。」指向她要的東西，有一半的皮繩滑到鬣狗的籠子下面。

「過來這兒，小可愛。」她低聲對籠子裡發出沉重呼吸聲的動物說，但是眼睛一刻也未離開那三人。「過來，有好吃的東西。」

她把肉從欄杆間推進籠子，然後用皮繩小心在食物的四周做了個圈套，等待鬣狗的飢餓大於恐懼的那一刻。她的舉動讓大家困惑不已，直到鬣狗慢慢走近肉塊，一咬下肉被皮繩纏住。說時遲那時快，狄雷夫轉身拔腿跑向門口，另外兩人氣得大聲咆哮。

琦蜜舉起手槍發射，狄雷夫立刻向前撲倒，躺在地上哀號抽搐。琦蜜將套住鬣狗的皮繩在籠子欄杆上繫緊。

「狄雷夫，站起來。」她冷靜的說。但是狄雷夫無法自己站立，琦蜜於是命令他另外兩個朋友過去幫忙。

卡爾以前不是沒看過開槍制止人逃跑的情況，但是剛剛那卻是他生平所見最為精準的一槍，正中狄雷夫的屁股。狄雷夫臉部蒼白血色盡失，但仍然不吭一聲，彷彿那三個人和琦蜜正在進行一場不容出現歧見的儀式，一種無聲的、熟悉的典禮。

「托斯騰，打開籠子。」她看著攀在上面的阿薩德。「之前在火車站看見我的人的就是你，你現在可以下來了。」

「讚美真主阿拉！」上面傳來阿薩德的聲音。只看見他手腳並用爬下欄杆，然後雙手一放讓自己掉下籠子，不過四肢顯然已麻痺僵硬，沒辦法站起來，更無法走動。他竟能攀住那麼久卻不掉下來實在是奇蹟。

「把他拉出來，托斯騰。」琦蜜說完監視著老朋友的一舉一動，阿薩德最後終於從籠子脫身，躺在地上。

「現在該你們了。」她靜靜對那三人說。

「天啊，不要，琦蜜，放我走。」鄔利克輕聲說：「我沒對妳做過不好的事，琦蜜，妳應該知道的，不是嗎？」

老天爺，他眞是可悲啊！但是琦蜜並不買帳。

「進去，動作快！」她只說了這麼一句。

「妳乾脆馬上把我們殺了。」托斯騰說，一邊把狄雷夫搬進籠子裡。「被關起來生不如死，妳很清楚我們一秒也無法忍受。」

「我很清楚，托斯騰。」

狄雷夫和托斯騰忍住不再辯解，但是鄔利克卻哀號說：「她要殺死我們，你們難道不知道嗎？」

籠子的門被關上後，琦蜜面帶微笑開始往大廳掃射。金屬碰撞聲不絕於耳。

卡爾望向正在按摩腳的阿薩德，他的手雖然受傷流血，但仍然露出笑容。卡爾感覺心中一塊大石放了下來，而那三個關在籠子裡的人又試圖抵抗。

「嘿，你啊，想點辦法吧，你可以輕易制服她的。」狄雷夫對阿薩德大叫。

「別以爲她會放過你們！」托斯騰跟著煽動說。

琦蜜只是靜靜站在那兒打量他們，彷彿在看一場早已被遺忘的老電影，然後她走向卡爾，撕下他嘴上的膠帶。「我知道你是誰。」就說了這麼一句。

「我也一樣。」卡爾回敬道，然後做了好幾次深呼吸，彷彿這是生平第一次呼吸到空氣。

兩人的對話讓籠子裡三人緘默。

過了一會兒，托斯騰走向前緊靠著欄杆說：「你們兩個警察若是不採取行動，五分鐘後這裡還有呼吸的人就只剩下她了，你們究竟有沒有搞清楚狀況啊？」

他直視卡爾與阿薩德的雙眼。

「琦蜜和我們不同，懂嗎？她會殺人，我們不會。沒錯，我們是攻擊別人，將他們打得不省人事，但是從未殺死他們，下手的人永遠是琦蜜。」

卡爾搖頭笑了笑。

托斯騰這種人便是如此存活下來的，對他們來說危機是成功之本，只要拿著鐮刀的死神沒有站在他們面前，都還有東山再起的機會。如今這種寡廉鮮恥的抗爭只是他一貫的不擇手段，就像之前要把阿薩德丟給鬣狗當飼料一樣，也像剛才要把卡爾除掉一樣。

卡爾轉向琦蜜，原以爲會看見一張笑臉，沒想到是一個既非喜悅卻又冷淡的怪異表情。

「喂，你們看看她。她是個沒有感情的人，看到了嗎？看看她的手和腫脹的手指，有聽到她吭過一聲嗎？沒有，她根本無血無淚，什麼事都不在乎，也不關心我們的死活。」猛獸籠又傳出這些話。狄雷夫躺在底部，用拳頭壓住屁股上可怕的傷口。

卡爾眼前短暫浮現那幫人犯下的罪行。托斯騰所言屬實嗎？抑或是爲了生存所做的戰鬥呢？

托斯騰又繼續往下說。他早就不再是時尚之王，不再是發號施令者，純粹只是托斯騰這個人罷了。「我們都是聽克利斯汀的話行動，聽他的命令找尋下手的受害者，然後一起將對方痛扁一頓，打到我們不想打爲止。整個過程中這個女惡魔就站在一旁，興奮的等待接下來她要做的事。

當然，有時候她也會動手。」托斯騰停頓了一下，然後點點頭，彷彿一切歷歷在目。「但是殺人的永遠是她。你們要相信我，除了克利斯汀殺了她的前男友凱爾那次之外，其他都是她幹的，而我們只是幫她鋪好了路，如此而已。她是殺人凶手，都是她一個人幹的。」

「他媽的。」郞利克悲嘆一聲。「看在老天的份上，趕快採取行動。你們還不懂嗎？托斯騰說的都是眞的。」

卡爾感覺到大廳中的氣氛和自己的心情逐漸出現變化，接著看見琦蜜動作緩慢的打開她的小肩袋，但是他全身虛弱無力而且雙手還被綁著，根本無法行動。籠子裡的三個男人大氣也不敢喘一下，全都屏住呼吸。他察覺阿薩德提高警覺掙扎著想站起身，但一樣徒勞無功。

終於，琦蜜在袋子裡找到了她要的東西——一顆手榴彈。她拿出手榴彈，握緊安全壓柄後拉開保險插銷。

「你什麼也沒做，親愛的狗兒。」她看著鬣狗說：「可是你的腳傷成這樣也活不下來，你知道嗎？」然後轉向卡爾和阿薩德。郞利克這時在籠子裡絕望大叫，苦苦哀求，彷彿這麼做眞的會有人來幫他。

「你們如果想保命，就退到後面去。現在就走！」她說。

雙手被綁著還能怎麼辦？卡爾只能聽話趕緊後退，感覺脈搏跳動劇烈；阿薩德也手腳並用，盡其可能拚命向後爬。

等他們徹退到足夠的距離，琦蜜即刻手一揮，流暢的將手榴彈擲向籠子後盡速跑開。托斯騰試圖想接住手榴彈丟到籠子外面，但頃刻間爆炸的威力已經將大廳毀滅成一座地獄。

爆炸的衝擊波將卡爾和阿薩德推向一堆小籠子，鐵籠劈里啪啦掉落在他們身上，形成一道保護牆擋住四散的玻璃碎片。

塵埃落盡後，四周只剩下動物驚慌的叫聲，卡爾感覺到阿薩德的手從籠子堆和變形的欄杆鐵條中伸出來確認自己的腳還在不在，然後將他拉了出來，在確定卡爾無恙後，鬆開他被膠帶綁住的雙手。

眼前的景象悲慘駭人，原本放置鬣狗籠子之處淨是鐵片和屍體殘骸，幾乎看不見那三人的身體原形。這幾年來卡爾見多識廣，但是從未看過如此景象，通常他和鑑識人員到達案發現場時，血已經流得差不多了。

在這兒，生存與死亡之間的界線依舊清晰可見。

「她在哪裡？」

「不清楚。」阿薩德回答，一邊協助卡爾起身。「或許躺在某處吧。」

「來吧，我們趕快出去。」卡爾說。當他們走出大廳，發現琦蜜早已站在庭院裡了。她的頭髮凌亂，布滿灰塵，眼睛裡充滿無盡的哀傷。

他們要黑人們退後，告訴他們這裡已經脫離危險，並且吩咐他們照料動物，將火撲滅。女人們帶著小孩離開，男人呆若木雞的看著從大廳破碎的玻璃屋頂冒出的煙霧，等到其中一個人喊了一些話，才像又活了過來似的開始動作。

琦蜜跟著卡爾和阿薩德走，簡單指出從森林小路走到鐵軌的路徑。

「隨便你們怎麼處置我。」她說：「我知道自己的罪行。不過我們得先到火車站一趟，我的袋子放在那兒，我把一切過程全部記錄了下來，所有記得起來的事情都寫在裡面的筆記本上。」

卡爾嘗試配合她的節奏，敘述自己找到了金屬盒，告訴她許多人多年來都活在不確定感中，如今他們將可以放心了。當他提到受害者和家屬的痛苦，以及失去親人的悲傷時，琦蜜始終非常安靜，似乎沒有將這些話眞正聽進去。

這樣的人在監獄裡通常活不久，卡爾心想。

他們來到距離月台大約還有百來公尺的地方，軌道就像用尺畫過一般筆直穿越森林。

「我告訴你們袋子放在哪兒。」琦蜜走向鐵軌附近的灌木叢。

「你們別動手，我來拿。」阿薩德從他們身邊擠向前去。

他兩手伸得直直的拿起帆布袋，小心走完最後二十公尺，到達火車站月台。

依舊是那個親切的老阿薩德。

他在月台上拉開拉鍊，不顧琦蜜的抱怨，把袋口反過來將裡面的東西搖出來。從帆布袋中掉出一本筆記本，卡爾快速翻閱後，發現上面密密麻麻寫著攻擊事件始末，還標注上詳細日期與地點草圖。

阿薩德則拿起布包將它解開，琦蜜大大的倒吸口氣，用雙手遮住臉。在看見裡面的東西後，阿薩德的額頭上隨即擠出一條深刻的皺紋。那是個乾癟成木乃伊的小人，空洞的眼眶中沒有眼珠，頭是黑色的，手指僵硬張開，脆弱的身軀包在洋娃娃的衣服裡。

琦蜜撲向阿薩德，奪走他手中的布包，緊緊抱在胸前。

「小蜜樂，親愛的小蜜樂。一切都沒事了，媽媽在這兒，不會再丟下妳一個人。」女子早已淚流滿面。「我們能夠永遠在一起了。妳終於可以拿到小泰迪熊，我們整天都能一起玩。」

卡爾這輩子從未感受過這種休戚與共的親密，據說這是小孩呱呱落地後第一次被抱在懷裡時所湧現的感覺，他偶爾會懷念這種情緒，內心不時有種空虛感。

如今他看見琦蜜的樣子，那種空虛感排山倒海襲來，讓他對她的情緒感同身受。他伸出虛弱的手臂笨拙的從胸前口袋拿出小小的護身符，也就是來自琦蜜金屬盒裡的泰迪熊。

她說不出話來，宛如痲痺似的盯著小布偶，臉上又是笑又是淚。

阿薩德眉頭深鎖的站在她身邊，不再對她存有戒備，但也全然束手無策。

她慎重其事的接過泰迪熊，而就在將熊拿在手中的那一刻，琦蜜內心有些東西崩裂了。她縮著肩不停啜泣，大口吸氣。

卡爾擦拭濕潤的眼睛，尷尬的望向一旁。月台上有一些人正在等火車，他的公務車就停在前方，另一頭傳來火車進站的聲音。

他又回過頭看向琦蜜，她的呼吸已經變得比較平穩，將小孩和熊抱在胸前。

琦蜜深深吐了口氣，彷彿解開了心中十年來的結。「聲音全部靜下來了。」她又哭又笑。「聲音全部靜下來了，都消失了。」她又重複一次後望向天空，全身散發出巨大的寧靜感。「我的小蜜樂，現在只有我們兩個人了。」突然間她變得輕鬆愉快，抱著小孩繞圈跳起舞來，在月台上隨興輕躍。

火車將要進站，距離月台只剩十公尺左右，卡爾看著琦蜜雙腳向旁邊一躍，跳到月台邊緣。

阿薩德出聲警告，卡爾這時抬起頭迎視琦蜜的雙眼，她的眼睛裡滿溢感激之情與心靈平靜。

「只有我們兩人了，我最親愛的小女孩。」說完便把手往旁一伸，下一秒就不見蹤影了。

只剩下火車震耳欲聾的刺耳嘎吱聲。

尾聲

暮色劃過閃爍不停的冷冽藍色警車燈與警笛嗚叫聲，十幾輛警車與消防車停靠在平交道口以及通往莊園的公路上，到處可見警方的告示牌和救援車輛。記者、攝影師、危機處理人員與好奇的圍觀民眾將現場擠得水洩不通，警方鑑識人員與救難小組試著清出一條路來，但現場的每個人都給對方造成了妨礙。

卡爾仍然頭昏目眩，肩膀上的傷口經過救護人員的處理後已經不再流血，但體內深處約莫心臟位置仍然感覺血流不止，並且久久不去。

他坐在杜耶莫塞火車站候車室的椅子上翻閱琦蜜的日記，裡頭詳細記載了那幫人的犯行，無情又誠實的披露作案過程。殺害洛維格兩兄妹純粹是意外，將哥哥毆打致死後又脫光他的衣服只是事後附加的羞辱，至於被砍斷手指的雙胞胎、在海上消失的夫妻、凱爾·布魯諾與奇勒·巴塞特，甚至還有動物和其他人，族繁不及備載的受害者也都一一列在上頭。日記裡提到下手殺人的都是琦蜜，殺人手法不盡相同，她顯然熟門熟路非常清楚。卡爾很不願意承認這個人與剛才救了他和阿薩德的命、最後抱著小孩命喪輪下的女子是同一個人。

卡爾點起一支菸，閱讀最後幾頁。那幾頁寫滿悔恨，不是因為後悔殺了阿貝克，而是追悔蒂娜的死亡。她心中很不願意讓她吸毒過量死去，字裡行間透露著些許的溫柔，在其他描述可怕犯行的文字中並沒有類似的親近與理解，紙上甚至寫著「永別了」以及「蒂娜最後的極樂旅程」。

這本筆記本一定會引起媒體嗜血追逐，而那幾位男士的罪行一旦公開後，國內股票將會崩盤。

「你把筆記本拿去影印好嗎，阿薩德？」

助理點點頭。此案的結局雖然短暫卻非常激烈，除了早已入監服刑的那個人之外，如今世上已經沒有其他被告了，現在重要的是通知不幸的受害家屬，並且從狄雷夫、托斯騰和鄔利克等人的遺產中撥出鉅額賠償金並做出合理的分配。

這時，有個現場心理醫生通知卡爾輪到他了，卻只見卡爾搖了搖頭。若是真有必要的話，他也有自己的心理醫生。

「我現在要開車前往羅斯基勒，你和鑑識人員一起回總局。明天見，阿薩德，到時候我們再來討論所有的事，好嗎？」

阿薩德又點點頭。卡爾敢說，他現在已經在腦子裡盤算所有的事情了。

這一刻，他們兩人之間的默契盡在不言中。

羅斯基勒區法桑路上這棟房子看起來很陰暗，百葉窗拉了下來，四周一片靜謐。汽車裡的收音機正在播報艾究史普特的戲劇性事件，以及逮捕了一個據推測應該是城裡垃圾桶攻擊事件凶手的牙醫，他在史托·科克街的尼可萊廣場試圖攻擊一位女性便衣警察時遭到逮捕。這個白痴腦子裡究竟在想什麼？

卡爾看看手錶，又望向黑暗的房子。他知道老人家睡得早，不過現在才七點半。他在「顏司—阿諾德與伊薇特．拉森」與「瑪塔．約耿森」的門牌前點點頭，然後按下電鈴。

他的手指還在電鈴上沒縮回去，那位溫柔的女士便已經把門打開。

「什麼事嗎？」她睡意朦朧問道，然後拉緊身上漂亮的睡衣擋住屋外的寒意。

「很抱歉，拉森太太，我是警察卡爾．莫爾克，最近曾經來拜訪過一次，你還記得嗎？」

她微笑著說：「啊，沒錯。我記起來了。」

「我有個消息想要親自告訴瑪塔．約耿森，我想這應該會讓人感到高興，我們找到殺害她孩子的凶手了，正義終於得以伸張。」

「真是太遺憾了。」她一隻手放在胸前說，隨後又露出微笑，但這次笑容不同，不僅帶著悲傷，還隱含著歉意。

「我應該打電話通知你的，這樣你就不必白跑一趟了。我很抱歉，瑪塔已經過世了，就在你來訪的那一天，當然那不是你的錯，純粹是時間到了。」

然後伸出一隻手放在卡爾手上。「不過還是要謝謝你，我可以肯定她會非常開心。」

卡爾坐在車裡愣視著羅斯基勒峽灣，城市的燈光映照在暗沉的海面上，換作任何時候眺望此情此景，都應該會使他心中充滿寧靜，但是今晚不同。

趁還來得及的時候趕快去做。這句話一直縈繞在他的腦海，否則恍然之間便太遲了。

要是早幾個星期，要是瑪塔過世時知道殺死自己孩子的凶手已經死去，那她將會多麼欣慰！

而她能知道這件事又能讓卡爾感到多麼安心！

趁還來得及的時候趕快去做。

他又看看錶，然後拿出手機，在按下號碼之前盯著螢幕好一段時間。

「脊椎中心醫院。」一個聲音說。手機那端的電視音開得很大，可以聽見「艾究史普特」、「杜霍特」、「杜耶莫塞」和「鐵軌」幾個詞。

那兒也在播放新聞。

「我是卡爾．莫爾克，哈迪．海寧森的好朋友。麻煩你轉告他，我明天會去看他。」

「好的，不過哈迪正在睡覺。」

「好，他醒來後請你優先告訴他這件事情。」

他咬著下唇，又凝望著海面，他一生中還沒做過這麼大的決定，疑惑就像把刀在他肚子鑽洞。然後他深吸口氣按下電話號碼，在夢娜的聲音響起前，他似乎已等了好幾萬秒。

「喂，夢娜，我是卡爾。」他說：「對於之前發生的事，我覺得很抱歉。」

「算了，沒關係。」她的語氣坦率又真誠。「我聽說今天發生的事情了，卡爾。電視頻道全都在報導這件新聞，畫面不斷重複。你人在哪兒？聽說你受了重傷？」

「我坐在車裡望著羅斯基勒峽灣。」

她有好一會兒沒說話，也許正在努力探測他面臨的危機深度。

「你還好嗎？」她開口問。

「不知道，我說不上來。」

「我馬上過去，你坐在那兒別動，卡爾。保持冷靜看著海，我立刻就到。告訴我你的位置，我馬上過去。」

他嘆了口氣。

「不用。」他飛快笑了一下。「妳不用擔心，我很好。只是有些事情想和妳商量，我覺得自己沒有辦法將那些事情看得透徹又全面。妳可以到我家一趟嗎？那樣的話，我會非常、非常高興。」

卡爾花時間做了點安排。他給賈斯柏錢去披薩店、上阿勒勒電影院，然後再去火車站買沙威瑪吃，金額足夠兩人份，接著又打電話到錄影帶店要莫頓下班回家後直接到地下室去。

他甚至煮了咖啡又泡了茶，還難得把沙發和茶几整理乾淨。

而此刻，夢娜坐在他身旁的沙發，雙手放在大腿上。

她的雙眸看盡一切，耳朵聽進他說的一字一句，當他停頓太久又點頭鼓勵。卡爾說得欲罷不能，但在他結束之前，她一句話也沒說。

「你想把哈迪帶回家來照顧，但是又感到害怕。」她邊說邊點頭。「你知道嗎，卡爾？」

他感覺到自己所有的動作全變成了慢動作，覺得自己好像搖了一輩子的頭，而肺就像個漏氣的風箱般運作。「你知道嗎，卡爾？」她說。不管這問題意謂著什麼，他都不想知道答案，只願她永遠坐在那兒，問題別從他渴望親吻的唇脫口而出。若是他得到了答案，那麼在她的香味消散成回憶前，時間便所剩不多。

「不，我不知道。」他猶豫道。

她握著他的手說：「你眞的很了不起。」她靠近他的臉，距離近到可以感覺彼此的呼吸。

她實在太棒了，卡爾心裡才這麼想，電話鈴聲忽然響起，而夢娜堅持他應該接電話。

「我是維嘉！」話筒另一端響起的是他那落跑妻子不容人忽視的聲音。「賈斯柏說要搬來和我住。」她說得火冒三丈，卡爾心中才剛升起的天堂般感受馬上被殘忍毀滅。

「那是行不通的，卡爾。絕對不可能！我們必須好好談一談，我已經在去你家的路上了，二十分鐘後就會到，待會兒見。」

他正要開口拒絕，但維嘉已經把電話掛了，卡爾望著夢娜迷人的雙瞳，露出抱歉的笑容。言簡意賅一句話，這就是他的生活。

謝辭

本人衷心感謝漢內．阿德勒．歐爾森無時無刻的鼓勵與腦力激盪。

感謝艾爾瑟貝斯．瓦倫斯、弗雷迪．米爾頓、艾迪．基蘭、漢內．彼德森、米卡．許馬勒斯提和漢寧．庫瑞等人詳細又珍貴的評論，耶思．華倫森斯的忠告，以及眼神銳利、簡直有三頭六臂的安．C．安德森。

另外感謝吉特和彼得．Q．萊內斯以及丹麥作家與翻譯人員中心的熱情款待，也謝謝保羅．G．艾克納的絕不妥協，卡羅．安德森提供的狩獵專門知識，以及萊夫．克里斯滕森警官大方分享搜查經驗，並不吝賜教警務相關常識。

最後，要向安娜、雷娜與夏洛特三位美麗又堅毅的女神獻上最誠摯的謝意。

名詞對照表

A

Aalbæk　阿貝克
Aalborg　奧爾堡
Agnete Krum　安涅特・克倫
Agustina Pessoa
　亞古斯提娜・佩索
Albersdorf　亞伯村
Albertslund　艾柏斯倫鎮
Allerød　阿勒勒
Amager　亞瑪格島
Andrew　安德魯
Anker　安克爾
Ansgar　安斯佳旅館
Arne Jacobsen
　亞納・雅各博聖
Arresø　阿瑞索
Assad　阿薩德
Avedore Havnevej
　阿維朵爾・哈納路

B

Bak　巴克
Belinda　梅琳達
Bellahøj　布拉霍伊區
Bent Krum　班特・克倫
Bern　伯恩
Bernstorffsgade　貝斯托夫街
Birger Christensen
　皮草店畢格・克利斯藤森
Bispebjerg　畢斯普傑格
Bjarne Thøgersen
　畢納・托格森
Brandur Isaksen
　布朗度・伊薩克森
Breitling　百年靈
Brøndby　布隆得
Brønderslev　布朗德斯勒夫
Brønshøj　布朗斯霍伊區
Burt Lancaster
　伯特・蘭卡斯特

C

C. E. Bast Talgsmelteri
　巴斯特煉油廠
Cafe Yrsa　伊薩咖啡廳
Callao　卡拉歐站
Caracas　卡拉卡斯市
Carl Mørck　卡爾・莫爾克
Charlotte Nielsen
　夏洛蒂・尼爾森
Charlottenlund　夏洛滕隆
Christian-Lacroix
　克利斯汀－拉克魯瓦

Chuck Jaeger　查克・耶格
City Revier　市警局
Colbjornsensgade.　寇畢安森街
Costa Brava　布拉瓦海岸
Costa del Sol　太陽海岸
Cuatro Caminos　四路站

D

D'Angleterre　丹雷特勒
Damhus Kro　丹胡斯舞廳
Dannebrogsgade　達能布羅街
Den Runde　倫德酒吧
Ditlev Pram　狄雷夫・普朗
Dubbølsgade　杜伯斯街
Dueholt Hovedgård
　杜霍特・侯佛莊園
Duemose　杜耶莫塞
Dybbølsbro　迪柏斯橋
Dybesø　深湖

E

Eastbourne　伊斯特本
Egon Olsens Vej
　艾貢・奧爾森路
Ejlstrup　艾究史普特
Emdrup　恩德魯
Enghave Plads　恩赫夫廣場
Enghavepark　恩赫夫公園
Esrum　伊斯魯姆湖

F

Fahndungsabteilung　偵查小組
Färinger　法羅人
Fasanvej　法桑路
Flensburg　弗倫斯堡
Flyndersø　弗林帝湖
Flyndersovej　弗林德索路
Folehaven　伏立黑分
Frank Helmond
　法蘭克・赫爾蒙
Fredensborg　弗雷登斯堡
Frederik　弗列德利克
Fuengirola　豐吉羅拉
Fünen　菲英島

G

Gammel Amtsvej　舊官路
Gammel Kongevej　老國王路
Gasværksvej　卡思維克路
Gisela Niemüller
　吉賽拉・尼穆勒
Glostrup　格洛斯楚普
Göteborg　哥特堡
Gran Vía　格蘭維亞大道
Grete Sonne　葛蕾特・宋納
Gribskov　喀里斯可夫
Grönland　格陵蘭島
Grundfos　葛蘭富汞浦公司

Gunnebo　固力保公司

H

Halmtorv　哈爾托夫
Hans Bergstrøm
　漢斯・博格史騰
Hardy Henningsen
　哈迪・海寧森
Helen　海倫
Helmut Lotti　海爾姆・洛蒂
Helsingørgade　赫爾辛格街
Hendriksholms Boulvard
　亨利克弘大道
Henning P. Jørgensen
　海寧・約耿森
Herbert　荷伯特
Heselø　赫瑟洛
Hesselager　黑塞拉格
Hillerød　希勒羅德
Holbæk　霍貝克警察局
Hornbæk　霍內克

I

Indiakaj　印加凱
Ingerslevsgade　英格斯雷街
Irmgard Dufner
　茵卡德・杜夫納
Istedgade　伊斯德街

J

Jacob's Full House
　雅克柏賭場
Jægersborg Allé　耶格斯堡大道
Jens-Arnold & Yvette Larsen
　顏司—阿諾德與伊薇特・拉森
Johan Jacobsen
　約翰・雅各博聖
Jütland　于特蘭

K

Kagerup　卡格魯普
Kåre Bruno　凱爾・布魯諾
Kassandra Lassen
　卡桑德拉・拉森
Kastrup　卡斯特魯普
Kattegat　卡特海峽
Khalid　卡利德
Kiel　基爾
Kim　金恩
Kimmie　琦蜜
Kirkevej　科克路
Kirsten　琦絲坦
Klaes Thomasen
　克拉艾斯・湯瑪森
Klampenborg　柯蘭彭堡
Klavs Jeppesen
　克拉夫斯・耶朋盛
Klavs Krikke

克拉夫斯・柯里克
Kongens Bryghus　國王釀酒廠
Kongensgade　康根大道
Korsbæk　寇斯貝克
Krakau　克拉考
Kristian Wolf
克利斯汀・吳爾夫
Kurt Jensen　寇特・彥森
Kvagtorvsgade　魏托斯街
Kyle Basset　奇勒・巴塞特

L

Langeland　朗格蘭
Lars Bjørn　羅森・柏恩
Lars Bjørnstrade
拉思・畢雍街
Lasso　拉索
Len Deighton　戴頓
Letlandsgade　列特蘭街
Lily Carstense
莉莉・卡爾司藤森
Lindegårdsvej　林登古斯路
Lindelse Nor　林德塞諾爾
Lis　麗絲
Lisbet　莉絲貝
Lissan Hjorth　梨桑・約特
Løgstrup　呂基斯托普
Lolland　羅蘭島
Lyngby　林比

M

Mads　馬茲
Magnolienvej　木藍街
Mahmoud　馬莫德
Mannfred Sloth
曼佛列・史洛特
Marbella　馬貝拉
Marcus Jacobsen
馬庫斯・雅各布森
Maria Saxenholdt
瑪利亞・薩克森霍德
Martha Jørgensen
瑪塔・約耿森
Mårum　馬盧
Merete Lynggaard
梅瑞特・林格
Mona Ibsen　夢娜・易卜生
Monte Carlo　蒙地卡羅
Mordkommission　凶殺組
Morton Holland　莫頓・賀藍

N

Næstved　奈斯維德市
Nautilus Trading A/ S
鸚鵡螺貿易公司
Nikolaj Plads　尼可萊廣場
Nordseeland　北西蘭島
Nuevos Ministerios　新內閣站
Ny Mårumsvej　尼馬倫路
Nyborg　尼柏格

Nykøbing Seeland
西蘭島尼科賓警局

O

Odense 歐登瑟
Opera 歌劇院站
Orangerie 馬德里的橘園
Ørbækgade 厄勒貝克街
Ordrup 歐德魯區
Öre 歐爾
Öresund 厄勒海峽
Øster Farimasgade 東法利馬街
Østergade 厄斯特街
Østerport 歐斯特普

P

Palads-Kino 皇宮戲院
Peter Bangs Vej 彼得・旁斯路
Place de l'Etoile 星形廣場
Polizeikommissar Antonsen
安東森警官
Polizeiwach Antonigade
安東尼街警察署
Posen 波森

R

Präsidium 警察總局
Randers 蘭德斯
Ratten-Tine 老鼠蒂娜
Reventlowsgade 雷文洛斯街
Rødovre 洛德雷
Ronneholtpark 羅稜霍特公園
Rørvig 洛維格
Rose Knudsen 蘿思・克努森
Roskilde 羅斯基勒
Rudkøbing 魯克賓鎮
Rudolf Sand 魯道夫・桑德
Rungsted 倫斯登

S

Samir Ghazi 薩米爾・迦齊
Sankt-Jorgens-See 聖喬治湖
Saxenholdt 薩克森霍德
Schleswig-Holstein
施勒維西－赫斯坦邦
Sjölund & Virksund
史攸倫與維克遜
Skelbækgade 思克貝街
Slotssø 司羅索
Søllested 所勒斯登
Sonderdezernats Q 特殊懸案組
Søren 梭崙
Sørensen 索倫森
Sorø 索羅
Stanislav 史坦尼斯拉夫
Stenløse 史坦洛瑟
Stoense 史托瑟
Store Kannikestræde

史托・喀尼克街
Store Kirkestræde
史托・科克街
Store Søndervoldstræde
史托・琮德福街
Store Strandstræde
史托・史坦街
Strandmølle Kro
史特朗莫勒旅館
Strandvej 史坦路
Susanne 蘇珊娜
Svanemøllen 史凡納莫營區
Svendborg 史芬博格

T

Tamile 泰米爾人
Tappernøje 塔本諾耶
Tåstrup 措斯楚普
Teatret ved Sorte Hest
黑馬私人劇院
Thelma 泰爾瑪
Tim Virksund 提姆・維克遜
Tivoli 蒂沃利樂園
Torsten Florin
托斯騰・弗洛林
Tranekar Kro 灘納克酒店
Trianglen 特立昂林
Trønnes 托內斯
Tværgade 特衛街

U

Ulrik Dybbøl Jensen
鄔利克・杜波爾・顏森

V

Valby Bakke 衛爾比丘陵
Valdemar Florin
瓦爾德瑪・弗洛林
Varnedamsvej 維內宕路
Vedbæk 衛北克
Veja 維亞
Vendsyssel 凡徐塞
Vesterbrogade 維斯特布洛
Vestergade 維斯特街
Vig 威格
Vigerslev Allé 惟格勒夫路
Vigga 維嘉
Viggo Hansen 維果・漢昇
Vincent 文生
Visby 威施畢
Vodroffsvej 佛德洛夫路
Vridsløselille
弗利斯勒國家監獄

W

Willy K. Lassen 威利・拉森

BEST嚴選 036

懸案密碼2：雉雞殺手

原著書名／Fasandrœberne
作　　者／猶希・阿德勒・歐爾森（Jussi Adler-Olsen）
譯　　者／管中琪
企劃選書人／王雪莉
責任編輯／李幼婷
總 編 輯／楊秀真
行銷業務經理／李振東
行銷企劃／周丹蘋
業務企劃／虞子嫺
發 行 人／何飛鵬
法律顧問／台英國際商務法律事務所　羅明通律師
出版／奇幻基地出版
城邦文化事業股份有限公司
台北市 104 民生東路二段 141 號 8 樓
電話：(02)25007008　　傳真：(02)25027676
網址：www.ffoundation.com.tw
e-mail：ffoundation@cite.com.tw
發行／英屬蓋曼群島商家庭傳媒股份有限公司城邦分公司
台北市 104 民生東路二段 141 號 11 樓
書虫客服服務專線：(02)25007718・(02)25007719
24 小時傳真服務：(02)25170999・(02)25001991
服務時間：週一至週五09:30-12:00・13:30-17:00
郵撥帳號：19863813　　戶名：書虫股份有限公司
讀者服務信箱 E-mail：service@readingclub.com.tw
歡迎光臨城邦讀書花園　網址：www.cite.com.tw
香港發行所／城邦（香港）出版集團有限公司
香港灣仔駱克道193號東超商業中心1樓
電話：(852)25086231　　傳真：(852)25789337
e-mail : hkcite@biznetvigator.com
馬新發行所／城邦（馬新）出版集團
【Cite(M)Sdn. Bhd】
41, Jalan Radin Anum, Bandar Baru Sri Petaling,
57000 Kuala Lumpur, Malaysia.
Tel: (603) 90578822　Fax:(603) 90576622
email:cite@cite.com.my
封面設計／莊謹銘
排　　版／浩瀚電腦排版股份有限公司
印　　刷／高典印刷有限公司
■2012 年（民 101）5月3日初版
■2020 年（民 109）4月16日初版6.3刷

售價／320元

國家圖書館出版品預行編目資料

懸案密碼2：雉雞殺手 / 猶希.阿德勒.歐爾森
(Jussi Adler-Olsen)著；管中琪譯 - 初版 - 台
北市：奇幻基地, 城邦文化出版：家庭傳媒
城邦分公司發行；民 2012.05（民100.05）
面：公分. -（BEST嚴選：36）
譯自：Fasandraeberne
ISBN 978-986-6275-77-7（平裝）

881.557　　　101005489

ISBN　978-986-6275-77-7

書號：1HB036　　書名：懸案密碼2：雉雞殺手

請於此處用膠水黏貼

奇幻基地

讀者回函卡

謝謝您購買我們出版的書籍！我們誠摯希望能分享您對本書的看法。請將您的書評寫於下方稿紙中（100字為限），寄回本社。本社保留刊登權利。一經使用（網站、文宣），將致贈您一份精美小禮。

姓名：＿＿＿＿＿＿＿＿ 性別：□男 □女

生日：西元＿＿＿＿年＿＿＿＿月＿＿＿＿日

地址：＿＿＿＿＿＿＿＿

聯絡電話：＿＿＿＿＿＿＿＿ 傳真：＿＿＿＿＿＿＿＿

E-mail：＿＿＿＿＿＿＿＿

您是否曾買過本作者的作品呢？□是 書名：＿＿＿＿＿＿＿＿ □否

您是否為奇幻基地網站會員？□是 □否（歡迎至http://www.ffoundation.com.tw免費加入）

請於此處用膠水黏貼

Denmark Police's Mystery

懸案密碼

Denmark Police's Mystery

懸案密碼